7

Jul.

当你
学会独处

周国平
著

浙江人民出版社

一个人唯有经历磨难，对人生有了深刻的体验，灵魂才会变得丰富，而这正是幸福的最重要源泉。

世上可做可不做的事是做不完的，永远要去做那些最值得做的事。

人生的态度，宜在进取和超脱之间寻求一种平衡。

灵魂的觉醒有两个途径，一是信仰，二是智慧。

真正的成功者必定经历过苦难、挫折和逆境，绝不是只靠运气好。

世上有一样东西，比任何别的东西都更忠诚于你，那就是你的经历。

目 录

第一章

我更愿意做我自己

第二章

和命运结伴而行

第三章

生命本来没有名字

第四章

做一个终身读者

第五章

活得简单才能活得自由

第六章

记住回家的路

第一章 我更愿意做我自己

真正成为自己可不是一件容易的事。世上有许多人，你可以说他是随便什么东西，例如是一种职业，一种身份，一个角色，唯独不是他自己。

我更愿意做我自己

卢梭说："大自然塑造了我，然后把模子打碎了。"这话听起来自负，其实适用于每一个人。可惜的是，多数人忍受不了这个失去了模子的自己，于是又用公共的模子把自己重新塑造一遍，结果彼此变得如此相似。

真正成为自己可不是一件容易的事。世上有许多人，你可以说他是随便什么东西，例如是一种职业，一种身份，一个角色，唯独不是他自己。

如果一个人总是按照别人的意见生活，没有自己的独立思考，总是为外在的事务忙碌，没有自己的内心生活，那么，说他不是他自己就一点儿也没有冤枉他。因为确确实实，从他的头脑到他的心灵，你在其中已经找不到丝毫真正属于他自己的东西了，他只是别人的一个影子和事务的一架机器罢了。

人生在世，不能没有朋友。在所有朋友中，不能缺了最重要的一个，那就是自己。缺了这个朋友，一个人即使朋友遍天下，也只是表面的热闹而已，实际上他是很空虚的。

能否和自己做朋友，关键在于有没有一个更高的自我，这个自我以理性的态度关爱着那个在世上奋斗的自我。理性的关爱，这正是友谊的特征。有的人不爱自己，一味自怨，仿佛自己的仇人。有的人爱自己而没有理性，一味自恋，俨然自己的情人。在这两种场合，更高的自我都是缺席的。

这个更高的自我知道：自爱者才能爱人，给人以生命欢乐的人，必是自己充满着生命欢乐的人。

一个不爱自己的人，既不会是一个可爱的人，也不可能真正爱别人。他带着对自己的怨恨到别人那里去，就算他是去行善的吧，他的怨恨仍会在他的每一件善行里显露出来，加人以损伤。

而只爱自己的人也不会有真正的爱，只有骄横的占有。如果说爱是一门艺术，那么，恰如其分的自爱便是一种素质，唯有具备这种素质的人才能成为爱的艺术家。

人与人之间有同情，有仁义，有爱。所以，世上有克己助人的慈悲和舍己救人的豪侠。

但是，每一个人终究是一个生物学上和心理学上的个体，最切己的痛痒唯有自己能最真切地感知。

在这个意义上，对于每一个人来说，他最关心的还是他自己，世上最关心他的也还是他自己。

要别人比他自己更关心他，要别人比关心其他人更关心他，都是违背作为个体的生物学和心理学特性的。结论是：每个人都应该自立。这些都是心中的自我应该知道的。

心中的自我还须明白：有些痛苦是无法分担的。别人的关爱至多只能转移你对痛苦的注意力，却不能改变痛苦的实质。甚至在一场共同承受的苦难中，每人也必须独自承担自己的那一份痛苦，这痛苦并不因为有一个难友而有所减轻。

对于别人的痛苦，我们的同情一开始可能相当活跃，但一旦痛苦持续下去，同情就会消退。我们在这方面的耐心远远不如对于别人的罪恶的耐心。一个我们不得不忍受的别人的罪恶仿佛是命运，一个我们不得不忍受的别人的痛苦却几乎是罪恶了。

我并非存心刻薄，而是想从中引出一个很实在的结论：当你遭受巨大痛苦时，你要懂得自己忍受，尽量不用你的痛苦去搅扰别人。

和自己交朋友，还要做自己的一个冷眼旁观者和批评者，这是一种修养。它可以使我们保持某种清醒，避免落入自命不凡或者顾影自怜的可笑复可悲的境地。

获得理解是人生的巨大欢乐。然而，一个孜孜以求理解、没有旁人的理解便痛不欲生的人却是个可怜虫，把自己的价值完全寄托在他人的理解上面的人往往并无价值。成为真正的自己很难，但一旦找到了真正的自己，你也会乐此不疲。

为别人对你的好感、承认、报偿做的事，如果别人不承认，便等于零。而为自己的良心、才能、生命做的事，即使没有一个人承认，也丝毫无损。我之所以宁愿靠自己的本事吃饭，其原因之一是为了省心省力，不必去经营我所不擅长的人际关系了。

我曾和一个五岁男孩谈话，告诉他，我会变魔术，能把一个人变成一只苍蝇。他听了十分惊奇，问我能不能把他变成苍蝇，我说能。他陷入了沉思，然后问我，变成苍蝇后还能不能变回来，我说不能，他决定不让我变了。我也一样，想变成任何一种人，体验任何一种生活，包括国王、财阀、圣徒、僧侣、强盗、妓女等，甚至也愿意变成一只苍蝇，但前提是能够变回我自己。所以，归根到底，我更愿意是我自己。

独处的充实

怎么判断一个人究竟有没有他的“自我”呢？我可以提出一个检验的方法，就是看他能不能独处。当你自己一个人待着时，你是感到百无聊赖，难以忍受呢，还是感到一种宁静、充实和满足？

对于有“自我”的人来说，独处是人生中的美好时刻和美好体验，虽则有些寂寞，寂寞中却又有一种充实。独处是灵魂生长的必要空间。在独处时，我们从别人和事务中抽身出来，回到了自己。这时候，我们独自面对自己和上帝，开始了与自己的心灵以及与宇宙中的神秘力量的对话。一切严格意义上的灵魂生活都是在独处时展开的。和别人一起谈古说今，引经据典，那是闲聊和讨论；唯有自己沉浸于古往今来大师们的杰作之时，才会有真正的心灵感悟。和别人一起游山玩水，那只是旅游；唯有自己独自面对苍茫的群山和大海之时，才会真正感受到与大自然的沟通。所以，一切注重灵魂生活的人对于卢梭的这话都会发生同感：“我独处时从来不感到厌烦，闲聊才是我一辈子忍受不了的事情。”这种对于独处的爱好与一个人的性格完全无关，爱好独处的人同样可能是一个性格活泼、喜欢朋友的人，只是无论他怎么乐于与别人交往，独处始终是他生活中的必需。在他看来，一种缺乏交往的生活当然是一种缺陷，一种缺乏独处的生活则简直是一种灾难了。

当然，人是一种社会性的动物，他需要与他的同类交往，需要爱和被爱，否则就无法生存。世上没有一个人能够忍受绝对的孤独。但是，绝对不能忍受孤独的人却是一个灵魂空虚的人。世上正有这样的一些人，他们最怕的就是独处，让他们和自己待一会儿，对于他们简直是一种酷刑。只要闲了下来，他们就必须找个地方去消遣，什么卡拉 OK 舞厅啦，录像厅啦，电子娱乐厅啦，或者就找人聊天。自个儿待在家里，他们必定会打开电视机，没完没了地看那些粗制滥造的节目。他们的日子表面上过得十分热闹，实际上他们的内心极其空虚。他们所做的一切都是为了想方设法避免面对面看见自己。对此我只能有一个解释，就是连他们自己也感觉到了自己的贫乏，和这样贫乏的自己待在一起是顶没有意思的，再无聊的消遣也比这有趣得多。这样做的结果是他们变得越来越贫乏，越来越没有了自己，形成了一个恶性循环。

独处的确是一个检验，用它可以测出一个人的灵魂的深度，测出一个人对自己的真正感觉，他是否厌烦自己。对于每一个人来说，不厌烦自己是一个起码要求。一个连自己也不爱的人，我敢断定他对于别人也是不会有多少价值的，他不可能有高质量的社会交往。他跑到别人那里去，对于别人只是一个打扰，一种侵犯。一切交往的质量都取决于交往者本身的质量。唯有在两个灵魂充实丰富的人之间，才可能有真正动人的爱情和友谊。我敢担保历史上和现实生活中找不出一个例子，能够驳倒我的这个论断，证明某一个浅薄之辈竟也会有此种美好的经历。

心灵的空间

我读到泰戈尔的一段意思相似的话，不过他表达得更好。我把他的话归纳和改写如下——

未被占据的空间和未被占据的时间具有最高的价值。一个富翁的富并不表现在他的堆满货物的仓库和一本万利的经营上，而是表现在他能够买下广大空间来布置庭院和花园，能够给自己留下大量时间来休闲。同样，心灵中拥有开阔的空间也是最重要的，如此才会有思想的自由。

接着，泰戈尔举例说，穷人和悲惨的人的心灵空间完全被日常生活的忧虑和身体的痛苦占据了，所以不可能有思想的自由。我想补充指出的是，除此之外，还有另一类例证，就是忙人。

凡心灵空间的被占据，往往是出于逼迫。如果说穷人和悲惨的人是受了贫穷和苦难的逼迫，那么，忙人则是受了名利和责任的逼迫。

名利也是一种贫穷，欲壑难填的痛苦同样具有匮乏的特征，而名利场上的角逐同样充满生存斗争式的焦虑。至于说到责任，可分三种情形，一是出自内心的需要，另当别论，二是为了名利而承担的，可以归结为名利，三是既非内心自觉，又非贪图名利，完全是职务或客观情势所强加的，那就与苦难相差无几了。所以，一个忙人很可能是一个心灵上的穷人和悲惨的人。

这里我还要说一说那种出自内在责任的忙碌，因为我常常认为我的忙碌属于这一种。一个人真正喜欢一种事业，他的身心完全被这种事业占据了，能不能说他就没有了心灵的自由空间呢？这首先要看在从事这种事业的时候，他是否真正感觉到了创造的快乐。譬如说写作，写作诚然是一种艰苦的劳动，但必定伴随着创造的快乐，如果没有，就有理由怀疑它是否蜕变成了一种强迫性的事务，乃至一种功利性的劳作。当一个人以写作为职业的时候，这样的蜕变是很容易发生的。心灵的自由空间是一个快乐的领域，其中包括创造的快乐，阅读的快乐，欣赏大自然和艺术的快乐，情感体验的快乐，无所事事的闲适和遐想的快乐，等等。所有这些快乐都不是孤立的，而是共生互通的。所以，如果一个人永远只是埋头于写作，不再有工夫和心思享受别的快乐，他创造的快乐和心灵的自由也是大可怀疑的。

我的这番思考是对我自己的一个警告，同时也是对所有自愿的忙人的一个提醒。我想说的是，无论你多么热爱自己的事业，也无论你的事业是什么，你都要为自己保留一个开阔的心灵空间，一种内在的从容和悠闲。唯有在这个心灵空间中，你才能把你的事业作为你的生命果实来品尝。如果没有这个空间，你永远忙碌，你的心灵永远被与事业相关的各种事务所充塞，那么，不管你在事业上取得了怎样的外在成功，你都只是损耗了你的生命而没有品尝到它的果实。

丰富的安静

我发现，世界越来越喧闹，而我的日子越来越安静了。我喜欢过安静的日子。

当然，安静不是静止，不是封闭，如井中的死水。曾经有一个时代，广大的世界对于我们只是一个无法证实的传说，我们每一个人都被锁定在一个狭小的角落里，如同螺丝钉被拧在一个不变的位置上。那时候，我刚离开学校，被分配到一个边远山区，生活平静而又单调。日子仿佛停止了，不像是一条河，更像是一口井。

后来，时代突然改变，人们的日子如同解冻的江河，又在阳光下的大地上纵横交错了。我也像是一条积压了太多能量的河，生命的浪潮在我的河床里奔腾起伏，把我的成年岁月变成了一道动荡不宁的急流。

而现在，我又重归于平静了。不过，这是跌宕之后的平静。在经历了许多冲撞和曲折之后，我的生命之河仿佛终于来到一处开阔的谷地，汇蓄成了一片浩淼的湖泊。我曾经流连于阿尔卑斯山麓的湖畔，看雪山、白云和森林的倒影伸展在蔚蓝的神秘之中。我知道，湖中的水仍在流转，是湖的深邃才使得湖面寂静如镜。

我的日子真的很安静。每天，我在家里读书和写作，外面各种热闹的圈子和聚会都和我无关。我和妻子女儿一起品尝着普通的人间亲情，外面各种寻欢作乐的场所和玩意儿也都和我无关。我对这样过日子很满意，因为我的心境也是安静的。

也许，每一个人在生命中的某个阶段是需要某种热闹的。那时候，饱涨的生命力需要向外奔突，去为自己寻找一条河道，确定一个流向。但是，一个人不能永远停留在这个阶段。托尔斯泰如此自述："随着年岁增长，我的生命越来越精神化了。"人们或许会把这解释为衰老的征兆，但是，我清楚地知道，即使在老年时，托尔斯泰也比所有的同龄人，甚至比许多年轻人更充满生命力。唯有强大的生命才能逐步朝精神化的方向发展。

现在我觉得，人生最好的境界是丰富的安静。安静，是因为摆脱了外界虚名浮利的诱惑。丰富，是因为拥有了内在精神世界的宝藏。泰戈尔曾说：“外在世界的运动无穷无尽，证明了其中没有我们可以达到的目标，目标只能在别处，即在精神的内在世界里。在那里，我们最为深切地渴望的，乃是在成就之上的安宁。在那里，我们遇见我们的上帝。”他接着说明：“上帝就是灵魂里永远在休息的情爱。”他所说的情爱应是广义的，指创造的成就，精神的富有，博大的爱心，而这一切都超越于俗世的争斗，处在永久和平之中。这种境界，正是丰富的安静之极致。

我并不完全排斥热闹，热闹也可以是有内容的。但是，热闹总归是外部活动的特征，而任何外部活动倘若没有一种精神追求为其动力，没有一种精神价值为其目标，那么，不管表面上多么轰轰烈烈，有声有色，本质上必定是贫乏和空虚的。我对一切太喧嚣的事业和一切太张扬的感情都心存怀疑，它们总是使我想起莎士比亚对生命的嘲讽：“充满了声音和狂热，里面空无一物。”

比成功更重要的

一

在我看来，所谓成功是指把自己真正喜欢的事情做好，其前提是要有自己真正的爱好，即自己的真性情，舍此便只是名利场上的生意经。

二

成功不是衡量人生价值的最高标准，比成功更重要的是，一个人要拥有内在的丰富，有自己的真性情和真兴趣，有自己真正喜欢做的事。只要你有自己真正喜欢做的事，你就在任何情况下都会感到充实和踏实。那些仅仅追求外在成功的人实际上是没有自己真正喜欢做的事的，他们真正喜欢的只是名利，一旦在名利场上受挫，内在的空虚就暴露无遗。照我的理解，把自己真正喜欢做的事做好，尽量做得完美，让自己满意，这才是成功的真谛，如此感到的喜悦才是不掺杂功利考虑的纯粹的成功之喜悦。

三

最基本的划分不是成功与失败， 而是以伟大的成功和伟大的失败为一方，以渺小的成功和渺小的失败为另一方。在上帝眼里，伟大的失败也是成功，渺小的成功也是失败。

四

有一些渺小的人获得了虚假的成功，他们的成功很快就被历史遗忘了。有一些伟大的人获得了真实的成功，他们的成功被历史永远记住了。但是，我知道，还有许多优秀的人，他们完全淡然于成功，最后也确实与成功无缘。对于这些人，历史既没有记住他们，也没有遗忘他们，他们是超越于历史之外的。

五

对于我来说，人生即事业，除了人生，我别无事业。我的事业就是要穷尽人生的一切可能性。这是一个肯定无望但极有诱惑力的事业。

六

我的野心是要证明一个没有野心的人也能得到所谓成功。不过，我必须立即承认，这只是我即兴想到的一句俏皮话，其实我连这样的野心也没有。

七

我的“成功”（被社会承认，名声）给我带来的最大便利是可以相对超脱于我所隶属的小环境及其凡人琐事，无须再为许多合理的然而琐屑的权利去进行渺小的斗争。那些东西，人们因为你的“成功”而愿意或不愿意地给你了，不给也无所谓了。

八

有一种人追求成功，只是为了能居高临下地蔑视成功。

九

成功是一个社会概念，一个直接面对上帝和自己的人是不会太看重它的。

交往的质量

一

使一种交往具有价值的不是交往本身，而是交往者各自的价值。高质量的友谊总是发生在两个优秀的独立人格之间，它的实质是双方互相由衷地欣赏和尊敬。因此，重要的是使自己真正有价值，配得上做一个高质量的朋友，这是一个人能够为友谊所做的首要贡献。

二

人们常常误认为，那些热心于社交的人是一些慷慨之士。泰戈尔说得好，他们只是在挥霍，不是在奉献，而挥霍者往往缺乏真正的慷慨。

那么，挥霍与慷慨的区别在哪里呢？我想是这样的：挥霍是把自己不珍惜的东西拿出来，慷慨是把自己珍惜的东西拿出来。社交场上的热心人正是这样，他们不觉得自己的时间、精力和心情有什么价值，所以毫不在乎地把它们挥霍掉。相反，一个珍惜生命的人必定宁愿在孤独中从事创造，然后把最好的果实奉献给世界。

三

交往为人性所必需，它的分寸却不好掌握。帕斯卡尔说：“我们由于交往而形成了精神和感情，但我们也由于交往而败坏着精神和感情。”我相信，前一种交往是两个人之间的心灵沟通，它是马丁·布伯所说的那种“我与你”的相遇，既充满爱，又尊重孤独；相反，后一种交往则是熙熙攘攘的利害交易，它如同尼采所形容的“市场”，既亵渎了爱，又羞辱了孤独。

四

社会是一个使人性复杂化的领域。当然，没有人能够完全脱离社会而生活。但是，也没有人必须为了社会放弃自己的心灵生活。对于那些精神本能强烈的人来说，节制社会交往和简化社会关系乃是自然而然的事情。正因为如此，他们才能够越过社会的壁障而走向伟大的精神目标。

五

对于人际关系，我逐渐总结出了一个最合乎我的性情的原则，就是尊重他人，亲疏随缘。我相信，一切好的友谊都是自然而然形成的，不是刻意求得的。我还认为，再好的朋友也应该有距离，太热闹的友谊往往是空洞无物的。

六

凡是顶着友谊名义的利益之交，最后没有不破裂的，到头来还互相指责对方不够朋友，为友谊的脆弱大表义愤。其实，关友谊什么事呢，所谓友谊一开始就是假的，不过是利益的面具和工具罢了。今天的人们给了它一个恰当的名称，叫感情投资，这就比较诚实了，我希望人们更诚实一步，在投资时把自己的利润指标也通知被投资方。

七

从一个人如何与人交往，尤能见出他的做人。这倒不在于人缘好不好，朋友多不多，各种人际关系是否和睦。人缘好可能是因为性格随和，也可能是因为做人圆滑，本身不能说明问题。在与人交往上，孔子最强调一个“信”字，我认为是对的。待人是否诚实无欺，最能反映一个人的人品是否光明磊落。一个人哪怕朋友遍天下，只要他对其中一个朋友有背信弃义的行径，我们就有充分的理由怀疑他是否真爱朋友，因为一旦他认为必要，他同样会背叛其他的朋友。“与朋友交而不信”，只能得逞一时之私欲，却是做人的大失败。

八

在一次长途旅行中，最好是有一位称心的旅伴，其次好是没有旅伴，最坏是有一个不称心的旅伴。

一个人和三个人称

我、你、他，这是人人皆知的三个人称代词。在一定的语境中，它们被用在不同的人身上。有的作家喜欢用不同的人称来叙述同一个主人公，不断变换视角，使得人物的形象富有立体感。我觉得，我们每一个人也可以用这种方式来看自己。

涉及自己，使用第一人称是习惯成自然的事情了，好像无须多说。我是谁，我要什么，我做了什么，我爱某某，我恨某某，如此等等，似乎一目了然。然而，真正做自己，行己胸臆，表里一致，敢作敢当，并不是容易的事。正因为如此，许多哲人把“成为你自己”看作一个很高的人生目标。另一方面呢，一个人如果只是我行我素，从来不跳出来从别的角度看一看自己，他又是活得很盲目的。所以，其他两个人称的视角也是不可缺少的。

先说第三人称。在别人的眼里，我是一个“他”（或“她”）。因此，用第三人称看自己，实际上就是用别人的或者说社会的眼光看自己，审视一下自己在别人眼里是什么样子，在社会上扮演着什么角色。人不能脱离社会而生活，所以这个视角是必要的。做自己的一个冷眼旁观者和批评者，这是一种修养，它可以使我们保持某种清醒，避免落入自命不凡或者顾影自怜的可笑复可悲的境地。当然，别人的意见只能做参考，为人处世还得自己拿主意。据我观察，在不少人身上，这个视角是过于强大了，以至于他们只是在依据别人的意见生活，陷入了另一种盲目。

如果说第一人称是做自己，第三人称是做自己的旁观者，那么，第二人称就是做自己的朋友。把一个人当作“你”对待，就意味着和这个人面对面，像朋友一样敞开心怀，诚恳交流。如果不是这样，心里仍偷偷地打量着和提防着面前的这个人，那就不是把这个人当作一个“你”，而是当作一个“他”了。与此相类似，当我们把自己看作一个“他”的时候，那眼光往往是冷静的，有时候还是很功利的，衡量的是自己在社会上的表现、作用、地位、名声之类的东西。相反，对自己以“你”相待，就需要一种既超脱又体贴的眼光，所关心的是人生中更本质的方面。这时候，我们就好像把那个在人世间活动着、快乐着、痛苦着的自己迎回家中，怀着关切和理解之情和他促膝谈心。人在世上都离不开朋友，但是，最忠实的朋友还是自己，就看你是否善于做自己的朋友了。要能够做自己的朋友，你就必须比那个外在的自己站得更高，看得更远，从而能够从人生的全景出发给他以提醒、鼓励和指导。事实上，在我们每个人身上，除了外在的自我以外，都还有着一个内在的精神性的自我。可惜的是，许多人的这个内在自我始终是昏睡着的，甚至是发育不良的。为了使内在自我能够健康生长，你必须给它以充足的营养。如果你经常读好书、沉思、欣赏艺术，等等，拥有丰富的精神生活，你就一定会感觉到，在你身上确实还有一个更高的自我，这个自我是你的人生路上的坚贞不渝的精神密友。

人生的三个觉醒

人在世上生活，必须做选择和决定，也会遭遇疑惑、困难、挫折，皆需要力量的支持。在一切力量中，最不可缺少一种内在的力量，就是觉醒。觉醒是人人可以开发和拥有的力量，也是人生最根本和最重要的力量。那些外在的力量，如来自社会和朋友的帮助，若没有内在力量的配合，最多只能发生暂时的表面作用。那些外在的力量，如你已经获得的权力、金钱、名声、地位，也许可以使你活得风光，但唯有内在的力量才能使你活得有意义。

那么，让什么东西觉醒呢？当然是你身上那些最本质的东西，它们很可能沉睡着，所以要觉醒。我认为，人身上有三个最本质的东西。第一，你是一个生命，因此你才会在这个世界上生活，才会有你的种种人生经历。第二，你不但是一个生命，而且是一个独特的生命个体，并且能够明确地意识到这一点，也就是说，你是一个自我。第三，和宇宙万物不同，人是精神性的存在，你还是一个灵魂。这三者概括了你之为你的本质。因此，人生有三个基本的觉醒：生命的觉醒、自我的觉醒、灵魂的觉醒。

一、生命的觉醒

每个人来到这个世界上，首先是一个生命，也终归是一个生命。这是一个多么简单的道理，却很容易被我们忘记。我们在社会上生活，为获取财富、权力、地位、名声等而奋斗，久而久之，往往把这些东西看得比生命更重要了，甚至当成了人生主要的乃至唯一的目标，为之耗尽了全部精力。

生命原本是单纯的，财富、权力、地位、名声等是后来添加到生命上去的社会堆积物。既然在社会上生活，有这些堆积物就不可避免，也无可非议，但我们要警惕，不可本末倒置。

生命的觉醒，就是透过这些社会堆积物去发现你的自然的生命，牢记你是一个生命，对你的生命保持一种敏感，经常去倾听它的声音，时时去满足它的需要。

生命的需要由自然规定，包括与自然和谐相处、健康、安全等，也包括爱情、亲情、家庭等自然情感的满足。这些需要平凡而永恒，但它们的满足是人生最甘美的享受之一，带给人的是生命本身的单纯的快乐。你诚然可以去追求其他种种复杂的快乐，可是，倘若这种追求损害了这些单纯的快乐，其价值便是可疑的。

二、自我的觉醒

你不但是一个生命，而且是一个独特的生命个体，一个自我。首先，这个自我是独一无二的，世上只有一个你。其次，这个自我是不可重复的，你只有一个人生。因此，对你的人生负责，实现你之为你的价值，是你的根本责任。自我的觉醒，就是要负起这个根本责任，做你自己人生的主人，真正成为你自己。

成为你自己，这可不是件容易的事。人们往往受环境、舆论、习俗、职业、身份支配，作为他人眼中的一个角色活着，很少作为自己活着。为什么会这样？一是因为懒惰，随大流是最省力的，独特却必须付出艰苦的努力。二是因为怯懦，随大溜是最安全的，独特却会遭受舆论的压力、庸人的妒恨和失败的风险。可是，如果你想到，世上只有一个你，你死了，没有任何人能代替你活；你只有一个人生，如果虚度了，没有任何人能够真正安慰你，那么，你还有必要在乎他人的眼光吗？

一个人怎样才算成了自己，做了自己人生的主人呢？我认为有两个可靠的标志。一是在人生的态度上自己做主，有明确坚定的价值观，有自己处世做人的原则，在俗世中不随波逐流。二是在事业的选择上自己做主，有自己真正喜欢做的事，能够全身心地投入其中，感到内在的愉快和充实。人生中有真信念，事业上有真兴趣，这二者证明了你有一个真自我。

三、灵魂的觉醒

世间一切生命中，唯有人有自我意识，能够知道自己作为生命个体的独特性和一次性，知道自己是一个“我”。但是，无论你多么看重这个“我”，它终有一死，在人世间的存在是有限而短暂的。这就产生了一个问题：人生究竟有没有更高的具有恒久价值的意义，此种意义不会因为这个“我”的死亡而丢失？其实答案已经隐藏在问题之中了，我们即使从逻辑上也可推断：要找到这种意义，唯有超越小我，把它和某种意义上的大我相沟通。那么，透过肉身自我去发现你身上的更高的自我，那个和大我相沟通的精神性自我，认清它才是你的本质，这便是灵魂的觉醒。

灵魂的觉醒有两个途径，一是信仰，二是智慧。

灵魂是基督教用语，用来指称人的精神性自我。汉语中“灵魂”这个词很有意思，可以拆分为“灵”和“魂”。和别的生命不同，人有自我意识，也就是有一个“魂”。在基督教看来，这个“魂”应该有一个神圣的来源，就是上帝。《圣经》里说，上帝是按照自己的形象造人的。其实上帝是没有形象的，完全是“灵”。所以，“魂”是从“灵”来的。可是，在进入肉体之后，“魂”忘记了自己的来源，因此必须和“灵”重建联系，这就是信仰。通过信仰，“灵”把“魂”照亮，人才真正有了“灵魂”。

哲学（包括佛教）不讲灵魂，讲智慧。汉语中“智慧”这个词也很有意思，可以拆分为“智”和“慧”。和别的生命不同，人有认识能力，就是“智”，因此能够把自己认作“我”，与作为“物”（包括他人）的周围世界区别开来。但是，“智”

的运用应该上升到一个更高的认识，就是超越物我的区别，用佛教的话说是“离分别相”，用庄子的话说是“万物与我为一”。这种与宇宙生命本体合一的境界，就是“慧”。“智”上升到“慧”，人才真正有了“智慧”。

在我看来，信仰和智慧是在用不同的方式说同一件事，二者殊途而同归，就是要摆脱肉身的限制，超越小我，让我们身上的那个精神性自我觉醒。人人身上都有这样一个更高的自我，它和宇宙大我的关系也许不可证明，但让它觉醒对于现实人生却是意义重大。第一，人生的重心会向内转化，从外部世界转向内心世界，重视精神生活。你仍然可以在社会上做大事，但境界不同了，你会把做事当作灵魂修炼的手段，通过做事而做人，每一步都走在通往你的精神目标的道路上。第二，你会和你的身外遭遇保持距离，具有超脱的心态，在精神上尽量不受无常的人间祸福以及得失的支配。在相反的情况下，精神性自我不觉醒，人第一会沉湎在肉身生活中，境界低俗。第二会受这个肉身遭遇的支配，苦海无边。人生在世，必须有一个超越的立足点，这个立足点正是信仰和智慧给你的。

朋友

一个周末的早晨，我突然想到这个题目。又是周末了，谁会给我打电话呢？我已经发现，平时的电话总是十分繁忙，周末的电话却比较稀少了。平时来电话的多为编辑、记者之类，为了约稿或采访，属于公事，周末来电话的大抵是朋友，想聊聊天或聚一聚，属于私交。那么，我的朋友越来越少了吗？

朋友实在是一个非常笼统的词。一般人所说的朋友，多指熟悉到了一定程度的熟人，遇到需要帮忙的事情，彼此间是求得上的。关于这类朋友，前贤常予苛评。克雷洛夫说："当你遇到困难时，把朋友们找来，你会得到各种好的忠告。可是，只要你一开口提到实际的援助，你最好的朋友也装聋作哑了。”马克·吐温说：“神圣的友谊如此甜蜜、忠贞、稳固而长久，以至能伴随人的整个一生——如果不要求借钱的话。”亚里士多德说得更干脆：“啊，我的朋友，世上并不存在朋友。”我不愿意把人心想象的这么坏，事实上也没有这么坏。我相信只要我的请求是对方力所能及的，我的大多数熟人一定会酌情相助。只是我这个人比较知趣，非到万不得已之时决不愿求人，而真正万不得已的情形是很少的。为了图清静，我也不喜欢把精力耗费在礼尚往来的应酬上。所以，我和一般人的交往常常难以达到所需要的熟悉程度，够不上在这个意义上称作朋友。

与泛泛之交式的友谊相反，另一些人给朋友定的标准极高，如同蒙田所描述的，必须是两个人的心灵完全相融，融合得天衣无缝，犹如两个躯体共有一颗灵魂，因而彼此对于对方都是独一无二的，其间的友谊是不容第三者分享的。据蒙田自己说，他和拉博埃西的友谊便是如此。我不怀疑天地间有这样可歌可泣的友谊，不过，就像可歌可泣的爱情一样，第一，它有赖于罕见的机遇，第二，它多半发生在青年时期。蒙田与拉博埃西就是在青年时期相识的，而且仅仅五年，后者便去世了。一般来说，这种恋情式的友谊往往带有年轻人的理想主义色彩，难以持续终身。当然，并非绝无可能，那便是鲁迅所谓“人生得一知己足矣”的境界了。不过，依我之见，既然忠贞不贰的爱情也只能侥幸得之，忠贞不贰的友谊之难觅就不算什么了不得的缺憾了。总之，至少现在我并不拥有这种独一无二的密友。

现在该说到我对朋友的理解了。我心目中的朋友，既非泛泛之交的熟人，也不必是心心相印的恋人，程度当在两者之间。在这世界上有若干个人，不见面时会互相惦记，见了面能感觉到一种默契，在一起度过一段愉快的时光，他们便是我心目中的朋友了。有时候，这样的朋友会像滚雪球一样聚合，形成一个所谓圈子。圈子容易给人以错觉，误以为圈中人都是朋友。我也有过一个格调似乎很高的圈子，当时颇陶醉于一次次高朋满座的欢谈，并且以为这样的日子会永远延续下去。未曾料到，由于生活中的变故，这个圈子对于我已不复存在。鲍斯威尔笔下的约翰生说：“一个人随着年龄增长，如不结交新朋友，他就会很快发现只剩下了孤身一人。人应当不断修补自己的友谊。”我以前读到这话很不以为然，现在才悟出了其中的辛酸。不过，交朋友贵在自然，用不着刻意追求。在寂寞的周末，我心怀感激地想起不多的几位依然互相惦记着的老朋友和新朋友，于是平静地享受了我的寂寞。

第二章 和命运结伴而行

就命运是一种神秘的外在力量而言，人不能支配命运，只能支配自己对命运的态度。一个人愈是能够支配自己对于命运的态度，命运对于他的支配力量就愈小。

和命运结伴而行

一

命运主要由两个因素决定：环境和性格。环境规定了一个人的遭遇的可能范围，性格则规定了他对遭遇的反应方式。由于反应方式不同，相同的遭遇就有了不同的意义，因而也就成了本质上不同的遭遇。我在此意义上理解赫拉克利特的这一名言：“性格即命运。”

但是，这并不说明人能决定自己的命运，因为人不能决定自己的性格。

性格无所谓好坏，好坏仅在于人对自己的性格的使用，在使用中便有了人的自由。

二

就命运是一种神秘的外在力量而言，人不能支配命运，只能支配自己对命运的态度。一个人愈是能够支配自己对于命运的态度，命运对于他的支配力量就愈小。

三

“愿意的人，命运领着走。不愿意的人，命运拖着走。”太简单一些了吧？活生生的人总是被领着或被拖着，抗争着但终于不得不屈服。

四

昔日的同学走出校门，各奔东西，若干年后重逢，便会发现彼此在做着很不同的事，在名利场上的沉浮也相差悬殊。可是，只要仔细一想，你会进一步发现，各人所走的道路大抵有线索可寻，符合各自的人格类型和性格逻辑，说得上各得其所。

上帝借种种偶然性之手分配人们的命运，除开特殊的天灾人祸之外，它的分配基本上是公平的。

五

偶然性是上帝的心血来潮，它可能是灵感喷发，也可能只是一个恶作剧；可能是神来之笔，也可能只是一个笔误。因此，在人生中，偶然性便成了一个既诱人又恼人的东西。我们无法预测会有哪一种偶然性落到自己头上，所能做到的仅是——如果得到的是神来之笔，就不要辜负了它；如果得到的是笔误，就精心地修改它，使它看起来像是另一种神来之笔，如同有的画家把偶然落到画布上的污斑修改成整幅画的点睛之笔那样。当然，在实际生活中，修改上帝的笔误绝非一件如此轻松的事情，有的人为此付出了毕生的努力，而这努力本身便展现为辉煌的人生历程。

六

人活世上，第一重要的还是做人，懂得自爱自尊，使自己有一颗坦荡又充实的灵魂，足以承受得住命运的打击，也配得上命运的赐予。倘能这样，也就算得上做命运的主人了。

七

浮生若梦，何妨就当它是梦，尽兴地梦它一场？世事如云，何妨就当它是云，从容地观它千变？

八

事情对人的影响是与距离成反比的，离得越近，就越能支配我们的心情。因此，减轻和摆脱其影响的办法就是寻找一个立足点，那个立足点可以使我们拉开与事情之间的距离。如果那个立足点仍在人世间，与事情拉开了一个有限的距离，我们便会获得一种明智的态度。如果那个立足点被安置在人世之外，与事情隔开了一个无限的距离，我们便会获得一种超脱的态度。

九

大损失在人生中的教化作用：使人对小损失不再计较。

从零开始与未完成

一

人生似乎有两个大忌。一是突遭变故，不得不从零开始，重建生活或事业。二是壮年身死，撇下未完成的生活或事业，含恨撒手人寰。

可是，仔细想想，变故有大小，谁能完全躲避得了？寿命有长短，几人可称寿终正寝？

所以，从零开始与未完成是人生的常态。

所以，人应该具备两个觉悟：一是勇于从零开始，二是坦然于未完成。

二

从头开始是人生经常可能遇到的境况。大至地震，战争，国破家亡，死里逃生，事业一败涂地。小至丧偶，失恋，经济破产，钱财被窃，身上一文不名。凡此种种，皆会使你不同程度地产生一种废墟感。当此之时，最健康的心态便是忘掉你曾经拥有的一切，忘掉你所遭受的损失，就当你是赤条条刚来到这个世界，你对自己说：“那么好吧，让我从头开始吧！”你不是坐在废墟上哭泣，而是拍拍屁股，朝前走去，来到一块空地，动手重建。你甚至不是重建那失去了的东西，因为那样你还是惦记着你的损失，你仍然把你的心留在了废墟上。不，你是带着你的心一起朝前走，你虽破产却仍是一个创业者，你虽失恋却仍是一个初恋者，真正把你此刻孑然一身所站立的地方当作了你的人生的起点。

也许这近于某种禅境。我必须承认的是，我自己达不到这种境界。一个人要达到这种无牵无挂的境界，上者必须大觉大悟，下者必须没心没肺，而我则上下两头皆够不着。

三

刚刚发生了一场灾祸，例如你最亲的亲人死了，火灾或盗贼使你失去了几乎全部财产，等等，那时候你会有一种奇异的一身轻的感觉，仿佛回到了天地间赤条条一身的原初状态。

四

有时候，专长 = 习惯 = 惰性。

习惯的力量是巨大的。一个人对任何做惯了的事情都可能入迷，哪怕这事情本身既乏味又没有意义。因此，应该经常有意识地跳出来，审视一下自己所做的事情，想一想它们是否真有某种意义。

五

分到一套房间，立即兴致勃勃地投入装修。缺一卷墙纸，托人买了来，可是兴奋已逝，于是墙上永远袒露着未裱糊的一角。

世上事大抵如此，永远未完成，而在未完成中，生活便正常地进行着。所谓不了了之，不了就是了之，未完成是生活的常态。

六

一个作家在创作旺盛时期就死了。人们叹息：他本来还可以做许多事的……

可是，想做的事情未做完就死，这几乎是必然的。不要企求把事情做完，总是有爱做的事情要做，总是在做着爱做的事情，就应该满意了。

人生寓言

一、告别遗体的队伍

那支一眼望不到头的队伍缓慢地、肃穆地向前移动着。我站在队伍里，胸前别着一朵小白花，小白花正中嵌着我的照片，别人和我一样，也都佩戴着嵌有自己的照片的小白花。

钟表奏着单调的哀乐。

这是永恒的仪式，我们排着队走向自己的遗体，同它做最后的告别。

我听见有人哭泣着祈祷："慢些，再慢些。"

可等待的滋味是最难受，哪怕是等待死亡，连最怕死的人也失去耐心了。女人们开始结毛衣，拉家常。男人们互相递烟，吹牛，评论队伍里的漂亮女人。那个小伙子伸手触一下排在他前面的姑娘的肩膀，姑娘回头露齿一笑。一位画家打开了画夹。一位音乐家架起了提琴。现在这支队伍沉浸在一片生气勃勃的喧闹声里了。

可怜的人呵，你们在走向死亡！

我笑笑：我没有忘记。这又怎么样呢？生命害怕单调甚于害怕死亡，仅此就足以保证它不可战胜了。它为了逃避单调必须丰富自己，不在乎结局是否徒劳。

二、哲学家和他的妻子

哲学家爱流浪，他的妻子爱定居。不过，她更爱丈夫，所以毫无怨言地跟随哲学家浪迹天涯。每到一地，找到了临时住所，她就立刻精心布置，仿佛这是一个永久的家。

“住这里是暂时的，凑合过吧！”哲学家不以为然地说。

她朝丈夫笑笑，并不停下手中的活。不多会儿，哲学家已经舒坦地把身子埋进妻子刚安放停当的沙发里，吸着烟，沉思严肃的人生问题了。

我忍不住打断哲学家的沉思，说道："尊敬的先生，别想了，凑合过吧，因为你在这世界上的居住也是暂时的！"

可是，哲学家的妻子此刻正幸福地望着丈夫，心里想："他多么伟大呵……"

三、幸福的西绪弗斯

西绪弗斯被罚推巨石上山，每次快到山顶，巨石就滚回山脚，他不得不重新开始这徒劳的苦役。听说他悲观沮丧到了极点。

可是，有一天，我遇见正在下山的西绪弗斯，却发现他吹着口哨，迈着轻盈的步伐，一脸无忧无虑的神情。我生平最怕见到大不幸的人，譬如说身患绝症的人，或刚死了亲人的人，因为对他们的不幸，我既不能有所表示，怕犯忌，又不能无所表示，怕显得我没心没肺。所以，看见西绪弗斯迎面走来，尽管不是传说的那副凄苦模样，深知他的不幸身世的我仍感到局促不安。

没想到西绪弗斯先开口了，他举起手，对我喊道：

"喂，你瞧，我逮了一只多漂亮的蝴蝶！"

我望着他渐渐远逝的背影，不禁思忖：总有些事情是宙斯的神威鞭长莫及的，那是一些太细小的事情，在那里便有了西绪弗斯（和我们整个人类）的幸福。

四、从一而终的女人

“先生，我的命真苦，我这一生是完完全全失败了。我羡慕您，如果可能，我真想和您交换人生。”

“老婆总是人家的好。”

“您这是什么意思？”

“听说你和你老婆过得不错。”

“我们不比你们开化，父母之命，媒妁之言，好歹得过一辈子，不兴离婚的。我不跟她好好过咋办？”

“人生就是一个从一而终的女人，你不妨尽自己的力量打扮她，引导她，但是，不管她终于成个什么样子，你好歹得爱她！”

五、诗人的花园

诗人想到人生的虚无，就痛不欲生。他决定自杀。他来到一片空旷的野地里，给自己挖了一个坟。他看这坟太光秃，便在周围种上树木和花草。种啊种，他渐渐迷上了园艺，醉心于培育各种珍贵树木和奇花异草，他的成就也终于遐迩闻名，吸引来一批又一批的游人。

有一天，诗人听见一个小女孩问她的妈妈：

“妈妈，这是什么呀？”

妈妈回答：“我不知道，你问这位叔叔吧。”

小女孩的小手指着诗人从前挖的那个坟坑。诗人脸红了。他想了想，说：“小姑娘，这是叔叔特意为你挖的树坑，你喜欢什么，叔叔就种什么。”

小女孩和她的妈妈都高兴地笑了。

我知道诗人在说谎，不过，这一回，我原谅了他。

六、与上帝邂逅

我梦见上帝，他刚睡醒，正蹲在一条小溪边刷牙。这使我感到狼狈，因为白天我还对学生们发议论，说上帝并不存在，他是人的一个梦，没有这个梦，人生就太虚幻了。可现在他明明蹲在那里刷牙。我想躲开，不料上帝已经瞥见了我。

“小伙子，别溜，”他狡猾地一笑，说道，“仔细瞧瞧，我是你的一个梦吗？”

看我不开口，他接着说：“正相反，这个世界，你们人类，连同你，都是我的一个梦！”

这话惹恼了我，我鼓起勇气反驳：“现在你睡醒了，不做梦了，怎么我还在？”

“我还没太睡醒，”他边说边直起身来，伸着懒腰，“等我全醒了，你看还有没有你……”

我忽然觉得我正在变得稀薄，快要消失，心里一惊，从梦中醒了。

第二天上课时，我告诉学生们，幸亏上帝是人的一个梦，如果他真的存在，人生也太虚幻了。

七、潘多拉的盒子

宙斯得知普罗米修斯把天上的火种偷给了人类，怒不可遏，决定惩罚人类。他下令将女人潘多拉送到人间，并让她随身携带一只密封的盒子作为嫁妆。

我相信新婚之夜发生的事情十分平常。潘多拉受好奇心的驱使，打开了那只盒子，发现里面空无一物，又把它关上了。

可是，男人们却对此传说纷纭。他们说，那天潘多拉打开盒子时，从盒里飞出许多东西，她赶紧关上，盒里只剩下了一样东西。他们一致认为那剩下的东西是希望。至于从盒里飞出了什么东西，他们至今还在争论不休。

有的说：从盒里飞出的全是灾祸，它们撒遍人间，幸亏希望留在我们手中，使我们还能忍受这不幸的人生。

有的说：从盒里飞出的全是幸福，它们逃之夭夭，留在我们手中的希望只是空洞骗人的幻影。

宙斯在天上听到男人们悲观的议论，得意地笑了，他的惩罚已经如愿实施。

天真的潘多拉听不懂男人们的争论，她兀自想到：男人真讨厌，他们对于我的空盒子说了这么多深奥的话，竟没有人想到去买些首饰和化妆品来把它充实。

八、基里洛夫自杀

基里洛夫自杀了。据说他在自杀前曾经宣布：“人为了活下去，不自杀，发明了一个上帝。可是我知道并没有上帝，也不可能有，现在我怎么还能活下去？”这么说，他是一个形而上的自杀者了。

然而，我不相信一种哲学认识能够摧毁一个人的求生本能。而只要求生本能犹存，在这世界还有所爱恋，一个人就不会单单为一种哲学原因自杀。即使对终极价值的信仰已经破灭，他还会受求生本能的驱使，替自己建立起一些非终极的价值，并依靠它们生存下去。

那么，基里洛夫究竟为何自杀呢？我以法官的身份传讯了此案的唯一证人陀思妥耶夫斯基。

“法官先生，”陀思妥耶夫斯基做证道，“我承认基里洛夫只是我的虚构。可是，难道您不认为，生命若没有永恒做担保，它本身是不值得坚持的？”

“那么你为什么不自杀呢？”

“基里洛夫已经代我这样做了。”

我恍然大悟：原来，一切悲观哲人之所以能够在这个形而下的世界上活下去，是因为他们都物色替身演员代替他们在形而上的舞台上死了一回。

九、抉择

一个农民从洪水中救起了他的妻子，他的孩子却被淹死了。

事后，人们议论纷纷。有的说他做得对，因为孩子可以再生一个，妻子却不能死而复活。有的说他做错了，因为妻子可以另娶一个，孩子却不能死而复活。

我听了人们的议论，也感到疑惑难决：如果只能救活一人，究竟应该救妻子呢，还是救孩子？

于是我去拜访那个农民，问他当时是怎么想的。

他答道："我什么也没想。洪水袭来，妻子在我身边，我抓住她就往附近的山坡游。当我返回时，孩子已经被洪水冲走了。"

归途上，我琢磨着农民的话，对自己说：所谓人生的重大抉择岂非多半如此？

十、罪犯

一个老实汉子进城，正遇上警察抓小偷，被误抓了起来。审讯时，法官厉声喝道："你犯了什么罪？从实招来！"

汉子答：“小的不曾犯罪。”

法官冷笑道：“你不曾犯罪，为何偏偏抓你，不抓别人？”

汉子无言以对，于是被定罪，判了一年监禁。

刑满释放后，汉子回到村里，依然老实种地。但他从此遭到了众人的唾弃，连小偷见了也要朝他的背影啐一口唾沫，骂道：“呸，罪犯！”

十一、医生、巫婆和佛陀

一个热爱生命的人患了绝症，只有三个月好活了，但他不甘心。

第一个月，他怀着一线希望去找医生，因为他首先是一个相信科学的人。他恳求医生运用最先进的科学手段挽救他的生命。医生照例开了药方，并直言奉告，说这些药只能暂时止痛，不能治病，因为他患的是不治之症。

第二个月，他怀着一点侥幸去找巫婆。既然科学不能救他，他就只好指望他一向斥之为迷信的巫术创造奇迹。巫婆口中念念有词，举手在他头顶上比画一阵，然后预言他必能渡过难关。可惜这预言没有灵验，他的病愈发严重了。

第三个月，他自知大限临头，难逃一死，便怀着一颗绝望的心去找佛陀。在这个没有奇迹的世界上，除了哲学和宗教，还有什么能安慰一个濒死的人呢？听佛陀宣讲了一番四谛、八正道的教理之后，他终于在似是而非的彻悟中瞑目而死了。

十二、生命的得失

一个婴儿刚出生就夭折了。一个老人寿终正寝了。一个中年人暴亡了。他们的灵魂在去天国的途中相遇，彼此诉说起了自己的不幸。

婴儿对老人说：“上帝太不公平，你活了这么久，而我却等于没活过。我失去了整整一辈子。”

老人回答：“你几乎不算得到了生命，所以也就谈不上失去。谁受生命的赐予最多，死时失去的也最多。长寿非福也。”

中年人叫了起来：“有谁比我惨！你们一个无所谓活不活，一个已经活够数，我却死在正当年。把生命曾经赐予的和将要赐予的都失去了。”

他们正谈论着，不觉到达天国门前，一个声音在头顶响起：

“众生啊，那已经逝去的和未曾到来的都不属于你们，你们有什么可失去的呢？”

三个灵魂齐声喊道：“主啊，难道我们中间没有一个最不幸的人吗？”

上帝答道：“最不幸的人不止一个，你们全是，因为你们全都自以为所失最多。谁受这个念头折磨，谁的确就是最不幸的人。”

十三、寻短见的少妇

夏天的傍晚，一个美丽的少妇投河自尽，被正在河中划船的白胡子艄公救起。

“你年纪轻轻，为何寻短见？”艄公问。

“我结婚两年，丈夫就遗弃了我，接着孩子又病死。您说，我活着还有什么乐趣？”少妇哭诉道。

“两年前你是怎么过的？”艄公又问。

少妇的眼睛亮了：“那时我自由自在，无忧无虑……”

“那时你有丈夫和孩子吗？”

“当然没有。”

“那么，你不过是被命运之船送回到了两年前。现在你又自由自在、无忧无虑了。请上岸吧。”

话音刚落，少妇已在岸上，艄公则不知去向。少妇恍若做了一个梦，她揉了揉眼睛，想了想，离岸走了。她没有再寻短见。

十四、流浪者和他的影子

命运如同一个人的影子，有谁能够摆脱自己的影子呢？

可是，有一天，一个流浪者对于自己的命运实在不堪忍受，便来到一座神庙，请求神允许他和别人交换命运。神说：“如果你能找到一个对自己命运完全满意的人，你就和他交换吧。”

按照神的指示，流浪者出发去寻找了。他遍访城市和乡村，竟然找不到一个对自己命运完全满意的人。凡他遇到的人，只要一说起命运，个个摇头叹息，口出怨言。甚至那些王公贵族，达官富豪，名流权威，他们的命运似乎令人羡慕，但他们自己并不满意。事实上，世人所见的确只是他们的命运之河的表面景色，底下许多阴暗曲折唯有他们自己知道。

流浪者终于没有找到一个可以和他交换命运的人。直到今天，他仍然拖着自己的影子到处流浪。

十五、白兔和月亮

在众多的兔姐妹中，有一只白兔独具审美的慧心。她爱大自然的美，尤爱皎洁的月色。每天夜晚，她来到林中草地，一边无忧无虑地嬉戏，一边心旷神怡地赏月。她不愧是赏月的行家，在她的眼里，月的阴晴圆缺无不各具风韵。

于是，诸神之王召见这只白兔，向她宣布了一个慷慨的决定：

“万物均有所归属。从今以后，月亮归属于你，因为你的赏月之才举世无双。”

白兔仍然夜夜到林中草地赏月。可是，说也奇怪，从前的闲适心情一扫而光了，脑中只绷着一个念头：“这是我的月亮！”她牢牢盯着月亮，就像财主盯着自己的金窖。乌云蔽月，她便紧张不安，唯恐宝藏丢失。满月缺损，她便心痛如割，仿佛遭了抢劫。在她的眼里，月的阴晴圆缺不再各具风韵，反倒险象迭生，勾起了无穷的得失之患。

和人类不同的是，我们的主人公毕竟慧心未灭，她终于去拜见诸神之王，请求他撤销了那个慷慨的决定。

十六、孪生兄弟

生和死是一对孪生兄弟。死对他的哥哥眷恋不舍，生走到哪里，他就跟到哪里。可是，生却讨厌他的这个弟弟，避之唯恐不及。尤其使他扫兴的是，往往在举杯纵饮的时候，死突然出现了，把他满斟的酒杯碰落在地，摔得粉碎。

“你这个冤家，当初母亲既然生我，又何必生你，既然生你，又何必生我！”生绝望地喊道。

“好哥哥，别这么说。没有我，你岂不寂寞？”死心平气和地说。

“永远不！”

“可是你想想，如果没有我和你竞争，你的享乐有何滋味？如果没有我同台演出，你的戏剧岂能精彩？如果没有我给你灵感，你心中怎会涌出美的诗歌，眼前怎会展现美的图画？”

“我宁可寂寞，也不愿见到你！”

“好哥哥，这可办不到。母亲怕你寂寞，才嘱我陪伴你。我这个孝子怎能不从母命？”

于是生来到大自然母亲面前，请求她把可恶的弟弟带走，别让他再纠缠自己。然而，大自然是一位大智大慧的母亲，决不迁就儿子的任性。生只好服从母亲的安排，但并不领会如此安排的好意，所以对死始终怀着一种无可奈何的怨恨心情。

十七、小公务员的死

某机关有一个小公务员，一向过着安分守己的日子。有一天，他忽然得到通知，一位从未听说过的远房亲戚在国外死去，临终指定他为遗产继承人。那是一爿价值万金的珠宝商店。小公务员欣喜若狂，开始忙碌地为出国做种种准备。待到一切就绪，即将动身，他又得到通知，一场大火焚毁了那爿商店，珠宝也丧失殆尽。小公务员空欢喜一场，重返机关上班。但他似乎变了一个人，整日愁眉不展，逢人便诉说自己的不幸。

“那可是一笔很大的财产啊，我一辈子的薪水还不及它的零头呢。”他说。

同事们原先都嫉妒得要命，现在一齐怀着无比轻松的心情陪着他叹气。唯有一个同事非但不表同情，反而嘲笑他自寻烦恼。

“你不是和从前一样，什么也没有失去吗？”那个同事问道。

“这么一大笔财产，竟说什么也没有失去！”小公务员心疼地叫起来。

“在一个你从未到过的地方，有一爿你从未见过的商店遭了火灾，这与你有什么关系呢？”

“可那是我的商店呀！”

那个同事哈哈大笑，于是被别的同事一致判为幸灾乐祸的人。据说不久以后，小公务员死于忧郁症。

十八、姑娘和诗人

一个姑娘爱上了一个诗人。姑娘富于时代气息，所以很快就委身于诗人了。诗人以讴歌女性和爱情闻名于世，然而奇怪，姑娘始终不曾听到他向她表白爱情。有一天，她终于问他：“你爱我吗？”

他沉默了一会儿，答道：

“这个问题，或者是不需要问的，或者是不应该问的。”

姑娘豁然了。不久后，诗人收到她寄来的绝交信，只有一句话：

“你的那些诗，或者是不需要写的，或者是不应该写的。”

但诗人照旧写他的爱情诗，于是继续有姑娘来向他提出同一个问题。

十九、幸免者的哄笑

我们排成整齐的横队。队列的正前方，一个长官手持测笑器，威严地盯视着我们。思考着这整个可笑的场面，我憋不住想笑，可是我不敢。谁若被测笑器测出一丝笑容，就得自动走出队列，脱下裤子，接受五十皮鞭的处罚。

我用双眼的余光窥视左右，发现队伍里个个都憋着笑，但个个都拼命装出一副严肃的面容。确实不是闹着玩的，谁也不能担保自己不成为那个倒霉鬼。

突然，听见长官厉声喊我的名字，我顿知事情不妙，机械地迈步走出队列。这时候，我的背后爆发出了一阵哄笑。回过头去，只见队伍里个个都用幸灾乐祸的眼光看着我。这使我愤怒了。我记得我并没有笑，而这些可怜虫，他们自己不也随时有可能无辜受罚吗？

“我没有笑！”我抗议。

然而长官却不分青红皂白，命令我脱裤子。我拒绝了。长官大怒，当即改判我死刑，在一片哄笑声中向我举起了手枪。

砰的一声，我醒了。原来是个梦。最近我老做噩梦。

二十、无赖的逻辑

无赖向朋友借了一笔钱。三天后，朋友催他还钱，他义愤填膺地叫喊起来：

“你怎么这样计较，才几天，就来逼债？”

朋友尴尬一笑，按下不提。三年后再催还，无赖又义愤填膺地叫喊起来：

“你怎么这样计较，多久了，还念念不忘？”

无赖终于没有还钱，并且逢人便说他的这位朋友多么吝啬计较，不够朋友。他愈说愈气愤，最后庄严宣告，他业已和如此不配做他的朋友的人断交。

二十一、落难的王子

有一个王子，生性多愁善感，最听不得悲惨的故事。每当左右向他禀告天灾人祸的消息，他就流着泪叹息道：“天哪，太可怕了！这事落到我头上，我可受不了！”

可是，厄运终于落到了他的头上。在一场突如其来的战争中，他的父王被杀，母后受辱自尽，他自己也被敌人掳去当了奴隶，受尽非人的折磨。当他终于逃出虎口时，他已经身罹残疾，从此以后流落异国他乡，靠行乞度日。

我是在他行乞时遇到他的，见他相貌不凡，便向他打听身世。听他说罢，我早已泪流满面，发出了他曾经发过的同样的叹息：

“天哪，太可怕了！这事落到我头上，我可受不了！”

谁知他正色道——

“先生，请别说这话。凡是人间的灾难，无论落到谁头上，谁都得受着，而且都受得了——只要他不死。至于死，就更是一件容易的事了。”

落难的王子撑着拐杖远去了。有一天，厄运也落到了我的头上，而我的耳边也响起了那熟悉的叹息：

“天哪，太可怕了……”

二十二、执迷者悟

佛招弟子，应试者有三人，一个太监，一个嫖客，一个疯子。

佛首先考问太监：“诸色皆空，你知道吗？”

太监跪答：“知道。学生从不近女色。”

佛一摆手：“不近诸色，怎知色空？”

佛又考问嫖客：“悟者不迷，你知道吗？”

嫖客嬉皮笑脸答：“知道，学生享尽天下女色，可对哪个婊子都不迷恋。”

佛一皱眉：“没有迷恋，哪来觉悟？”

最后轮到疯子了。佛微睁慧眼，并不发问，只是慈祥地看着他。

疯子捶胸顿足，凄声哭喊：“我爱！我爱！”

佛双手合十：“善哉，善哉。”

佛收留疯子做弟子，开启他的佛性，终于使他成了正果。

二十三、清高和嫉妒

两个朋友在小酒店里喝酒，聊起了他们的一个熟人。

在任何世道，小人得志、下流坯走运是寻常事。他们的这个熟人既然钻营有术，理应春风得意。他升官、发财、成名、留洋，应有尽有。还有一打左右的姑娘向他奉献了可疑的贞操和可靠的爱情——姑娘们从来都真心诚意地热爱成功的男人。

其中一个朋友啪地放下酒杯，激动地说：“我打心眼里蔑视这种人！”接着有力地抨击了世风的败坏和人心的堕落，雄辩地论证了精神生活的高贵和身外之物的卑俗。最后，尽管他对命运的不公大表义愤，但仍以哲学家的风度宣布他爱他的贫困寂寞的命运。

显然，他是一个非常清高的人。由于他的心灵暗暗受着嫉妒的折磨，更使他的清高有了一种悲剧色彩。

另一个朋友慢慢呷着杯里的酒，懒洋洋地问道："可是，那个家伙的事和你有什么关系呢？"

二十四、诺亚的子孙

上帝降下大洪水，毁灭了罪恶的人类。只有诺亚得到赦免，他驾着方舟，带着妻小，漂流在无边无际的大海上，等待大洪水退落的那一天。

上帝许诺，陆地将重新露出海面。所以，诺亚的内心是充实的，他的漂流是有目的的。

可是，对于上帝反复无常的脾性，我实在太了解了。我不得不假定，上帝后来改变了心思。撒手不管，听凭洪水滔滔不再退落。诺亚继续在无边无际的大海上漂流，但他的漂流已经没有目的，他所期待的陆地已经永远沉落，他的内心唯有悲凉和绝望。

事实难道不正是如此？直到今天，我们，诺亚的子孙们，每人依然驾着自己的方舟——自己的人生，在茫茫宇宙之海上漂流，徒劳地寻找着一小块可以停靠的陆地。

二十五、微不足道的事情

有一个善于反省的人，在他生命中的某一天，突然省悟到自己迄今所做的全是微不足道的事情。他想到生命的短暂，不禁为自己虚度了宝贵的光阴而痛心。于是他暗暗发誓，从此一定要万分珍惜光阴，用剩余的生命做成一件最有价值的事情。

许多年过去了，我们的这位朋友始终忠于自己的誓言，不做任何微不足道的事情。他一直在寻找那件足以使他感到不虚此生的最有价值的事情。可是，他没有找到。生命太宝贵了，无论用它来做什么都有点儿可惜。结果，他什么事也没有做，既没有做微不足道的事情，也没有做最有价值的事情。而他的宝贵的生命，却照样在这无所事事中流逝而去。

终于有一天，他又一次反省自己，不愿再这样无所事事地生活；人活着总得做点什么，既然找不到最有价值的事情，就只好做微不足道的事情。所以，现在他怀着一种宿命的安乐心情做着种种微不足道的事情。

二十六、想不明白的问题

一个异乡人走在一座城市里，脑中想着拯救、永恒以及诸如此类的问题，不知不觉地走到了一条偏僻的街道上。一群流氓突然包围了他，用拳头和棍棒把他打翻在地。他们搜遍他的衣服，找不到他们所想要的钱财。他们又用铁器撬开他的嘴巴，发现嘴里没有他们所想要的金牙。于是，他们气急败坏地责问他："你究竟有什么？"

"我有许多想不明白的问题。"他抱歉地回答。

"哈哈，想不明白的问题对谁都没有用！"他们发出一阵狂笑，然后拔出匕首，割断了他的喉管。离去前，他们还对他的尸体甩下一句幸灾乐祸的话："现在，你已经没有任何想不明白的问题了。"

对人性的不同解释

一

人是天生的猜谜者。他的惊奇的目光所至，无处不是谜，而他置身于其中的宇宙就是一个永恒之谜。可是，到头来他总是发现，最大的谜还是他自己。人的心灵神游五湖四海之外，最后又回到自身，对世间这最奇妙的现象凝神思索。

二

自从古希腊哲人引用神谕提出“认识你自己”的任务以来，人类在自我认识方面好像没有显著的进步。围绕人身上的兽性和神性，人们做出了五花八门的文章，我们得到的是关于人的一大堆矛盾的定义。一个合理的解释是，人本来就是一种不可定义的东西，每一个定义只是表达了下定义者的一种心情。

三

关于“自我”，我们可以听到非常不同的谈论。一些人说，“自我”是每个人身上最真实的东西，另一些人说，“自我”只是一种幻觉，还有一些人说，“自我”是一种有待于塑造的东西。按照“成为自我”“实现自我”的说法，“自我”好像是极有价值的东西。按照“克服自我”“超越自我”的说法，“自我”又好像很没有价值。这些相左的谈论往往还会出自同一个哲学家之口。原因可能有二：“自我”本身的确包含着悖论；用“自我”这个词谈论着不同的东西。

四

哲学所提出的任务都是不可能完成的，包括这一个任务："认识你自己！"

无人能知道他的真正的"自我"究竟是什么。关于我的"自我"，我唯一确凿知道的它的独特之处仅是，如果我死了，无论世上还有什么人活着，它都将不复存在。

五

活在世上，这似乎是一件最平常的事，凡活着的人都对它习以为常了。可是，它其实不是一件最可惊的事吗？为什么世界上有一个我，而不是没有我？每当这个问题在我心中浮现的时候，我就好像要从世界之梦中醒来一样。不过，我从来没有真正醒来。也许，梦醒之日，我才能知道答案，但同时也就没有我了。

六

对人性的一种解释：人性是介于动物性和神性之间的一种性质，是对动物性的克服和向神性的接近。按照这种解释，人离动物状态越远，离神就越近，人性就越高级、越完满。

然而，这会不会是文明的一种偏见呢？譬如说，聚财的狂热，奢靡的享受，股市，毒品，人工流产，克隆技术，这一切在动物界是绝对不可想象的，现代人离动物状态的确是越来越远了，但何尝因此而靠近了神一步呢？相反，在这里，人对动物状态的背离岂不同时也是对神的亵渎？

那么，对人性也许还可以做出另一种解释：人性未必总是动物性向神性的进步，也可能是从动物性的退步，比动物性距离神性更远。也许在人类生活日趋复杂的现代，神性只好以朴素的动物性的方式来存在，回归生命的单纯正是神的召唤。

七

贬低人的动物性也许是文化的偏见，动物状态也许是人所能达到的最单纯的状态。

八

人性中的高级和低级——

柏拉图把人的心灵划分为理性、意志、情感三个部分，并断定它们的地位由高及低，判然有别，呈现一种等级关系。自他以后，以理性为人性中的最高级部分遂成西方哲学的正统见解。后来也有人试图打破这一正统见解，例如把情感（卢梭）或者意志（费希特）提举为人性之冠，但是，基本思路仍是将理性、意志、情感三者加以排队，在其中选举一个统帅。

能否有另一种思路呢？譬如说，我们也许可以这样来看：在这三者之间并无高低之分，而对其中的每一者又可做出高低的划分。让我来尝试一下——

理性有高低之别。低级理性即科学理性、逻辑、康德所说的知性，是对事物知识的追求，高级理性即哲学理性、形而上学、康德所说的理性，是对世界根本道理的追求。

意志有高低之别。低级意志是生物性的本能、欲望、冲动，归根到底是他律，高级意志则是对生物本能的支配和超越，是在信仰引导下的精神性的修炼，归根到底是自律。

情感有高低之别。低级情感是一己的恩怨悲欢，高级情感是与宇宙众生息息相通的大爱和大慈悲。

按照这一思路，人性实际上被分成了两个部分：一是低级部分，包括生物意志、日常情感和科学理性；二是高级部分，包括道德意志、宗教情感和哲学理性。简言之，就是兽性和神性，经验和超验。丝毫没有新颖之处！我只是想说明，此种划分是比知、情、意的划分更为本质的，而真正的精神生活必定是融知、情、意为一体的。

九

通常认为，理性和情感是两种不同的心理能力，它们各在其位，各司其职。一般来说，理性还往往被看作高级的能力，享有真理在握的荣誉，而作为低级能力的情感则被看作对真理的干扰。因此，历来理性一直被视为学术研究的基础，而情感则最多只能成为艺术表现的对象。然而，事实上，人的心灵生活原是一种混沌，理性与情感的划分只具有十分相对的意义。

十

在人身上，弱点与尊严并非不相容的，也许尊严更多地体现在对必不可免的弱点的承受上。

灵魂的在场

现代生活的特点之一是灵魂的缺席。它表现在各个方面，例如使人不得安宁的快节奏，远离自然，传统的失落，环境的破坏，人与人之间亲密关系的丧失，等等。痛感于此，托马斯·摩尔把关涉灵魂生活的古今贤哲的一些言论汇集起来，编成了这本《心灵书》。书的原题是《灵魂的教育》，可见是作为一本灵魂的教科书来编著的。作者在前言中说：“我们这个时代的最大问题是训示太多，教育太少。”在他看来，教育应是一门引导人的潜能的艺术，在最深层次上则是一门诱使灵魂从其隐藏的洞穴中显露出来的艺术。我的理解是，教育的本义是唤醒灵魂，使之在人生的各种场景中都保持在场。那么，相反，倘若一个人的灵魂总是缺席，不管他多么有学问或多么有身份，我们仍可把他看作一个没有受过教育的蒙昧人。

关于什么是灵魂，费西诺有一个说法，认为它是连接精神和肉体的中介。荣格也有一个说法，认为精神试图超越人性，灵魂则试图进入人性。这两种说法都很好，加以引申，我们不妨把灵魂定义为普遍性的精神在个体的人身上的存在，或超越性的精神在人的日常生活中的存在。一个人无论怎样超凡脱俗，总是要过日常生活的，而日常生活又总是平凡的。所以，灵魂的在场未必表现为隐居修道之类的极端形式，在绝大多数情形下，恰恰是表现为日常生活中的精神追求和精神享受。这就是作者所说的“平凡的神圣”之含义。他说得对：“能够真正享受普通生活并不是一件容易的事。”尤其是在今天，日常生活变成了无休止的劳作和消费，那本应是享受之主体的灵魂往往被排挤得没有容足之地了。

日常生活是包罗万象的，就本书涉及的内容而言，我比较关注这几个方面：工作与闲暇，自然与居住，孤独与交流。在所有这些场合，生活的质量都取决于灵魂是否在场。

在时间上，一个人的生活可分为两部分，即工作与闲暇。

最理想的工作是那种能够体现一个人的灵魂的独特倾向的工作。正如作者所说："当我们灵魂中独特的一面与我们所从事的工作相融合时，我们发现本性与勤奋结出的是甜蜜的果实，它可以医好一切创伤。"当然，远非所有的人都能从事自己称心的职业的，但是我始终相信，一个人只要真正优秀，他就多半能够突破职业的约束，对于他来说，他的心血所倾注的事情才是他的真正的工作，哪怕是在业余所为。同时，我也赞成这样的标准：一个人的工作是否值得尊敬，取决于他完成工作的精神而非行为本身。这就好比造物主在创造万物之时，是以同样的关注之心创造一朵野花、一只小昆虫或一头巨象的。无论做什么事情，都力求尽善尽美，并从中获得极大的快乐，这样的工作态度中的确蕴含着一种神性，不是所谓职业道德或敬业精神所能概括的。关于闲暇，我在这里只想指出一点：度闲的质量亦应取决于灵魂所获得的愉悦，没有灵魂的参与，再高的消费也只是低质量地消度了宝贵的闲暇时间。

在空间上，可以把环境划分为自然和人工两种类型。如果说自然是灵魂的来源和归宿，那么，人工建筑的屋宇就应该是灵魂在尘世的家园。作者强调，无论是与自然，还是与人工的建筑，都应该有一种亲密的关系。在一个关注灵魂的人眼中，自然中的一丘一壑，一草一木，都有着自己的生命和故事。同样，家居中的简单小事，诸如为门紧一根螺钉，擦干净一块玻璃，都会给屋子注入生命，使人对家产生更亲密的感觉。空间具有一种神圣性，但现代人对此已经完全陌生了。对于过去许多世代的人来说，不但人在屋宇之中，而且屋宇也在人之中，它们是历史和记忆，血缘和信念。正像黑尔诗意地表达的那样："旧建筑在歌唱。"可是现在，人却迷失在了高楼的迷宫之中，不管我们为装修付出了多少金钱和力气，屋宇仍然是外在于我们的，我们仍然是居无定所的流浪者。

说到人与人的关系，则不外是孤独和社会交往两种状态。交往包括婚姻和家庭，也包括友谊、邻里以及更广泛的人际关系。令作者担忧的也是人与人之间的亲密关系的消失。譬如说，论及婚姻问题，从前的大师们关注的是灵魂，现在的大师们却大谈心理分析和治疗。书信、日记、交谈——这些亲切的表达方式是更适合于灵魂需要的，现在也已成为稀有之物，而被公关之类的功利行动或上网之类的虚拟社交取代了。应该承认，现代人是孤独的。但是，由于灵魂的缺席，这种孤独就成了单纯的惩罚。相反，对于珍惜灵魂生活的人来说，如同默顿所说，孤独却应该是"生活的必需品"。或者，用蒂利希的话表述，人人都离不开一种广义的宗教，这种宗教就是对寂寞的体验。

我把自己读这本书时的感想写了下来。说到这本书本身，我的印象是，作者大约也是一位心理分析的信徒，因此，把荣格、希尔曼这样的心理分析家的言论选得多了一些。在我看来，还有许多贤哲说过一些中肯得多也明白得多的话语，那是更值得选的。不过，对此我无意苛责。事实上，不同的人来编这样的书，编成的面貌必定是很不同的。我希望自己有一天也来编一本心灵书。我还希望每一个关注灵魂的人都来编一本他自己的心灵书。说到底，每一个人的灵魂教育都只能是自我教育。

灵魂教育

我认为灵魂与头脑是有区别的，人对美和爱的需要，对意义的需要，这些都不能用头脑来解释，我只能说来自灵魂。灵魂的教育可以相对地区分为美育和德育。美育的目标是造就丰富的灵魂，使人有丰富的情感体验和内心生活，德育的目标是造就高贵的灵魂，使人有崇高的精神追求，二者合起来，灵魂教育的目标就是心灵的健康生长，实现灵魂的价值。

谈到美育，现在许多家长好像很重视孩子的艺术教育，让孩子学各种技能，弹钢琴呀，画画呀，但出发点极其功利，无非是为了孩子将来多一条路可走。这是违背了美育的本义，结果只能是败坏孩子对艺术的感觉。艺术是最自由、最没有功利性的精神活动，掺杂进功利的考虑，就不是艺术了。美育也决不限于学一点吹拉弹唱或者画画的技能，它的范围广泛得多，凡是能陶冶性情、丰富心灵的活动都是审美教育。

那么，怎样才能使灵魂丰富呢？欣赏艺术，欣赏大自然，情感的经历和体验。除此之外，我提两点一般性的建议。一个是要养成过内心生活的习惯。我们平时总是在和别人一起聊天、谈话、办事，但是人应该留一点时间给自己，什么事也别做，什么人也不见，和自己的灵魂在一起，这叫独处。这个时代大家都很看重交往的能力，我承认交往是一种能力，但独处是一种更重要的能力，缺乏这种能力是更大的缺陷。一个人不喜欢自己，和自己在一起就难受，这样的人肯定是没有内涵的，他对别人也不会有多大益处，他到别人那里去对别人只是一种打扰。

另一个建议是读书，读好书。不能光读专业书，还要读一些与专业无关的书，罗素所说的“无用的书”。当你读了从古希腊以来的哲学人文经典，你会发现这是莫大的享受。人类的精神宝库属于每一个人，向每一个人敞开着，你不走进去享受里面的珍宝，就等于你把自己的权利放弃了，那是何等可惜。

最后谈德育。我觉得对德育也一直有一种狭隘的理解，就是把它仅仅看成一些规范的灌输，比如集体主义、爱国主义、诚实、守纪律之类。和美育一样，德育也应该是对灵魂的教育，目标是实现灵魂的价值。

从人性看，道德有两个层次。一个是人的社会性层次，道德是维护社会秩序的手段。另一个是人的精神性层次，道德是灵魂的追求。这两个层次都不可缺少，但精神性的层次是更为根本的。人有超越于生物性的精神性，它是人身上的神性，意识到自己身上有这个神性部分，并且按照它的要求来行动，这是道德的本义，它是真正自律的。如果没有这个基础，只在社会层面上谈道德，道德就仅仅是维护社会秩序和处理人际关系的手段，是他律。我们进行道德教育，应该从根本入手，使人们意识到人的灵魂的高贵，在行为中体现出这种高贵。什么是灵魂的高贵呢？就是有做人的尊严，有做人的原则，在任何情况下都不做亵渎人身上的神性的事。

神圣的好奇心

天生万物，人只是其中一物，使人区别于万物的是理性。动物唯求生存，而理性不只是生存的工具，它要求得比生存更多。当理性面对未知时，会产生探究的冲动，要把未知变成知，这就是好奇心。好奇心是理性觉醒和活跃的征兆。在好奇心的推动下，人类仰观天象，俯察地理，思考宇宙，探索万物，于是有了哲学和科学。动物匍匐在尘土之中，好奇心把人类从尘土中超拔出来，成为万物之灵。

也许，正是在这个意义上，爱因斯坦把好奇心称为“神圣的好奇心”。

好奇心是人的最重要的智力禀赋之一。做父母的都会发现，孩子在幼儿期皆有强烈的好奇心，对事物充满探问的兴趣。我设想，倘若人人能把幼儿期的好奇心保持到成年，世界上会有多少聪明的大脑啊。

然而，这几乎是不可能的。如同爱因斯坦所说，“神圣的好奇心”是一株脆弱的嫩苗，它是很容易夭折的。不说别人，就说这位大物理学家本人，他竟也有过好奇心险遭夭折的经历。他自己回忆，他 17 岁进入苏黎世工业大学，为了应付考试，不得不把许多废物塞进自己的脑袋，其结果是在考试后的整整一年里，他对任何科学问题的思考都失去了兴趣。鉴于这个经历，他如此感叹道：“现代的教学方法竟然还没有把研究问题的神圣好奇心完全扼杀掉，真可以说是一个奇迹。”

请不要用我们今天应试教育的严酷状况去推测爱因斯坦当年的处境，事实上，他不过是一年之中考了两次试而已，而且他告诉我们，他多数时间是自由的，仅在考试前借来了同学的课堂笔记，死记硬背以应付考试。尽管如此，他的智力兴趣仍然因此受到了严重伤害。

爱因斯坦得出结论说：好奇心这株嫩苗，除了需要鼓励外，主要需要自由，强制必然会损害探索的兴趣。

大约无须再把今天中国学生——从小学生一直到研究生——所受的强制与爱因斯坦当年所受的那一点儿强制作比较了吧。学校教育当然是不能完全排除强制性考试的，区别在于它在整个教育体制中所处的地位和所占的比重。如果强制性考试成为教学主要的乃至唯一的目的、方法、标准，便是典型的应试教育，而这正是我们今天的现实。

一般来说，好奇心会随着年龄增长而递减，这几乎是一个规律，即使在最好的教育制度下恐怕也是这样。那些能够永葆好奇心的人不啻幸存者，而人类的伟大文化创造多半出自他们之手。唯因如此，教育必须十分小心地保护好奇心，为它提供良好的生长环境。我相信，像爱因斯坦这样的天才，其强大的智力禀赋足以战胜任何不良的外部环境，但普通人就没有这么幸运了，一种坏的教育制度的杀伤力几乎是摧毁性的。尤其在基础教育阶段，好奇心这棵嫩苗正处在生长的关键期，一旦受到摧残，后果很可能是不可逆的。

在教育上，好奇心体现为学习的兴趣。所谓兴趣，其主要成分就是智力活动的快乐，包括好奇心获得满足的快乐。一个人做事是出于兴趣，还是出于强制，效果大不一样。出于兴趣做事，心情愉快，头脑处于积极主动的状态，往往事半功倍。出于强制做事，心情沮丧，头脑处于消极被动的状态，往往事倍功半。做一般的事尚且如此，学习就更是如此了。因为学习是纯粹的智力活动，如果学生在学习中不能感受到智力活动本身的快乐，学习就会是百分之百的痛苦。遗憾的是，这正是今天多数学生的状况。

情况本来不该是这样的。人有智力禀赋，这种禀赋需要得到生长和运用，原是人性的天然倾向。学生之所以视学习为莫大的痛苦，原因恰恰在于，应试教育不但不是激活，反而是压抑智力活动的，本质上是反智育的。

兴趣应该是智育的第一要素，如果不能激发起学生对知识的兴趣，就谈不上素质教育。强调兴趣在教育中的意义，绝不意味着对学生放任自流，相反，这是一个很高的要求，为此教师必须自己是充满求知兴趣的人，并且善于对学生的兴趣差异予以同情的观察，发现隐藏在其后的能力，真正因材施教。教材也必须改革，提高其智力活动的含量，使之真正能够激发学生探索和思考的兴趣。比如说，哲学教材就不能只是一些教条，而应该能真正启迪学生爱智慧。相比之下，靠重复灌输和强迫记忆标准答案奏效的应试教育真是太偷懒也太省力了，当然，同时也无比辛苦，因为这是一种低水平的简单繁重劳动，教师自己从中也品尝不到丝毫智力乐趣，辛苦成了百分之百的折磨。

爱与孤独

一

孤独中有大快乐，沟通中也有大快乐，两者都属于灵魂。一颗灵魂发现、欣赏、享受自己所拥有的财富，这是孤独的快乐。如果这财富也被另一颗灵魂发现了，便有了沟通的快乐。所以，前提是灵魂的富有。对于灵魂空虚之辈，不足以言这两种快乐。

二

在舞曲和欢笑声中，我思索人生。在沉思和独处中，我享受人生。

三

你与你的亲人、友人、熟人、同时代人一起穿过岁月，你看见他们在你的周围成长和衰老。可是，你自己依然是在孤独中成长和衰老的，你的每一个生命年代仅仅属于你，你必须独自承担岁月在你的心灵上和身体上的刻痕。

四

一颗平庸的灵魂，并无值得别人理解的内涵，因而也不会感受到真正的孤独。孤独是一颗值得理解的心灵寻求理解而不可得，它是悲剧性的。无聊是一颗空虚的心灵寻求消遣而不可得，它是喜剧性的。寂寞是寻求普通的人间温暖而不可得，它是中性的。然而，人们往往将它们混淆，甚至以无聊冒充孤独……

“我孤独了。”啊，你配吗？

五

有两种孤独。

灵魂寻找自己的来源和归宿而不可得，感到自己是茫茫宇宙中的一个没有根据的偶然性，这是绝对的、形而上的、哲学性质的孤独。灵魂寻找另一颗灵魂而不可得，感到自己是人世间的一个没有旅伴的漂泊者，这是相对的、形而下的、社会性质的孤独。

前一种孤独使人走向上帝和神圣的爱，或者遁入空门。后一种孤独使人走向他人和人间的爱，或者陷入自恋。

一切人间的爱都不能解除形而上的孤独。然而，谁若怀着形而上的孤独，人间的爱在他眼里就有了一种形而上的深度。当他爱一个人时，他心中会充满佛一样的大悲悯。在他所爱的人身上，他又会发现神的影子。

六

当一个孤独寻找另一个孤独时，便有了爱的欲望。可是，两个孤独到了一起就能够摆脱孤独了吗？

孤独之不可消除，使爱成了永无止境的寻求。在这条无尽的道路上奔走的人，最终就会看破小爱的限度，而寻求大爱，或者——超越一切爱，而达于无爱。

七

人在世上是需要有一个伴的。有人在生活上疼你，终归比没有好。至于精神上的幸福，这只能靠你自己——永远如此。只要你心中的那个美好的天地完好无损，那块新大陆常新，就没有人能夺走你的幸福。

八

有邂逅才有人生魅力。有时候，不必更多，不知来自何方的脉脉含情的一瞥，就足以驱散岁月的阴云，重新唤起我们对幸福的信心。

九

那些不幸的天才，例如尼采和凡·高，他们最大的不幸并不在于无人理解，因为精神上的孤独是可以用创造来安慰的，而恰恰在于得不到普通的人间温暖，活着时就成了被人群遗弃的孤魂。

十

独身的最大弊病是孤独，乃至在孤独中死去。可是，孤独既是一种痛苦，也是一种享受，而再好的婚姻也不能完全免除孤独的痛苦，却多少会损害孤独的享受。至于死，任何亲人的在场都不能阻挡它的必然到来，而且死在本质上总是孤独的。

十一

当我们知道了爱的难度，或者知道了爱的限度，我们就谈论友谊。当我们知道了友谊的难度，或者知道了友谊的限度，我们就谈论孤独。当然，谈论孤独仍然是一件非常奢侈的事情。

十二

“有人独倚晚妆楼”——何等有力的引诱！她以醒目的方式提示了爱的缺席。女人一孤独，就招人怜爱了。

相反，在某种意义上，孤独是男人的本分。

留住那个心智觉醒的时刻

一个五岁的男孩看见指南针不停转动，最后总是指向同一个方向。他心中顿时充满惊奇：没有一只手去拨动，怎么会发生这样的事呢？从这个时刻起，他相信事物中一定藏着某种秘密，等待着他去发现。爱因斯坦之成为伟大的科学家，就是从这个时刻开始的。在所有孩子的成长过程中，都会出现这样的时刻：好奇心觉醒了，面对成年人已经习以为常的世界，他们提出了绝大部分成年人没有想到也回答不了的问题。和好奇心一起，还有想象力和理解力，荣誉感和自尊心，心灵的快乐和痛苦，总之，人类精神的一切高贵禀赋也先后觉醒了。假如每个孩子生命中的这个时刻在日后都能延续下去，成为真正的起点，人类会拥有多少托尔斯泰、爱因斯坦、海德格尔啊。当然，这是不可能的，由于心智的惰性、教育的愚昧、功利的驱迫、生活的磨难等原因，对于大多数人来说，儿童时代的这个时刻仿佛注定只是昙花一现，然后不留痕迹地消失了。但是，趁现在的孩子们正拥有着这个时刻，我们能否帮助他们尽可能多地留住它呢？

《诺贝尔奖获得者与儿童对话》所做的也许就是这样一件有意义的工作。不妨说，获奖者们正是一些幸运地留住了那个心智觉醒时刻的人，在那个时刻之后，他们没有停止提问和思考，终于找出了隐藏在事物中的某个或某些重大秘密。比如1986年物理学奖得主宾尼希，在他小时候，由于父母不让他随便打电话，他就自己想办法，用两个罐头盒和一根紧绷的长绳子制作了一部土电话机。当孩子们能够用它在相邻房间清楚地通话时，他品尝到了成功的巨大快乐。后来他因研制可以拍摄到原子结构的光栅隧道显微镜而得奖，我相信这一成果与那部土电话机之间一定存在着某种联系。伟大的创造之路往往始于童年的某个时刻，不但科学家如此，其他领域的精神创造者很可能也是如此。1997年文学奖得主达里奥·福是一位大剧作家，他从小就喜欢和两个弟弟一起演戏给别的孩子看，不过当时他并不把这看作戏剧，而只是当作游戏。正是根据亲身经历，对于“究竟是谁发明了戏剧”这个问题，他给出了一个意味深长的答案：是儿童发明的，没有游戏就不会有戏剧，剧作家和演员不过是把儿童的游戏当作职业干的人而已。

为什么天空是蓝的？为什么树叶是绿的？为什么我们忘记一些事情而不忘记另一些事情？为什么有男孩和女孩？为什么1+1=2？为什么有贫穷和富裕？为什么会有战争？……这些诺奖获得者所回答的问题似乎都属于“十万个为什么”的水平，可是，请仔细想一想，不必说孩子，有多少大人能够说清楚这些貌似简单的问题？他们的讲述还表明，他们每个人的特殊贡献往往就是建立在解决某一简单问题的基础之上的，是那个简单问题的延伸和深化。关于科学家工作的性质，1986 年化学奖得主波拉尼有一个生动的说法：和小说家一样，科学家也是讲故事的人，他们用自己讲的故事来为看似杂乱的事物寻找一种联系，为原因不明的现象提供一种解释。的确，在一定意义上，一切创造活动都是针对问题讲故事，是把故事讲得令人信服的努力。譬如说，自然科学是针对自然界的问题讲故事，社会科学是针对社会的问题讲故事，文学艺术是针对人生的问题讲故事，宗教和哲学是针对终极问题讲故事。我由此想到，我们不但要鼓励孩子提问题，而且要鼓励他们针对自己提的问题讲故事，通过故事给问题一个解答。是对是错无所谓，只要是在动脑筋，就能使他们的思考力和想象力得到有效的锻炼。

请诺奖获得者与儿童对话，这是一个有趣的构想。对诺奖获得者自己来说，这是向童年的回归，不管这些大师们所发现的秘密在理论上多么复杂，现在都必须还原成儿童所能提出的原初的、看似简单的问题，仿佛要向那个儿童时代的自己做一个明白的交代。对读这本书的孩子们来说，这是很及时的鼓励，他们也许会发现，那些在成年人世界里备受敬仰的大师离他们却非常近，其实都是一些喜欢想入非非的大孩子。这本书当然未必能指导哪一个孩子在将来获得诺贝尔奖，但它可能会帮助许多孩子获得比诺贝尔奖更加宝贵的东西，那就是对提问权利的坚持、对真理的热爱和永不枯竭的求知欲，有了这些东西，他们就能够成长为拥有内在的富有和尊严的真正的人。

第三章 生命本来没有名字

尊重生命的价值，包括尊重自己的生命和尊重别人的生命。我认为一个人首先要尊重自己的生命，如果你不懂得尊重自己的生命，实际上你就不可能懂得尊重别人的生命。

做自己的朋友

有人问斯多噶派创始人芝诺：“谁是你的朋友？”他回答：“另一个自我。”

人生在世，不能没有朋友。在所有朋友中，不能缺了最重要的一个，那就是自己。缺了这个朋友，一个人即使朋友遍天下，也只是表面的热闹而已，实际上他是很空虚的。

一个人是否是自己的朋友，有一个可靠的测试标准，就是看他能否独处，独处是否感到充实。如果他害怕独处，一心逃避自己，他当然不是自己的朋友。

能否和自己做朋友，关键在于有没有芝诺所说的“另一个自我”。它实际上是一个人的更高的自我，这个自我以理性的态度关爱着那个在世上奋斗的自我。理性的关爱，这正是友谊的特征。有的人不爱自己，一味自怨，仿佛自己的仇人。有的人爱自己而没有理性，一味自恋，俨然自己的情人。在这两种场合，更高的自我都是缺席的。

成为自己的朋友，这是人生很高的成就。塞涅卡说，这样的人一定是全人类的朋友。蒙田说，这比攻城治国更了不起。我只想补充一句：如此伟大的成就却是每一个无缘攻城治国的普通人都有希望达到的。

尊重生命

一、生命是最基本的价值

讲人文精神，讲尊重人的价值，第一条就应该是尊重生命的价值。为什么呢？因为生命是最基本的价值，是人生其他一切价值的前提和基础。对于每一个人来说，生命是最珍贵的，没有了生命什么都谈不上。这个道理应该说是不言而喻的。一个最简单的道理是，每个人只有一条命，在无限的时空中，在宇宙的永恒运动中，每个人只有一次机会活到这个世界上来。认真说来，其实每一个人在这个宇宙间产生的机会几乎等于零。

我有时想，我能够生到这个世界上来，这真是一件不可思议的事情。如果我的父亲和母亲不认识就不会有我，他们认识了没有结婚也不会有我，他们结了婚不在某个特定的时刻做爱还是不会有我。一直往上推，母亲的父亲和母亲，父亲的父亲和母亲，一直推到最早的老祖宗，里面只要有一个因素改变，就不会有我。你说这个机会是多么的小，几乎等于零。但是，我总算生出来了。可是，我如此偶然地来到这个世界，却又必然地要离开这个世界，我死了以后，这个宇宙间再也不可能第二次把我产生出来了。这么一想，你可能觉得生命是一种非常虚幻的东西，也可能觉得生命是一种非常珍贵的东西。不管怎么说，人珍惜自己的这个只有一次的生命，我认为是最正常的，是特别可以理解的。那么，我们应该将心比心，对于别人的生命，对于每一个生命，我们都要想到他只有一次机会，如果他失去了生命，他就再也没有第二次机会了。所以，我们每个人对自己的生命要珍惜，对别人的生命要关爱。

生命不但是珍贵的，而且是神圣的，因为生命的来源是神秘的。自然科学有三大难题，第一个是宇宙的起源，第二个是生命的起源，第三个是大脑的起源。这三样恰恰最要紧的东西，它们是真正的创世秘密，自然科学并没有揭示谜底，最多只能提出假说，而且是很不圆满的假说。比如说，关于宇宙的起源，霍金用大爆炸理论来解释，现在这个宇宙产生于大爆炸，大爆炸把以前的信息全部吸收了，大爆炸以前的宇宙历史等于不存在了，我们所了解的宇宙是从大爆炸以后开始的。那么，实际上他所说的是我们认识所能达到的范围内的这个宇宙的起源，大爆炸把以前的信息全部吸收了，并不等于以前的宇宙不存在，那个宇宙的起源仍然是一个谜。当然，如果宇宙是永恒存在的，就无所谓起源的问题，但是，对于人类思维来说，这个没有开端、没有起源的宇宙更是一个不可思议的大谜。关于生命的起源，我们也只有各种各样的假说，有一种猜测是来自外星，可是问题依然存在，外星上的生命又来自哪里。你说基因、脱氧核糖核酸是生命的基础，但基因的起源又是一个难解的谜。还有一个难题是人脑的起源，达尔文用进化论来解释人的产生，但是他自己承认，人的大脑、人的理性是怎么形成的，这是进化论中一个“缺失的环节”，进化论无法解释。所以，我倾向于认为，这三个大问题可能是大自然的永恒秘密，它们不是科学问题，而是哲学问题、信仰问题，自然科学恐怕永远提供不了最后的谜底。

按照基督教的说法，这些问题是人的理性不能解决的，你就不要绞尽脑汁去思考了，你相信上帝就行了。世界和生命都是上帝创造的，所以生命是神圣的，你对生命要有敬畏之心。按照佛教的看法呢，每一个生命都是很偶然地产生的，是一种缘，因缘而起，因缘而灭，很偶然的因素凑在一起产生了生命，这些偶然的因素消散了，生命也就不存在了。而且，生命如此偶然地产生了以后，它的整个经历是受苦。所以，佛教提倡对生命要有一种慈悲的心怀。我想，你可以从不同角度来看生命，可以对生命怀有人道主义的博爱，可以怀有佛教的慈悲，可以怀有基督教的敬畏，都可以，共同之点是尊重生命。事实上，很多非宗教人士，包括一些哲学家和诗人，一些科学家，都认为生命的来源是神秘的，生命是神圣的。泰戈尔有一句诗："我的主，你的世纪，一个接着一个，来完成一朵小小的野花。"他表达的就是生命神秘的感觉，无论多么微小的生命，它的来源都是神秘的。人的生命当然更是如此，我是我爸爸妈妈生的，但是单凭他们两人的能力能生出我来吗？肯定不能，实际上大自然不知道运作了多少个世纪才产生了我这么一个人。当然不仅仅是我，每一个人，地球上的每一个生命，都是这样，都是我们不知道的某种神秘力量的作用的结果。所以，我们对生命不但要珍惜，要关爱，而且要敬畏。这倒不一定是说，生命是上帝创造的，就算是大自然经过了无比漫长的时间，无比复杂的程序，终于把生命创造出来了，这也足以使我们对生命怀有敬畏之心了。

二、尊重自己的生命

尊重生命的价值，包括尊重自己的生命和尊重别人的生命。我认为一个人首先要尊重自己的生命，如果你不懂得尊重自己的生命，实际上你就不可能懂得尊重别人的生命。

从尊重自己的生命来说，一个是要珍惜生命，养成健康的生活方式，不做损害生命的事，比如吸毒、纵欲、过劳等。珍惜生命这个道理似乎很简单，其实真正做到并不容易。我们对于拥有生命这件事情实在是太习惯了，而习惯了的东西我们往往是不知珍惜的。可能我们平时会做很多损害自己生命的事情，但是直到最后恶果暴露出来的时候，我们才追悔莫及。很多科学家、企业家英年早逝，往往是因为过于疲劳，如果他们早知道是这个结果，就一定会有所节制。人生有很多可欲的价值，比如成功、财富，等等，追求这些东西无可非议，但是应当记住，你的生命比那些东西重要得多，没有了生命，那些东西都是空的。

实际上我们很容易忘记，我自己也是这样，一忙起来就不要命，仔细想想是很不理智的。

另一个是要享受生命。我最反对禁欲主义，在我看来，凡是自然赋予人的欲望都是无罪的，都有权利得到满足。但是，享受生命不应该停留在满足生理性的欲望，这个层次还太低。我们应当经常倾听一下自己的生命在说什么，它的真正的需要是什么，怎样的状态才是它感到最舒服的状态。在我们这个时代，一个常见的现象是，人们纷纷把生命都用于追求物质的东西，然后又来消费这些物质的东西，总之，把生命完全用来满足物欲。我始终认为，这其实是在使用生命，甚至是在糟蹋生命，决不是在真正享受生命。这里面有一个很大的误解，就是把物欲等同于生命欲望。事实上，物欲是社会刺激起来的，决不是生命本身的需要。许多希腊哲人都指出一点，就是生命对物的需要其实是十分有限的，中国道家也强调“全性保真”“不失性命之情”“不以物累形”，这些哲人是生命真正的知音，他们的话值得我们好好想一想。

怎样才是尊重自己的生命，我觉得不但要珍惜生命，享受生命，最重要的是要对自己的生命负责。人生有很多责任，你要对很多东西负责。作为一个家庭的成员，子女要对父母负责任，父母要对子女负责任，作为社会的成员，每个人都要对社会负责任。但我觉得最根本的责任是一个人要对自己的人生负责任。你想想看，一个人只有一次人生，如果你死了，没有任何人能够代替你再活一次，如果你的一生虚度了，没有任何人能真正安慰你，那时候说什么都没有用了。你对自己的人生的责任，没有任何人能替你分担。所以，每个人都应该对自己的人生有最严肃的责任心，它实际上是一个人在世界上其他一切责任心的根源。你对自己的人生不负责，怎么过都无所谓，如果你抱这样的态度的话，这样一个人会对其他的事真正负起责任吗？自己怎么活都无所谓，这样的人怎么可能对别人的事情认真呢？相反，如果你对自己的人生有强烈的责任心，那么，你对你该做什么事、不该做什么事一定会有严肃的考虑，对于你认为应该做的事情，你就一定会负起责任，当然，如果你觉得不该做，做那些事对你的人生没有意义，甚至有反面的意义，你也就会明确地拒绝。所以我认为，对自己的人生负责任，这是对自己生命的最大尊重。

三、尊重他人的生命

尊重生命的价值，当然不但要尊重自己的生命，更要尊重他人的生命。在这方面，我要特别强调，人一定要有同情心，要有基本的善良品质。爱惜自己的生命，这可以说是本能，但人不只有这一个本能，人还应该有另一个本能，就是同情别人的生命，同情一切生命。如果只有前一个本能，没有后一个本能，那就和动物差不多。中国和西方的哲学家都非常重视同情这个本能，认为它是人性中固有的因素，是人区别于动物的起点，而且把同情看作是道德的基础。在中国的哲学家里，最强调同情心的是孟子，用他的话说叫恻隐之心、不忍人之心，他说同情心是人皆有之的，如果没有，就不是人。他明确地说，同情心是“仁之端”， 就是道德的开端，道德的萌芽，道德是从这里发展出来的。

那么，在这一点上，西方哲学家的思想可以说惊人地相似，说得最清楚的是亚当·斯密。他认为，同情是道德的基础，由同情发展出了两类道德。一类是消极的道德，就是正义，为什么把正义称作消极的道德呢？因为它是从否定的角度来规定人的行为的，它讲的是人不能做什么，就是你觉得对你有害的事情，你也不能对别人做，你不能对别人做坏事，不能损害别人的利益。在中国哲学里，正义就相当于孔子所说的“己所不欲，勿施于人”，也就是恕。另一类是积极的道德，就是仁慈，仁慈是从肯定的方面来规定人的行为的，就是你应该做什么。你不能损人，这是正义，但是这还不够，看见那些正在受苦的人，那些弱者，你仅仅不去损害他当然就不够了，这个时候他需要你的帮助，所以你还应该去帮助他。你认为好的东西，你也要让别人享受到，这就是仁慈。简单地讲，正义就是不损人，仁慈就是助人。在孔子那里已经有了两类道德的思想，仁慈就相当于他所说的“己欲立而立人，己欲达而达人”，也就是仁。

这样看来，人有两类本能。一个是生命本能，爱自己的生命，对自己生命有利的东西，他就喜欢，就想得到，对自己生命有害的东西，他就厌恶，就想避开，这就是所谓趋利避害。在这个意义上，可以说利己是人的本性。另一个是同情本能，就是看见别人的生命有了危险，遭到了威胁或损害，他会设身处地去感受，他也会不好受。孟子举过一个例子，你看见一个小孩在井边玩，快掉下去了，你会着急。你为什么会着急呢？是因为你和这个小孩有亲戚关系吗？当然如果有亲戚关系，甚至是你自己的孩子，你会更着急，但是没有亲戚关系你也会着急，因为你能推己及人，在看到小孩的危险情景的那一瞬间，你仿佛感觉到了自己如果掉下井里是什么滋味。那么，同情本能实际上是以生命本能也就是利己本能为基础的，在这个基础上将心比心，推己及人，才发生了同情。所以，一个人要能够对别人有同情心，就必须具备两个条件。第一个是要有健全的生命本能，对自己的生命有一种敏锐，爱自己的生命。如果对自己的生命是麻木的，这样的人是石头，他的心已经变得像石头一样，石头对自己是没有感觉的，这样的人对别人的生命就必然是冷漠的。第二个条件是要能够推己及人，由爱自己的生命而体会到别人也是爱他自己的生命的，这样才能够对别人的生命怀有一种同情。世上有一种人对自己的生命倒是极为爱惜，但是不能推己及人，不能去体会别人也爱自己的生命的心情，这样的人在我看来就是禽兽，他们对别人的生命必然是冷酷的。据我看，这是两种犯罪人格，尤其是那些杀人犯，你看好了，无非是这两种类型，一种是对一切生命包括自己的生命都非常麻木，另一种是极端自私，为了满足自己的欲望不择手段。

内在生命的伟大

一

小时候，也许我也曾经像那些顽童一样，尾随一个盲人、一个瘸子、一个驼背、一个聋哑人，在他们的背后指指戳戳，嘲笑，起哄，甚至朝他们身上扔石子。如果我那样做过，现在我忏悔，请求他们的原谅。

即使我不曾那样做过，现在我仍要忏悔。因为在很长的时间里，我多么无知，竟然以为残疾人和我是完全不同的种类，在他们面前，我常常怀有一种愚蠢的优越感，一种居高临下的怜悯。

现在，我当然知道，无论是先天的残疾，还是后天的残疾，这厄运没有落到我的头上，只是侥幸罢了。遗传，胚胎期的小小意外，人生任何年龄都可能突发的病变、车祸、地震，不可预测的飞来横祸，种种造成了残疾的似乎偶然的灾难原是必然会发生的，无人能保证自己一定不被选中。

被选中诚然是不幸，但是，暂时——或者，直到生命终结，那其实也是暂时——未被选中，又有什么可优越的？那个病灶长在他的眼睛里，不是长在我的眼睛里，他失明了，我仍能看见。那场地震发生在他的城市，不是发生在我的城市，他失去了双腿，我仍四肢齐全……我要为此感到骄傲吗？我多么浅薄啊！

上帝掷骰子，我们都是芸芸众生，都同样地无助。阅历和思考使我懂得了谦卑，懂得了天下一切残疾人都是我的兄弟姐妹。在造化的恶作剧中，他们是我的替身，他们就是我，他们在替我受苦，他们受苦就是我受苦。

二

我继续问自己：现在我不瞎不聋，肢体完整，就证明我不是残疾人了吗？我双眼深度近视，摘了眼镜寸步难行，不敢独自上街。在运动场上，我跑不快，跳不高，看着那些矫健的身姿，心中只能羡慕。置身于一帮能歌善舞的朋友中，我为我的身体的笨拙和歌喉的喑哑而自卑。在所有这些时候，我岂不都觉得自己是一个残疾人吗？

事实上，残疾与健全的界限是十分相对的。从出生那一天起，我们每一个人的身体就已经注定要走向衰老，会不断地受到损坏。由于环境的限制和生活方式的片面，我们的许多身体机能没有得到开发，其中有一些很可能已经萎缩。严格地说，世上没有绝对健全的人。有形的残缺仅是残疾的一种，在一定的意义上，人人皆患着无形的残疾，只是许多人对此已经适应和麻木了而已。

人的肉体是一架机器，如同别的机器一样，它会发生故障，会磨损、折旧，并且终于报废。人的肉体是一团物质，如同别的物质一样，它由元素聚合而成，最后必定会因元素的分离而解体。人的肉体实在太脆弱了，它经受不住钢铁、石块、风暴、海啸的打击，火焰会把它烤焦，严寒会把它冻伤，看不见的小小的病菌和病毒也会置它于死地。

不错，我们有千奇百怪的养生秘方，有越来越先进的医疗技术，有超级补品、冬虫夏草、健身房、整容术，这一切都是用来维护肉体的。可是，纵然有这一切，我们仍无法防备种种会损毁肉体的突发灾难，仍不能逃避肉体的必然衰老和死亡。

我不得不承认，如果人的生命仅是肉体，则生命本身就有着根本的缺陷，它注定会在岁月的风雨中逐渐地或突然地缺损，使它的主人成为明显或不明显的残疾人。那么，生命抵御和战胜残疾的希望究竟何在？

三

此刻我的眼前出现了一系列高贵的残疾人形象。在西方，从盲诗人荷马，到双耳失聪的大音乐家贝多芬、双目失明的大作家博尔赫斯、全身瘫痪的大科学家霍金，当然，还有又瞎又聋的永恒的少女海伦·凯勒。在中国，从受了腐刑的司马迁，受了膑刑的孙膑，到瞎子阿炳，以及坐着轮椅在文字之境中自由驰骋的史铁生。他们的肉体诚然缺损了，但他们的生命因此也缺损了吗？当然不，与许多肉体没有缺损的人相比，他们拥有的是多么完整而健康的生命。

由此可见，生命与肉体显然不是一回事，生命的质量肯定不能用肉体的状况来评判。肉体只是一个躯壳，是生命的载体，它的确是脆弱的，很容易破损。但是，寄寓在这个躯壳之中，又超越于这个躯壳，我们更有一个不易破损的内在生命，这个内在生命的通俗名称叫作精神或者灵魂。就其本性来说，灵魂是一个单纯的整体，而不像肉体那样由许多局部的器官组成。外部的机械力量能够让人的肢体断裂，但不能切割下哪怕一小块人的灵魂。自然界的病菌能够损坏人的器官，但没有任何路径可以侵蚀人的灵魂。总之，一切能够致残肉体的因素，都不能致残我们的内在生命。正因为此，一个人无论躯体怎样残缺，仍可使自己的内在生命保持完好无损。

原来，上帝只在一个不太重要的领域里掷骰子，在现象世界拨弄芸芸众生的命运。在本体世界，上帝是公平的，人人都被赋予了一个不可分割的灵魂，一个永远不会残缺的内在生命。同样，在现象世界，我们的肉体受千百种外部因素的支配，我们自己做不了主人。可是，在本体世界，我们是自己内在生命的主人，不管外在遭遇如何，都能够以有尊严的方式活着。

四

诗人里尔克常常歌咏盲人。在他的笔下，盲人能穿越纯粹的空间，能听见从头发上流过的时间和在脆玻璃上丁零作响的寂静。在热闹的世界上，盲人是安静的，而他的感觉是敏锐的，能以小小的波动把世界捉住。最后，面对死亡，盲人有权宣告：“那把眼睛如花朵般摘下的死亡，将无法企及我的双眸……”

是的，我也相信，盲人失去的只是肉体的眼睛，心灵的眼睛一定更加明亮，能看见我们看不见的事物，生活在一个更本质的世界里。

感官是通往这个世界的门户，同时也是一种遮蔽，会使人看不见那个更高的世界。貌似健全的躯体往往充满虚假的自信，踌躇满志地要在外部世界里闯荡，寻求欲望和野心的最大满足。相反，身体的残疾虽然是限制，但同时也是一种敞开。看不见有形的事物了，却可能因此看见了无形的事物。不能在人的国度里行走了，却可能因此行走在神的国度里。残疾提供了一个机会，使人比较容易觉悟到外在生命的不可靠，从而更加关注内在生命，致力于灵魂的锻炼和精神的创造。

在这个意义上，不妨说，残疾人更受神的眷顾，离神更近。

五

上述思考为我确立了认识残奥会的一个角度、一种立场。

残疾人为何要举办体育运动会？为何要撑着拐杖赛跑，坐着轮椅打球？是为了证明他们残缺的躯体仍有力量和技能吗？是为了争到名次和荣誉吗？从现象看，是；从本质看，不是。

其实，与健康人的奥运会比，残奥会更加鲜明地表达了体育的精神意义。人们观看残奥会，不会像观看奥运会那样重视比赛的输赢。人们看重的是什么？残奥会究竟证明了什么？

我的回答是：证明了残疾人仍然拥有完整的内在生命，在生命本质的意义上，残疾人并不残疾。

残奥会证明了人的内在生命的伟大。

性格就是命运

古希腊哲人赫拉克利特说："一个人的性格就是他的命运。"这句话包含两层意思：一、对于每一个人来说，性格是与生俱来、伴随终身的，永远不可摆脱，如同不可摆脱命运一样；二、性格决定了一个人在此生此世的命运。

那么，能否由此得出结论，说一个人命运的好坏是由天赋性格的好坏决定的呢？我认为不能，因为天性无所谓好坏，因此由之决定的命运也无所谓好坏。明确了这一点，可知赫拉克利特的名言的真正含义是：一个人应该认清自己的天性，过最适合于他的天性的生活，而对他而言这就是最好的生活。

一个灵魂在天外游荡，有一天通过某一对男女的交合而投进一个凡胎。他从懵懂无知开始，似乎完全忘记了自己的本来面目。但是，随着年岁和经历的增加，那天赋的性质渐渐显露，使他不自觉地对生活有了一种基本的态度。在一定意义上，“认识你自己”就是要认识附着在凡胎上的这个灵魂，一旦认识了，过去的一切都有了解释，未来的一切都有了方向。

赫拉克利特的名言也常被翻译成：“一个人的性格就是他的守护神。”的确，一个人一旦认清了自己的天性，知道自己究竟是什么人，他也就知道自己究竟要什么了，如同有神守护一样，不会在喧闹的人世间迷失方向。

幸福和运气

无人能完全支配自己在世间的遭遇，其中充满着偶然性，因为偶然性的不同，运气分出好坏。有的人运气特别好，有的人运气特别坏，大多数人则介于其间，不太好也不太坏。谁都不愿意运气特别坏，但是，运气特别好，太容易地得到了想要的一切，是否就一定好？恐怕未必。他们得到的东西是看得见的，但也许因此失去了虽然看不见却更宝贵的东西。天下幸运儿大抵浅薄，便是证明。我所说的幸运儿与成功者是两回事。真正的成功者必定经历过苦难、挫折和逆境，绝不是只靠运气好。

运气好与幸福是两回事。一个人唯有经历磨难，对人生有了深刻的体验，灵魂才会变得丰富，而这正是幸福的最重要源泉。如此看来，我们一生中既有运气好的时候，也有运气坏的时候，恰恰是最利于幸福的情形。现实中的幸福，应是幸运与不幸按适当比例的结合。

在设计一个完美的人生方案时，人们不妨海阔天空地遐想。可是，倘若你是一个智者，你就会知道，最美妙的好运也不该排除苦难，最耀眼的绚烂也要归于平淡。原来，完美是以不完美为材料的，圆满是必须包含缺憾的。最后你发现，老天爷为每个人设计的方案无须更改，重要的是能够体悟其中的意蕴。

失去的岁月

一

上大学时，常常当我在灯下聚精会神读书时，灯突然灭了。这是全宿舍同学针对我一致做出的决议：遵守校规，按时熄灯。我多么恨那只拉开关的手，咔嚓一声，又从我的生命线上割走了一天。怔怔地坐在黑暗里，凝望着月色朦胧的窗外，我委屈得泪眼汪汪。

年龄愈大，光阴流逝愈快，但我好像愈麻木了。一天又一天，日子无声无息地消失，就像水滴消失于大海。蓦然回首，我在世上活了一万多个昼夜，它们都已经不知去向。

“子在川上曰：逝者如斯夫，不舍昼夜。”其实，光阴何尝是这样一条河，可以让我们伫立其上，河水从身边流过，而我却依然故我？时间不是某种从我身边流过的东西，而就是我的生命。弃我而去的不是日历上的一个个日子，而是我生命中的岁月；甚至也不仅仅是我的岁月，而就是我自己。我不但找不回逝去的年华，而且也找不回从前的我了。

当我回想很久以前的我，譬如说，回想大学宿舍里那个泪眼汪汪的我的时候，在我眼前出现的总是一个孤儿的影子，他被无情地遗弃在过去的岁月里了。他孑然一身，举目无亲，徒劳地盼望回到活人的世界上来，而事实上却不可阻挡地被过去的岁月带往更远的远方。我伸出手去，但是我无法触及他并把他领回。我大声呼唤，但是我的声音到达不了他的耳中。我不得不承认这是一种死亡，从前的我已经成为一个死者，我对他的怀念与对一个死者的怀念有着相同的性质。

二

自古以来，不知多少人问过：时间是什么？它在哪里？人们在时间中追问和苦思，得不到回答，又被时间永远地带走了。

时间在哪里？被时间带走的人在哪里？

为了度量时间，我们的祖先发明了日历，于是人类有历史，个人有年龄。年龄代表一个人从出生到现在所拥有的时间。真的拥有吗？它们在哪里？

总是这样：因为失去童年，我们才知道自己长大；因为失去岁月，我们才知道自己活着；因为失去，我们才知道时间。

我们把已经失去的称作过去，尚未得到的称作未来，停留在手上的称作现在。但时间何尝停留，现在转瞬成为过去，我们究竟有什么？

多少个深夜，我守在灯下，不甘心一天就此结束。然而，即使我通宵不眠，一天还是结束了。我们没有任何办法能留住时间。

我们永远不能占有时间，时间却掌握着我们的命运。在它宽大无边的手掌里，我们短暂的一生同时呈现，无所谓过去、现在、未来，我们的生和死、幸福和灾祸早已记录在案。

可是，既然过去不复存在，现在稍纵即逝，未来尚不存在，世上真有时间吗？这个操世间一切生灵生杀之权的隐身者究竟是谁？

我想象自己是草地上的一座雕像，目睹一代又一代孩子嬉闹着从远处走来，渐渐长大，在我身旁谈情说爱，寻欢作乐，又慢慢衰老，蹒跚着向远处走去。我在他们中间认出了我自己的身影，他走着和大家一样的路程。我焦急地朝他瞪眼，示意他停下来，但他毫不理会。现在他已经越过我，继续向前走去了。我悲哀地看着他无可挽救地走向衰老和死亡。

三

许多年以后，我回到我出生的那个城市，一位小学时的老同学陪伴我穿越面貌依旧的老街。他突然指着坐在街沿屋门口的一个丑女人悄悄告诉我，她就是我们的同班同学某某。我赶紧转过脸去，不敢相信我昔日心目中的偶像竟是这般模样。我的心中保存着许多美丽的面影，然而一旦邂逅重逢，没有不立即破灭的。

我们总是觉得儿时尝过的某样点心最香甜，儿时听过的某支曲子最美妙，儿时见过的某片风景最秀丽。“幸福的岁月是那失去的岁月。”你可以找回那点心、曲子、风景，可是找不回岁月。所以，同一样点心不再那么香甜，同一支曲子不再那么美妙，同一片风景不再那么秀丽。

当我坐在电影院里看电影时，我明明知道，人类的彩色摄影技术已经有了非凡的长进，但我还是找不回像幼时看的幻灯片那么鲜亮的色彩了。失去的岁月便如同那些幻灯片一样，在记忆中闪烁着永远不可企及的幸福的光华。

每次回母校，我都要久久徘徊在我过去住的那间宿舍的窗外。窗前仍是那株木槿，隔了这么些年居然既没有死去，也没有长大。我很想进屋去，看看从前那个我是否还在那里。从那时到现在，我到过许多地方，有过许多遭遇，可是这一切会不会是幻觉呢？也许，我仍然是那个我，只不过走了一会儿神？也许，根本没有时间，只有许多个我同时存在，说不定会在哪里突然相遇？但我终于没有进屋，因为我知道我的宿舍已被陌生人占据，他们会把我看作入侵者，尽管在我眼中，他们才是我神圣的青春岁月的入侵者。

在回忆的引导下，我们寻访旧友，重游故地，企图找回当年的感觉，然而徒劳。我们终于怅然发现，与时光一起消逝的不仅是我们的童年和青春，而且是由当年的人、树木、房屋、街道、天空组成的一个完整的世界，其中也包括我们当年的爱和忧愁，感觉和心情，我们当年的整个心灵世界。

四

可是，我仍然不相信时间带走了一切。逝去的年华，我们最珍贵的童年和青春岁月，我们必定以某种方式把它们保存在一个安全的地方了。我们遗忘了藏宝的地点，但必定有这么一个地方，否则我们不会这样苦苦地追寻。或者说，有一间心灵的密室，其中藏着我们过去的全部珍宝，只是我们竭尽全力也回想不起开锁的密码了。然而，可能会有一次纯属偶然，我们漫不经心地碰对了这密码，于是密室开启，我们重新置身于从前的岁月。

当普鲁斯特的主人公口含一块泡过茶水的玛德莱娜小点心，突然感觉到一种奇特的快感和震颤的时候，便是碰对了密码。一种当下的感觉，也许是一种滋味，一阵气息，一个旋律，石板上的一片阳光，与早已遗忘的那个感觉巧合，因而混合进了和这感觉联结在一起的昔日的心境，于是昔日的生活情景便从这心境中涌现出来。

其实，每个人的生活中都不乏这种普鲁斯特式幸福的机缘，在此机缘触发下，我们会产生一种对某样东西似曾相识又若有所失的感觉。但是，很少有人像普鲁斯特那样抓住这种机缘，促使韶光重现。我们总是生活在眼前，忙碌着外在的事务。我们的日子是断裂的，缺乏内在的连续性。逝去的岁月如同一张张未经显影的底片，杂乱堆积在暗室里。它们仍在那里，但和我们永远失去了它们又有什么区别？

五

诗人之为诗人，就在于他对时光的流逝比一般人更加敏感，诗便是他为逃脱这流逝自筑的避难所。摆脱时间有三种方式：活在回忆中，把过去永恒化；活在当下的激情中，把现在永恒化；活在期待中，把未来永恒化。然而，想象中的永恒并不能阻止事实上的时光流逝。所以，回忆是忧伤的，期待是迷惘的，当下的激情混合着狂喜和绝望。难怪一个最乐观的诗人也如此喊道：

“时针指示着瞬息，但什么能指示永恒呢？”

诗人承担着悲壮的使命：把瞬间变成永恒，在时间之中摆脱时间。

谁能生活在时间之外，真正拥有永恒呢？

孩子和上帝。

孩子不在乎时光流逝。在孩子眼里，岁月是无穷无尽的。童年之所以令人怀念，是因为我们在童年曾经一度拥有永恒。可是，孩子会长大，我们终将失去童年。我们的童年是在我们明白自己必将死去的那一天结束的。自从失去了童年，我们也就失去了永恒。

从那以后，我所知道的唯一的永恒便是我死后时间的无限绵延，我的永恒的不存在。

还有上帝呢？我多么愿意和圣奥古斯丁一起歌颂上帝：“你的岁月无往无来，永是现在，我们的昨天和明天都在你的今天之中过去和到来。”我多么希望世上真有一面永恒的镜子，其中映照着被时间劫走的我的一切珍宝，包括我的生命。可是，我知道，上帝也只是诗人的一个避难所！

在很小的时候，我就自己偷偷写起了日记。一开始的日记极幼稚，只是写些今天吃了什么好东西之类。我仿佛本能地意识到那好滋味容易消逝，于是想用文字把它留住。年岁渐大，我用文字留住了许多好滋味：爱，友谊，孤独，欢乐，痛苦……在青年时代的一次劫难中，我烧掉了全部日记。后来我才知道此举的严重性，为我的过去岁月的真正死亡痛哭不止。但是，写作的习惯延续下来了。我不断把自己最好的部分转移到我的文字中去，到最后，罗马不在罗马了，我借此逃脱了时光的流逝。

仍是想象中的？可是，对一个已经失去童年而又不相信上帝的人，此外还能怎样呢？

幸福与苦难都属于灵魂

一

快感和痛感是肉体感觉，快乐和痛苦是心理现象，而幸福和苦难则仅仅属于灵魂。幸福是灵魂的叹息和歌唱，苦难是灵魂的呻吟和抗议，在两者中凸现的是对生命意义的或正或负的强烈体验。

幸福是生命意义得到实现的鲜明感觉。一个人在苦难中也可以感觉到生命意义的实现乃至最高的实现，因此苦难与幸福未必是互相排斥的。但是，在更多的情况下，人们在苦难中感觉到的却是生命意义的受挫。我相信，即使是这样，只要没有被苦难彻底击败，苦难仍会深化一个人对于生命意义的认识。

二

“幸福”这个概念的确切含义：“活得有意义”的鲜明感觉。它必须通过反思，所以会有“身在福中不知福”之说。幸福只是灵魂的事，肉体只会有快感，不会有幸福感。

三

幸福问题与人生意义问题有着极密切的联系，一个人对幸福的理解与他对人生意义的认识往往是一致的。但两者仍不是一回事，我们不妨考虑一个简单的事实：许多伟人的一生绝不能说是幸福的。由此看来，幸福是否是人生的目标和最高价值，这个问题至少是可以争论的。

四

幸福是一种苟且，不愿苟且者不可能幸福。我们只能接受生存的荒谬，我们的自由仅在于以何种方式接受。我们不哀哭，我们自得其乐地怠慢它，居高临下地嘲笑它，我们的接受已经包含着反抗了。

五

我相信人有素质的差异。苦难可以激发生机，也可以扼杀生机；可以磨炼意志，也可以摧垮意志；可以启迪智慧，也可以蒙蔽智慧；可以高扬人格，也可以贬抑人格——全看受苦者的素质如何。素质大致规定了一个人承受苦难的限度，在此限度内，苦难的锤炼或可助人成才，超出此则会把人击碎。

这个限度对幸运同样适用。素质好的人既能承受大苦难，也能承受大幸运，素质差的人则可能兼毁于两者。

六

佛的智慧把爱当作痛苦的根源而加以弃绝，扼杀生命的意志。我的智慧把痛苦当作爱的必然结果而加以接受，化为生命的财富。

任何智慧都不能使我免于痛苦，我只愿有一种智慧足以使我不毁于痛苦。

七

在多数情况下，同情伤害了痛苦者的自尊。如果他是强者，你把他当弱者来同情，是一种伤害。如果他是弱者，你的同情只会使他更不求自强，也是一种伤害。

八

如同肉体的痛苦一样，精神的痛苦也是无法分担的。别人的关爱至多只能转移你对痛苦的注意力，却不能改变痛苦的实质。甚至在一场共同承受的苦难中，每人也必须独自承担自己的那一份痛苦，这痛苦并不因为有一个难友而有所减轻。

九

一个经历过巨大灾难的人就好像一座经历过地震的城市，虽然在废墟上可以建立新的房屋和生活，但内心有一些东西已经永远地沉落了。

第四章

做一个终身读者

世上可做可不做的事是做不完的，永远要去做那些最值得做的事。读书也是如此。正确的做法是，在所有的书中，从最好的书开始读起。

读永恒的书

人类所创造的精神财富是通过各种物质形式得以保存的，其中最重要的一种形式就是文字。因而，在我们日常的精神活动中，读书便占据着很大的比重。据说最高的境界是无文字之境，真正的高人如同村夫野民一样是不读人间之书的，这里姑且不论。一般而言，我们很难想象一个关注精神生活的人会对书籍毫无兴趣。尤其在青少年时期，心灵世界的觉醒往往会表现为一种勃发的求知欲，对书籍产生热烈的向往。“我扑在书籍上，就像饥饿的人扑在面包上一样。”高尔基回忆他的童年时所说的这句话，非常贴切地表达了读书欲初潮来临的心情。一个人在早年是否经历过这样的来潮，在一定程度上透露和预示了他的精神素质。

然而，古今中外，书籍不计其数，该读哪些书呢？从精神生活的角度出发，我们也许可以极粗略地把天下的书分为三大类。一是完全不可读的书，这种书只是外表像书罢了，实际上是毫无价值的印刷垃圾，不能提供任何精神的启示、艺术的欣赏或有用的知识。在今日的市场上，这种以书的面目出现的假冒伪劣产品比比皆是。二是可读可不读的书，这种书读了也许不无益处，但不读却肯定不会造成重大损失和遗憾。世上的书，大多属于此类。我把一切专业书籍也列入此类，因为它们只对有关的专业人员才可能是必读书，对于其余人却是不必读的，至多是可读可不读的。三是必读的书。所谓必读，是就精神生活而言，即每一个关心人类精神历程和自身生命意义的人都应该读，不读便会是一种欠缺和遗憾。

应该说，这第三类书在书籍的总量中只占极少数，但绝对量仍然非常大。它们实际上是指人类文化宝库中的那些不朽之作，即所谓经典名著。对于这些伟大作品不可按学科归类，不论它们是文学作品还是理论著作，都必定表现了人类精神的某些永恒内涵，因而具有永恒的价值。在此意义上，我称它们为永恒的书。要确定这类书的范围是一件难事，事实上不同的人就此开出的书单一定会有相当的出入。不过，只要开书单的人确有眼光，就必定会有一些最基本的好书被共同选中。例如，他们决不会遗漏掉《论语》《史记》《红楼梦》这样的书，柏拉图、莎士比亚、托尔斯泰这样的作家。

在我看来，真正重要的倒不在于你读了多少名著，古今中外的名著是否读全了，而在于要有一个信念，便是非最好的书不读。有了这个信念，即使你读了许多并非最好的书，你仍然会逐渐找到那些真正属于你的最好的书，并且成为它们的知音。事实上，对于每个具有独特个性和追求的人来说，他的必读书的书单决非照抄别人的，而是在他自己阅读的过程中形成的，这个书单本身也体现出了他的个性。正像罗曼·罗兰在谈到他所喜欢的音乐大师时说的："现在我有我的贝多芬了，犹如已经有了我的莫扎特一样。一个人对他所爱的历史人物都应该这样做。"

费尔巴哈说："人就是他所吃的东西。"至少就精神食物而言，这句话是对的。从一个人的读物大致可以判断他的精神品级。一个在阅读和沉思中与古今哲人文豪倾心交谈的人，与一个只读明星逸闻和凶杀故事的人，他们当然有着完全不同的内心世界。我甚至要说，他们也是生活在完全不同的外部世界上，因为世界本无定相，它对于不同的人呈现不同的面貌。列车上、地铁里，我常常看见人们捧着形形色色的小报，似乎读得津津有味，心中不免为他们惋惜。天下好书之多，一辈子也读不完，岂能把生命浪费在读这种无聊的东西上。我不是故作清高，其实我自己也曾拿这类流行报刊来消遣，但结果总是后悔不已。读了一大堆之后，只觉得头脑里乱糟糟又空洞洞，没有得到任何有价值的东西。歌德做过一个试验，半年不读报纸，结果他发现，与以前天天读报相比，没有任何损失。所谓新闻，大多是过眼烟云的人闹的一点儿过眼烟云的事罢了，为之浪费只有一次的生命确实是不值得的。

读书的癖好

人的癖好五花八门，读书是其中之一。但凡人有了一种癖好，也就有了看世界的一种特别眼光，甚至有了一个属于他的特别的世界。不过，和别的癖好相比，读书的癖好能够使人获得一种更为开阔的眼光，一个更加丰富多彩的世界。我们也许可以据此把人分为有读书癖的人和没有读书癖的人，这两种人生活在很不相同的世界上。

比起嗜书如命的人来，我只能勉强算作一个有一点读书癖的人。根据我的经验，人之有无读书的癖好，在少年甚至童年时便已见端倪。那是一个求知欲汹涌勃发的年龄，不必名著佳篇，随便一本稍微有趣的读物就能点燃对书籍的强烈好奇。回想起来，使我发现书籍之可爱的不过是上小学时读到的一本普通的儿童读物，那里面讲述了一个淘气孩子的种种恶作剧，逗得我不停地捧腹大笑。从此以后，我对书不再是视若不见，而是刮目相看了，我眼中有了一个书的世界，看得懂看不懂的书都会使我眼馋心痒，我相信其中一定藏着一些有趣的事情，等待我去见识。随着年龄增长，所感兴趣的书的种类当然发生了很大的变化，对书的兴趣则始终不衰。现在我觉得，一个人读什么书诚然不是一件次要的事情，但前提还是要有读书的爱好，而只要真正爱读书，就迟早会找到自己的书中知己的。

读书的癖好与所谓刻苦学习是两回事，它讲究的是趣味。所以，一个认真做功课和背教科书的学生，一个埋头从事专业研究的学者，都称不上是有读书癖的人。有读书癖的人所读之书必不限于功课和专业，反倒是更爱读课外和专业之外的书籍，也就是所谓闲书。当然，这并不妨碍他对自己的专业发生浓厚的兴趣，做出伟大的成就。英国哲学家罗素便是一个在自己的专业上做出了伟大成就的人，然而，正是他最热烈地提倡青年人多读“无用的书”。其实，读“有用的书”即教科书和专业书固然有其用途，可以获得立足于社会的职业技能，但是读“无用的书”也并非真的无用，那恰恰是一个人精神生长的领域。从中学到大学到研究生，我从来不是一个很用功的学生，上课偷读课外书乃至逃课是常事。我相信许多人在回首往事时会和我有同感：一个人的成长基本上得益于自己读书，相比之下，课堂上的收获显得微不足道。我不想号召现在的学生也逃课，但我国的教育现状确实令人担忧。中小学本是培养对读书的爱好的关键时期，而现在的中小学教育却以升学率为唯一追求目标，为此不惜将超负荷的功课加于学生，剥夺其课外阅读的时间，不知扼杀了多少孩子现在和将来对读书的爱好。

那么，一个人怎样才算养成了读书的癖好呢？我觉得倒不在于读书破万卷，一头扎进书堆，成为一个书呆子。重要的是一种感觉，即读书已经成为生活的基本需要，不读书就会感到欠缺和不安。宋朝诗人黄山谷有一句名言：“三日不读书，便觉语言无味，面目可憎。”林语堂解释为：你三日不读书，别人就会觉得你语言无味，面目可憎。这当然也说得通，一个不爱读书的人往往是乏味的因而不让人喜欢的。不过，我认为这句话主要还是说自己的感觉：你三日不读书，你就会自惭形秽，羞于对人说话，觉得没脸见人。如果你有这样的感觉，你就必定是个有读书癖的人了。

有一些爱读书的人，读到后来，有一天自己会拿起笔来写书，我也是其中之一。所以，我现在成了一个作家，也就是以写作为生的人。我承认我从写作中也获得了许多快乐，但是，这种快乐并不能代替读书的快乐。有时候我还觉得，写作侵占了我的读书的时间，使我蒙受了损失。写作毕竟是一种劳动和支出，而读书纯粹是享受和收入。我向自己发愿，今后要少写多读，人生几何，我不该亏待了自己。

读书的收获

一、青春期的阅读

青春期是人生最美妙的时期。恋爱是青春期最美妙的事情。我说的恋爱是广义的，不只是对异性的憧憬和眷恋，随着春心萌动，少男少女对世界和人生都是一种恋爱的心情，眼中的一切都闪放着诱人的光芒。在这样的心情中，一个人有幸接触到书的世界，就有了青春期最美妙的恋爱——青春期的阅读。

青春期的阅读真正具有恋爱的性质，那样纯洁而痴迷。书的世界里，一本本尚未翻开的书，犹如一张张陌生女郎的谜样面影，引人遐想，招人赏析。每翻开一本新书，心中期待的是一次新的奇遇、一场新的销魂。人的一生中，以后再不会有如此纯洁而痴迷的阅读了，成年人的阅读几乎不可避免地被功利、事务、疲劳损害。

二、养成阅读习惯的关键期

一个人在青春期是否有过充满激情的阅读经验，这一点至关重要，其深远的影响必定会在后来的人生中显示出来。青春期是精神生长的关键期，也是养成阅读习惯的关键期，二者之间有着内在的联系。通过青春期的阅读，一个人真正发现的是人类的一个丰富多彩的精神生活世界，品尝到了在这个世界里漫游的快乐。从此以后，这个世界在他的人生地图上就有了牢不可破的位置，会不断地向他发出召唤。相反，有些人在学生时代只把力气用在功课和考试上，毫无自主阅读的兴趣，那结果是什么，你们看一看那些走出校门后不再读书的人就知道了。

三、为一辈子的读书打好基础

学习是一辈子的事情。事实上，在我迄今所读的书中，当学生时读的只占很小一部分，绝大部分是在走出校门后读的。我相信，其他爱读书的人一定也是如此。我还相信，他们基本上也是在年少时代为一辈子的读书打下了基础。这个基础，一是产生了强烈而持久的阅读兴趣，二是形成了自己的阅读眼光和品位。

四、课外阅读的意义

看一个学生的心智素质好不好，我就看他是否具备了两种能力，一是快乐学习的能力，二是自主学习的能力。简言之，就是喜欢学习和善于自学。这样的能力，一方面，诚然也可以体现在功课上，比如探索出一套有效的方法，能够比较轻松地对付考试。但是，另一方面，我认为更重要的是体现在课外阅读上，课外阅读是学生个性和禀赋自由发展的主要空间，素质优秀的学生一定不会舍弃这个空间。我由此得出了一个衡量学生素质的简明尺度，就是看课外阅读在他的全部学习中所占的比重有多大。一个爱读书、会读书的学生，即使功课稍差，他将来的作为定能超过那种功课全优但毫无自主阅读兴趣的学生。同样，衡量一所学校的教育水准，我也要看是否有浓厚的阅读风气，爱读书、会读书的学生占的比重有多大。

五、阅读提升精神素质

人的精神属性可以相对地分为智力、道德、情感，与此相应，素质教育可分为智育、德育、美育，而阅读好书则是提升这三种精神素质、进行这三种教育的最佳途径。第一类是哲学、教育学、心理学等理论著作，阅读这类书籍的目的是培育思想尊严，拥有追求真理的勇气和独立思考的能力。第二类是伟人和优秀人物的传记，阅读这类书籍的目的是培育爱心、良心、社会责任心，做一个有道德、有信仰的人。第三类是文学作品，阅读这类书籍的目的是培育诗意和创造情怀，拥有丰富的感受力和想象力。

六、阅读可以养生

阅读不但可以养心，而且可以养生，使人心宽体健。人的身体在很大程度上受心灵支配，忧虑往往致病，心态好是最好的养生。爱阅读的人，内心充实宁静，不易陷入令人烦恼焦虑的世事纷争之中。大学者中多寿星，原因就在于此。

阅读还可以救生，为人解惑消灾。人遇事之所以想不开，寻短见，是因为坐井观天，心胸狭窄。爱阅读的人，眼界开阔，一览众山小，比较容易超脱人生中一时一地的困境。

阅读甚至可以优生，助人教子育人。父母爱阅读，会在家庭中形成良好的文化氛围，对子女产生不教之教的熏陶作用。相反，父母自己不读书，却逼迫孩子用功，一定事倍功半。

七、人与人的差距令人震惊

读精神伟人的著作，看艺术天才的创造，我知道了人所能达到的高度，于是为自己生而为人类感到幸运和荣耀。

可是，走在街上，看见那些在路边玩牌和喧哗的人，那些开着车使劲按喇叭的人，看见那么多空虚的脸，我不禁想：难道他们也是人类？

人与人之间的差距如此之大，这一点常常使我感到震惊。

八、读书的两种收获

读书的收获有两种。一是通过读书知道了自己原来没有当然也就不知道的东西，这样收获到的东西叫知识。二是通过读书发现了自己原来已经有但没有意识到的东西，这些东西是自己感悟到的，但好像一直沉睡着，现在被唤醒了、激活了，因此获得了生长、开花、结果的机会。这样收获到的东西，我称之为智慧。

九、阅读怎么改变命运

人们常说：阅读改变命运。在我看来，此话可有两种含义。其一，读那些所谓“有用的书”，也就是接受正规教育，获取专业知识，这样可以改变你的外在命运，改变你在社会上的地位。其二，读那些所谓“无用的书”，那些哲学、宗教、人文方面的书籍，未必能改变你的外在命运，但能改变你的内心世界，使你拥有智慧、信仰、丰富的心灵生活，拥有一个强健的灵魂，因此也就改变了你与外在命运的关系，从而在精神上立于不败之地。我认为后一种改变是更可靠也更重要的。

十、读无用的书，做有梦的人

读无用的书，做有梦的人。这是我给一家民营书店的题词。书分有用和无用，有用的书关乎生计，无用的书关乎心灵。人分有梦和无梦，无梦的人是生计的奴仆，有梦的人是心灵的富翁。无梦的人生是乏味的，与无梦的人相处也是乏味的。人生在世，生计之外，还是得讲究个味。

十一、书籍的价值

叔本华说：期望一个人记住他读过的全部书籍，恰如期望他能在体内储存他吃过的全部食物。这个比方打得有些极端，因为在事实上，无论谁都不可能，即使可能也不愿意在体内储存吃过的全部食物。但是，世上确实有过目不忘、满腹诗书的记忆天才。我相信，叔本华的意思应该是：有形的知识不重要，书籍的价值仅在于提供精神营养，而精神营养是无形的，因为它倘若真正起了作用，就必定已化为了你的血肉。

十二、精神地图

读万卷书，行万里路。其实读书也是一种行路，是行走在人类精神的世界里。我就是这样的一个旅行者，阅读是我在勘测人类精神世界的地图。

十三、阅读过程的快乐

藏书多当然不等于博学。如果拥有书籍，不必读它们，就能占有其中的知识，那该多么省力。我要立即补充一句：那该多么没意思。可见阅读本身是莫大的快乐，如果取消了阅读过程中的理解、思考、质疑、感悟，等等，质言之，取消了自己心智的积极参与，那客观呈现的知识对于你就无甚价值了。

经典和我们

我的读书旨趣，第一是把人文经典当作主要读物，第二是用轻松的方式来阅读。

读什么书，取决于为什么读。人之所以读书，无非有三种目的。一是为了实际的用途，例如因为职业的需要而读专业书籍，因为日常生活的需要而读实用知识。二是为了消遣，用读书来消磨时光，可供选择的有各种无用而有趣的读物。三是为了获得精神上的启迪和享受，如果是出于这个目的，我觉得读人文经典是最佳选择。

人类历史上产生了那样一些著作，它们直接关注和思考人类精神生活的重大问题，因而是人文性质的，同时其影响得到了许多世代的公认，已成为全人类共同的财富，因而又是经典性质的。我们把这些著作称作人文经典。在人类精神探索的道路上，人文经典构成了一种伟大的传统，任何一个走在这条路上的人都无法忽视其存在。

认真地说，并不是随便读点什么都能算是阅读的。譬如说，我不认为背功课或者读时尚杂志是阅读。真正的阅读必须有灵魂的参与，它是一个人的灵魂在一个借文字符号构筑的精神世界里的漫游，是在这漫游途中的自我发现和自我成长，因而是一种个人化的精神行为。什么样的书最适合于这样的精神漫游呢？当然是经典，只要我们翻开它们，便会发现里面藏着一个个既独特又完整的精神世界。

一个人如果并无精神上的需要，读什么倒是无所谓的，否则就必须慎于选择。也许没有一个时代拥有像今天这样多的出版物，然而，很可能今天的人们比以往任何时候都阅读得少。在这样的时代，一个人尤其必须懂得拒绝和排除，才能够进入真正的阅读。这是我主张坚决不读二三流乃至不入流读物的理由。

图书市场上有一件怪事，别的商品基本上是按质论价，唯有图书不是。同样厚薄的书，不管里面装的是垃圾还是金子，价钱都差不多。更怪的事情是，人们宁愿把可以买回金子的钱用来买垃圾。至于把宝贵的生命耗费在垃圾上还是金子上，其间的得失就完全不是钱可以衡量的了。

古往今来，书籍无数，没有人能够单凭一己之力从中筛选出最好的作品来。幸亏我们有时间这位批评家，虽然它也未必绝对智慧和公正，但很可能是一切批评家中最智慧和最公正的一位，多么独立思考的读者也不妨听一听它的建议。所谓经典，就是时间这位批评家向我们提供的建议。

对经典也可以有不同的读法。一个学者可以把经典当作学术研究的对象，对某部经典或某位经典作家的全部著作下考证和诠释的功夫，从思想史、文化史、学科史的角度进行分析。这是学者的读法。但是，如果一部经典只有这一种读法，我就要怀疑它作为经典的资格，就像一个学者只会用这一种读法读经典，我就要断定他不具备大学者的资格一样。唯有今天仍然活着的经典才配叫作经典，它们不但属于历史，而且超越历史，仿佛有一颗不死的灵魂在其中永存。正因为如此，在阅读它们时，不同时代的个人都可能感受到一种灵魂觉醒的惊喜。在这个意义上，经典属于每一个人。

作为普通人，我们如何读经典？我的经验是，无论《论语》还是《圣经》，无论柏拉图还是康德，不妨就当作闲书来读。也就是说，阅读的心态和方式都应该是轻松的。千万不要端起做学问的架子，刻意求解。读不懂不要硬读，先读那些读得懂的、能够引起自己兴趣的著作和章节。这里有一个浸染和熏陶的过程，所谓人文修养就是这样熏染出来的。在不实用而有趣这一点上，读经典的确很像是一种消遣。事实上，许多心智活泼的人正是把这当作最好的消遣的。能否从阅读经典中感受到精神的极大愉悦，这差不多是对心智品质的一种检验。不过，也请记住，经典虽然属于每一个人，但永远不属于大众。我的意思是说，读经典的轻松绝对不同于读大众时尚读物的那种轻松。每一个人只能作为有灵魂的个人，而不是作为无个性的大众，才能走到经典中去。如果有一天你也陶醉于阅读经典这种美妙的消遣，你就会发现，你已经距离一切大众娱乐性质的消遣多么遥远。

经典是人类精神财富的一个宝库，它就在我们身旁，其中的财富属于我们每一个人。阅读经典，就是享用这笔宝贵的财富。凡是领略过此种享受的人都一定会同意，倘若一个人活了一世，从未踏进这个宝库，那是遭受了多么巨大的损失啊。

文学的安静

波兰女诗人维斯瓦娃·希姆博尔斯卡获得 1996 年诺贝尔文学奖之后，该奖的前一位得主爱尔兰诗人希尼写信给她，同情地叹道：“可怜的、可怜的维斯瓦娃。”而维斯瓦娃也真的觉得自己可怜，因为她从此不得安宁了，必须应付大量来信、采访和演讲。她甚至希望有个替身代她抛头露面，使她可以回到隐姓埋名的正常生活中去。

维斯瓦娃的烦恼属于一切真正热爱文学的成名作家。作家对于名声当然不是无动于衷的，他既然写作，就不能不关心自己的作品是否被读者接受。但是，对于一个真正的作家来说，成为新闻人物却是一种灾难。文学需要安静，新闻则追求热闹，两者在本性上是互相敌对的。福克纳称文学创作是“世界上最孤寂的职业”，写作如同一个遇难者在大海上挣扎，永远是孤军奋战，谁也无法帮助一个人写他要写的东西。这是一个真正有自己的东西要写的人的心境，这时候他渴望避开一切人，全神贯注于他的写作。他遇难的海域仅仅属于他自己，他必须自己救自己，任何外界的喧哗只会导致他的沉没。当然，如果一个人并没有自己真正要写的东西，他就会喜欢成为新闻人物。对于这样的人来说，文学不是生命的事业，而只是一种表演和姿态。

我不相信一个好作家会是热衷于交际和谈话的人。据我所知，最好的作家都是一些交际和谈话的节俭者，他们为了写作而吝于交际，为了文字而节省谈话。他们懂得孕育的神圣，在作品写出之前，忌讳向人谈论酝酿中的作品。凡是可以写进作品的东西，他们不愿把它们变成言谈而白白流失。维斯瓦娃说她一生只做过三次演讲，每次都备受折磨。海明威在诺贝尔奖授奖仪式上的书面发言仅一千字，其结尾是：“作为一个作家，我已经讲得太多了。作家应当把自己要说的话写下来，而不是讲出来。”福克纳拒绝与人讨论自己的作品，因为：“毫无必要。我写出来的东西要自己中意才行，既然自己中意了，就无须再讨论，自己不中意，讨论也无济于事。”相反，那些喜欢滔滔不绝地谈论文学、谈论自己的写作打算的人，多半是文学上的低能儿和失败者。

好的作家是作品至上主义者，就像福楼拜所说，他们是一些想要消失在自己作品后面的人。他们最不愿看到的情景就是自己成为公众关注的人物，作品却遭到遗忘。因此，他们大多都反感别人给自己写传。海明威讥讽热衷于为名作家写传的人是“联邦调查局的小角色”，他建议一心要写他的传记的菲力普· 扬去研究死去的作家，而让他“安安静静地生活和写作”。福克纳告诉他的传记作者马尔科姆·考利：“作为一个不愿抛头露面的人，我的雄心是要退出历史舞台，从历史上销声匿迹，死后除了发表的作品外，不留下一点废物。”昆德拉认为，卡夫卡在临死前之所以要求毁掉信件，是耻于死后成为客体。可惜的是，卡夫卡的研究者们纷纷把注意力放在他的生平细节上，而不是他的小说艺术上，昆德拉对此评论道：“当卡夫卡比约瑟夫·K 更引人注目时，卡夫卡即将死亡的进程便开始了。”

在研究作家的作品时，历来有作家生平本位和作品本位之争。19 世纪法国批评家圣伯夫是前者的代表，他认为作家生平是作品形成的内在依据，因此不可将作品同人分开，必须收集有关作家的一切可能的资料，包括家族史、早期教育、书信、知情人的回忆，等等。在自己生前未发表的笔记中，普鲁斯特对当时占统治地位的这种观点作了精彩的反驳。他指出，作品是作家的“另一个自我”的产物，这个“自我”不仅有别于作家表现在社会上的外在自我，而且唯有排除了那个外在自我，才能显身并进入写作状态。圣伯夫把文学创作与谈话混为一谈，热衷于打听一个作家发表过一些什么见解，而其实文学创作是在孤独中、在一切谈话都沉寂下来时进行的。一个作家在对别人谈话时只不过是一个上流社会人士，只有当他仅仅面对自己、全力倾听和表达内心真实的声音之时，亦即只有当他写作之时，他才是一个作家。因此，作家的真正的自我仅仅表现在作品中，而圣伯夫的方法无非是要求人们去研究与这个真正的自我毫不相干的一切方面。不管后来的文艺理论家们如何分析这两种观点的得失，一个显著的事实是，几乎所有第一流的作家都本能地站在普鲁斯特一边。海明威简洁地说：“只要是文学，就不用去管谁是作者。”昆德拉则告诉读者，应该在小说中寻找存在中而非作者生活中的某些不为人知的方面。对于一个严肃的作家来说，他生命中最严肃的事情便是写作，他把他最好的东西都放到了作品里，其余的一切已经变得可有可无。因此，毫不奇怪，他绝不愿意作品之外的任何东西来转移人们对他的作品的注意，反而把他的作品看作可有可无，宛如——借用昆德拉的表达——他的动作、声明、立场的一个阑尾。

然而，在今天，作家中还有几人仍能保持这种近乎迂腐的严肃？将近两个世纪前，歌德已经抱怨新闻对文学的侵犯：“报纸把每个人正在做的或者正在思考的都公之于众，甚至连他的打算也置于众目睽睽之下。”其结果是使任何事物都无法成熟，每一时刻都被下一时刻所消耗，根本无积累可言。歌德倘若知道今天的情况，他该知足才是。我们时代的鲜明特点是文学向新闻的蜕变，传媒的宣传和炒作几乎成了文学成就的唯一标志，作家们不但不以为耻，反而争相与传媒调情。新闻记者成了指导人们阅读的权威，一个作家如果未在传媒上亮相，他的作品就必定默默无闻。文学批评家也只是在做着新闻记者的工作，如同昆德拉所说，在他们手中，批评不再以发现真正有价值的作品及其价值所在为己任，而是变成了“简单而匆忙的关于文学时事的信息”。其中更有哗众取宠之辈，专以危言耸听、制造文坛新闻事件为能事。在这样一个浮躁的时代，文学的安静已是过时的陋习，或者——但愿我不是过于乐观——只成了少数不怕过时的作家的特权。

给成人读的童话

最近又重读了圣·埃克苏佩里的《小王子》，还重读了安徒生的一些童话。和小时候不一样，现在读童话的兴奋点不在故事，甚至也不在故事背后的寓意，而是更多地感受到童话作者的心境，于是读出了一种悲凉。

据说童话分为民间童话和作家童话两类，而民间童话作为童话之源是更有价值的。但是，我自己偏爱作家童话，在作家童话中，最读不厌的又是这一篇《小王子》。我发现，好的童话作家一定是极有真性情的人，因而在俗世又是极孤独的人，他们之所以要给孩子们讲故事决不是为了劝喻，而是为了寻求在成人世界中不易得到的理解和共鸣。也正因为此，他们的童话同时又是写给与他们性情相通的成人看的，或者用圣·埃克苏佩里的话说，是献给还记得自己曾是孩子的少数成人的。

莫洛亚在谈到《小王子》时便称它为一本“给成人看的儿童书籍”，并说“在它富有诗意的淡淡的哀愁中蕴含着一整套哲学思想”。不过，他声明，他不会试图去解释《小王子》中的哲学思想，就像人们不对一座大教堂或布满星斗的天穹进行解释一样。我承认他说得有理。对于一切真正的杰作，就如同对于奇妙的自然现象一样，我们只能亲自用心去领悟，而不能凭借抽象的概括加以了解。因此，我无意在此转述这篇童话的梗概，只想略微介绍一下作者在字里行间透露的对成人的精辟看法。

童话的主人公是一个小王子，他住在只比他大一点儿的一颗星球上。这颗星球的编号是B612。圣·埃克苏佩里写道，他之所以谈到编号，是因为成人们的缘故——

“大人们喜欢数目字。当你对他们说起一个新朋友的时候，他们从不问你最本质的东西。他们从不会对你说：‘他的声音是什么样的？他爱玩什么游戏？他搜集蝴蝶吗？’他们问你的是：‘他几岁啦？他有几个兄弟？他的父亲挣多少钱呀？’这样，他们就以为了解他了。假如你对大人说：‘我看见了一所美丽的粉红色砖墙的小房子，窗上爬着天竺葵，屋顶上还有鸽子……’他们是想象不出这所房子的模样的。然而，要是对他们说：‘我看到一所值十万法郎的房子。’他们就会高呼：‘那多好看呀！’”

圣·埃克苏佩里告诉孩子们：“大人就是这样的，不能强求他们是别种样子。孩子们应当对大人非常宽容大度。”他自己也这样对待大人。遇到缺乏想象力的大人，“我对他既不谈蟒蛇，也不谈原始森林，更不谈星星了。我就使自己回到他的水平上来。我与他谈桥牌、高尔夫球、政治和领带什么的。那个大人便很高兴他结识了这样正经的一个人。”

在这巧妙的讽刺中浸透着怎样的辛酸啊。我敢断定，正是为了摆脱在成人中感到的异乎寻常的孤独，圣·埃克苏佩里才孕育出小王子这个形象的。他通过小王子的眼睛来看成人世界，发现大人们全在无事空忙，为占有、权力、虚荣、学问之类莫名其妙的东西活着。他得出结论：大人们不知道自己到底要什么。相反，孩子们是知道的，就像小王子所说的：“只有孩子们知道他们在寻找些什么，他们会为了一个破布娃娃而不惜让时光流逝，于是那布娃娃就变得十分重要，一旦有人把它们拿走，他们就哭了。”孩子并不问破布娃娃值多少钱，它当然不值钱啦，可是，他们天天抱着它，和它说话，便对它有了感情，它就比一切值钱的东西更有价值了。一个人在衡量任何事物时，看重的是它们在自己生活中的意义，而不是它们能给自己带来多少实际利益，这样一种生活态度就是真性情。许多成人之可悲，就在于失去了孩子时期曾经拥有的这样的真性情。

在安徒生的童话中，我们也常可发现看似不经意的对成人世界的讽刺。有一篇童话讲一双幸运套鞋的故事，它是这样开头的：在一幢房子里正在举行一个盛大晚会，客人们就某个无聊话题发生了争论。安徒生接着写道："谈话既然走向两个极端，除了有人送来一份内容不值一读的报纸外，没有什么能打断它——我们暂且到放外套、手杖、雨伞和套鞋的前厅去看一下吧。"笔锋由此转到那双套鞋上。当然，在安徒生看来，这双不起眼的套鞋远比客厅里那貌似有学问的谈话有趣得多。在另一篇童话中，安徒生让一些成人依次经过一条横在大海和树林之间的公路。对于这片美丽的景致，一个地主谈论着把那些树砍了可以卖多少钱，一个小伙子盘算着怎样把磨坊主的女儿约来幽会，一辆公共马车上的乘客全都睡着了，一个画家自鸣得意地画了一幅刻板的风景画。最后来了一个穷苦的女孩子，她什么也没有说，什么也没有做。"她惨白的美丽面孔对着树林倾听。当她望见大海上的天空时，她的眼珠忽然发亮，她的双手合在一起。”虽然她自己并不懂得这时渗透了她全身的感觉，但是，唯有她读懂了眼前的这片风景。

无须再引证著名的《皇帝的新装》，在那里面，也是一个孩子说出了所有大人都视而不见的真相，这当然不是偶然的。也许每一个优秀的童话作家对于成人的看法都相当悲观。不过，安徒生并未丧失信心，他曾说，他写童话时顺便也给大人写点东西，“让他们想想”。我相信，凡童话佳作都是值得成人想想的，它们如同镜子一样照出了我们身上业已习以为常的庸俗，但愿我们能够因此回想起湮没已久的童心。

孔子的洒脱

我喜欢读闲书，即使是正经书，也不妨当闲书读。譬如说《论语》，林语堂把它当作孔子的闲谈读，读出了许多幽默，这种读法就很对我的胃口。近来我也闲翻这部圣人之言，发现孔子乃是一个相当洒脱的人。

在我的印象中，儒家文化一重事功，二重人伦，是一种很入世的文化。然而，作为儒家始祖的孔子，其实对于功利的态度颇为淡泊，对于伦理的态度又颇为灵活。这两个方面，可以用两句话来代表，便是“君子不器”和“君子不仁”。

孔子是一个读书人。一般读书人寒窗苦读，心中都悬着一个目标，就是有朝一日成器，即成为某方面的专家，好在社会上混一个稳定的职业。说一个人不成器，就等于说他没出息，这是很忌讳的。孔子却坦然说，一个真正的人本来就是不成器的。也确实有人讥他博学而无所专长，他听了自嘲说，那么我就以赶马车为专长罢。

其实，孔子对于读书有他自己的看法。他主张读书要从兴趣出发，不赞成为求知而求知的纯学术态度（“知之者不如好之者，好之者不如乐之者”）。他还主张读书是为了完善自己，鄙夷那种沽名钓誉的庸俗文人（“古之学者为己，今之学者为人”）。他一再强调，一个人重要的是要有真才实学，而无须在乎外在的名声和遭遇，类似于“不患莫己知，求为可知也”这样的话，《论语》中至少重复了四次。

“君子不器”这句话不仅说出了孔子的治学观，也说出了他的人生观。有一回，孔子和他的四个学生聊天，让他们谈谈自己的志向。其中三人分别表示想做军事家、经济家和外交家。唯有曾点说，他的理想是暮春三月，轻装出发，约了若干大小朋友，到河里游泳，在林下乘凉，一路唱歌回来。孔子听罢，喟然叹曰：“我和曾点想的一样。”圣人的这一叹，活泼泼地叹出了他的未染的性灵，使得两千年后一位最重性灵的文论家大受感动，竟改名“圣叹”，以志纪念。人生在世，何必成个什么器，做个什么家呢，只要活得悠闲自在，岂非胜似一切？

学界大抵认为“仁”是孔子思想的核心，至于什么是“仁”，众说不一，但都不出伦理道德的范围。孔子重人伦是一个事实，不过他到底是一个聪明人，而一个人只要足够聪明，就绝不会看不透一切伦理规范的相对性质。所以，“君子而不仁者有矣夫”这句话竟出自孔子之口，他不把“仁”看作理想人格的必备条件，也就不足怪了。有人把仁归结为忠恕二字，其实孔子决不主张愚忠和滥恕。他总是区别对待“邦有道”和“邦无道”两种情况，“邦无道”之时，能逃就逃（“乘桴浮于海”），逃不了则少说话为好（“言孙”），会装傻更妙（“愚不可及”这个成语出自《论语》，其本义不是形容愚蠢透顶，而是孔子夸奖某人装傻装得高明极顶的话，相当于郑板桥说的“难得糊涂”）。他也不像基督那样，当你的左脸挨打时，要你把右脸也送上去。有人问他该不该“以德报怨”，他反问：那么用什么来报德呢？然后说，应该是用公正回报怨仇，用恩德回报恩德。

孔子实在是一个非常通情达理的人，他有常识，知分寸，丝毫没有偏执狂。“信”是他亲自规定的“仁”的内涵之一，然而他明明说“言必信，行必果”，乃是僵化小人的行径（“硁硁然小人哉”）。要害是那两个“必”字，毫无变通的余地，把这位老先生惹火了。他还反对遇事过分谨慎。我们常说“三思而后行”，这句话也出自《论语》，只是孔子并不赞成，他说再思就可以了。

也许孔子还有不洒脱的地方，我举的只是一面。有这一面毕竟是令人高兴的，它使我可以放心承认孔子是一位够格的哲学家了，因为哲学家就是有智慧的人，而有智慧的人怎么会一点不洒脱呢？

读经典就像回家

一、人生不可缺的两个朋友

人生不能没有朋友。在一切朋友中，有两个朋友是最不可缺的。一个朋友就是你自己，是你身上的那个更高的自我。每个人身上都有一个更高的自我，哲学家称之为理性，基督教称之为灵魂，佛教称之为佛性，但它常常是沉睡着的，你要去把它唤醒。为了使这个更高的自我变得丰富而强大，你还必须有另一个朋友，就是那些好书，活在好书里的那些伟大的灵魂。

二、大师和偶像

过去出大师，今天出偶像。但大师并未成为过去，而是永远活在他们的作品中，活在文化的传承中。偶像则依附于时尚而昙花一现。

我给自己的定位：大师的学生。我当然不是大师，但也不是偶像，做大师的学生，这是我的最大幸运和光荣。

寄语今日青年：要做大师的学生，不做偶像的粉丝。唯有如此，你们才能超越时尚，进入文化。

三、站在巨人的肩膀上

人类历史上有过许多精神巨人，他们高瞻远瞩，各人依凭自己的心性看见了不同的奇异风景。我们不是巨人，但何妨站到巨人的肩膀上，去欣赏一下他们眼中的那奇异的风景。我们不是伟大的人，但何妨阅读伟大的著作，去体会一下人的伟大可以达到何种高度。是的，读经典就是站在巨人的肩膀上的最直接、最现成的方式。

四、成为人性意义上的高贵者

人们常说站在巨人的肩膀上，依我看，读大师的书是站在巨人肩膀上最方便的法子。事实上，每一位大师正是站在前辈大师的肩膀上，才成为大师的。当然，我们多半成不了大师，而只是来人间走一趟的千亿卑微生灵之一员。但是，人的高贵在于拥有思考真的头脑，体验美的心灵，追求善的灵魂，在大师们的熏陶下，我们知道了人可以达到的高度，人生有了精神目标，卑微者就能成为人性意义上的高贵者。

五、文化上的绿色食品

经典作品是最接近自然的文化制品。这首先是因为，作者自己是大自然所诞生的健康的生灵，因此对事物有饱满而真实的感受，他只需把这感受如实地表达出来就可以了。用食品作譬，他采用的是天然原料，没有化肥和农药的污染，没有添加剂，制作出来的是真正的绿色食品。

在食品卫生状况恶劣的今天，你也许无处寻觅令口腹放心的物质上的绿色食品了，但是，令心灵放心的精神上的绿色食品就在那里，你为何不去享用，却甘愿受营养贫乏、添加剂泛滥的文化快餐的毒害呢？

六、读经典就像回家

卡尔维诺谈经典的两句话，我觉得也说出了我读经典的感觉。一是初读就像是重温。人文经典所探究、叙述的主题，无非是人性和人生，我对之有自己的体验和思考，因此并不陌生。二是重温就像是初读。大师毕竟是大师，所展现的精神世界丰富而深邃，因此常温常新。结合这两种感觉，我觉得读经典就像是回到了我久违的真正的家，既似曾相识，又不断有意外的发现和惊喜。其实，这个家就是人类共同的精神故乡，而经典则是带领我们回家的向导。

七、直接跟随精神大师

E.M. 福斯特说：我认为唯一能影响我们的书籍，是那些我们已为之做好准备、在我们正在行走的道路上比我们走得略微远一些的书籍。很准确。不过，这只是说明，你必须增加自己的精神积累，而绝不是去读平庸书籍的理由。那些平庸书籍不在你应该行走的道路上，谈不上走得远近的问题。我仍然认为，一个立志走精神上升之路的人，与其跟随二三流作者，不如直接跟随精神大师，有一天你会发现，虽然你始终只能望见其背影，但你已经把那些二三流作者远远甩在后面了。

八、怎么打读经典的基础

我主张读书的起点要高，直接从大师的经典作品开始。有人问：读经典必须有一定的基础，现在基础太差，怎么打这个基础？我的回答是：读经典的基础也是通过读经典来打的。经典的共同之处是有很高的含金量，但它们在文字表达上也有深浅难易之别，你可以由浅入深、从易到难，循序渐进，这本身就是一个逐步打基础的过程。相反，如果你总是读那些平庸的书，即那些没有含金量的书，就永远不可能学会识别和欣赏金子，永远不可能具备读经典的基础，只会离经典越来越远。

九、最忠贞的关系

我相信，我这个年龄段的人里面，许多人对经典心怀感激。读书基本上是我的生活，同时也是我的职业，而我所读之书基本上是经典。可以毫不夸张地说，经典是我一生的陪伴，是我在人世间最可称为忠贞的一种关系。

我曾戏言说我只读死人书。说说理由吧：一、历史上有大师辈出的时代，而现在不是；二、在两千多年积累的精华中选择，当然胜于在几年乃至几十年的流水中打捞。

十、火种不会熄灭

经典之为经典，就在于其中凝聚了对人类基本境况的观察和思考，因而具有永恒的价值。现在社会上急功近利的风气和网络媒介的强势对于阅读经典的确造成了巨大冲击，我认为是很可悲的。不过，事实上，经典作品仍在源源不断地出版，证明它们仍拥有基本的读者群，火种仍在传承，绝不会熄灭。

十一、充实和遗憾

自古以来，中外大师们创造了无数优秀作品。想到有这么多的精神美食等着我去品尝，我就感到无比充实，想到毕其一生只能品尝其中的一小部分，我又感到无比遗憾。

十二、这本书早已存在

我一直想写、许多人也希望我写的这本书，其实它早已存在，我翻开历史上每一位智者和觉者的书时都看见了它。

十三、我的作用是把读者引到经典面前

至于我自己的作品，我不关心它们明天会怎样，今天拥有众多读者就可以了。我从来不认为我的作品有传世的价值，因此也绝不追求这个目标。我一再说，我的作用仅在于把读者引到经典作品面前，我不会无知和自信到认为我的作品能成为经典。我二十多年前的作品现在仍有许多人喜欢读，这个情况已经大大超过我的期望了，为此我既感到满意，又感到惭愧。

第五章 活得简单才能活得自由

人至少可以把身体之需限制在真正必要的范围内，尽量少为伺候身体花费精力。在一个人的生活中，精神需求相对于物质需求所占比例越大，他就离神越近。

从生存向存在的途中

兽和神大约都不会无聊。兽活命而已，只有纯粹的生存。神充实自足，具备完满的存在。兽、人、神三界，唯有夹在中间的人才会无聊，才可能有活得没意思的感觉和叹息。

无聊的前提是闲。当人类必须为生存苦斗的时候，想必也无聊不起来。我们在《诗经》或《荷马史诗》里几乎找不到无聊这种奢侈的情绪。要能闲得无聊，首先必须仓廪实，衣食足，不愁吃穿。吃穿有余，甚至可以惠及畜生，受人豢养的猫狗之类宠物也会生出类似无聊的举态，但它们已经无权称作兽。

当然，物质的进步永无止境，仓廪再实，衣食再足，人类未必闲得下来。世上总有闲不住的阔人、忙人和勤人，另当别论。

一般来说，只要人类在求温饱之余还有精力，无聊的可能性就存在了。席勒用剩余精力解释美感的发生。其实，人类特有的一切好东西坏东西，其发生盖赖于此，无聊也不例外。

有了剩余精力，不释放出来是很难受的。“饱食终日，无所用心，难矣哉！”孔子就很明白这难受劲儿，所以他劝人不妨赌博下棋，也比闲着什么事不做好。“难矣哉”，林语堂解为“真难为他们”“真亏他们做得出来”，颇传神，比别的注家高明。闲着什么事不做，是极难的，一般人无此功夫。所谓闲，是指没有非做不可的事，遂可以自由支配时间，做自己感兴趣的事。闲的可贵就在于此。兴趣有雅俗宽窄之别，但大约人人都有自己感兴趣的事。麻将扑克是一种兴趣，琴棋诗画是一种兴趣，拥被夜读是一种兴趣，坐在桌前，点一支烟，沉思遐想，也是一种兴趣。闲了未必无聊，闲着没事干才会无聊。有了自由支配的时间，却找不到兴趣所在，或者做不成感兴趣的事，剩余精力茫茫然无所寄托，这种滋味就叫无聊。

闲是福气，无聊却是痛苦。勤勤恳恳一辈子的公务员，除了公务别无兴趣，一旦退休闲居，多有不久便弃世的，致命的因素正是无聊。治狱者很懂得无聊的厉害，所以对犯人最严重的惩罚不是苦役而是单独监禁。苦役是精力的过度释放，单独监禁则是人为地堵塞释放精力的一切途径，除吃睡外不准做任何事。这种强制性的无聊，其痛苦远在苦役之上。在自由状态下，多半可以找到法子排遣无聊。排遣的方式因人而异，最能见出一个人的性情。愈浅薄的人，其无聊愈容易排遣，现成的法子有的是。“不有博弈者乎？”如今更好办，不有电视机乎？面对电视机一坐几个钟点，天天坐到头昏脑涨然后上床去，差不多是现代人最常见的消磨闲暇的方式，或者说，糟蹋闲暇的方式。

时间就是生命。奇怪的是，人人都爱惜生命，不愿其速逝，却害怕时间，唯恐其停滞。我们好歹要做点什么事来打发时间，一旦无所事事，时间就仿佛在我们面前停住了。我们面对这脱去事件外衣的赤裸裸的时间，发现它原来空无所有，心中隐约对生命的实质也起了恐慌。无聊的可怕也许就在于此，所以要加以排遣。

但是，人生中有些时候，我们会感觉到一种无可排遣的无聊。我们心不在焉，百事无心，觉得做什么都没意思，并不是疲倦了，因为我们有精力，只是茫无出路。并不是看透了，因为我们有欲望，只是空无对象。这种心境无端而来，无端而去，昙花一现，却是一种直接暴露人生根底的深邃的无聊。

人到世上，无非活一场罢了，本无目的可言。因此，在有了超出维持生存以上的精力以后，这剩余精力投放的对象却付诸阙如。人必须自己设立超出生存以上的目的。活不成问题了，就要活得有意思，为生命加一个意义。然而，为什么活着？这是一个危险的问题。若问为什么吃喝劳作，我们很明白，是为了活。活着又为了什么呢？这个问题追究下去，没有谁不糊涂的。

对此大致有两类可能的答案。一类答案可以归结为：活着为了吃喝劳作——为了一己的、全家的或者人类的吃喝劳作，为了吃喝得更奢侈，劳作得更有效，如此等等。这类答案虽然是多数人实际所奉行的，作为答案却不能令人满意，因为它等于说活着为了活着，不成其为答案。

如果一切为了活着，活着就是一切，岂不和动物没有了区别？一旦死去，岂不一切都落了空？这是生存本身不能作为意义源泉的两个重要理由。一事物的意义须从高于它的事物那里求得，生命也是如此。另一类答案就试图为生命指出一个高于生命的意义源泉，它应能克服人的生命的动物性和暂时性，因而必定是一种神性的不朽的东西。不管哲学家们如何称呼这个东西，无非是神的别名罢了。其实，神只是一个记号，记录了我们追问终极根据而不可得的迷惘。例如，从巴门尼德到雅斯贝尔斯，都以“存在”为生命意义之源泉，可是他们除了示意“存在”的某种不可言传的超越性和完美性之外，还能告诉我们什么呢？

我们往往乐于相信，生命是有高出生命本身的意义的，例如真善美之类精神价值。然而，真善美又有什么意义？可以如此无穷追问下去，但我们无法找到一个终极根据，因为神并不存在。其实，神只是一个表示神秘莫测的记号，记录了我们追问终极根据而不可得的迷惘。摆脱这个困境的唯一办法是把一切精神价值的落脚点引回到地面上来，看作人类生存的工具。各派无神论哲学家归根到底都是这样做的。但是，这样一来，我们又陷入了我们试图逃避的同义反复：活着为了活着。

也许关键在于，这里作为目的地活，与动物并不相同。人要求有意义地活，意义是人类生存的必要条件。因此，上述命题应当这样展开：活着为了寻求意义，而寻求意义又是为了觉得自己是在有意义地活着。即使我们所寻求的一切高于生存的目标，到头来是虚幻的，寻求本身就使我们感到生存是有意义的，从而能够充满信心地活下去。凡真正的艺术家都视创作为生命，不创作就活不下去。超出这一点去问海明威为何要写作，毕加索为何要画画，他们肯定说不出一个所以然来。人类迄今所创造的灿烂文化如同美丽的云景，把人类生存的天空烘托得极其壮观。然而，若要追究云景背后有什么，便只能堕入无底的虚空里了。

人，永远走在从生存向存在的途中。他已经辞别兽界，却无望进入神界。他不甘于纯粹的生存，却达不到完美的存在。他有了超出生存的精力，却没有超出生存的目标。他寻求，却不知道寻求什么。人是注定要无聊的。

可是，如果人真能够成为神，就不无聊了吗？我想象不出，上帝在完成他的创世工作之后，是如何消磨他的星期天的。《圣经》对此闭口不谈，这倒不奇怪，因为上帝是完美无缺的，既不能像肉欲犹存的人类那样用美食酣睡款待自己，又不能像壮心不已的人类那样不断进行新的精神探险，他实在没事可干了。他的绝对的完美便是他的绝对的空虚。人类的无聊尚可药治，上帝的无聊宁有息日？

不，我不愿意成为神。虽然人生有许多缺憾，生而为人仍然是世上最幸运的事。人生最大的缺憾便是终有一死。生命太短暂了，太珍贵了，无论用它来做什么都有点可惜。总想做最有意义的事，足以使人不虚此生、死而无恨的事，却没有一件事堪当此重责。但是，人活着总得做点什么。于是，我们便做着种种微不足道的事。

人生终究还是免不了无聊。

消费 = 享受?

我讨厌形形色色的苦行主义。人活一世，生老病死，苦难够多的了，在能享受时凭什么不享受？享受实在是人生的天经地义。蒙田甚至把善于享受人生称作“至高至圣的美德”，据他说，恺撒、亚历山大都是视享受生活乐趣为自己的正常活动，而把他们叱咤风云的战争生涯看作非正常活动的。

然而，怎样才算真正享受人生呢？对此就不免见仁见智了。依我看，我们时代的迷误之一是把消费当作享受，而其实两者完全不是一回事。我并不想介入高消费能否促进繁荣的争论，因为那是经济学家的事，和人生哲学无关。我也无意反对汽车、别墅、高档家具、四星级饭店、KTV包房，等等，只想指出这一切仅属于消费范畴，而奢华的消费并非享受的必要条件，更非充分条件。

当然，消费和享受不是绝对互相排斥的，有时两者会发生重合。但是，它们之间的区别又是显而易见的。例如，纯粹泄欲的色情活动只是性消费，灵肉与共的爱情才是性的真享受；走马看花式的游览景点只是旅游消费，陶然于山水之间才是大自然的真享受；用电视、报刊、书籍解闷只是文化消费，启迪心智的读书和艺术欣赏才是文化的真享受。要而言之，真正的享受必是有心灵参与的，其中必定包含了所谓“灵魂的愉悦和升华”的因素。否则，花钱再多，也只能叫作消费。享受和消费的不同，正相当于创造和生产的不同。创造和享受属于精神生活的范畴，就像生产和消费属于物质生活的范畴一样。

以为消费的数量会和享受的质量成正比，实在是一种糊涂看法。苏格拉底看遍雅典街头的货摊，惊叹道：“这里有多少我不需要的东西呵！”每个稍有悟性的读者读到这个故事，都不禁要会心一笑。塞涅卡说得好：“许多东西，仅当我们没有它们也能对付时，我们才发现它们原来是多么不必要的东西。我们过去一直使用着它们，这并不是因为我们需要它们，而是因为我们拥有它们。”另一方面呢，正因为我们拥有了太多的花钱买来的东西，便忽略了不用花钱买的享受。“清风朗月不用一钱买”，可是每天夜晚守在电视机前的我们哪里还想得起它们？“何夜无月，何处无竹柏，但少闲人如吾两人者耳。”在人人忙于赚钱和花钱的今天，这样的闲人更是到哪里去寻？

那么，难道不存在纯粹肉体的、物质的享受了吗？不错，人有一个肉体，这个肉体也是很喜欢享受，为了享受也是很需要物质手段的。可是，仔细想一想，我们便会发现，人的肉体需要是有被它的生理构造所决定的极限的，因而由这种需要的满足而获得的纯粹肉体性质的快感差不多是千古不变的，无非是食色温饱健康之类。殷纣王“以酒为池，悬肉为林”，但他自己只有一个普通的胃。秦始皇筑阿房宫，“东西五百步，南北五十丈”，但他自己只有五尺之躯。多么热烈的美食家，他的朵颐之快也必须有间歇，否则会消化不良。多么勤奋的登徒子，他的床笫之乐也必须有节制，否则会肾虚。每一种生理欲望都是会餍足的，并且严格地遵循着过犹不足的法则。山珍海味，挥金如土，更多的是摆阔气。藏娇纳妾，美女如云，更多的是图虚荣。万贯家财带来的最大快乐并非直接的物质享受，而是守财奴清点财产时的那份欣喜，败家子挥霍财产时的那份痛快。

凡此种种，都已经超出生理满足的范围了，但称它们为精神享受未免肉麻，它们至多只是一种心理满足罢了。

我相信人必定是有灵魂的，而灵魂与感觉、思维、情绪、意志之类的心理现象必定属于不同的层次。灵魂是人的精神“自我”的栖居地，所寻求的是真挚的爱和坚实的信仰，关注的是生命意义的实现。幸福只是灵魂的事，它是爱心的充实，是一种活得有意义的鲜明感受。肉体只会有快感，不会有幸福感。奢侈的生活方式给人带来的至多是一种浅薄的优越感，也谈不上幸福感。当一个享尽人间荣华富贵的幸运儿仍然为生活的空虚苦恼时，他听到的正是他的灵魂的叹息。

名人和明星

我们这个时代似乎是一个盛产名人的时代。这当然要归功于传媒的发达，尤其是电视的普及，使得随便哪个人的名字和面孔很容易让公众熟悉。风气所染，从前在寒窗下苦读的书生们终于也按捺不住，纷纷破窗而出。人们仿佛已经羞于默默无闻，争相吸引传媒的注意，以增大知名度为荣。古希腊晚期的一位喜剧家在缅怀早期的七智者时曾说："从前世界上只有七个智者，而如今要找七个自认不是智者的人也不容易了。"现在我们可以说：从前几十年才出一个文化名人，而如今要在文化界找一个自认不是名人的人也不容易了。

一个人不拘通过什么方式或什么原因出了名，他便可以被称作名人，这好像也没有大错。不过，我总觉得应该在名人和新闻人物之间做一区分。譬如说，挂着主编的头衔剽窃别人的成果，以批评的名义诽谤有成就的作家，这类行径固然可以使自己成为新闻人物，但若因此便以著名学者或著名批评家自居，到处赴宴会，出风头，就未免滑稽。当然，新闻人物并非贬称，也有光彩的新闻人物，一个恰当的名称叫作明星。在我的概念中，名人是写出了名著或者立下了别的卓越功绩因而在青史留名的人，判断的权力在历史；明星则是在公众面前频频露面因而为公众所熟悉的人，判断的权力在公众，这是两者的界限。明晰了这个界限，我们就不至于犯那种把明星写的书当作名著的可笑错误了。

不过，应当承认，做明星是一件很有诱惑力的事情。诚如杜甫所说："千秋万岁名，寂寞身后事。"做明星却能够现世兑现，活着时就名利双收，写出的书虽非名著（何必是名著！）但一定畅销。于是我们就不难理解，为何许多学者身份的人现在热衷于在电视屏幕上亮相。学者通过做电视明星而成为著名学者，与电视明星通过写书而成为畅销作家，乃是我们时代两个相辅相成的有趣现象。人物走红与商品走俏遵循着同样的机制，都依靠重复来强化公众的直观印象从而占领市场，在这方面电视无疑是一条捷径。每天晚上有几亿人守在电视机前，电视的力量当然不可低估。据说这种通过电视推销自己的做法有了一个科学的名称，叫作“文化行为的社会有效性”。以有效为文化的目标，又以在公众面前的出现率为有效的手段和标准，这诚然是对文化的新理解。但是，我看不出被如此理解的文化与广告有何区别。我也想象不出，像托尔斯泰、卡夫卡这样的文化伟人，倘若成为电视明星——或者，考虑到他们的时代尚无电视，成为流行报刊的明星——会是什么样子。

我们姑且承认，凡有相当知名度的人均可称作名人。那么，最后我要说一说我在这方面的趣味。我的确感到，无论是见名人，尤其是名人意识强烈的名人，还是被人当作名人见，都是最不舒服的事情。在这两种情形下，我的自由都受到了威胁。我最好的朋友都是有才无闻的普通人。世上多徒有其名的名人，有没有名副其实的呢？没有，一个也没有。名声永远是走样的，它总是不合身，非宽即窄，而且永远那么花哨，真正的好人永远比他的名声质朴。

愉快是基本标准

读了大半辈子书，倘若有人问我选择书的标准是什么，我一定会毫不犹豫地回答：愉快是基本标准。一本书无论专家们说它多么重要，排行榜说它多么畅销，如果读它不能使我感到愉快，我就宁可不去读它。

人做事情，或是出于利益，或是出于性情。出于利益做的事情，当然就不必太在乎是否愉快。我常常看见名利场上的健将一面叫苦不迭，一面依然奋斗不止，对此我完全能够理解。我并不认为他们的叫苦是假，因为我知道利益是一种强制力量，而就他们所做的事情的性质来说，利益的确比愉快更加重要。

相反，凡是出于性情做的事情，亦即仅仅为了满足心灵而做的事情，愉快就都是基本的标准。属于此列的不仅有读书，还包括写作、艺术创作、艺术欣赏、交友、恋爱、行善，等等，简言之，一切精神活动。如果在做这些事情时不感到愉快，我们就必须怀疑是否有利益的强制在其中起着作用，使它们由性情生活蜕变成了功利行为。

读书唯求愉快，这是一种很高的境界。关于这种境界，陶渊明做了最好的表述："好读书，不求甚解。每有会意，便欣然忘食。"不过，我们不要忘记，在《五柳先生传》中，这句话前面的一句话是："闲静少言，不慕荣利。"可见要做到出于性情而读书，其前提是必须有真性情。那些躁动不安、事事都想发表议论的人，那些渴慕荣利的人，一心以求解的本领和真理在握的姿态夸耀于人，哪里肯甘心于自个儿会意的境界。

以愉快为基本标准，这也是在读书上的一种诚实的态度。无论什么书，只有你读时感到了愉快，使你发生了共鸣和获得了享受，你才应该承认它对于你是一本好书。在这一点上，毛姆说得好："你才是你所读的书对于你的价值的最后评定者。"尤其是文学作品，本身并无实用，唯能使你的生活充实，而要做到这一点，前提是你喜欢读。没有人有义务必须读诗、小说、散文。哪怕是专家们同声赞扬的名著，如果你不感兴趣，便与你无干。不感兴趣而硬读，其结果只能是不懂装懂，人云亦云。相反，据我所见，凡是真正把读书当作享受的人，往往能够直抒己见。譬如说，蒙田就敢于指责柏拉图的对话录和西塞罗的著作冗长拖沓，坦然承认自己欣赏不了，博尔赫斯甚至把读弥尔顿的《失乐园》和歌德的《浮士德》称作最著名的引起厌倦的方式，宣布乔伊斯作品的费解是作者的失败。这两位都是学者型的作家，他们的博学无人能够怀疑。我们当然不必赞同他们对于那些具体作品的意见，我只是想借此说明，以读书为乐的人必有自己鲜明的好恶，而且对此心中坦荡，不屑讳言。

我不否认，读书未必只是为了愉快，出于利益的读书也有其存在的理由，例如学生的做功课和学者的做学问。但是，同时我也相信，在好的学生和好的学者那里，愉快的读书必定占据着更大的比重。我还相信，与灌输知识相比，保护和培育读书的愉快是教育的更重要的任务。所以，如果一种教育使学生不能体会和享受读书的乐趣，反而视读书为完全的苦事，我们便可以有把握地判断它是失败了。

争什么？

一

人世间的争夺，往往集中在物质财富的追求上。物质的东西，多一些自然好，少一些也没什么，能保证基本生存就行。对精神财富的追求，人与人之间不存在冲突，一个人的富有绝不会导致另一个人的贫困。

由此可见，人世间的东西，有一半是不值得争的，另一半是不需要争的。所以，争什么！

二

一样东西，如果你太想要，就会把它看得很大，甚至大到成了整个世界，占据了你的全部心思。一个人一心争利益，或者一心创事业的时候，都会出现这种情况。我的劝告是，最后无论你是否如愿以偿，都要及时从中跳出来，如实地看清它在整个世界中的真实位置，亦即它在无限时空中的微不足道。这样，你得到了不会忘乎所以，没有得到也不会痛不欲生。

三

那人对你做了一件不义的事，你为此痛苦了，这完全可以理解，但请适可而止。你想一想，世上有不义的人，这是你无法改变的，为你不能支配的别人的品德而痛苦是不理智的。你再想一想，不义的人一定会做不义的事，只是这一件不义的事碰巧落在你头上罢了。你这样想，就会超越个人恩怨的低水平，把你的遭遇当作借以认识人性和社会的材料，在与不义做斗争时你的心境也会光明磊落得多。

四

用终极的眼光看，人世间的一切纷争都如此渺小，如此微不足道。当然，在现实中，纷争的解决不会这么简单。但是，倘若没有这样一种终极眼光，人类就会迷失方向，任何解决方式都只能是在错误的路上越走越远。

五

我们都在表象中生活，有什么事情是值得计较的！

六

人生在世，既能站得正，又能跳得出，这是一种很高的境界。在一定意义上，跳得出是站得正的前提，唯有看轻沉浮荣枯，才能不计利害得失，堂堂正正做人。

如果说站得正是做人的道德，那么，跳得出就是人生的智慧。人为什么会堕落？往往是因为陷在尘世一个狭窄的角落里，心不明，眼不亮，不能抵挡近在眼前的诱惑。佛教说“无明”

是罪恶的根源，基督教说堕落的人生活在黑暗中，说的都是这个道理。相反，一个人倘若经常跳出来看一看人生的全景，真正看清事物的大小和价值的主次，就不太会被那些渺小的事物和次要的价值绊倒了。

七

所谓智慧的人生，就是要在执着和超脱之间求得一个平衡。有超脱的一面，看到人生的界限，和人生有距离，反而更能看清楚人生中什么东西真正有价值。

八

日常生活是有惰性的。身边的什物，手上的事务，很容易获得一种支配我们的力量，夺走我们的自由。我们应该经常跳出来想一想，审视它们是否真正必要。

九

因为世态险恶，人心叵测，于是远离名利场，这个境界仍比较低。惦着他贤我愚，口说不争，到底还是意难平。真正的超脱，来自彻悟人生的大智慧，或净化灵魂的大信仰。

十

进取也罢，退隐也罢，都逃不脱时光的变迁。

不过，立足于自然看历史，的确可以使人看淡世间的功名是非。

十一

中国文人的怀抱，总是在出处之间彷徨。通常的情况是，以功名为正道，仕途失意，才把归隐当作了不得已的退路。

人生的态度，宜在进取和超脱之间寻求一种平衡。然而，功名太平庸，不是真进取；归隐太无奈，不是真超脱。真正的进取和超脱，不会只在出处的低水平上折腾。

十二

在中国文人身上，从来有励志和闲情两面。励志，就是经世致用，追求功名，为儒家所推崇。闲情，就是逍遥自在，超脱功名，为道家所提倡。对闲情不可等闲视之，它是中国特色的人性的解放，性灵的表达，在中国文化传统和中国文人生活中所占的分量很重很重。只有励志，没有闲情，中国文人真不知会成为怎样的俗物。

十三

我发现，我所欣赏的古典作家和作品，往往是闲情这一面特别突出的。宋词和元曲讴歌男欢女爱，阮籍、陶渊明、袁宏道、李白、苏轼纵情山水，我从中看到的是对生命本体的热爱和对精神自由的追求，而人生最宝贵的价值岂不就在于此?

第一重要的是做人

人活世上，除吃睡之外，不外乎做事情和与人交往，它们构成了生活的主要内容。做事情，包括为谋生需要而做的，即所谓职业，也包括出于兴趣、爱好、志向、野心、使命感等而做的，即所谓事业。与人交往，包括同事、邻里、朋友关系以及一般所谓的公共关系，也包括由性和血缘所联结的爱情、婚姻、家庭等关系。这两者都是人的看得见的行为，并且都有一个是否成功的问题，而其成功与否也都是看得见的。如果你在这两方面都顺利，譬如说，一方面事业兴旺，功成名就；另一方面婚姻美满，朋友众多，就可以说你在社会上是成功的，甚至可以说你的生活是幸福的。在别人眼里，你便是一个令人羡慕的幸运儿。如果相反，你在自己和别人心目中就都会是一个倒霉蛋。这么说来，做事和交人的成功似乎应该是衡量生活质量的主要标准了。

然而，在看得见的行为之外，还有一种看不见的东西，依我之见，那是比做事和交人更重要的，是人生第一重要的东西，这就是做人。当然，实际上做人并不是做事和交人之外的一个独立的行为，而是蕴含在两者之中的，是透过做事和交人体现出来的一种总体的生活态度。

就做人与做事的关系来说，做人主要并不表现于做的什么事和做了多少事，例如是做学问还是做生意，学问或者生意做得多大，而是表现在做事的方式和态度上。一个人无论做学问还是做生意，无论做得大还是做得小，他做人都可能做得很好，也都可能做得很坏，关键就看他是怎么做事的。学界有些人很贬薄别人下海经商，而因为自己仍在做学问就摆出一副大义凛然的气势。其实呢，无论商人还是学者中都有君子，也都有小人，实在不可一概而论。有些所谓的学者，在学术上没有自己真正的追求和建树，一味赶时髦，抢风头，唯利是图，骨子里比一般商人更是一个市侩。

从一个人如何与人交往，尤能见出他的做人。这倒不在于人缘好不好，朋友多不多，各种人际关系是否和睦。人缘好可能是因为性格随和，也可能是因为做人圆滑，本身不能说明问题。在与人交往上，孔子最强调一个“信”字，我认为是对的。待人是否诚实无欺，最能反映一个人的人品是否光明磊落。一个人哪怕朋友遍天下，只要他对其中一个朋友有背信弃义的行径，我们就有充分的理由怀疑他是否真爱朋友，因为一旦他认为必要，他同样会背叛其他的朋友。“与朋友交而不信”，只能得逞一时之私欲，却是做人的大失败。

做事和交人是否顺利，包括地位、财产、名声方面的遭际，也包括爱情、婚姻、家庭方面的遭际，往往受制于外在的因素，非自己所能支配，所以不应该成为人生的主要目标。一个人当然不应该把非自己所能支配的东西当作人生的主要目标。一个人真正能支配的唯有对这一切外在遭际的态度，简言之，就是如何做人。人生在世最重要的事情不是幸福或不幸，而是不论幸福还是不幸都保持做人的正直和尊严。我确实认为，做人比事业和爱情都更重要。不管你在名利场和情场上多么春风得意，如果你做人失败了，你的人生就在总体上失败了。最重要的不是在世人心目中占据什么位置，和谁一起过日子，而是你自己究竟是一个什么样的人。

内在生活

一

人生的道路分内、外两个方面。外在方面是一个人的外部经历，它是有形的，可以简化为一张履历表，标示出了曾经的职业、地位、荣誉，等等。内在方面是一个人的心路历程，它是无形的，生命的感悟、情感的体验、理想的追求，这些都是履历表反映不了的。

我的看法是，尽管如此，内在方面比外在方面重要得多，它是一个人的人生道路的本质部分。我还认为，外在方面往往由命运、时代、环境、机遇决定，自己没有多少选择的主动权，在尽力而为之后，不妨顺其自然，而应该把主要努力投注于自己可以支配的内在方面。

二

人应该在自己身上拥有快乐的源泉，它本来就存在于每个人身上，就看你是否去开掘和充实它。这就是你的心灵。

心灵的快乐是自足的。如果你的心灵足够丰富，即使身处最单调的环境，你仍能自得其乐。如果你的心灵足够高贵，即使遭遇最悲惨的灾难，你仍能自强不息。这是一笔任何外力都夺不走的财富，是孟子所说的“人之安宅”，你可以借之安身立命。

三

世上有一样东西，比任何别的东西都更忠诚于你，那就是你的经历。你生命中的日子，你在其中遭遇的人和事，你因这些遭遇产生的悲欢、感受和思考，这一切仅仅属于你，不可能转让给任何别人，哪怕是你最亲近的人。这是你最珍贵的财富，而只要你珍惜，也会是你最可靠的财富，无人能够夺走。相反，如果你不珍惜，这些经历就会随岁月而流失，在世界任何地方都找不到了。正因为此，我一直主张人人养成写日记的习惯。

相比之下，金钱是最不可靠的财富。金钱毫无忠诚可言，它们没有个性，永远是那副模样，今天在你这里，明天会在别人那里，后天又可能回到你这里。可是，人们热衷于积聚金钱，却轻易挥霍掉仅仅属于自己的经历，这是怎样的本末倒置啊。

四

物质的财宝，丢失了可以挣回，挣不回也没有什么，它们是这样毫无个性，和你本来就没有必然的关系，只不过是换了一个地方存放罢了。可是，你的生命中的珍宝是仅仅属于你的，它们只能存放在你的心灵中和记忆中，如果这里没有，别的任何地方也不会有，你一旦把它们丢失，就永远找不回来了。

五

茫茫人海里，你遇见了这一些人而不是另一些人，这决定了你在人世间的命运。你的爱和恨、喜和悲、顺遂和挫折，这一切都是因为相遇。

但是，请记住，在相遇中，你不是被动的，你始终可以拥有一种态度。相遇组成了你的外部经历，对相遇的态度组成了你的内心经历。

还请记住，除了现实中的相遇之外，还有一种超越时空的相遇，即在阅读和思考中与伟大灵魂的相遇。这种相遇使你得以摆脱尘世命运的束缚，生活在一个更广阔、更崇高的世界里。

六

上天的赐予本来是公平的，每个人天性中都蕴含着精神需求，在生存需要基本得到满足之后，这种需求理应觉醒，它的满足理应越来越成为主要的目标。那些永远折腾在功利世界上的人，那些从来不谙思考、阅读、独处、艺术欣赏、精神创造等心灵快乐的人，他们是怎样辜负了上天的赐予啊，不管他们多么有钱，他们是度过了怎样贫穷的一生啊。

七

为了抵御世间的诱惑，积极的办法不是压抑低级欲望，而是唤醒、发展和满足高级欲望。我所说的高级欲望指人的精神需要，它也是人性的组成部分。人一旦品尝到和陶醉于更高的快乐，面对形形色色的较低快乐的诱惑就自然有了“定力”。最好的东西你既然已经得到，你对那些次好的东西也就不会特别在乎了。

八

人在多大程度上不依赖于物质的东西，就在多大程度上是自由的。所谓不依赖，即在生存有保障的前提下，是一种精神境界。穷人是不自由的，因为他的生存受制于物质。那些没有精神目标的富人更是不自由的，因为他的全部心灵都受制于物质。自由是精神生活的范畴，物质只是自由的必要条件，永远不是充分条件，永远不可能直接带来自由。

无论是个人，还是人类，如果谋求物质不是为了摆脱其束缚而获得精神的自由，人算什么万物之灵呢？

九

一个专注于精神生活的人，物质上的需求自然是十分简单的。因为他有重要得多的事情要做，没有工夫关心物质方面的区区小事；他沉醉于精神王国的伟大享受，物质享受不再成为诱惑。

十

在一个人的生活中，精神需求相对于物质需求所占比例越大，他就离神越近。

十一

智者的特点是：一方面，很少的物质就能使他满足；另一方面，再多的物质也不能使他满足。原因只在于，他的心思不在这里，真正能使他满足的是精神事物。

十二

一个人越是珍视心灵生活，他就越容易发现外部世界的有限，因而能够以从容的心态面对。相反，对于没有内在生活的人来说，外部世界就是一切，难免要生怕错过了什么似的急切追赶了。

十三

生活是广义的，内心经历、感情、体验也是生活，读书也是写作的生活源泉。

十四

心灵也是一种现实，甚至是唯一真实的现实，这个观点可以在佛教对心的论述中找到根据。

一无所需最像神

某日，苏格拉底在雅典街头闲逛，走过市场，看了琳琅满目的货物，吃惊道："这里有多少我用不着的东西啊！"

苏格拉底逛的是两千多年前的雅典市场，其实那时商品的种类还很有限。假如让他来逛一逛今天的豪华商场，真不知他会发表什么感想呢。

我相信，像苏格拉底这样一个专注于精神生活和哲学思考的人，物质上的需求自然是十分简单的。因为他有重要得多的事情要做，没有工夫关心物质方面的区区小事；他沉醉于精神王国的伟大享受，物质享受不再成为诱惑。

苏格拉底有一句名言：“一无所需最像神。”所谓神，就是纯粹的精神，完全摆脱了身体之需，因而是绝对自由的。人毕竟有一个身体，当然不可能如此。所以，第欧根尼有一个修正的说法：“一无所需是神的特权，所需甚少是类神之人的特权。”人至少可以把身体之需限制在真正必要的范围内，尽量少为伺候身体花费精力。在一个人的生活中，精神需求相对于物质需求所占比例越大，他就离神越近。

摆脱日常生活的惰性

日常生活是有惰性的。身边的什物，手上的事务，很容易获得一种支配我们的力量，夺走我们的自由。我们应该经常跳出来想一想，审视它们是否真正必要。

许多东西，我们之所以觉得必需，只是因为我们已经拥有它们。当我们清理自己的居室时，我们会觉得每一样东西都有用处，都舍不得扔掉。可是，倘若我们必须搬到一个小屋去住，只允许保留很少的东西，我们就会判断出什么东西是自己真正需要的了。那么，我们即使有一座大房子，又何妨用只有一间小屋的标准来限定必需的物品，从而为美化居室留出更多的自由空间？

许多事情，我们之所以认为必须做，只是因为我们已经把它们列入了日程。如果让我们凭空从其中删除某一些，我们会难做取舍。可是，倘若我们知道自己已经来日不多，只能做成一件事情，我们就会判断出什么事情是自己真正想做的了。那么，我们即使还能活很久，又何妨用来日不多的标准来限定必做的事情，从而为享受生活留出更多的自由时间？

快乐工作的能力

中央电视台经济频道开展“年度雇主调查”活动，并以“快乐工作”为本次雇主调查的年度主题和核心价值观。我觉得“快乐工作”是一个有意思的题目，愿意谈一谈我的理解。

我们在这个世界上生活，快乐是人人都想要的东西。不过，在多数情况下，快乐与工作好像没有什么关系。相反，人们似乎只有在工作之外才能找到快乐，下班之后、双休日、节假日才是一天、一周、一年中的快乐时光。当然，快乐是需要钱的，为此就必须工作，工作的价值似乎只是为工作之外的快乐埋单。

工作本身不快乐，快乐只在工作之外，这种情况相当普遍，但并不合理，因为不合人性。

什么是快乐？快乐是人性或者说人的需要得到满足的一种状态。人性有三个层次。一是生物性，即食色温饱之类生理需要，满足则感到肉体的快乐；二是社会性，比如交往、被关爱、受尊敬的需要，满足则感到情感的快乐；三是精神性，包括头脑和灵魂，头脑有进行智力活动的需要，灵魂有追求和体悟生活意义的需要，二者的满足使人感到的是精神的快乐。

精神性是人的最高属性，正是作为精神性的存在，人与动物有了本质的区别。同样，精神的快乐是人所能获得的最高快乐，远比肉体的快乐更持久也更美好。对于那些禀赋优秀的人来说，这一点是不言而喻的，如果让他们像一个没有头脑和灵魂的东西那样活着，他们宁可不活。获得精神快乐的途径有两类：一类是接受的，比如阅读、欣赏艺术品等；另一类是给予的，就是工作。正是在工作中，人的心智能力得到了积极实现，人感受到了生命的最高意义。如同纪伯伦所说：工作是看得见的爱，通过工作来爱生命，你就领悟了生命的最深刻秘密。

当然，这里所说的工作不同于仅仅作为职业的工作，人们通常把它称作创造或自我实现。但是，就人性而言，这个意义上的工作原是属于一切人的。人人都有天赋的心智能力，区别在于是否得到了充分运用和发展。现在我们明白快乐工作与不快乐工作的界限在哪里了：仅仅作为谋生手段的工作是不快乐的，作为人的心智能力和生命价值的实现的工作是快乐的。用马克思的话说，前者是一个必然王国，后者是一个自由王国。

毫无疑问，在现实生活中，我们都还必须为谋生而工作。最理想的情况是谋生与自我实现达成一致，做自己真正喜欢做的事情，同时又能借此养活自己。能否做到这一点，在一定程度上要靠运气。不过，我相信，在开放社会中，一个人只要有自己真正的志趣，终归是有许多机会向这个目标接近的。就个人而言，最重要的还是要有自己真正的志趣，机会只可能对这样的人开放。也就是说，一个人首先必须具备快乐工作的愿望和能力，然后才谈得上快乐工作。

正是在这方面，今天青年人的情况令人担忧。中华英才网发起的“中国大学生最佳雇主调查”表明，在大学生对雇主的评价中，摆在首位的是全面薪酬和品牌实力两个因素。择业时考虑薪酬不足怪，我的担心是，许多人也许只有这一类外在标准，没有任何内心要求，对工作的唯一诉求是挣钱，挣钱越多就越是好工作，对于作为自我实现的工作毫无概念，那就十分可悲了。

事实上，工作的快乐与学习的快乐是一脉相承、性质相同的，基本的因素都是好奇心的满足、发现和创造的喜悦、智力的运用和得胜、心灵能力的生长等。一个学生倘若在学校的学习中从未体会过这些快乐，在走出学校之后，他怎么可能向工作要求这些快乐呢？学校教育的使命是让学生学会快乐地学习，为将来快乐地工作打好基础。能够快乐地学习和工作，这是精神上优秀的征兆。说到底，幸福是一种能力，它属于那些有着智慧的头脑和丰富的灵魂的优秀的人。首先要成为一个优秀的人，而只把成功看作优秀的副产品。不求优秀，只求成功，求得的至多是谋生的成功罢了。

毋庸讳言，今日的学校乃至整个社会存在着严重的急功近利倾向，对于培养快乐学习和工作的能力不是一个有利的环境。把大学办成职业培训场，只教给学生一些狭窄的专业知识，结果必然使大多数学生心目中只有就业这一个可怜的目标，只知道作为谋生手段的这一种不快乐的工作。这种做法极其近视，即使从经济发展的角度看，一个社会是由心智自由活泼的成员组成，还是由只知谋生的人组成，何者有更好的前景，答案应是不言而喻的。对于企业来说也是如此，许多企业已经强烈地感觉到，那些只有学历背景和专业技能、整体素质差的大学生完全不能适合其发展的需要。教育与市场直接挂钩，其结果反而是人才的紧缺，这表明市场本身已开始向教育提出质疑，要求它与自己拉开距离。教育应该比市场站得高看得远，培养出人性层面上真正优秀的人才，这样的人才自会给社会——包括企业和市场——增添活力。

近几年来，国内若干人才中介机构和媒体相继举办雇主调查和雇主品牌评选活动，这样的活动无疑是有意义的。不过，我认为，其意义不应限于促进雇主与求职者之间的沟通，更重要的意义也许在于调查研究人才供需脱节的问题及原因，促使人们对今天流行的教育观、人才观、价值观进行深刻的反省。

第六章 记住回家的路

在一个失去了记忆的城市里，并不存在真正的主人，每一个居民都只是无家可归的外乡人而已。

怀念土地

按照《圣经》的传说，上帝是用泥土造出人类的始祖亚当的："上帝用地上的泥土造人，将生气吹在他的鼻孔里，他就成了有灵的活人，名叫亚当。"上帝还对亚当说："你本是泥土，仍要归于泥土。"在中国神话传说中，女娲也是用泥土造人的："女娲抟黄土作人。"这些相似的传说说明了一个深刻的道理：土地是人类的生命之源。

其实，不但人类的生命，而且人类的精神，都离不开土地。就说说真、善、美吧，人类精神所追求的这些美好的理想价值，也无不孕育于大地的怀抱。如果大地上不是万象纷呈，万物变易，我们怎会有求真理的兴趣和必要，如果大地本身不是坚实如恒，我们又怎会有求真理的可能和信心？如果不曾领略土地化育和接纳万物的宽阔胸怀，我们懂得什么善良、仁慈和坚忍？如果没有欣赏过大地上山川和落日的壮丽，倾听过树林里的寂静和风声，我们对美会有什么真切的感受？精神的理想如同头上的天空，而天空也是属于大地的，唯有在辽阔的大地上方才会有辽阔的天空。可以说，一个人拥有的天空是和他拥有的大地成正比的。长年累月关闭在窄屋里的人，大地和天空都不属于他，不可能具有开阔的视野和丰富的想象力。对于每天夜晚守在电视机前的现代人来说，头上的星空根本不存在，星空曾经给予先哲的伟大启示已经成为失落的遗产。

我们都会说人是大自然之子的道理，可惜的是，能够记起大自然母亲的面貌的人越来越少了。从生到死，我们都远离土地而生活，就像一群远离母亲的孤儿。到各地走走，你会发现到处都在兴建雷同的城镇，千篇一律的商厦和水泥马路取代了祖先们修筑的土墙和小街，田野和村庄正在迅速消失。甚至在极偏僻的地方，你也难觅宁静的自然之趣和淳朴的民风，迎接你的总是同样的卡拉 OK 的喧闹和假民俗的做作。最可悲的是我们的孩子，他们在这样一种与大自然完全隔绝的生活模式中成长，压根儿没有过同大自然亲近的经验和对土地的记忆，因而也很难在他们身上唤起对大自然的真正兴趣了。有一位作家写到，她曾带几个孩子到野外去看月亮和海，可是孩子们对月亮和海毫无兴趣，心里惦记着的是及时赶回家去，不要误了他们喜欢的一个电视节目。

我们切不可低估这一事实的严重后果。一棵植物必须在土里扎下根，才能健康地生长。人也是这样，只是在外表上不像植物那么明显，所以很容易被我们忽视。我相信，远离土地是必定要付出可怕的代价的。倘若这种对大自然的麻木不仁延续下去，人类就不可避免地要发生精神上的退化。在电视机前长大的新一代人，当然读不进荷马和莎士比亚。始终在人造产品的包围下生活，人们便不再懂得欣赏神和半神的创造，这有什么奇怪呢？在我看来，不管现代人怎样炫耀自己的技术和信息，倘若对自己生命的来源和基础浑浑噩噩，便是最大的蒙昧和无知。人类的聪明在于驯服自然，在广袤的自然世界中为自己开辟出一个令自己惬意的人造世界。可是，如果因此而沉溺在这个人造世界里，与广袤的自然世界断了联系，就真是聪明反被聪明误了。自然的疆域无限，终身自拘于狭小人工范围的生活毕竟是可怜的。

“天人合一”与生态学

90 年代以来，国学好像又成了显学。而在国学热中，有一个概念赫然高悬，众望所归，这便是“天人合一”。在一些人嘴里，它简直是新福音，用它可以解决当今人类所面临的几乎一切重大难题。其最旗帜鲜明者甚至断言，唯“天人合一”才能拯救人类，舍此别无出路。按照他们的解释，西方文化的要害在于天人相分乃至对立，由此导致人性异化和生态危机，殊不知完备的人性理论和生态哲学在中国古已有之，“天人合一”便是，它的威力足以引导人类重建内心的和外部的和谐。

我的印象是，鼓吹者们一方面大大缩小了中国哲学的内涵，儒、道、佛一锅煮，最后熬剩下了“天人合一”这一点儿浓汁，另一方面又大大扩展了“天人合一”的内涵，使这一点儿浓汁囊括了一切有益成分，于是有了包治百病的神效。

“天人合一”原是一种儒家学说，把道家的“物我两忘”、禅宗的“见性成佛”硬塞入“天人合一”的模子里，未免牛头不对马嘴。即使儒家学说也不能归结为“天人合一”，“天人合一”仅是儒家在人与宇宙之关系问题上的一种较有代表性的观点。关于“天人合一”的含义，我认为张岱年先生在《中国哲学大纲》中的归纳最为准确，即一是滥觞于孟子、流布于宋儒的天人相通思想，二是董仲舒的天人相类思想。其中，后者纯属牵强附会的无稽之谈。前者主张人的心性与宇宙的本质相通，因而人借内省或良知即可知天道，这基本上属于认识论的范畴，我们自可对之作学理的探讨，却没有理由无限地扩大其含义和夸大其价值。事实上，在西方哲学中也不乏类似的思想，例如柏拉图的回忆说，笛卡儿的天赋观念说，可是人家并没有从中寻找什么新福音，相反倒是挖掘出了西方文明危机的根源。

把“天人合一”解释成人与自然的和谐相处，又进一步解释成一种生态哲学，这已经成为国学新时髦。最近看到一本书，是美国科学家和学术活动家普里迈克写的《保护生物学概论》，译成中文洋洋五十多万字，对生态保护的一个重要方面即生物多样性保护的问题作了系统的研究和论述。我一面翻看这本书，一面想起某些国人欲靠“天人合一”解救世界生态危机的雄心，不禁感到啼笑皆非。当然，学有专攻，我们不能要求研究中国哲学的学者精通生态学，但我们也许有权要求一切学者尊重科学，承认环境保护也是科学，而不要在一种望文生义的“天人合一”境界中飘飘然自我陶醉。

中国人缺什么？

一

中国文化具有实用品格，不重视精神价值。人是精神性的存在，精神本身就具有独立的、神圣的价值，这在中国传统文化中是不被承认的。欧洲人为了兴趣本身就会去干一些事情，这些人就是肥沃的土壤，中间必出大师。我们很少有这样的人，这不是经济水平够不够的问题，是价值观、文化传统的问题。

二

中国文化传统最缺少两个东西：形而上学与个人主义。对于我们来说，皇帝和祖宗就是上帝，个人微不足道。

在西方，一头是上帝，一头是个人，社会在中间，其功能是为两头服务。中国文化却是为了中间牺牲两头，上帝、个人都可以不要，唯求社会稳定。

三

在转型时期的中国，我们最缺少、最需要的东西，一是信仰，二是法治。前者与形而上学相关，后者与自由主义相关。由于这两样东西的薄弱，我们已深感经济转型的艰难。事实已经证明，没有精神文化转型和社会秩序转型的配套，经济转型绝不可能孤立地成功。

然而，要真正解决信仰和法治的问题，实依赖于国民素质的普遍提高。一个有信仰的民族，必由精神素质优良的个体组成。一个法制健全的社会，必由具备公民觉悟的成员建立和维护。因此，归根到底，中国的前途将取决于国民整体素质的提高。

四

在论证自由和法治原理时，亚当·斯密、斯宾塞等都谈到人的两种本性，一是利己的生命本能，二是同情心。由于同情心，人能够推己及人，由自爱进而尊重他人。这实际上相当于中国儒家所倡导的“仁”，按照孔子的解释，就是“己欲立而立人，己欲达而达人”。然而，值得深思的是，在中国漫长的历史实践中，这种推己及人的仁爱精神并未得到发扬，相反，“能近取譬”被归结成了孝道，由孝及忠，形成了三纲五常一整套等级伦理秩序。在这个秩序中，我们看不到个体生命的地位。问题的根源也许还要到儒家理论中去寻找，忽视个体生命的价值和权利原是这一理论的欠缺。如果每一个人自身生命尊严的意识阙如或得不到支持，那么，推己及人就失去了前提，对他人生命的尊重自然会落空。凡是对自己的生命麻木的人，必然会对他人的生命冷漠。

五

在以儒家为主体的文化传统中，所缺少的正是尊重个体生命这样一个极其重要的观念。因此，在道德领域，儒家的“仁”最后落实为“孝”和“忠”，所强调的始终是忠君爱国，是个人为集体和国家而牺牲。在社会秩序方面，则是长达数千年的人治即家长式统治，长官意志支配一切。

现在，我们正在实现社会转型，由计划经济向市场经济的转型开路，但必须有另两个转型配套，方能成功，其一是人治秩序向法治秩序的转型，其二是以忠君和爱国为核心的道德向以正义和仁慈为核心的道德转型，而这两个转型都是建立在对个体生命的尊重的基础上的。

六

我经常对人性感到悲观，但仍怀有希望。人有利己的一面，也有律己的一面，两面都有，毕竟是社会动物，有合作和依赖他人的一面。总归有人会把恶发展到极端，也有人会把善发展到极端。中国的问题是缺乏法治和信仰，西方也有恶人，但他们有法治和信仰，信仰劝人向善，而法治对恶进行惩戒。

七

中国人的“比赛精神”集中在有形的名和利上了，而在无形的领域，对于个人内在的优秀，个人能力的生长和心灵的快乐，则非常缺乏“比赛精神”。这就是问题之所在。

功利的“比赛精神”表现在国际舞台上，就是一种浅薄的民族虚荣心，特别在乎表面或次要事情上的名次，诸如体育之类。这是一种低级的“比赛精神”。什么时候我们正视中国在教育、科学、医疗、环保、自然和文化遗产保护等方面的落后状况，在这些事情上耻于当最后几名，争取当前几名，我们就有高级的“比赛精神”了。

父母们的眼神

街道上站着许多人，一律沉默，面孔和视线朝着同一个方向，仿佛有所期待。我也朝那个方向看去，发现那是一所小学的校门。那么，这些肃立的人是孩子们的家长了，临近放学的时刻，他们在等待自己的孩子从那个校门口出现，以便亲自领回家。

游泳池的栅栏外也站着许多人，他们透过栅栏朝里面凝望。游泳池里，一群孩子正在教练的指导下学游泳。不时可以听见某个家长从栅栏外朝着自己的孩子呼叫，给予一句鼓励或者一句警告。游泳课持续了一个小时，其间每个家长的视线始终执着地从众儿童中辨别着自己的孩子的身影。

我不忍心看中国父母们的眼神，那里面饱含着关切和担忧，但缺少信任和智慧，是一种既复杂又空洞的眼神。这样的眼神仿佛恨不能长出两把铁钳，把孩子牢牢夹住。我不禁想，中国的孩子要养成独立的人格，必须克服多么大的阻力啊。

父母的眼神对于孩子的成长有着不可低估的影响。打个不太确切的比方，即使是小动物，生长在昏暗的灯光下抑或在明朗的阳光下，也会造就成截然不同的品性。对于孩子来说，父母的眼神正是最经常笼罩他们的一种光线，他们往往是借之感受世界的明暗和自己生命的强弱的。看到欧美儿童身上的那一股小大人气概，每每忍俊不禁，觉得非常可爱。相比之下，中国的孩子便仿佛总也长不大，不论大小事都依赖父母，不肯自己动脑动手，不敢自己做主。当然，并非中国孩子的天性如此，这完全是后天教育的结果。我在欧洲时看到，那里的许多父母在爱孩子上决不逊于我们，但他们同时又都极重视培养孩子的独立生活能力，简直视之为子女教育的第一义。在他们看来，真爱孩子就应当从长计议，使孩子离得开父母，离了父母仍有能力生活得好，这乃是常识。遗憾的是，对于中国的大多数父母来说，这个不言而喻的道理尚有待启蒙。

我知道也许不该苛责中国的父母们，他们的眼神之所以常含不安，很大程度上是因为看到了在我们的周围环境中有太多不安全的因素，诸如交通秩序混乱、公共设施质量低劣、针对儿童的犯罪猖獗，等等，皆使孩子的幼小生命面临威胁。给孩子们提供一个相对安全的生存环境，这的确已是全社会的一项刻不容缓的责任。但是，换一个角度看，正因为上述现象的存在，有眼光的父母在对自己孩子的安全保持必要的谨慎之同时，就更应该特别注意培养他们的独立精神和刚毅性格，使他们将来有能力面对严峻环境的挑战。

把我们自己娱乐死？

美国文化传播学家波兹曼的《娱乐至死》是一篇声讨电视文化的檄文，书名全译出来是“把我们自己娱乐死”，我在后面加上一个问号，用作我的评论的标题。在读这本书的过程中，我确实时时听见一声急切有力的喝问：难道我们要把自己娱乐死？这一声喝问决非危言耸听，我深信它是我们必须认真听取的警告。

电视在今日人类生活中的显著地位有目共睹，以至于难以想象，倘若没有了电视，这个世界该怎么运转，大多数人的日子该怎么过。拥护者们当然可以举出电视带来的种种便利，据此讴歌电视是伟大的文化现象。事实上，无人能否认电视带来的便利，分歧恰恰在于，这种便利在总体上是推进了文化，还是损害了文化。进一步分析，我们会发现，拥护者和反对者所说的文化是两码事，真正的分歧在于对文化的不同理解。

波兹曼有一个重要论点：媒介即认识论。也就是说，媒介的变化导致了并且意味着认识世界的方式的变化。在印刷术发明后的漫长历史中，文字一直是主要媒介，人们主要通过书籍来交流思想和传播信息。作为电视的前史，电报和摄影术的发明标志了新媒介的出现。电报所传播的信息只具有转瞬即逝的性质，摄影术则用图像取代文字作为传播的媒介。电视实现了二者的完美结合，是瞬时和图像的二重奏。正是凭借这两个要素，电视与书籍形成了鲜明的对照。

在书籍中，存在着一个用文字记载的传统，阅读使我们得以进入这个传统。相反，电视是以现时为中心的，所传播的信息越具有当下性似乎就越有价值。作者引美国电视业内一位有识之士的话说："我担心我的行业会使这个时代充满遗忘症患者。我们美国人似乎知道过去二十四小时里发生的任何事情，而对过去六十个世纪或六十年里发生的事情却知之甚少。"我很佩服这位人士，他能不顾职业利益而站在良知一边，为历史的消失而担忧。书籍区别于电视的另一特点是，文字是抽象的符号，它要求阅读必须同时也是思考，否则就不能理解文字的意义。相反，电视直接用图像影响观众，它甚至忌讳思考，因为思考会妨碍观看。摩西第二诫禁止刻造偶像，作者对此解释道：犹太人的上帝是抽象的神，需要通过语言进行抽象思考方能领悟，而运用图像就是放弃思考，因而就是渎神。我们的确看到，今日沉浸在电视文化中的人已经越来越丧失了领悟抽象的神的能力，对于他们来说，一切讨论严肃精神问题的书籍都难懂如同天书。

由上所述，我们大致可以揣测作者对于文化的理解了。文化有两个必备的要素，一是传统，二是思考。做一个有文化的人，就是置身于人类精神传统之中进行思考。很显然，在他看来，书籍能够帮助我们实现这个目标，电视却会使我们背离这个目标。那么，电视究竟把我们引向何方？引向文化的反面——娱乐。一种迷恋当下和排斥思考的文化，我们只能恰如其分地称之为娱乐。并不是说娱乐和文化一定势不两立，问题不在于电视展示了娱乐性内容，而在于在电视上一切内容都必须以娱乐的方式表现出来。“娱乐是电视上所有话语的超意识形态。”在电视的强势影响下，一切文化都依照其转变成娱乐的程度而被人们接受，因而在不同程度上都转变成了娱乐。“除了娱乐业没有其他行业”——到了这个地步，本来意义上的文化就荡然无存了。

电视把一切都变成了娱乐。新闻是娱乐。电报使用之初，梭罗即已讽刺地指出：“我们满腔热情地在大西洋下开通隧道，把新旧两个世界拉近几个星期，但是到达美国人耳朵里的第一条新闻可能却是阿德雷德公主得了百日咳。”今天我们通过电视能够更迅速地知道世界各地正在发生的事情，然而，其中绝大多数与我们的生活毫无关联，所获得的大量信息既不能回答我们的任何问题，也不需要我们做出任何回答。作者借用柯勒律治的话描述这种失去语境的信息环境：“到处是水却没有一滴水可以喝。”但我们好像并不感到痛苦，反而在信息的泛滥中感到虚假的满足。看电视新闻很像看万花筒，画面在不相干的新闻之间任意切换，看完后几乎留不下任何印象，而插播的广告立刻消解了不论多么严重的新闻的严重性。政治是娱乐。政治家们纷纷涌向电视，化妆术和表演术取代智慧成了政治才能的标志。作者指出，美国前十五位总统走在街上不会有人认出，而现在的总统和议员都争相让自己变得更上镜。宗教是娱乐。神父、大主教都试图通过电视表演取悦公众，《圣经》被改编成了系列电影。教育是娱乐。美国最大的教育产业是在电视机前，电视获得了控制教育的权力，担负起了指导人们读什么样的书、做什么样的人的使命。

波兹曼把美国作为典型对电视文化进行了分析和批判，但是，电视主宰文化、文化变成娱乐的倾向却是世界性的。譬如说，在我们这里，人们现在通过什么学习历史？通过电视剧。历史仅仅作为戏说也就是作为娱乐而存在，再也不可能有比这更加彻底地消灭历史的方式了。又譬如说，在我们这里，电视也成了印刷媒介的榜样，报纸和杂志纷纷向电视看齐，使劲强化自己的娱乐功能，蜕变成了波兹曼所说的“电视型印刷媒介”。且不说那些纯粹娱乐性的时尚杂志，翻开几乎任何一种报纸，你都会看到一个所谓文化版面，所报道的全是娱乐圈的新闻和大小明星的逸闻。这无可辩驳地表明，文化即娱乐已经成为新的约定俗成，只有娱乐才是文化已经成为不言而喻的共识。

奥威尔和赫胥黎都曾预言文化的灭亡，但灭亡的方式不同。在奥威尔看来，其方式是书被禁读，真理被隐瞒，文化成为监狱。在赫胥黎看来，其方式是无人想读书，无人想知道真理，文化成为滑稽戏。作者认为，实现了的是赫胥黎的预言。这个结论也许太悲观了。我相信，只要人类精神存在一天，文化就决不会灭亡。不过，我无法否认，对于文化来说，一个娱乐至上的环境是最坏的环境，其恶劣甚于专制的环境。在这样的环境中，任何严肃的精神活动都不被严肃地看待，人们不能容忍不是娱乐的文化，非把严肃化为娱乐不可，如果做不到，就干脆把戏侮严肃当作一种娱乐。面对这样的行径，我的感觉是，波兹曼的书名听起来像是一种诅咒。

有所敬畏

在这个世界上，有的人信神，有的人不信，由此而区分为有神论者和无神论者，宗教徒和俗人。不过，这个区分并非很重要。还有一个比这重要得多的区分，便是有的人相信神圣，有的人不相信，人由此而分出了高尚和卑鄙。

一个人可以不信神，但不可以不相信神圣。是否相信上帝、佛、真主或别的什么主宰宇宙的神秘力量，往往取决于个人所隶属的民族传统、文化背景和个人的特殊经历，甚至取决于个人的某种神秘体验，这是勉强不得的。一个没有这些宗教信仰的人，仍然可能是一个善良的人。然而，倘若不相信人世间有任何神圣价值，百无禁忌，为所欲为，这样的人就与禽兽无异了。

相信神圣的人有所敬畏。在他心目中，总有一些东西属于做人的根本，是亵渎不得的。他并不是害怕受到惩罚，而是不肯丧失基本的人格。不论他对人生怎样充满着欲求，他始终明白，一旦人格扫地，他在自己面前竟也失去了做人的自信和尊严，那么，一切欲求的满足都不能挽救他的人生的彻底失败。

相反，对于那些毫无敬畏之心的人来说，是不存在人格上的自我反省的。如果说“知耻近乎勇”，那么，这种人因为不知耻便显出一种卑怯的无赖相和残忍相。只要能够不受惩罚，他们可以在光天化日下干任何恶事，欺负、迫害乃至残杀无辜的弱者。盗匪之中，多这种愚昧兼无所敬畏之徒。一种消极的表现则是对他人生命的极端冷漠，见死不救，如今这类事既频频发生在众多路人旁观歹徒行凶的现场，也频频发生在号称治病救人实则草菅人命的某些医院里。类似行为每每使善良的人们不解，因为善良的人们无法相信，世上竟然真的会有这样丧失起码人性的人。在一个正常社会里，这种人总是极少数，并且会受到法律或正义力量的制裁。可是，当一个民族普遍丧失对神圣价值的信念时，这种人便可能相当多地滋生出来，成为触目惊心的颓败征兆。

赤裸裸的凶蛮和冷漠只是不知耻的粗糙形式，不知耻还有稍微精致一些的形式。有的人有很高的文化程度，仍然可能毫无敬畏之心。他可以玩弄真心爱他的女人，背叛诚恳待他的朋友，然后装出一副无辜的面孔。他的足迹所到之处，再神圣的东西也敢践踏，再美好的东西也敢毁坏，而且内心没有丝毫不安。不论他的头脑里有多少知识，他的心是蒙昧的，真理之光到不了那里。这样的人有再多的艳遇，也没有能力真正爱一回，交再多的哥们儿，也体味不了友谊的纯正，获取再多的名声，也不知什么是光荣。我对此深信不疑：不相信神圣的人，必被世上一切神圣的事物所抛弃。

对理想的思索

一

据说，一个人如果在十四岁时不是理想主义者，他一定庸俗得可怕，如果在四十岁时仍是理想主义者，他又未免幼稚得可笑。

我们或许可以引申说，一个民族如果全体都陷入某种理想主义的狂热，当然太天真，如果在它的青年人中竟然也难觅理想主义者，又实在太堕落了。

由此我又相信，在理想主义普遍遭耻笑的时代，一个人仍然坚持做理想主义者，就必定不是因为幼稚，而是因为精神上的成熟和自觉。

二

有两种理想。一种是社会理想，旨在救世和社会改造。另一种是人生理想，旨在自救和个人完善。如果说前者还有一个是否切合社会实际的问题，那么，对于后者来说，这个问题根本不存在。人生理想仅仅关涉个人的灵魂，在任何社会条件下，一个人总是可以追求智慧和美德的。如果你不追求，那只是因为你不想，决不能以不切实际为由来替自己辩解。

三

理想有何用？

人有灵魂生活和肉身生活。灵魂生活也是人生最真实的组成部分。

理想便是灵魂生活的寄托。

所以，就处世来说，如果世道重实利而轻理想，理想主义会显得不合时宜；就做人来说，只要一个人看重灵魂生活，理想主义对他便永远不会过时。

当然，对于没有灵魂的东西，理想毫无用处。

四

我喜欢奥尼尔的剧本《天边外》。它使你感到，一方面，幻想毫无价值，美毫无价值，一个幻想家总是实际生活的失败者，一个美的追求者总是处处碰壁的倒霉鬼；另一方面，对天边外的秘密的幻想，对美的憧憬，仍然是人生的最高价值，那种在实际生活中即使一败涂地还始终如一地保持幻想和憧憬的人，才是真正的幸运儿。

五

梦是虚幻的，但虚幻的梦所发生的作用却是完全真实的。弗洛伊德业已证明了这一点。美、艺术、爱情、自由、理想、真理，都是人生的大梦。如果没有这一切梦，人生会是一个什么样子啊！

六

对于不同的人，世界呈现不同的面貌。在精神贫乏者眼里，世界也是贫乏的。世界的丰富的美是依每个人心灵丰富的程度而开放的。

对于音盲来说，贝多芬等于不存在。对于画盲来说，毕加索等于不存在。对于只读流行小报的人来说，从荷马到海明威的整个文学宝库等于不存在。对于终年在名利场上奔忙的人来说，大自然的美等于不存在。

想一想，一生中有多少时候，我们把自己放逐在世界的丰富的美之外了？

一个经常在阅读和沉思中与古今哲人文豪倾心交谈的人，与一个只读明星逸闻和凶杀故事的人，他们生活在多么不同的世界上！

那么，你们还要说对崇高精神生活的追求是无用的吗？

七

圣徒是激进的理想主义者，智者是温和的理想主义者。

在没有上帝的世界上，一个寻求信仰而不可得的理想主义者会转而寻求智慧的救助，于是成为智者。

人不只属于历史

那个时代似乎离我们已经非常遥远了。当时，不仅在中国，而且在欧洲和全世界，人文知识分子大多充满着政治激情，它的更庄严的名称叫作历史使命感。那是在50年代初期，第二次世界大战结束不久，世界刚刚分裂为两大阵营。就在那个时候，曾经积极参加抵抗运动的加缪发表了他的第二部散文风格的哲学著作《反抗者》，对历史使命感进行了清算。此举激怒了欧洲知识分子中的左派，直接导致了萨特与加缪的决裂，同时又招来了右派的喝彩，被视为加缪在政治上转向的铁证。两派的态度鲜明对立，却对加缪的立场发生了完全相同的误解。

当然，这毫不奇怪。两派都只从政治上考虑问题，而加缪恰恰是要为生命争得一种远比政治宽阔的视野。

加缪从对“反抗”概念做哲学分析开始。“反抗”在本质上是肯定的，反抗者总是为了捍卫某种价值才说“不”的。他要捍卫的这种价值并不属个人，而是被视为人性的普遍价值。因此，反抗使个人摆脱孤独。“我反抗，故我们存在。”这是反抗的意义所在。但其中也隐含着危险，便是把所要捍卫的价值绝对化。其表现之一，就是以历史的名义进行的反抗，即革命。

对卢梭的《社会契约论》的批判是《反抗者》中的精彩篇章。加缪一针见血地指出，卢梭的这部为法国革命奠基的著作是新福音书，新宗教，新神学。革命的特点是要在历史中实现某种绝对价值，并且声称这种价值的实现就是人类的最终统一和历史的最终完成。这一现代革命概念肇始于法国革命。革命所要实现的那个绝对价值必定是抽象的，至高无上的，在卢梭那里，它就是与每个人的意志相分离的“总体意志”。“总体意志”被宣布为神圣的普遍理性的体现，因而作为这“总体意志”之载体的抽象的“人民”也就成了新的上帝。圣茹斯特进而赋予“总体意志”以道德含义，并据此把“任何在细节上反对共和国”亦即触犯“总体意志”的行为都宣判为罪恶，从而大开杀戒，用断头台来担保品德的纯洁。浓烈的道德化色彩也正是现代革命的特点之一，正如加缪所说：“法国革命要把历史建立在绝对纯洁的原则上，开创了形式道德的新纪元。”而形式道德是要吃人的，它导致了无限镇压原则。它对心理的威慑力量甚至使无辜的受害者自觉有罪。我们由此而可明白，圣茹斯特本人后来从被捕到处死为何始终保持着沉默，斯大林时期冤案中的那些被告又为何几乎是满怀热情地给判处他们死刑的法庭以配合。在这里起作用的已经不是法律，而是神学。既然是神圣的“人民”在审判，受审者已被置于与“人民”相对立的位置上，因而在总体上是有罪的，细节就完全不重要了。

加缪并不怀疑诸如圣茹斯特这样的革命者的动机的真诚，问题也许恰恰出在这种可悲的真诚上，亦即对于原则的迷醉上。“醉心于原则，就是为一种不可能实现的爱去死。”革命者自命对于历史负有使命，要献身于历史的终极目标。可是，他们是从哪里获知这个终极目标的呢？雅斯贝尔斯指出：人处在历史中，所以不可能把握作为整体的历史。加缪引证了这一见解，进一步指出：因此，任何历史举动都是冒险，无权为任何绝对立场辩护。绝对的理性主义就如同绝对的虚无主义一样，也会把人类引向荒漠。

放弃了以某种绝对理念为依据的历史使命感，生活的天地就会变得狭窄了吗？当然不。恰好相反，从此以后，我们不再企图做为历史规定方向的神，而是在人的水平上行动和思想。历史不再是信仰的对象，而只是一种机会。人们不是献身于抽象的历史，而是献身于大地上活生生的生活。“谁献身于每个人自己的生命时间，献身于他保卫着的家园，活着的人的尊严，那他就是献身于大地并且从大地取得收获。”加缪一再说：“人不只属于历史，他还在自然秩序中发现了一种存在的理由。”“人们可能拒绝整个历史，而又与繁星和大海的世界相协调。”总之，历史不是一切，在历史之外，阳光下还绵亘着存在的广阔领域，有着人生简朴的幸福。

我领会加缪的意思是，一个人未必要充当某种历史角色才活得有意义，最好的生活方式是古希腊人那样的贴近自然和生命本身的生活。我猜想那些至今仍渴望进入历史否则便会感到失落的知识分子是不满意这种见解的，不过，我承认我自己是加缪的一个拥护者。

城市的个性和颜色

城市的颜色——这个题目是对想象力的一个诱惑。如果我是一个中学生，也许我会调动我的全部温情和幻想，给我所生活的城市涂上一种诗意的颜色。可是，我毕竟离那个年龄太远了。

十七岁的法国诗人兰波，年纪够轻了吧，而且对颜色极其敏感，居然能分辨出法语中五个元音有五种不同的颜色。然而，就在那个年龄，他却看不出巴黎的颜色，所看见的只是："所有的情趣都躲进了室内装潢和室外装饰"，"数百万人并不需要相认，他们受着同样的教育，从事同样的职业，也同样衰老"。那是一个多世纪以前的巴黎，那时巴黎已是世界艺术之都了，但这个早熟的孩子仍嫌巴黎没有个性。我到过今日的巴黎，在我这个俗人眼里，巴黎的个性足以登上世界大都市之榜首。不过，我认为兰波的标准是正确的：城市的颜色在于城市的个性，城市没有个性，颜色就无从谈起。

我们来到一个城市，感官首先接触的是那里的建筑和环境。某些自然环境的色彩是鲜明的，例如海洋的蓝，森林的绿，沙漠的黄，或者，热带的红，寒带的白。但是，如果用这些自然环境特征代表城市的颜色，仍不免雷同，比如说，世界上有许多城市濒海，它们就都可以称作蓝色城市了。城市的个性更多地体现在建筑的个性上，当然，建筑的个性不限于建筑的风格，其中还凝聚着一个城市的历史、传统和风俗，因而是独特的人文环境的物化形式。这就不得不说到城市保护的老话题了。

我出生在上海，童年是在城隍庙附近的老城区度过的。在20世纪前半叶，上海成为中国最西化的都市，一块块租界内兴建了成片的高楼大厦和小洋房。可是，老城区仍保留了下来。低矮的木结构房屋，狭小的天井，没有大马路，只有纵横交错的一条条铺着蜡黄色大鹅卵石的窄巷，这一切会使你觉得不像在大上海，而像在某个江南小镇。你可以说那里是上海的贫民区，但一个开埠以前的上海可能就保藏在那里。现在，在全上海，再也找不到哪怕一条铺着蜡黄色大鹅卵石的老街了。外滩和旧租界的洋楼当然是舍不得拆的，所以，在日新月异的上海新面孔上，人们毕竟还能读出它的殖民地历史。

上世纪60年代，我在北京上大学。那时候，城墙已经残破，但所有的城门还在，城里的民居基本上是胡同和四合院。在我的印象里，当年的北京城是秋风落叶下一大片肃穆的青灰色，环抱着中心紫禁城的金黄色琉璃瓦和暗红色宫墙。现在，城墙已经荡然无存，城门也所剩无几，大多数城门成了一个抽象的地名，取而代之的是气势吓人的立交桥。与此相伴随的是，胡同和四合院正在迅速消失。紫禁城虽然安然无恙，但失去了和谐的衬托，在新式高楼的密林里成了一个孤立的存在。

我不是在怀旧，也丝毫不反对城市的发展。我想说的是，一个城市无论怎样繁华，都不能丢失自己的个性。在今日的西方发达国家，维护城市的历史风貌不但已成共识，而且已成法律。凡是历史悠久的街道和房屋，那里的居民尽可以在自己的屋子里实现现代化，但决不允许对外观做一丝一毫改变。事实证明，只要合理规划，新城区的扩展与老建筑的保护完全可以并行不悖，相映成趣。城市的颜色——这是一个有趣的想象力游戏。我相信，即使同一个有鲜明特色的城市，不同的人对它的颜色也一定会有不同的判断，在其中交织进了自己的经历、性格和心情。但是，前提是这个城市有个性。如果千城一面，都是环城公路、豪华商场、立交桥、酒吧街，都是兰波说的室内装潢和室外装饰，游戏就玩不下去了。

巴黎的一个普通黄昏，我和一位朋友沿着塞纳河散步，信步走到河面的一座桥上。这座桥叫艺术桥，和塞纳河上的其他许多桥一样古老，兰波一定在上面行走过。桥面用原色的木板铺成，两边是绿色的铁栏杆。我们靠着栏杆，席地而坐，背后波光闪烁，暮霭中屹立着巴黎圣母院的巨大身影。桥的南端通往著名的法兰西学院。朋友翻看着刚刚买回的画册，突然高兴地指给我看毕沙罗的一幅风景画，画的正是从我们这个位置看到的北岸的景物。在我们近旁，一个姑娘也席地而坐，正在画素描。在我们面前，几个年轻人坐在木条凳上，自得其乐地敲着手鼓。一个姑娘走来，驻足静听良久，上前亲吻那个束着长发的男鼓手，然后平静地离去。又有两个姑娘走来，也和那个鼓手亲吻。这一切似乎很平常，而那个鼓手敲得的确好。倘若当时有人问我，巴黎是什么颜色，我未必能答出来，但是我知道，巴黎是有颜色的，一种非常美丽的颜色。

图书在版编目(CIP) 数据

周国平孤独三书 / 周国平著. -- 杭州 : 浙江人民出版社, 2021.9
ISBN 978-7-213-10278-3

Ⅰ. ①周… Ⅱ. ①周… Ⅲ. ①散文集－中国－当代
Ⅳ. ①I267

中国版本图书馆CIP数据核字（2021）第171109号

7

Jul.

人生因
孤独而丰盛

周国平
著

浙江人民出版社

当人感受到幸福时，心中仿佛响着一个声音：

“为了这个时刻，我这一生值了！”

人之需要独处，是为了进行内在的整合。

所谓整合，就是把新的经验放到内在记忆中的某个恰当位置上。

信仰是内心的光，它照亮了一个人的人生之路。

让我们都安静下来，每个人都向自己身体和心灵的内部倾听，

听一听自己的生命在说什么，想一想自己的生命究竟需要什么。

目录

第一章

让生命回归单纯

第二章

独处也是一种能力

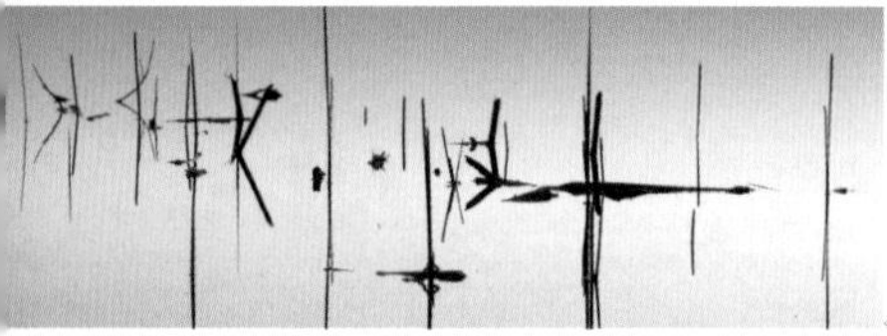

第三章

爱就是心疼

第四章

寻求智慧的人生

第五章

回归简单的生活

第六章

灵魂只能独行

敞亮，你的全部人生就有了明灯和方向。

第一章 让生命回归单纯

在一定意义上，人生觉悟就在于透过社会堆积物去发现你的自然的生命，又透过肉身生命去发现你的内在的生命，灵魂一旦敞亮，你的全部人生就有了明灯和方向。

享受生命的快乐

先说生命的快乐。我们每一个人，上帝给了我们这一个生命，我们只有这一次机会，我们应该享受生命。苦行主义把生命的快乐看作低级的快乐，我认为是大错特错的。但是我发现，真正懂得享受生命的人并不多，人们往往把满足生命本身的需要和满足物质欲望等同起来了，其实这是两回事。现在社会上把金钱看得很重要，好多人把全部精力用来挣钱，挣了钱就花钱，全部生活由挣钱和花钱组成，以为这就是快乐。其实，物质的欲望是社会刺激出来的，并不是生命本身带来的。一个人的生存当然需要有物质条件，要有钱，在这个社会里你没有钱就会很可怜，所以不妨让自己有钱一些。但是，生命有它本身的一些需要，它们的满足给人带来的快乐是最大的，而这其实并不需要有很多的物质、很多的钱。

有一些需要，可以说是生命骨子里的东西，是生命古老又永恒的需要。比如健康，享受生命最基本的一个方面是享受健康。你看那个古希腊哲学家伊壁鸠鲁，他讲幸福就是快乐，他给快乐下的定义是什么？他说快乐就是身体的无痛苦和灵魂的无纷扰，也就是说，你有一个健康的身体，一个宁静的灵魂，你就是快乐的，你就是一个幸福的人。我特别欣赏托尔斯泰的一句话，他说真正的物质幸福不是金钱，从物质角度来看什么是幸福，那也不是金钱，是什么呢？他说对个人来说是健康，对人类来说是和平。这个道理其实很简单，如果没有健康，你金钱再多有什么用？现在有些人为了挣钱，累出一身病，甚至英年早逝，值得吗？

人是自然之子，和自然交融，享受大自然，享受阳光、空气，这也是满足生命本身的需要，给人以莫大的快乐。关于这一点，我就不多说了。

生命的快乐还有一个方面，就是所谓天伦之乐，爱情、亲情、家庭，这是人生非常重要的价值，是人生幸福不可缺少的一个方面。回想起来，我这一辈子幸福感最强烈的时候是什么时候？有两段时光。一段是刚上大学时，我十七岁进了北大，正值青春期，整个人在发生变化，我眼中的整个世界也在发生变化，我突然发现天下有这么多漂亮的姑娘，真觉得这个世界太美好了，人生太美好了。那个时候，实际上我并没有谈恋爱，你们现在很幸福，你们在大学里是可以自由谈恋爱的，我60年代上大学的时候，大学生是不允许谈恋爱的，尤其是如果被发现了发生关系或怀孕，那是要受处分甚至开除的。但是你挡不住青春啊，这个感觉在啊。我记得海涅有一句诗：“在每一顶草帽下面，都有一个漂亮的脸蛋。”那个时代的时尚吧，女士、小姐戴一顶精致的草帽。我当时的感觉就是，好像有一件未知的、还不太清楚的，但是非常美好的事情在等待着我，这是一种非常强烈的幸福感。

我确实觉得恋爱是非常美好的。现在有些人说，大学生谈恋爱不好，是早恋。大学生都十七八岁了，还说早恋啊？这正是恋爱的季节！大学生谈恋爱，天经地义。我们这一代人已经被压抑了，不应该再压抑新的一代，是吧？我对大学生恋爱是这样看的：第一，我觉得特别正常。第二，我觉得你也不要当作一个任务去完成。我知道有些同学是当作任务完成的，别人有女朋友、男朋友了，别人在谈恋爱了，好像我不谈恋爱就没面子似的，这个就不必要了，应该顺其自然嘛，你的日子长得很，不用勉强去谈，不要攀比，是吧？第三，我希望是这样的，要高质量地谈恋爱。恋爱是有质量的区别的，质量取决于谈恋爱的当事人的质量，境界不同，素质不同，恋爱的质量是有差别的。如果你光是沉溺在卿卿我我这种关系里，别的什么都不要了，我觉得挺可悲的。我刚才强调，快乐应该是可持续的，有生长能力的。你们这个年纪可以说是为一生的幸福打基础的时候，应该是通过恋爱互相促进，互相激励，激励精神的向上、求知的努力和创造的冲动。恋爱是可以有极大的激励作用的。我真正谈恋爱的时间是比较晚的，但我那时候的状态非常好，写了很多诗啊，很多爱情诗、哲理诗，还写了很多哲学的随感。因为当时我的女朋友啊，她是一个爱文学的人，特别看重文学才华，我就想表现自己，就使劲写啊，能够博美人一笑就特别满足，特别有成就感。我当时写这些东西，根本没有想到要出版，许多年后出版了，现在来看，仍然是我自己最满意的作品之一。我是想说，我是支持大学生谈恋爱的，但是你这个状态应该是一个更好的状态，一个能够开花结果的状态。这是一段时间，就是青春期时谈恋爱，幸福感特别强烈。

还有一段时间，我也觉得幸福感特别强烈，就是自己刚当了爸爸，初为人父的时候，第一次迎来了一个小生命。你们现在没有孩子，你们是不知道的，将来你们就会知道，现在跟你们说了也没用。我自己没有孩子的时候，人家跟我说孩子多么可爱，我是没感觉的，原来没有孩子的时候，我对要不要孩子的态度就是顺其自然，有也可以，没有也可以，我觉得没有也不是什么缺陷。但是有了孩子以后，真是不一样，你生命里面的一些东西，有些你不知道的本能被打开了。那是我又一次感觉到世界非常美好，有某种未知的非常美好的事情在等待着我，那个感觉就是每一天都是新的。当然我的第一次经历是很不幸的，你们可能看过我写的《妞妞——一个父亲的札记》，我的第一个孩子刚满月的时候，就发现患有先天癌症，一岁半就去世了，我为她写了一本书。后来我又有了一个女儿，我觉得每次孩子来到的时候，那种心底里的快乐都无比强烈，我愿意什么也不干，整天陪着她，跟她玩，给她记录。尤其孩子快到一岁的时候，开始学说话，到两岁、三岁，话语的那种美妙啊，大人是想象不出来的。我为我现在的女儿写了很多日记，那几年里面，我的日记大部分是写她的，是她的话语的记录。我准备把这些东西好好整理，作为一个礼物送给她，这是给孩子的最好的礼物。我们自己小时候的事情，我们都忘了，这是很可惜的，所以我不能让我的孩子的童年也是空白的。我写过一篇文章叫《我给女儿当秘书》，我那时候真是给她当秘书，认真记录她的言行。当时她也习惯了，说出一句妙语，我夸她，她马上说，爸爸你给我记下来。

这种感觉不光是我有，我看很多人，无论是大人物还是小人物，这个感觉是共同的。比尔·盖茨，全球首富，现在不是了，好像是老二了吧，他有一张照片，是他抱着当时两岁的女儿照的，下面有一句题词："只有在这个时候我才感到最幸福。"他有五百亿美元的家产，但是财产带给他的快乐，那种打动人心的深度，远不如这个小生命给他带来的。凭我自己的体验，我相信他讲的完全是真话。财富带来的名利欲、权力感、雄心的满足，是另一种性质的快乐，在深度上无法与生命根底里的快乐相比。还有美国现代舞的创始人邓肯，她是一个天性非常健康的女人，一生谈了无数次恋爱，她的自传写得非常真实。在刚有小孩的时候，她这样喊道：上帝啊，在这个小生命面前，我的那些艺术算得了什么呀，所有的一切算得了什么呀！其实普通人也一样。有一次我在北京坐出租车，从我上车开始，那个司机就跟我说他的孩子，他有了一个一个月大的孩子，一直说到我下车。在我临下车前，他跟我说："你知道吗，我以前最讨厌的就是人家跟我说他的孩子，婆婆妈妈的，琐琐碎碎的，有什么意思，现在我自己有了孩子，我忍不住要说啊。"这个东西真是人性根底里的东西，生命核心里的东西。

后来我就分析了，我说人的性本能实际上有两个层次，一个层次是快乐本能，就是男女之间的事情，当然这也是很大的快乐，不过还是比较低的层次。它的更深的层次是什么？是种属本能，所谓的传宗接代。大自然把这个本能安在人的身体里面，我们平时是不知道的，没有孩子的时候，这个本能是沉睡着的，一旦有了孩子，这个本能就苏醒了，会给你一种更强的快乐。当然，我现在跟你们说也是白说，以后你们自己体会吧。我只有一条建议，不要做丁克族，应该要孩子，没有的时候，你不知道孩子会给你带来多大的快乐，也就不知道不要孩子是多大的损失了。

我就强调一点，就是要把生命本身的需要和物质的欲望区分开来，这是两回事。其实，中国的道家是很懂这个道理的，主张保护好生命的真实的、完整的本性，不可用物质欲望去戕害它。古希腊的哲学家也认为，生命的快乐基本上是不依赖于物质的。这可以说是哲学家们的共识。我们现在太看重物质的东西了，所以我说，你应该静下心来，听一听你生命的声音，听一听它真正需要的是什么。

你有一个健康的身体，一个宁静的灵魂，

你就是快乐的，你就是一个幸福的人。

生命到底有没有意义

常常有青年问我：一个人不去想那些人生大问题，岂不活得快乐一些？

其实，不是因为思考，所以痛苦，而是因为痛苦，所以思考。想不想这类问题，不是自己可以选择的，基本上是由天生的禀赋决定的。那种已经在想这类问题的人，多半生性敏感而认真，他不是刻意要想，实在是身不由己，欲罢不能。

相反，另有一种人，哪怕你给他上一整套人生哲学课，他也未必会真正去想。

喜欢想人生问题的人，所谓喜欢想，并不是刻意去想，而是问题自己找上来，躲也躲不掉。想这类问题当然会痛苦，但痛苦在先，你不去思考，痛苦仍然在，成为隐痛。既然如此，你不如去面对它，看一看那些最智慧的人是怎么想这类问题的，这可以开阔你的思路，把痛苦变成人生的积极力量。

从学术上看，哲学研究似乎是发展了，越来越深入、细致，但你不能说现在的哲学就比古希腊高明，因为根本问题仍是一样地没有解决。这是人生内在的困境，只要人在，困境就在，哲学就始终要去思考。

人是唯一寻求意义的动物，没有意义也要创造出意义来，于是就产生了哲学、宗教、艺术。然而，人生到底有没有意义？不知道。

智慧是逼出来的，知道困境不可改变，只好坦然接受，这就叫智慧。

福克纳在加缪猝死那一年写道：加缪不由自主地把生命抛掷在探究唯有上帝才能解答的问题上了。其实，哲学家和诗人都是这样，致力于解开并无答案的人生之谜，因而都是不明智的。也许，对人来说，智慧的极限就在于认清人生之谜的无解，因而满足于像美国作家门肯那样宣布："我对人生的全部了解仅在于活着总是非常有趣的。"

人生无常，死亡随时可能来临，这个道理似乎尽人皆知。但是，对于多数人来说，这只是抽象的道理，而在一个突然被死神选中的人身上，它却呈现出了残酷的具体性。同是与死神不期而遇又侥幸地逃脱，情况也很不相同，这种非常经历能否成为觉悟的契机，取决于心性的品质。

生命本来没有名字

这是一封读者来信，从一家杂志社转来的。每个作家都有自己的读者，都会收到读者的来信，这很平常。我不经意地拆开了信封。可是，读了信，我的心在一种温暖的感动中战栗了。

请允许我把这封不长的信抄录在这里——

“不知道该怎样称呼您，每一种尝试都令自己沮丧，所以就冒昧地开口了，实在是一份由衷的生命对生命的亲切温暖的敬意。

“记住你的名字大约是在七年前，那一年翻看一本《父母必读》，上面有一篇写孩子的或者是写给孩子的文章，是印刷体却另有一种纤柔之感，觉得您这个男人的面孔很别样。

“后来慢慢长大了，读您的文章便多了，常推荐给周围的人去读，从不多聒噪什么，觉得您的文章和人似乎是很需要我们安静的，因为什么，却并不深究下去了。

“这回读您的《时光村落里的往事》，恍若穿行乡村，沐浴到了最干净、最暖和的阳光。我是一个卑微的生命，但我相信您一定愿意静静地听这个生命说：‘我愿意静静地听您说话……’我从不愿把您想象成一个思想家或散文家，您不会为此生气吧。

“也许再过好多年之后，我已经老了，那时候，我相信为了年轻时读过的您的那些话语，我要用心说一声：谢谢您！”

信尾没有落款，只有这一行字：“生命本来没有名字吧，我是，你是。”我这才想到查看信封，发现那上面也没有寄信人的地址，作为替代的是“时光村落”四个字。我注意了邮戳，寄自河北怀来。

从信的口气看，我相信写信人是一个很年轻的刚刚长大的女孩，一个生活在穷城僻镇的女孩。我不曾给《父母必读》寄过稿子，那篇使她和我初次相遇的文章，也许是这个杂志转载的，也许是她记错了刊载的地方，不过这都无关紧要。令我感动的是她对我的文章的读法，不是从中寻找思想，也不是作为散文欣赏，而是一个生命静静地倾听另一个生命。所以，我所获得的不是一个作家的虚荣心的满足，而是一个生命被另一个生命领悟的温暖，一种暖入人性根底的深深的感动。

“生命本来没有名字。”——这话说得多么好！我们降生到世上，有谁是带着名字来的？又有谁是带着头衔、职位、身份、财产等来的？可是，随着我们长大，越来越深地沉溺于俗务琐事，已经很少有人能记起这个最单纯的事实了。我们彼此以名字相见，名字又与头衔、身份、财产之类相联，结果，在这些寄生物的缠绕之下，生命本身隐匿了，甚至萎缩了。无论对己对人，生命的感觉都日趋麻痹。多数时候，我们只是作为一个称谓活在世上。即使是朝夕相处的伴侣，也难得以生命的本然状态相待，更多的是一种伦常和习惯。浩瀚宇宙间，也许只有我们的星球开出了生命的花朵，可是，在这个幸运的星球上，利益的交换、身份的较量、财产的争夺，比比皆是，最罕见的偏偏是生命与生命的相遇。仔细想想，我们是怎样地本末倒置，因小失大，辜负了造化的宠爱。

是的——我是，你是，每一个人都是一个多么普通又多么独特的生命，原本无名无姓，却到底可歌可泣。我、你、每一个生命都是那么偶然地来到这个世界上，完全可能不降生，却毕竟降生了，然后又将必然地离去。想一想世界在时间和空间上的无限，每一个生命的诞生的偶然，怎能不感到一个生命与另一个生命的相遇是一种奇迹呢？有时我甚至觉得，两个生命在世上同时存在过，哪怕永不相遇，其中也仍然有一种令人感动的因缘。我相信，对于生命的这种珍惜和体悟乃是一切人间之爱的至深的源泉。你说你爱你的妻子，可是，如果你不是把她当作一个独一无二的生命来爱，那么你的爱还是比较有限。你爱她的美丽、温柔、贤惠、聪明，当然都对，但这些品质在别的女人身上也能找到。唯独她的生命，作为一个生命体的她，却是在普天下的女人身上也无法重组或再生的，一旦失去，便是不可挽回地失去了。世上什么都能重复，恋爱可以再谈，配偶可以另择，身份可以炮制，钱财可以重挣，甚至历史也可以重演，唯独生命不能。愈是精微的事物愈不可重复，所以，与每一个既普通又独特的生命相比，包括名声、地位、财产在内的种种外在遭遇实在粗浅得很。

既然如此，当另一个生命，一个陌生得连名字也不知道的生命，远远地却又那么亲近地发现了你的生命，透过世俗功利和文化的外观，向你的生命发出了不求回报的呼应，这岂非人生中令人感动的幸遇？

所以，我要感谢这个不知名的女孩，感谢她用她的安静的倾听和领悟点拨了我的生命的性灵。她使我愈加坚信，此生此世，当不当思想家或散文家，写不写得出漂亮文章，真是不重要。我唯愿保持住一份生命的本色，一份能够安静聆听别的生命也使别的生命愿意安静聆听的纯真，此中的快乐远非浮华功名可比。

很想让她知道我的感谢，但愿她读到这篇文章。

倾听生命自身的声音

生命原是人的最珍贵的价值。可是，在当今的时代，其他种种次要的价值取代生命成了人生的主要目标乃至唯一目标，人们耗尽毕生精力追逐金钱、权力、名声、地位等，从来不问一下这些东西是否使生命获得了真正的满足，生命真正的需要是什么。

生命原是一个内容丰富的组合体，包含着多种多样的需要、能力、冲动，其中每一种都有独立的存在和价值，都应该得到实现和满足。可是，现实的情形是，多少人的内在潜能没有得到开发，他们的生命早早地就纳入了一条狭窄而固定的轨道，并且以同样的方式把自己的子女也培养成片面的人。

我们不可避免地生活在一个功利的世界上，人人必须为生存而奋斗，这一点决定了生命本身的要求在一定程度上遭到忽视的必然性。然而，我们可以也应当减少这个程度，为生命争取尽可能大的空间。

在市声尘嚣之中，生命的声音已经久被遮蔽，无人理会。现在，让我们都安静下来，每个人都向自己身体和心灵的内部倾听，听一听自己的生命在说什么，想一想自己的生命究竟需要什么。

你真正爱你的生命，就要照看好它，让它有一个好的状态。

让生命回归单纯

人来到世上，首先是一个生命。生命，原本是单纯的。可是，人却活得越来越复杂了。许多时候，我们不是作为生命在活，而是作为欲望、野心、身份、称谓在活，不是为了生命在活，而是为了财富、权力、地位、名声在活。这些社会堆积物遮蔽了生命，我们把它们看得比生命更重要，为之耗费一生的精力，不去听也听不见生命本身的声音了。

人是自然之子，生命遵循自然之道。人类必须在自然的怀抱中生息，无论时代怎样变迁，春华秋实、生儿育女永远是生命的基本内核。你从喧闹的职场里出来，走在街上，看天际的云和树影，回到家里，坐下来和妻子儿女一起吃晚饭，这时候你重新成为一个生命。

在今天的时代，让生命回归单纯，不但是一种生活艺术，而且是一种精神修炼。耶稣说："除非你们改变，像小孩一样，你们绝不能成为天国的子民。"那些在名利场上折腾的人，他们既然听不见自己生命的声音，也就更听不见灵魂的声音了。

人不只有一个肉身生命，更有一个超越于肉身的内在生命，它被恰当地称作灵魂。外在生命来自自然，内在生命应该有更高的来源，不妨称之为神。二者的辩证关系是，只有外在生命状态单纯之时，内在生命才会向你开启，你活得越简单，你离神就越近。在一定意义上，人生觉悟就在于透过社会堆积物去发现你的自然的生命，又透过肉身生命去发现你的内在的生命，灵魂一旦敞亮，你的全部人生就有了明灯和方向。

保持生命的本色

动物服从于自然，它对物质条件的需求，它与别的生命的竞争，都在自然需要的限度之内。人却不同，只有在人类之中，才有超出自然需要的贪婪和残酷。

如果说这是因为上天给了人超出动物的特殊能力，这个特殊能力岂不用错了地方？上天把人造就为万物之灵，岂不反而成了对人的惩罚？事情当然不应该如此。由此可以得出一个结论：人应该把自己的特殊能力更多地用在精神领域，无愧于万物之灵的身份；而在物质领域则应该向动物学习，满足于自然需要，保持自然之子的本色。倘若这样，人世间不知会减去多少罪恶和纷争。

贬低人的动物性也许是文化的偏见，动物状态也许是人所能达到的最单纯的状态。

你说，得活出个样儿来。我说，得活出个味儿来。名声、地位是衣裳，不妨弄件穿穿。可是，对人对己都不要以貌取人。衣裳换来换去，我还是我。脱尽衣裳，男人和女人更本色。

凡是出于自然需要而形成的人际关系，本来都应该是单纯的，之所以变得复杂，往往是权力、金钱等因素掺入其中甚至起了支配作用的结果。比如爱情，即使是最复杂的情形，诸如婚外恋、三角恋之类，只要当事人的感情是真实的，的确是立足于感情来处理相互的关系的，本质上就仍是单纯的。可是，现在官场上出现包养情妇、权色交易的现象，娱乐圈乃至大学里存在的性索贿的“潜规则”，当然一点也不单纯了。自然情感的领域遭到了如此严重的污染，这是今天最触目惊心的事实，更可悲的是，有些人对此仿佛已经习以为常、视为合理了。

如果人人——或者多数人——都能保持生命的单纯，彼此也以单纯的生命相待，这会是一个多么美好的社会。

对自己的人生负责

我们活在世上，不免要承担各种责任，小至对家庭、亲戚、朋友，对自己的职务，大至对国家和社会。这些责任多半是应该承担的。不过，我们不要忘记，除此之外，我们还有一项根本的责任，便是对自己的人生负责。

每个人在世上都只有活一次的机会，没有任何人能够代替他重新活一次。如果这唯一的一次人生虚度了，也没有任何人能够真正安慰他。认识到这一点，我们对自己的人生怎么能不产生强烈的责任心呢？在某种意义上，人世间各种其他的责任都是可以分担或转让的，唯有对自己的人生的责任，每个人都只能完全由自己来承担，一丝一毫依靠不了别人。

不止于此，我还要说，对自己的人生的责任心是其余一切责任心的根源。一个人唯有对自己的人生负责，建立了真正属于自己的人生目标和生活信念，他才可能由之出发，自觉地选择和承担起对他人和社会的责任。正如歌德所说：“责任就是对自己要求去做的事情有一种爱。”因为这种爱，所以尽责本身就成了生命意义的一种实现，就能从中获得心灵的满足。相反，我不能想象，一个不爱人生的人怎么会爱他人和爱事业，一个在人生中随波逐流的人怎么会坚定地负起生活中的责任。实际情况往往是，这样的人把尽责不是看作从外面加给他的负担而勉强承受，便是看作纯粹的付出而索求回报。

一个不知对自己的人生负有什么责任的人，他甚至无法弄清他在世界上的责任是什么。有一位小姐向托尔斯泰请教，为了尽到对人类的责任，她应该做些什么。托尔斯泰听了非常反感，因此想到：人们为之受苦的巨大灾难就在于没有自己的信念，却偏要做出按照某种信念生活的样子。当然，这样的信念只能是空洞的。这是一种情况。更常见的情况是，许多人对责任的关系确实是完全被动的，他们之所以把一些做法视为自己的责任，不是出于自觉的选择，而是由于习惯、时尚、舆论等原因。譬如说，有的人把偶然却又长期从事的某一职业当作了自己的责任，从不尝试去拥有真正适合自己本性的事业。有的人看见别人发财和挥霍，便觉得自己也有责任拼命挣钱花钱。有的人十分看重别人尤其是上司对自己的评价，谨小慎微地为这种评价而活着。由于他们不曾认真地想过自己的人生使命究竟是什么，在责任问题上也就必然是盲目的了。

所以，我们活在世上，必须知道自己究竟想要什么。一个人认清了他在这世界上要做的事情，并且在认真地做着这些事情，他就会获得一种内在的平静和充实。他知道自己的责任之所在，因而关于责任的种种虚假观念都不能使他动摇了。我还相信，如果一个人能对自己的人生负责，那么，在包括婚姻和家庭在内的一切社会关系上，他对自己的行为都会有一种负责的态度。如果一个社会是由这样对自己的人生负责的成员组成的，这个社会就必定是高质量的有效率的社会。

生命的得失

一个婴儿刚出生就夭折了。一个老人寿终正寝了。一个中年人暴亡了。他们的灵魂在去天国的途中相遇，彼此诉说起了自己的不幸。

婴儿对老人说：“上帝太不公平，你活了这么久，而我却等于没活过。我失去了整整一辈子。”

老人回答：“你几乎不算得到了生命，所以也就谈不上失去。谁受生命的赐予最多，死时失去的也最多。长寿非福也。”

中年人叫了起来：“有谁比我惨！你们一个无所谓活不活，一个已经活够数，我却死在正当年。把生命曾经赐予的和将要赐予的都失去了。”

他们正谈论着，不觉到达天国门前，一个声音在头顶响起：

“众生啊，那已经逝去的和未曾到来的都不属于你们，你们有什么可失去的呢？”

三个灵魂齐声喊道：“主啊，难道我们中间没有一个最不幸的人吗？”

上帝答道：“最不幸的人不止一个，你们全是，因为你们全都自以为所失最多。谁受这个念头折磨，谁的确就是最不幸的人。”

一个人认清了他在这世界上要做的事情，并且在认真地做着这些事情，他就会获得一种内在的平静和充实。

面对苦难

人生在世，免不了要遭受苦难。所谓苦难，是指那种造成了巨大痛苦的事件和境遇。它包括个人不能抗拒的天灾人祸，例如遭遇乱世或灾荒，患危及生命的重病乃至绝症，挚爱的亲人死亡；也包括个人在社会生活中的重大挫折，例如失恋、婚姻破裂、事业失败等。有些人即使在这两方面运气都好，未尝吃大苦，却也无法避免那个一切人迟早要承受的苦难——死亡。因此，如何面对苦难，便是摆在每个人面前的重大人生课题。

人们往往把苦难看作人生中纯粹消极的、应该完全否定的东西。当然，苦难不同于主动的冒险，冒险有一种挑战的快感，而我们忍受苦难总是迫不得已的。但是，作为人生的消极面的苦难，它在人生中的意义也是完全消极的吗?

苦难与幸福是相反的东西，但它们有一个共同之处，就是都直接和灵魂有关，并且都牵涉到对生命意义的评价。在通常情况下，我们的灵魂是沉睡着的，一旦我们感到幸福或遭到苦难时，它便醒来了。如果说幸福是灵魂的巨大愉悦，这愉悦源自对生命的美好意义的强烈感受，那么，苦难之为苦难，正在于它撼动了生命的根基，打击了人对生命意义的信心，因而使灵魂陷入了巨大痛苦。生命意义仅是灵魂的对象，对它无论是肯定还是怀疑、否定，只要是真切的，就必定是灵魂在出场。外部的事件再悲惨，如果它没有震撼灵魂，成为一个精神事件，就称不上是苦难。一种东西能够把灵魂震醒，使之处于虽然痛苦却富有生机的紧张状态，应当说它必具有某种精神价值。

多数时候，我们生活在外部世界上。我们忙于琐碎的日常生活，忙于工作、交际和娱乐，难得有时间想一想自己，也难得有时间想一想人生。可是，当我们遭到厄运时，我们忙碌的身子停了下来。厄运打断了我们所习惯的生活，同时也提供了一个机会，迫使我们与外界事物拉开了一个距离，回到了自己。只要我们善于利用这个机会，肯去思考，就会对人生获得一种新眼光。古罗马哲学家认为逆境启迪智慧，佛教把对苦难的认识看作觉悟的起点，都自有其深刻之处。人生固有悲剧的一面，对之视而不见未免肤浅。当然，我们要注意不因此而看破红尘。我相信，一个历尽坎坷而仍然热爱人生的人，他胸中一定藏着许多从痛苦中提炼的珍宝。

苦难不仅提高我们的认识，而且提高我们的人格。苦难是人格的试金石，面对苦难的态度最能表明一个人是否具有内在的尊严。譬如失恋，只要失恋者真心爱那个弃他而去的人，他就不可能不感到极大的痛苦。但是，同为失恋，有的人因此自暴自弃，萎靡不振；有的人为之反目为仇，甚至行凶报复；有的人则怀着自尊和对他人感情的尊重，默默地忍受痛苦，其间便有人格上的巨大差异。当然，每个人的人格并非一成不变的，他对痛苦的态度本身也在铸造着他的人格。不论遭受怎样的苦难，只要他始终警觉着他拥有采取何种态度的自由，并勉励自己以一种坚忍高贵的态度承受苦难，他就比任何时候都更加有效地提高着自己的人格。

凡苦难都具有不可挽回的性质。不过，在多数情况下，这只是指不可挽回地丧失了某种重要的价值，但同时人生中毕竟还存在着别的一些价值，它们鼓舞着受苦者承受眼前的苦难。譬如说，一个失恋者即使已经对爱情根本失望，他仍然会为了事业或为了爱他的亲人活下去。但是，世上有一种苦难，不但本身不可挽回，而且意味着其余一切价值的毁灭，因而不可能从别的方面汲取承受它的勇气。在这种绝望的境遇中，如果说承受苦难仍有意义，那么，这意义几乎就唯一地在于承受苦难的方式本身了。第二次世界大战时，有一个名叫弗兰克的人被关进了奥斯维辛集中营。凡是被关进这个集中营的人几乎没有活着出来的希望，等待着他们的是毒气室和焚尸炉。弗兰克的父母、妻子、哥哥确实都遭到了这种厄运。但弗兰克极其偶然地活了下来，他写了一本非常感人的书讲他在集中营里的经历和思考。在几乎必死的前景下，他之所以没有被集中营里非人的苦难摧毁，正是因为他从承受苦难的方式中找到了生活的意义。他说得好：以尊严的方式承受苦难，这是一项实实在在的内在成就，因为它证明了人在任何时候都拥有不可剥夺的精神自由。事实上，我们每个人都终归要面对一种没有任何前途的苦难，那就是死亡，而以尊严的方式承受死亡的确是我们精神生活的最后一项伟大成就。

第二章

独处也是一种能力

独处是灵魂生长的必要空间，在独处时，我们从别人和事务中抽身出来，回到了自己。

论孤独

你与你的亲人、友人、熟人、同时代人一起穿过岁月，你看见他们在你的周围成长和衰老。可是，你自己依然是在孤独中成长和衰老的，你的每一个生命年代仅仅属于你，你必须独自承担岁月在你的心灵上和身体上的刻痕。

和别人混在一起时，我向往孤独。孤独时，我又向往看到我的同类。但解除孤独毕竟只能靠相爱相知的人，其余的人扰乱了孤独，反而使人更感孤独，犹如一种官能，因为受到刺激而更加意识到自己的存在。孤独和喧嚣都难以忍受。如果一定要忍受，我宁可选择孤独。

学会孤独,学会与自己交谈,听自己说话——就这样去学会深刻。

当然前提是:如果孤独是可以学会的话。

心灵的孤独与性格的孤僻是两回事。

孤僻属于弱者,孤独属于强者。两者都不合群,但前者是因为惧怕受到伤害,后者是因为精神上的超群卓绝。

孤独是因为内容独特而不能交流,孤僻却并无独特的内容,只是因为性格的疾病而使交流发生障碍。

一个特立独行的人而又不陷于孤独,这怎么可能呢?然而,尽管注定孤独,仍然会感觉到孤独的可怕和难以忍受。上帝给了他一个与众不同的灵魂,却又赋予他与普通人一样的对于人间温暖的需要,这正是悲剧性之所在。

越是丰盈的灵魂,往往越能敏锐地意识到残缺,有越强烈的孤独感。在内在丰盈的衬照下,方见人生的缺憾。反之,不谙孤独也许正意味着内在的贫乏。

孤独与创造,孰为因果?也许是互为因果。一个疏于交往的人会更多地关注自己的内心世界,一个人专注于创造也会导致人际关系的疏远。

那些不幸的天才,例如尼采和凡·高,他们最大的不幸并不在于无人理解,因为精神上的孤独是可以用创造来安慰的,而恰恰在于得不到普通的人间温暖,活着时就成了被人群遗弃的孤魂。

孤独者必不合时宜。然而,一切都可以成为时髦,包括孤独。

凡人群聚集之处，必有孤独。我怀着我的孤独，离开人群，来到郊外。我的孤独带着如此浓烈的爱意，爱着田野里的花朵、小草、树木和河流。

原来，孤独也是一种爱。

由于怀着爱的希望，孤独才是可以忍受的，甚至是甜蜜的。当我独自在田野里徘徊时，那些花朵、小草、树木、河流之所以能给我以慰藉，正是因为我隐约预感到，我可能会和另一个同样爱它们的灵魂相遇。

孤独是人的宿命，它基于这样一个事实：我们每个人都是这世界上一个旋生旋灭的偶然存在，从无中来，又要回到无中去，没有任何人任何事情能够改变我们的这个命运。

是的，甚至连爱也不能。凡是领悟人生这样一种根本性孤独的人，便已经站到了一切人间欢爱的上方，爱得最热烈时也不会做爱的奴隶。

爱可以抚慰孤独，却不能也不该消除孤独。如果爱妄图消除孤独，就会失去分寸，走向反面。

分寸感是成熟的爱的标志，它懂得遵守人与人之间必要的距离，这个距离意味着对于对方作为独立人格的尊重，包括尊重对方独处的权利。

人在世上是需要有一个伴的。有人在生活上疼你，终归比没有好。至于精神上的幸福，这只能靠你自己——永远如此。只要你心中的那个美好的天地完好无损，那块新大陆常新，就没有人能夺走你的幸福。

在我的生活中不能没有这样一个伴侣，我和她互相视为命根子，真正感到谁也缺不了谁。我自问是一个很有自我的人，能够欣赏孤独、寂寞、独处的妙趣，但我就是不能没有这样一个伴侣，如果没有，孤独、寂寞、独处就会失去妙趣，我会感到自己孤零零地生活在无边的荒漠中。

我把我的孤独丢失在路上了。许多热心人围着我，要帮我寻找。我等着他们走开。如果他们不走开，我怎么能找回我的孤独呢？如果找不回我的孤独，我又怎么来见你呢？

孤独源于爱，无爱的人不会孤独。

也许孤独是爱的最意味深长的赠品，受此赠礼的人从此学会了爱自己，也学会了理解别的孤独的灵魂和深藏于它们之中的深邃的爱，从而为自己建立了一个珍贵的精神世界。

爱可以抚慰孤独，却不能也不该消除孤独。

孤独的价值

1

我很有兴味地读完了英国医生安东尼·斯托尔所著的《孤独》一书。在我的概念中，孤独是一种具有形而上意味的人生境遇和体验，为哲学家、诗人所乐于探究或描述。我曾担心，一个医生研究孤独，会不会有职业偏见，把它仅仅视为一种病态呢？令我满意的是，作者是一位有着相当人文修养的精神科医生，善于把开阔的人文视野和精到的专业眼光结合起来，因此不但没有抹杀，反而更有说服力地揭示了孤独在人生中的价值，其中也包括它的心理治疗作用。

事实上，精神科医学的传统的确是把孤独仅仅视为一种病态。按照这一传统的见解，亲密的人际关系是精神健全的最重要标志，是人生意义和幸福的主要源泉甚至唯一源泉。反之，一个成人倘若缺乏建立亲密的人际关系的能力，便表明他的精神成熟进程受阻，亦即存在着某种心理疾患，需要加以治疗。斯托尔写这本书的主旨正是要反对这种偏颇性，在自己的专业领域内为孤独“正名”。他在肯定人际关系的价值的同时，着重论证了孤独也是人生意义的重要源泉，对于具有创造天赋的人来说，甚至是决定性的源泉。

其实，对孤独的贬损并不限于今天的精神科医学领域。早在《伊利亚特》中，荷马已经把无家无邦的人斥为自然的弃物。亚里士多德在他的《政治学》中据以发挥，断言人是最合群的动物，接着说出了一句名言：“离群索居者不是野兽，便是神灵。”这话本身说得很漂亮，但他的用意是在前半句，拉扯开来大做文章，压根儿不再提后半句。后来培根引用这话时，干脆说只有前半句是真理，后半句纯属邪说。既然连某些大哲学家也对孤独抱有成见，我就很愿意结合着读斯托尔的书的心得，来说一说我对孤独的价值的认识。

2

交往和独处原是人在世上生活的两种方式，对于每个人来说，这两种方式都是必不可少的，只是比例很不相同罢了。由于性格的差异，有的人更爱交往，有的人更喜独处。人们往往把交往看作一种能力，却忽略了独处也是一种能力，并且在一定意义上是比交往更为重要的一种能力。反过来说，不擅交际固然是一种遗憾，不耐孤独也未尝不是一种很严重的缺陷。

从心理学的观点看，人之需要独处，是为了进行内在的整合。所谓整合，就是把新的经验放到内在记忆中的某个恰当位置上。唯有经过这一整合的过程，外来的印象才能被自我所消化，自我也才能成为一个既独立又生长着的系统。所以，有无独处的能力，关系到一个人能否真正形成一个相对自足的内心世界，而这又会进而影响到他与外部世界的关系。斯托尔引用温尼考特的见解指出，那种缺乏独处能力的人只具有“虚假的自我”，因此只是顺从而不是体验外部世界，世界对于他仅是某种必须适应的对象，而不是可以满足他的主观性的场所，这样的人生当然就没有意义。

事实上，无论活得多么热闹，每个人都必定有最低限度的独处时间，那便是睡眠。不管你与谁同睡，你都只能独自进入你的梦乡。同床异梦是一切人的命运，同时却也是大自然的恩典，在心理上有其必要性。据有的心理学家推测，梦具有与独处相似的整合功能，而不能正常做梦则可能造成某些精神疾患。另一个例子是居丧。对丧亲者而言，最重要的不是他人的同情和劝慰，而是在独处中顺变。正像斯托尔所指出的：“这种顺变的过程非常私密，因为事关丧亲者与死者之间的亲密关系，这种关系别人没有分享过，也不能分享。”

居丧的本质是面对亡灵时“一个人内心孤独的深处所发生的某件事”。如果人为地压抑这个哀伤过程，则也会导致心理疾病。

关于孤独对于心理健康的价值，书中还有一些有趣的谈论。例如，对外界刺激做出反应是动物的本能，“不反应的能力”则是智慧的要素。又例如，“感觉过剩”的祸害并不亚于“感觉剥夺”。总之，我们不能一头扎在外部世界和人际关系里，而放弃了对内在世界的整合。斯托尔的结论是：内在的心理经验是最奥妙、最有疗效的。荣格后期专门治疗中年病人，他发现，他的大多数病人都很能适应社会，且有杰出的成就，“中年危机”的原因就在于缺少内心的整合，通俗地说，也就是缺乏个性，因而仍然不免感觉人生的空虚。他试图通过一种所谓“个性化过程”的方案加以治疗，使这些病人找到真正属于自己的人生意义。我怀疑这个方案是否当真有效，因为我不相信一个人能够通过心理治疗而获得他本来所没有的个性。不过，有一点倒是可以确定的，即个性以及基本的孤独体验乃是人生意义问题之思考的前提。

3

人类精神创造的历史表明，孤独更重要的价值在于孕育、唤醒和激发精神的创造力。我们难以断定，这一点是否对所有的人都适用，抑或仅仅适用于那些有创造天赋的人。我们至少应该相信，凡正常人皆有创造力的潜质，区别仅在量的大小而已。

一般而论，人的天性是不愿忍受长期的孤独的，长期的孤独往往是被迫的。然而，正是在被迫的孤独中，有的人的创造力意外地得到了发展的机会。一种情形是牢狱之灾，文化史上的许多传世名作就诞生在牢狱里。例如，波伊提乌斯的《哲学的慰藉》、莫尔的《纾解忧愁之对话》、雷利的《世界史》，都是作者在被处死刑之前的囚禁期内写作的。班扬的《天路历程》、陀思妥耶夫斯基的《死屋手记》也是在牢狱里酝酿的。另一种情形是疾病。斯托尔举了耳聋造成的孤独的例子，这种孤独反而激发了贝多芬、戈雅的艺术想象力。在疾病促进创作方面，我们可以续上一个包括尼采、普鲁斯特在内的长长的名单。太史公所说“左丘失明，厥有《国语》，孙子膑脚，《兵法》修列”，等等，也涉及了牢狱和疾病之灾与创作的关系，虽然他更多地着眼于苦难中的发愤。强制的孤独不只是造成了一种必要，迫使人把被压抑的精力投于创作，而且我相信，由于牢狱或疾病把人同纷繁的世俗生活拉开了距离，人是会因此获得看世界和人生的一种新的眼光的，而这正是孕育出大作品的重要条件。

不过，对于大多数天才来说，他们之陷于孤独不是因为外在的强制，而是由于自身的气质。大体说来，艺术的天才，例如作者所举的卡夫卡、吉卜林，多是忧郁型气质，而孤独中的写作则是一种自我治疗的方式。如同一位作家所说：“我写忧郁，是为了使自己无暇忧郁。”只是一开始作为一种补偿的写作，后来便获得了独立的价值，成了他们乐在其中的生活方式。创作过程无疑能够抵御忧郁，所以，据精神科医生们说，只有那些创作力衰竭的作家才会找他们去治病。但是，据我所知，这时候的忧郁往往是不治的，这类作家的结局不是潦倒便是自杀。另一类是思想的天才，例如作者所举的牛顿、康德、维特根斯坦，则相当自觉地选择了孤独，以便保护自己的内在世界,可以不受他人干扰地专注于意义和秩序的寻求。这种专注和气功状态有类似之处，所以，包括这三人在内的许多哲学家都长寿，也许不是偶然的。

让我回到前面所引的亚里士多德的名言。一方面，孤独的精神创造者的确是野兽，也就是说，他们在社会交往的领域里明显地低于一般人的水平，不但相当无能，甚至有着难以克服的精神障碍。在社交场合，他们往往笨拙而且不安。有趣的是，人们观察到，他们倒比较容易与小孩或者动物相处，那时候他们会感到轻松自在。另一方面，他们却同时又是神灵，也就是说，他们在某种意义上已经超出或不很需要通常的人际交往了，对于他们来说，创造而不是亲密的依恋关系成了生活意义的主要源泉。所以，还是尼采说得贴切，他在引用了“离群索居者不是野兽，便是神灵”一语之后指出：亚里士多德“忽略了第三种情形：必须同时是二者——哲学家……”

4

孤独之为人生的重要体验，不仅是因为唯有在孤独中，人才能与自己的灵魂相遇，而且是因为唯有在孤独中，人的灵魂才能与上帝、与神秘、与宇宙的无限之谜相遇。正如托尔斯泰所说，在交往中，人面对的是部分和人群，而在独处时，人面对的是整体和万物之源。这种面对整体和万物之源的体验，便是一种广义的宗教体验。

在世界三大宗教的创立过程中，孤独的经验都起了关键作用。释迦牟尼的成佛，不但是在出家以后，而且是在离开林中的那些苦行者以后，他是独自在亚穆纳河畔的菩提树下连日冥思，而后豁然彻悟的。耶稣也是在旷野度过了四十天，然后才向人宣示救世的消息。穆罕默德在每年的斋月期间，都要到希拉山的洞窟里隐居。

我相信这些宗教领袖决非故弄玄虚。斯托尔所举的例子表明，在自愿的或被迫的长久独居中，一些普通人同样会产生一种与宇宙融合的“忘形的一体感”，一种“与存在本身交谈”的体验。而且，曾经有过这种体验的人都表示，那些时刻是一生中最美妙的，对他们的生活观念发生着永久的影响。一个人未必因此就要皈依某一宗教，其实今日的许多教徒并没有真正的宗教体验，一个确凿的证据是，他们不是在孤独中而必须是在寺庙和教堂里，在一种实质上是公众场合的仪式中，方能领会一点宗教的感觉。然而，这种所谓的宗教感，与始祖们在孤独中感悟的境界已经风马牛不相及了。

真正的宗教体验把人超拔出俗世琐事，倘若一个人一生中从来没有过类似的体验，他的精神视野就未免狭隘。尤其是对于一个思想家来说，这肯定是一种精神上的缺陷。一个恰当的例子是弗洛伊德。在与他的通信中，罗曼·罗兰指出：宗教感情的真正来源是“对永恒的一种感动，也就是一种无边无际的大洋似的感觉”。弗洛伊德承认他毫无此种体验，而按照他的解释，所谓与世界合为一体的感觉仅是一种逃避现实的自欺，犹如婴儿在母怀中寻求安全感一样，属于精神退化现象。这位目光锐利的医生总是习惯于把一切精神现象还原成心理现象，所以，他诚然是一位心理分析大师，却终究不是真正意义上的大思想家。

5

在斯托尔的书中，孤独的最后一种价值好像是留给人生的最后一个阶段的。他写道：“虽然疾病和伤残使老年人在肉体上必须依赖他人，但是感情上的依赖却逐渐减少。老年人对人际关系经常不大感兴趣，较喜欢独处，而且渐渐地较专注于自己的内心。”作者显然是赞赏这一变化的，因为它有助于老年人摆脱对人世的依恋，为死亡做好准备。

中国的读者也许会提出异议。我们目睹的事实是，今天中国的老年人比年轻人更喜欢集体活动，他们聚在一起扭秧歌、跳交谊舞，活得十分热闹，成为中国街头的一大景观。然而，凡是到过欧美的人都知道，斯托尔的描述至少对于西方人是准确的，那里的老年人都很安静，绝无扎堆喧闹的癖好。他们或老夫老妻做伴，或单独一人，坐在公园里晒太阳，或者作为旅游者去看某处的自然风光。当然，我们不必在中西养老方式之间进行褒贬。老年人害怕孤独或许是情有可原的，孤独使他们清醒地面对死亡的前景，而热闹则可使他们获得暂时的忘却和逃避。问题在于，死亡终究不可逃避，而有尊严地正视死亡是人生最后的一项光荣。所以，我个人比较欣赏西方人那种平静度过晚年的方式。

对于精神创造者来说，如果他们能够活到老年，老年的孤独心境就不但有助于他们与死亡和解，而且会使他们的创作进入一个新的境界。斯托尔举了贝多芬、李斯特、巴赫、勃拉姆斯等一系列作曲家的例子，证明他们晚年的作品都具有更加深入自己的精神领域、不太关心听众的接受的特点。一般而言，天才晚年的作品是更空灵、更超脱、更形而上的，那时候他们的灵魂已经抵达天国的门口，人间的好恶和批评与他们无关了。歌德从三十八岁开始创作《浮士德》，直到临死前夕即他八十二岁时才完成，应该不是偶然的。

独处是人生中的美好时刻和美好体验，

虽则有些寂寞，寂寞中却又有一种充实。

独处是一种能力

人们往往把交往看作一种能力，却忽略了独处也是一种能力，并且在一定意义上是比交往更为重要的一种能力。反过来说，不擅交际固然是一种遗憾，不耐孤独也未尝不是一种很严重的缺陷。

独处也是一种能力，并非任何人任何时候都可具备的。具备这种能力并不意味着不再感到寂寞，而在于安于寂寞并使之具有生产力。人在寂寞中有三种状态。一是惶惶不安，茫无头绪，百事无心，一心逃出寂寞；二是渐渐习惯于寂寞，安下心来，建立起生活的条理，用读书、写作或别的事务来驱逐寂寞；三是寂寞本身成为一片诗意的土壤、一种创造的契机，诱发出关于存在、生命、自我的深邃思考和体验。

独处是人生中的美好时刻和美好体验，虽则有些寂寞，寂寞中却又有一种充实。独处是灵魂生长的必要空间，在独处时，我们从别人和事务中抽身出来，回到了自己。这时候，我们独自面对自己和上帝，开始了与自己的心灵以及与宇宙中的神秘力量的对话。一切严格意义上的灵魂生活都是在独处时展开的。和别人一起谈古说今，引经据典，那是闲聊和讨论；唯有自己沉浸于古往今来大师们的杰作之时，才会有真正的心灵感悟。和别人一起游山玩水，那只是旅游；唯有自己独自面对苍茫的群山和大海之时，才会真正感受到与大自然的沟通。

从心理学的观点来看，人之需要独处，是为了进行内在的整合。所谓整合，就是把新的经验放到内在记忆中的某个恰当位置上。唯有经过这一整合的过程，外来的印象才能被自我所消化，自我也才能成为一个既独立又生长着的系统。所以，有无独处的能力，关系到一个人能否真正形成一个相对自足的内心世界，而这又会进而影响到他与外部世界的关系。

怎么判断一个人究竟有没有他的“自我”呢？有一个可靠的检验方法，就是看他能不能独处。当你自己一个人待着时，你是感到百无聊赖，难以忍受呢，还是感到一种宁静、充实和满足？

对于独处的爱好与一个人的性格完全无关，爱好独处的人同样可能是一个性格活泼、喜欢朋友的人，只是无论他怎么乐于与别人交往，独处始终是他生活中的必需。在他看来，一种缺乏交往的生活当然是一种缺陷，一种缺乏独处的生活则简直是一种灾难了。

世上没有一个人能够忍受绝对的孤独。但是，绝对不能忍受孤独的人却是一个灵魂空虚的人。世上正有这样的一些人，他们最怕的就是独处，让他们和自己待一会儿，对于他们简直是一种酷刑。只要闲了下来，他们就必须找个地方去消遣。他们的日子表面上过得十分热闹，实际上他们的内心极其空虚。他们所做的一切都是为了想方设法避免面对面看见自己。对此我只能有一个解释，就是连他们自己也感觉到了自己的贫乏，和这样贫乏的自己待在一起是顶没有意思的，再无聊的消遣也比这有趣得多。这样做的结果是他们变得越来越贫乏，越来越没有了自己，形成了一个恶性循环。

自 己 的 园 地

你们读过法国作家圣埃克苏佩里写的《小王子》吗？如果没有，那就太可惜了，一定要找来读一读。在我看来，它是世界上最棒的一篇童话，哪怕你们拿全世界的唐老鸭和圣斗士来跟我交换，我也决不肯。

童话的主人公是一个小王子，他住在一颗只比他大一点儿的星球上，与一株玫瑰为伴，天天为她浇水。有一天，他和玫瑰花拌了几句嘴，心里烦，便离开他的星球，出去漫游了。他先后到达六颗星球，遇见了一些可笑的大人。例如有一个商人，他的全部事情就是计算星星，他把这叫作“占有”。他就为“占有”而活着。他告诉小王子，他已经“占有”了五亿零一百六十二万二千七百三十一颗星星。小王子问他：“你拿它们做什么呢？”他答：“我把它们存到银行里去。”小王子不明白这是什么意思，商人便解释说：“这就是说，我在一张纸条上写下我的星星的数目，然后把这张纸条锁在抽屉里。”小王子问：“这就完了吗？”商人答：“当然，这样我就很富啦。”在别的星球上，小王子遇见的大人们也都在为他不明白的东西活着，什么权力、虚荣、学问呀。他心想：大人们真是怪透了。

小王子最后来到地球。在一片盛开的玫瑰园里，他看见五千株玫瑰，不禁怀念起他自己的那株玫瑰来。他的那株玫瑰与眼前这些玫瑰长得一模一样，但他却觉得她是独一无二的。这是为什么呢？一只聪明的狐狸告诉他：“是你为你的玫瑰花费的时间，使你的玫瑰变得这么重要。对于你使之驯服的东西，你是负有责任的。”

这句话说得好极了。一个人活在世上，必须有自己真正爱好的事情，才会活得有意思。这爱好完全是出于他的真性情的，而不是为了某种外在的利益，例如为了金钱、名声之类。他喜欢做这件事情，只是因为他觉得事情本身非常美好，他被事情的美好所吸引。这就好像一个园丁，他仅仅因为喜欢而开辟了一块自己的园地，他在其中培育了许多美丽的花木，为它们倾注了自己的心血。当他在自己的园地上耕作时，他心里非常踏实。无论他走到哪里，他也都会牵挂着那些花木，如同母亲牵挂着自己的孩子。这样一个人，他一定会活得很充实的。相反，一个人如果没有自己的园地，不管他当多大的官，做多大的买卖，他本质上始终是空虚的。这样的人一旦丢了官、破了产，他的空虚就暴露无遗了，会惶惶然不可终日，发现自己在世界上无事可做，也没有人需要他，自己成了一个多余的人。

事实上，我们在小时候往往都是有真性情的。就像小王子所说的：“只有孩子们知道他们在寻找些什么，他们会为了一个破布娃娃而不惜让时光流逝，于是那布娃娃就变得十分重要，一旦有人把它拿走，他们就哭了。”孩子并不问破布娃娃值多少钱，它当然不值钱啦，可是，他们天天抱着它，和它说话，便对它有了感情，它就比一切值钱的东西更有价值了。一个人在衡量任何事物时，看重的是它们在自己生活中的意义，而不是它们在市场上能卖多少钱，这样一种生活态度就是真性情。你们长大了当然不会再抱着一个破布娃娃不放，但是我希望你们不要丢掉小时候对待破布娃娃的这种态度，不要丢掉真性情，不要丢掉自己真正的爱好。

小王子十分幸运，他在地球上终于遇见了一个能够理解他的大人，那就是这篇童话的作者。他和小王子特别谈得来，不过，正因为如此，他在大人们中间真是非常孤独。他和大人们谈什么都谈不通，就只好和他们谈桥牌、高尔夫球、政治、领带什么的，而他们也就很高兴自己结识了一个正经人。后来，小王子因为想念他的玫瑰花，回到那个小星球上去了。那么，现在这位圣埃克苏佩里在哪里呢？他是第二次世界大战时法国最出色的飞行员，在一次飞行中失踪了。我相信，他一定是去寻找他的小王子了。

世界愈喧闹，我内心愈安静

我发现，世界越来越喧闹，而我的日子越来越安静了。我喜欢过安静的日子。

当然，安静不是静止，不是封闭，如井中的死水。我刚离开学校时，被分配到一个边远山区，生活平静而又单调。

后来，时代突然改变，人们的日子如同解冻的江河，又在阳光下的大地上纵横交错了。我也像是一条积压了太多能量的河，生命的浪潮在我的河床里奔腾起伏，把我的成年岁月变成了一道动荡不宁的急流。而现在，我又重归于平静了。不过，这是跌宕之后的平静。在经历了许多冲撞和曲折之后，我的生命之河仿佛终于来到一处开阔的谷地，汇蓄成一片浩渺的湖泊。我曾经流连于阿尔斯山麓的湖畔，看雪山、白云和森林的倒影伸展在蔚蓝的神秘之中。我知道，湖中的水仍在流转，是湖的深邃才使得湖面寂静如镜。

我的日子真是很安静。每天，我在家里读书和写作，外面各种热闹的圈子和聚会都与我无关。我和妻子、女儿一起品尝着普通的人间亲情，外面各种寻欢作乐的场所和玩意儿也都和我无关。我对这样的日子很满意，因为我的心境也是安静的。

也许，每一个人在生命中的某个阶段是需要某种热闹的。那时候，饱涨的生命力需要向外奔突，去为自己寻找一条河道，确定一个流向。但是，一个人不能永远停留在这个阶段。托尔斯泰如此自述："随着岁月增长，我的生命越来越精神化了。"人们或许会把这解释为衰老的征兆，但是，我清楚地知道，即使在老年时，托尔斯泰也比所有的同龄人，甚至比许多年轻人更充满生命力。毋宁说，唯有强大的生命力才能逐步朝精神化的方向发展。

现在我觉得，人生最好的境界是丰富的安静。泰戈尔曾说："外在世界的运动无穷无尽，证明了其中没有我们可以达到的目标，目标只能在别处，即在精神内在世界里。在那里，我们最为深切地渴望的乃是成就之上的安宁。在那里，我们遇见我们的上帝。"他接着说明："上帝就是灵魂里永远在休息的情爱。"他所说的情爱应是广义的，指创造的成就，精神的富有，博大的爱心，而这一切都超越于俗世的争斗，处在永久和平之中。这种境界，正是丰富的安静之极致。

我并不完全排斥热闹，热闹也可以是有内容的。但是，热闹总归是外部活动的特征。而任何外部活动倘若没有一种精神追求主其动力，没有一种精神价值为其目标，那么，不管表面上多么轰轰烈烈、有声有色，本质上必定是贫乏和空虚的。我对一切太喧嚣的事业和一切太张扬的感情都心存怀疑，它们总是使我想起莎士比亚对生命的嘲讽：“充满了声音和狂热，里面空无一物。”

人人都是孤儿

我们为什么会渴望爱？我们心中为什么会有爱？我的回答是：因为我们人人都是孤儿。

当然，除了极少数的例外，我们每个人降生时都是有父有母的，随后又都在父母的抚养下逐渐长大成人。可是，仔细想想，父母之孕育我们是一件多么偶然的事啊。大千世界里，凭什么说那个后来成为你父亲的男人与那个后来成为你母亲的女人就一定会相识，一定会结合，并且又一定会在那个刚好能孕育你的时刻做爱？而倘若他们没有相识，或相识了没有结合，或结合了没有在那个时刻做爱，就压根儿不会有你！这个道理可以一直往上推，只要你的祖先中有一对未在某个特定的时刻做爱，就不会有后来导致你诞生的所有世代，也就不会有你。如此看来，我们每一个人都是茫茫宇宙间极其偶然的产物，造化只是借了同样是偶然产物的我们父母的身躯把我们从虚无中产生了出来。

父母既不是我们在这个世界上诞生的必然根据，也不能成为保护我们免受人世间种种苦难的可靠屏障。也许在童年的短暂时间里，我们相信在父母的怀抱中找到了万无一失的安全。然而，终有一天，我们会明白，凡降于我们身上的苦难，不论是疾病、精神的悲伤还是社会性的挫折，我们都必须自己承受，再爱我们的父母也是无能为力的。最后，当死神召唤我们的时候，世上绝没有一个父母的怀抱可以使我们免于一死。

因此，从茫茫宇宙的角度看，我们每一个人的确都是无依无靠的孤儿，偶然地来到世上，又必然地离去。正是因为这种根本性的孤独境遇，才有了爱的价值、爱的理由。人人都是孤儿，所以人人都渴望有人爱，都想要有人疼。我们并非只在年幼时需要来自父母的疼爱，即使在年长时从爱侣那里，年老时从晚辈那里，孤儿寻找父母的隐秘渴望都始终伴随着我们，我们仍然期待着父母式的疼爱。另外，如果我们想到与我们一起暂时居住在这颗星球上的任何人，包括我们的亲人，都是宇宙中的孤儿，我们心中就会产生一种大悲悯，由此而生出一种博大的爱心。我相信，爱心最深厚的基础是在这种大悲悯之中，而不是在别的地方。譬如说性爱，当然是离不开性欲的冲动或志趣的相投的，但是，假如你没有那种把你的爱侣当作一个孤儿来疼爱的心情，我敢断定你的爱情还是比较自私的。即使是子女对父母的爱，其中最刻骨铭心的因素也不是受了养育之后的感恩，而是无法阻挡父母老去的绝望，在这种绝望之中，父母作为无人能够保护的孤儿的形象清晰地展现在了你的眼前。

一切高贵的情感都羞于表白，一切深刻的体验都拙于言辞。

认 识 你 自 己

“认识你自己！”——这是铭刻在希腊圣城德尔斐神殿上的著名箴言，希腊和后来的哲学家喜欢引用来规劝世人。

对这句箴言可做三种理解：

其一，人要有自知之明。有人问泰勒斯，什么是最困难之事，回答是：“认识你自己。”接着的问题：什么是最容易之事？回答是：“给别人提建议。”这位最早的哲人显然是在讽刺世人，世上有自知之明者寥寥无几，好为人师者比比皆是。苏格拉底更进一步，从这句箴言中看到了神对人的要求，就是人应该知道自己的限度，承认自己在宇宙最高秘密面前是无知的。“我知道我一无所知”——

因为这句话，他被德尔斐神谕称作全希腊最智慧的人。

其二，每个人身上都藏着人性的秘密，都可以通过认识自己来认识人性。事实上，自古至今，一切伟大的人性认识者都是真诚的反省者，他们无情地把自己当作标本，借之反而对人性有了深刻而同情的理解。

其三，每个人都是一个独一无二的个体，都应该认识自己独特的禀赋和价值，从而自我实现，真正成为自己。

与自己谈话的能力

有人问犬儒派创始人安提斯泰尼，哲学给他带来了什么好处，回答是：“与自己谈话的能力。”

我们经常与别人谈话，内容大抵是事务的处理、利益的分配、是非的争执、恩怨的倾诉、公关、交际、新闻等。独处的时候，我们有时也在心中说话，细察其内容，仍不外乎上述这些，因此实际上也是在对别人说话，是对别人说话的预演或延续。我们真正与自己谈话的时候是十分稀少的。

要能够与自己谈话，必须把心从世俗事务和人际关系中摆脱出来，回到自己。这是发生在灵魂中的谈话，是一种内在生活。哲学教人立足于根本审视世界，反省人生，带给人的就是过内在生活的能力。

与自己谈话的确是一种能力，而且是一种罕见的能力。有许多人，你不让他说凡事俗务，他就不知道说什么好了。他只关心外界的事情，结果也就只拥有仅仅适合于与别人交谈的语言了。这样的人面对自己当然无话可说。可是，一个与自己无话可说的人，难道会对别人说出什么有意思的话吗？哪怕他谈论的是天下大事，你仍感到是在听市井琐闻，因为在里面找不到那个把一切联结为整体的核心，那个照亮一切的精神。

每个人都是一个宇宙

1

我的怪癖是喜欢一般哲学史不屑记载的哲学家，宁愿绕开一个个曾经显赫一时的体系的颓宫，到历史的荒村陋巷去寻找他们的足迹。爱默生就属于这些我颇愿结识一番的哲学家之列。

我对爱默生向往已久。在我的精神旅行图上，我早已标出那个康科德小镇的方位。尼采常常提到他。如果我所喜欢的某位朋友常常情不自禁地向我提起他所喜欢的一位朋友，我知道我也准能喜欢他的这位朋友。

作为美国文艺复兴的领袖和杰出的散文大师，爱默生已名垂史册。作为一名哲学家，他却似乎进不了哲学的“正史”。他是一位长于灵感而拙于体系的哲学家。他的“体系”，所谓超验主义，如今在美国恐怕也没有人认真看待了。如果我试图对他的体系做一番条分缕析的解说，就未免太迂腐了。我只想受他灵感的启发，随手写下我的感触。超验主义死了，但爱默生的智慧永存。

2

也许没有一个哲学家不是在实际上试图建立某种体系，赋予自己最得意的思想以普遍性形式。声称反对体系的哲学家也不例外。但是，大千世界的神秘不会屈从于任何公式，没有一个体系能够万古长存。幸好真正有生命力的思想不会被体系的废墟掩埋，一旦除去体系的虚饰，它们反而以更加纯粹的面貌出现在天空下，显示出它们与阳光、土地、生命的坚实联系，在我们心中唤起亲切的回响。

爱默生相信，人心与宇宙之间有着对应关系，所以每个人凭内心体验就可以认识自然和历史的真理。这就是他的超验主义，有点像主张“吾心即是宇宙”“心即理”“致良知”的宋明理学。人心与宇宙之间究竟有没有对应关系，这是永远无法在理论上证实或驳倒的。一种形而上学不过是一种信仰，其作用只是用来支持一种人生态度和价值立场。我宁可直接面对这种人生态度和价值立场，而不去追究它背后的形而上学信仰。于是我看到，爱默生想要表达的是他对人性完美发展的可能性的期望和信心，他的哲学是一首洋溢着乐观主义精神的个性解放的赞美诗。

但爱默生的人道主义不是欧洲文艺复兴的单纯回声。他生活在19世纪，和同时代少数几个伟大思想家一样，他也是揭露现代资本主义社会异化现象的先知先觉者。每个人都是一个宇宙，但在现实中却成了碎片。“社会是这样一种状态，每一个人都像是从身上锯下来的一段肢体，昂然地走来走去，许多怪物——一个好手指，一个颈项，一个胃，一个肘弯，但是从来不是一个人。”我想起了马克思在1844年的手稿中对人的异化的分析。我也想起了尼采的话：“我的目光从今天望到过去，发现比比皆是：碎片、断肢和可怕的偶然——可是没有人！”他们的理论归宿当然截然不同，但都同样热烈怀抱着人性全面发展的理想。往往有这种情况：同一种激情驱使人们从事理论探索，结果却找到了不同的理论，甚至彼此成为思想上的敌人。但是，真的是敌人吗？

3

每个人都是一个宇宙，每个人的天性中都蕴藏着大自然赋予的创造力。把这个观点运用到读书上，爱默生提倡一种“创造性的阅读”。这就是：把自己的生活当作正文，把书籍当作注解；听别人发言是为了使自己能说话；以一个活跃的灵魂，为获得灵感而读书。

几乎一切创造欲强烈的思想家都对书籍怀着本能的警惕。蒙田曾谈到“文殛”，即因读书过多而被文字之斧砍伤，丧失了创造力。叔本华把读书太滥譬作将自己的头脑变成别人思想的跑马场。爱默生也说：“我宁愿从来没有看见过一本书，而不愿意被它的吸力扭曲过来，把我完全拉到我的轨道外面，使我成为一颗卫星，而不是一个宇宙。”

许多人热心地请教读书方法，可是如何读书其实是取决于整个人生态度的。开卷有益，也可能有害。过去的天才可以成为自己天宇上的繁星，也可以成为压抑自己的偶像。爱默生俏皮地写道：“温顺的青年人在图书馆里长大，他们相信他们的责任是应当接受西塞罗、洛克、培根的意见；他们忘了西塞罗、洛克与培根写这些书的时候，也不过是图书馆里的青年人。”我要加上一句：幸好那时图书馆的藏书比现在少得多，否则他们也许成不了西塞罗、洛克、培根了。

好的书籍是朋友，但也仅仅是朋友。与好友会晤是快事，但必须自己有话可说，才能真正快乐。一个愚钝的人，再智慧的朋友对他也是毫无用处的，他坐在一群才华横溢的朋友中间，不过是一具木偶、一个讽刺、一种折磨。每人都是一个神，然后才有奥林匹斯神界的欢聚。

我们读一本书，读到精彩处，往往情不自禁地要喊出声来：这是我的思想，这正是我想说的，被他偷去了！有时候真是难以分清，哪是作者的本意，哪是自己的混入和添加。沉睡的感受唤醒了，失落的记忆找回了，朦胧的思绪清晰了。其余一切，只是死的“知识”，也就是说，只是外在于灵魂有机生长过程的无机物。

我曾经计算过，尽我有生之年，每天读一本书，连我自己的藏书也读不完。何况还不断购进新书，何况还有图书馆里难计其数的书。这真有点令人绝望。可是，写作冲动一上来，这一切全忘了。爱默生说得漂亮：“当一个人能够直接阅读上帝的时候，那时间太宝贵了，不能够浪费在别人阅读后的抄本上。”只要自己有旺盛的创作欲，无暇读别人写的书也许是一种幸运呢。

4

有两种自信：一种是人格上的独立自主，藐视世俗的舆论和功利；一种是理智上的狂妄自大，永远自以为是，自我感觉好极了。我赞赏前一种自信，对后一种自信则总是报以几分不信任。

人在世上，总要有所依托，否则会空虚无聊。有两样东西似乎是公认的人生支柱，在讲究实际的人那里叫职业和家庭，在注重精神的人那里叫事业和爱情。食色性也，职业和家庭是社会认可的满足人的两大欲望的手段，当然不能说它们庸俗。然而，职业可能不称心，家庭可能不美满，欲望是满足了，但付出了无穷烦恼的代价。

至于事业的成功和爱情的幸福，尽管令人向往之至，却更是没有把握的事情。而且，有些精神太敏感的人，即使得到了这两样东西，还是不能摆脱空虚之感。

所以，人必须有人格上的独立自主。你诚然不能脱离社会和他人生活，但你不能一味攀缘在社会建筑物和他人身上。你要自己在生命的土壤中扎根。你要在人生的大海上抛下自己的锚。一个人如果把自己仅仅依附于身外的事物，即使是极其美好的事物，顺利时也许看不出他的内在空虚，缺乏根基，一旦起了风浪，例如社会动乱、事业挫折、亲人亡故、失恋，等等，就会一蹶不振乃至精神崩溃。正如爱默生所说：“然而事实是：他早已是一只漂流着的破船，后来起的这一阵风不过向他自己暴露出他流浪的状态。”

爱默生写有长文热情歌颂爱情的魅力，但我更喜欢他的这首诗：

为爱牺牲一切，
服从你的心；
朋友，亲戚，时日，
名誉，财产，
计划，信用与灵感，
什么都能放弃。
为爱离弃一切；
然而，你听我说：

……

你须要保留今天，

明天，你整个的未来，

让它们绝对自由，

不要被你的爱人占领。

如果你心爱的姑娘另有所欢，你还她自由。

你应当知道

半人半神走了，

神就来了。

世事的无常使得古来许多贤哲主张退隐自守，清静无为，无动于衷。我厌恶这种哲学。我喜欢看见人们生气勃勃地创办事业，如痴如醉地堕入情网，痛快淋漓地享受生命。但是，不要忘记了最主要的事情：你仍然属于你自己。每个人都是一个宇宙，每个人都应该有一个自足的精神世界。这是一个安全的场所，其中珍藏着你最珍贵的宝物，任何灾祸都不能侵犯它。心灵是一本奇特的账簿，只有收入，没有支出，人生的一切痛苦和欢乐，都化作宝贵的体验记入它的收入栏中。是的，连痛苦也是一种收入。人仿佛有了两个自我，一个自我到世界上去奋斗、去追求，也许凯旋，也许败归，另一个自我便含着宁静的微笑，把这遍体汗水和血迹的哭着笑着的自我迎回家来，把丰厚的战利品指给他看，连败归者也有一份。

爱默生赞赏儿童身上那种不怕没得饭吃、说话做事从不半点随人的王公贵人派头。一到成年，人就注重别人的观感，得失之患多了。我想，一个人在精神上真正成熟之后，又会返璞归真，重获一颗自足的童心。他消化了社会的成规习见，把它们扬弃了。

5

还有一点余兴，也一并写下。有句成语叫大智若愚。人类精神的这种逆反形式很值得研究一番。我还可以举出大善若恶，大悲若喜，大信若疑，大严肃若轻浮。在爱默生的书里，我也找到了若干印证。

悲剧是深刻的，领悟悲剧也须有深刻的心灵。“性情浅薄的人遇到不幸，他的感情仅仅是演说式的做作。”然而这不是悲剧。人生的险难关头最能检验一个人的灵魂深浅。有的人一生接连遭到不幸，却未尝体验过真正的悲剧情感。相反，表面上一帆风顺的人也可能经历了巨大的内心悲剧。一切高贵的情感都羞于表白，一切深刻的体验都拙于言辞。大悲者会以笑谑嘲弄命运，以欢容掩饰哀伤。丑角也许比英雄更知人生的辛酸。爱默生举了一个例子：正当喜剧演员卡里尼使整个那不勒斯城的人都笑断肚肠的时候，有一个病人去找城里的一个医生，治疗他致命的忧郁症。医生劝他到戏院去看卡里尼的演出，他回答：“我就是卡里尼。”

与此相类似，最高的严肃往往貌似玩世不恭。古希腊人就已经

一个人在精神上真正成熟之后，又会返璞归真，重获一颗自足的童心。

明白这个道理。爱默生引用普鲁塔克的话说："研究哲理而外表不像研究哲理，在嬉笑中做成别人严肃认真地做的事，这是最高的智慧。"正经不是严肃，就像教条不是真理一样。真理用不着板起面孔来增添它的权威。在那些一本正经的人中间，你几乎找不到一个严肃思考过人生的人。不，他们思考的多半不是人生，而是权力，不是真理，而是利益。真正严肃思考过人生的人知道生命和理性的限度，他能自嘲，肯宽容，愿意用一个玩笑替受窘的对手解围，给正经的论敌一个教训。他以诙谐的口吻谈说真理，仿佛故意要减弱他的发现的重要性，以便只让它进入真正知音的耳朵。

尤其是在信仰崩溃的时代，那些佯癫装疯的狂人倒是一些太严肃地对待其信仰的人。鲁迅深知此中之理，说嵇康、阮籍表面上毁坏礼教，实则倒是太相信礼教，因为不满意当权者利用和亵渎礼教，才以反礼教的过激行为发泄内心愤懑。其实，在任何信仰体制之下，多数人并非真有信仰，只是做出相信的样子罢了。于是过分认真的人就起而论究是非，阐释信仰之真谛，结果被视为异端。一部基督教史就是没有信仰的人以维护信仰之名把有信仰的人当作邪教徒烧死的历史。殉道者多半死于同志之手而非敌人之手。所以，爱默生说，伟大的有信仰的人永远被目为异教徒，终于被迫以一连串的怀疑论来表现他的信念。怀疑论实在是过于认真看待信仰或知识的结果。苏格拉底为了弄明白智慧的实质，遍访雅典城里号称有智慧的人，结果发现他们只是在那里盲目自信，其实并无智慧。到头来他认为自己仍然不知智慧为何物，说出了那句著名的话："我知道我一无所知。"哲学史上的怀疑论者大抵都是太认真地要追究人类认识的可靠性，结果反而疑团丛生。

第三章
爱就是心疼

人在爱时都太容易在乎被爱，视为权利，
在被爱时又都太容易看轻被爱，受之当然。
如果反过来，有爱心而不求回报，对被爱
知珍惜却不计较，人就爱得有尊严、活得
有气度了。

爱情的质量

1

爱，就是在这一世寻找那个仿佛在前世失散的亲人，就是在人世间寻找那个最亲的亲人。

2

爱，就是没有理由的心疼和不设前提的宽容。

3

爱情中最重要的品质是：真诚，信任，包容。

4

爱一个人的最好的方式是：把她（他）当作独立的个人尊重她（他），把她（他）当作最亲的亲人心疼她（他）。

5

爱情的质量取决于相爱者的灵魂的质量。真正高质量的爱情只能发生在两个富有个性的人之间。

6

真正的爱情也许会让人付出撕心裂肺的代价，但一定也能使人得到刻骨铭心的收获。

7

爱情的滋味最是一言难尽，它无比甜美，带给人的却常是无奈、惆怅、苦恼和忧伤。不过，这些痛苦的体验又何尝不是爱情的丰厚赠礼，一份首先属于心灵，然后属于艺术的宝贵财富，古今中外大诗人的作品就是证明。

8

爱情是两个作为整体的人之间的情感关系。在这个情感关系中，两人的人生观、价值观是否相洽，相洽到什么程度，一定会发生重要的作用。所谓高质量的爱情，一个必要条件是相洽的程度高。

但是，爱情又不只是人生观、价值观相洽的事情。两人有共同的人生观、价值观，互相未必能发生爱情。相洽是必要条件，不是充分条件。性吸引和审美方面的强烈感受，在爱情的发生中也起着重要的作用，甚至是更重要的作用。

9

爱情是有质量之别的，最好的爱情是两个本来就仿佛有亲缘关系的灵魂一朝相遇，彼此认出，从此不再分离。无论在什么样的时代，这样的爱情都是稀少的。这并不奇怪，因为第一，前提是这两个灵魂是优秀的，如果不优秀，那算什么灵魂呢？对彼此的灵魂又会有什么寻求和辨识呢？第二，这样两个灵魂的相遇要靠运气，错过的可能比相遇的机会大得多。

所以，这样的爱情是可遇不可求的。你无法去寻找，遇上了，你就像命中注定一样不能再放弃。

10

我主张对爱情的评判持宽松的标准。爱情的形态是多种多样的，是最不能一律看待的。只要是两情相悦，不以利益为目的，就都是美好的。

11

在拥有真实爱情的前提下，追求完美是一种必然的冲动，但其作用主要是否定性的。结果未必完美，或者说，完美与否并不重要，透底地说，完美与否是没有标准可以衡量的。我说的否定性作用是指，追求完美意味着虔诚地守护爱情，决不做有损爱情的事情。它的主要成果，一是自律（用理性锁定易变的感情），二是宽容（爱和理性合力创造两人之间的自由空间）。这两点本身有助于使爱情持久和美好。

12

“两情若是久长时，又岂在朝朝暮暮。”两性关系要讲究质量，真挚而久长的爱情远胜于轻浮而短暂的风流韵事。

13

衡量两性关系有两把尺子。一是法律，凡是不违背法律的行为，均应视为私事，他人不得强行干涉；二是道德，对一切真实的感情不可做道德判断，唯有感情上的不诚实或者借感情之名牟利才是不道德的。

爱，就是在这一世寻找那个仿佛在前世失散的亲人,就是在人世间寻找那个最亲的亲人。

爱是没有理由的心疼

爱是一份伴随着付出的关切，我们往往最爱我们倾注了最多心血的对象。

爱，就是没有理由的心疼和不设前提的宽容。

人在爱时都太容易在乎被爱，视为权利，在被爱时又都太容易看轻被爱，受之当然。如果反过来，有爱心而不求回报，对被爱知珍惜却不计较，人就爱得有尊严、活得有气度了。

与是否被爱相比，有无爱心是更重要的。一个缺少被爱的人是一个孤独的人，一个没有爱心的人则是一个冷漠的人。孤独的人只要具有爱心，他仍会有孤独中的幸福，如雪莱所说，当他的爱心在不理解他的人群中无可寄托时，便会投向花朵、小草、河流和天空，并因此而感受到心灵的愉悦。可是，倘若一个人没有爱心，则无论他表面上的生活多么热闹，幸福的源泉已经枯竭，他那颗冷漠的心是决不可能真正快乐的。

一个只想被人爱而没有爱人之心的人，其实根本不懂得什么是爱。他真正在乎的也不是被爱，而是占有。爱心是与占有欲正相反的东西。爱本质上是一种给予，而爱的幸福就在这给予之中。许多贤哲都指出，给予比得到更幸福。一个明显的证据是亲子之爱，有爱心的父母在照料和抚育孩子的过程中便感受到了极大的满足。在爱情中，也是当你体会到你给你所爱的人带来了幸福之时，你自己才感到最幸福。

对于个人来说，最可悲的事情不是在被爱方面受挫，例如失恋、朋友反目等，而是爱心的丧失，从而失去了感受和创造幸福的能力。对于一个社会来说，爱心的普遍丧失则是可怕的，它的确会使世界变得冷如冰窟，荒凉如沙漠。在这样的环境中，善良的人们不免寒心，但我希望他们不要因此也趋于冷漠，而是要在学会保护自己的同时，仍保有一颗爱心。应该相信，世上善良的人总是多数，爱心必能唤起爱心。不论个人还是社会，只要爱心犹存，就有希望。

爱的反义词不是孤独，也不是恨，而是冷漠。孤独者和恨者都是会爱的，冷漠者却与爱完全无缘。如果说孤独是爱心的没有着落，恨是爱心的受挫，那么，冷漠就是爱心的死灭。无论对于个人来说，还是对于社会来说，真正可怕的是冷漠，它使个人失去生活的意义，使社会发生道德的危机。在我看来，当今社会最触目惊心的现象之一便是人心的冷漠。在一个太重功利的社会里，冷漠会像病毒一样传播，从而使有爱心的人更感到孤独，甚至感到愤恨。不过，让我们记住，我们不要由孤独和愤恨也堕入冷漠，保护爱心、拒绝冷漠乃是我们对于自己的灵魂的一份责任，也是我们对于社会的一份责任。

凡正常人，都兼有疼人和被人疼两种需要。在相爱者之间，如果这两种需要不能同时在对方身上获得满足，便潜伏着危机。那惯常被疼的一方最好不要以为，你遇到了一个只想疼人而不想被人疼的纯粹父亲型的男人或纯粹母亲型的女人。在这茫茫宇宙间，有谁不是想要人疼的孤儿？

多么纯粹和热烈的爱，只要是人间的真实的爱，就必然具有人间性，沾染了人间的烟火味。如果罗密欧与朱丽叶真能喜结良缘，日久相伴，两人一定也会发生或大或小的摩擦。我们都生活在现象之中，都只能通过现象来体悟本质，没有人直接生活在爱的本质之中。如果有谁把自己的生活当爱的本质展示给人们看，不用说，那肯定是在作秀，而且做得很不高明。

男人眼中的女人

1

女人是男人的永恒话题。

男人不论雅俗智愚，聚在一起谈得投机时，话题往往落到女人身上。由谈不谈女人，大致可以判断出聚谈者的亲密程度。男人很少谈男人。女人谈女人却不少于谈男人，当然，她们更投机的话题是时装。

有两种男人最爱谈女人：女性蔑视者和女性崇拜者。两者的共同点是欲望强烈。历来关于女人的最精彩的话都是从他们口中说出的。那种对女性持公允折中立场的人说不出什么精彩的话，女人也不爱听，她们很容易听出公允折中背后的欲望乏弱。

2

古希腊名妓弗里妮被控犯有不敬神之罪，审判时，律师解开她的内衣，法官们看见她的美丽的胸脯，便宣告她无罪。

这个著名的例子只能证明希腊人爱美，不能证明他们爱女人。

相反，希腊人往往把女人视为灾祸。在《荷马史诗》中，海伦私奔导致了长达十年的特洛伊战争。按照赫西俄德的神话故事，宙斯把女人潘多拉赐给男人乃是为了惩罪和降灾。阿耳戈的英雄伊阿宋祈愿人类有别的方法生育，使男人得以摆脱女人的祸害。爱非斯诗人希波纳克斯在一首诗里刻毒地写道：女人只能带给男人两天快活，“第一天是娶她时，第二天是葬她时”。

倘若希腊男人不是对女人充满了欲望，并且惊恐于这欲望，女人如何成为灾祸呢?

不过，希腊男人能为女人拿起武器，也能为女人放下武器。在阿里斯托芬的一个剧本中，雅典女人讨厌丈夫们与斯巴达人战火不断，一致拒绝同房，并且说服斯巴达女人照办，结果奇迹般地平息了战争。

我们的老祖宗也把女人说成是祸水，区别在于，女人使希腊人亢奋，大动干戈，却使我们的殷纣王、唐明皇们萎靡，国破家亡。其中的缘由，想必不该是女人素质不同吧。

3

孔子说：“唯女子与小人为难养也，近之则不孙，远之则怨。”

这话对女人不公平。“近之则不孙”几乎是人际关系的一个规律，太近了，没有距离，谁都会被惯成或逼成小人，彼此不逊起来，不独女人如此。所以，两性交往，不论是恋爱、结婚还是某种亲密的友谊，都以保持适当距离为好。

君子远小人是容易的，要怨就让他去怨。男人远女人就难了，孔子心里明白：“吾未见好德如好色者也。”既不能近之，又不能远之，男人的处境何其尴尬。那么，孔子的话是否反映了男人的尴尬，却归罪于女人？

“为什么女人和小人难对付？女人受感情支配，小人受利益支配，都不守游戏规则。”一个肯反省的女人对我如是说。大度之言，不可埋没，录此备考。

4

女性蔑视者只把女人当作欲望的对象。他们或者如叔本华，终身不恋爱不结婚，但光顾妓院，或者如拜伦、莫泊桑，一生中风流韵事不断，但决不真正堕入情网。

叔本华说："女性的美只存在于男人的性欲冲动之中。"他要男人不被性欲蒙蔽，能禁欲就更好。

拜伦简直是一副帝王派头："我喜欢土耳其对女人的做法：拍一下手，'把她们带进来！'又拍一下手，'把她们带出去！'"女人只为供他泄欲而存在。

女人好像不在乎男人蔑视她，否则拜伦、莫泊桑身边就不会美女如云了。虚荣心（或曰纯洁的心灵）使她仰慕男人的成功（或曰才华），本能又使她期待男人性欲的旺盛。一个好色的才子使她获得双重的满足，于是对她就有了双重的吸引力。

但好色者未必蔑视女性。有一个意大利登徒子如此说："女人是一本书，她们时常有一张引人的扉页。但是，如果你想享受，必须揭开来仔细读下去。"他对赐他以享受的女人至少怀着欣赏和感激之情。

女性蔑视者往往是悲观主义者，他的肉体和灵魂是分裂的，肉体需要女人，灵魂却已离弃尘世，无家可归。由于他只带着肉体去女人那里，所以在女人那里也只看到肉体。对于他，女人是供他的肉体堕落的地狱。女性崇拜者则是理想主义者，他透过升华的欲望看女人，在女人身上找到了尘世的天国。对于一般男人来说，女人就是尘世和家园。凡不爱女人的男人，必定也不爱人生，只用色情眼光看女人，近于无耻。但身为男人，看女人的眼光就不可能完全不含色情。我想不出在滤尽色情的中性男人眼里,女人该是什么样子。

5

“你去女人那里吗？别忘了你的鞭子！”——《查拉图斯特拉如是说》中的这句恶毒的话，使尼采成了有史以来最臭名昭著的女性蔑视者，世世代代的女人都不能原谅他。

然而，在该书的“老妇与少妇”一节里，这句话并非出自代表尼采的查拉图斯特拉之口，而是出自一个老妇之口，这老妇如此向查氏传授对付少妇的诀窍。

是衰老者嫉妒青春，还是过来人的经验之谈？

这句话的含义是清楚的：女人贱。在同一节里，尼采确实又说：“男人骨子里坏，女人骨子里贱。”但所谓坏，是想要女人，所谓贱，是想被男人要，似也符合事实。

尼采自己到女人那里去时，带的不是鞭子，而是“致命的羞怯”，乃至于谈不成恋爱，只好独身。

代表尼采的查拉图斯特拉是如何谈女人的呢？

“当女人爱时，男人当知畏惧：因为这时她牺牲一切，别的一切她都认为毫无价值。”

尼采知道女人爱得热烈和认真。

“女人心中的一切都是一个谜，谜底叫作怀孕。男人对于女人是一种手段，目的总在孩子。”

尼采知道母性是女人最深的天性。

他还说：真正的男人是战士和孩子，作为战士，他渴求冒险；作为孩子，他渴求游戏。因此他喜欢女人，犹如喜欢一种“最危险的玩物”。

把女人当作玩物，不是十足的蔑视吗？可是，尼采显然不是只指肉欲，更多是指与女人恋爱的精神乐趣，男人从中获得了冒险欲和游戏欲的双重满足。

人们常把叔本华和尼采并列为蔑视女人的典型。其实，和叔本华相比，尼采是更懂得女人的。如果说他也蔑视女人，他在蔑视中仍带着爱慕和向往。叔本华根本不可能恋爱，尼采能，可惜的是运气不好。

6

有一回，几个朋友在一起谈女人，托尔斯泰静听良久，突然说：“等我一只脚踏进坟墓时，再说出关于女人的真话。”说完立即跳到棺材里，砰一声把盖碰上，“来捉我吧！”据在场的高尔基说，当时他的眼光又调皮，又可怕，使大家沉默了好一会儿。

还有一回，有个德国人编一本名家谈婚姻的书，向萧伯纳约稿，萧回信说：“凡人在其太太未死时，没有能老实说出他对婚姻的意见的。”这是俏皮话，但俏皮中有真实，包括萧伯纳本人的真实。

一个要自己临终前说，一个要太太去世后说，可见说出的绝不是什么好话了。

不过，其间又有区别。自己临终前说，说出的多半是得罪一切女性的冒天下大不韪之言。太太去世后说，说出的必定是不利于太太的非礼的话了。有趣的是，托尔斯泰年轻时极放荡，一个放荡男人不能让天下女子知道他对女人的真实想法；萧伯纳一生恪守规矩，一个规矩丈夫不能让太太知道他对婚姻的老实意见。那么，一个男人要对女性保有美好的感想，他的生活是否应该在放荡与规矩之间，不能太放荡，也不该太规矩呢？

7

亚里士多德把女性定义为残缺不全的性别，这个谬见流传甚久，但在生理学发展的近代，是愈来愈不能成立了。近代的女性蔑视者便转而断言女人在精神上发育不全，只停留在感性阶段，未上升到理性阶段，所以显得幼稚、浅薄、愚蠢。叔本华不必提了，连济慈这位英年早逝的诗人也不屑地说：“我觉得女人都像小孩，我宁愿给她们每人一颗糖果，也不愿把时间花在她们身上。”然而，正是同样的特质，却被另一些男人视为珍宝。如席勒所说，女人最大的魅力就在于天性纯正。一个女人愈是赋有活泼的直觉，未受污染的感性，就愈具女性智慧的魅力。

理性绝非衡量智慧的唯一尺度，依我看也不是最高尺度。叔本华引沙弗茨伯利的话说：“女人仅为男性的弱点和愚蠢而存在，却和男人的理性毫无关系。”照他们的意思，莫非要女人也具备发达的逻辑思维，可以来和男人讨论复杂的哲学问题，才算得上聪明？我可没有这么蠢！真遇见这样热衷于抽象推理的女人，我是要躲开的。我同意瓦莱里定的标准：“聪明女子是这样一种女性，和她在一起时，你想要多蠢就可以多蠢。”我去女人那里，是为了让自己的理性休息，可以随心所欲地蠢一下，放心从她的感性获得享受和启发。一个不能使男人感到轻松的女人，即使她是聪明的，至少她做得很蠢。

女人比男人更属于大地。一个男人若终身未受女人熏陶，他的灵魂便是一个飘荡天外的孤魂。惠特曼很懂得这个道理，所以他对女人说：“你们是肉体的大门，你们也是灵魂的大门。”当然，这大门是通向人间而不是通向虚无缥缈的天国的。

8

男人常常责备女人虚荣。女人的确虚荣，她爱打扮，讲排场，喜欢当沙龙女主人。叔本华为此瞧不起女人。他承认男人也有男人的虚荣，不过，在他看来，女人是低级虚荣，只注重美貌、虚饰、浮华等物质方面，男人是高级虚荣，倾心于知识、才华、勇气等精神方面。反正是男优女劣。

同一个现象，到了英国作家托马斯·萨斯笔下，却是替女人叫屈了：“男人们多么讨厌妻子购买衣服和零星饰物时的长久等待；而女人们又多么讨厌丈夫购买名声和荣誉时的无尽等待——这种等待往往耗费了她们大半生的光阴！”

男人和女人，各有各的虚荣。世上也有一心想出名的女人，许多男人也很关心自己的外表。不过，一般而论，男人更渴望名声，炫耀权力，女人更追求美貌，炫耀服饰，似乎正应了叔本华的话，其间有精神和物质的高下之分。但是，换个角度看，这岂不恰好表明女人的虚荣仅是表面的，男人的虚荣却是实质性的？女人的虚荣不过是一条裙子、一个发型、一场舞会，她对待整个人生并不虚荣，在家庭、儿女、婚丧等大事上抱着相当实际的态度。男人虚荣起来可不得了，他要征服世界，扬名四海，流芳百世，为此不惜牺牲掉一生的好光阴。

当然，男人和女人的虚荣又不是彼此孤立的，他们实际上在互相鼓励。男人以娶美女为荣，女人以嫁名流为荣，各自的虚荣助长了对方的虚荣。如果没有异性的目光注视着，女人们就不会这么醉心于时装，男人们追求名声的劲头也要大减了。

虚荣难免，有一点无妨，还可以给人生增添色彩，但要适可而止。

为了让一个心爱的女人高兴，我将努力去争取成功。然而，假如我失败了，或者我看穿了名声的虚妄而自甘淡泊，她仍然理解我，她在我眼中就更加可敬了。男人和女人之间，毕竟有比名声或美貌更本质更长久的东西存在着。

9

莎士比亚借哈姆雷特之口叹道：“软弱，你的名字是女人！”他是指女人经不住诱惑。女人误解了这话，每每顾影自怜起来，越发觉得自己弱不禁风、不堪一击。可是，我们看到女人在多数场合比男人更能适应环境，更经得住灾难的打击。与其说女人比男人刚强，毋宁说，女人柔弱，但柔者有韧性，男人刚强，但刚者易摧折。大自然是公正的，不叫某一性别占尽风流，它又是巧妙的，处处让男女两性互补。

在男人眼里，女人的一点儿软弱时常显得楚楚动人。有人说俏皮话：“当女人的美眸被泪水蒙住时，看不清楚的是男人。”一个女人向伏尔泰透露同性的秘密：“女人在用软弱武装自己时最强大。”但是，不能说女人的软弱都是装出来的，她不过是巧妙地利用了自己固有的软弱罢了。女人的软弱，说到底，就是渴望有人爱她，她比男人更不能忍受孤独。对于这一点儿软弱，男人倒是乐意成全。但是，超乎此，软弱到不肯自立的地步，多数男人是要逃跑的。

如果说男人喜欢女人弱中有强，那么，女人则喜欢男人强中有弱。女人本能地受强有力的男子吸引，但她并不希望这男子在她面前永远强有力。一个窝囊废的软弱是可厌的，一个男子汉的软弱却是可爱的。正像罗曼·罗兰所说："在女人眼里，男人的力遭摧折是特别令人感动的。"她最骄傲的事情是亲手包扎她所崇拜的英雄的伤口，亲自抚慰她所爱的强者的弱点。这时候，不但她的虚荣和软弱，而且她的优点——她的母性本能，也得到了满足。母性是女人天性中最坚忍的力量，这种力量一旦被唤醒，世上就没有她承受不了的苦难。

一个人的爱情经历并不限于与某一个或某几个特定异性之间的恩恩怨怨，也包括对整个异性世界的总体感受。

爱情是一条流动的河

“一个人只要领略过爱情的纯真喜悦，不论他在精神和智力生活中得到过多么巨大的乐趣，恐怕他都会将自己的爱情经历看作一生旅程中最为璀璨耀眼的一个点。”这段话不是出自某个诗人之手，而是引自马尔萨斯的经济学名著《人口论》。一位经济学家在自己的主要著作中竟为爱情唱起了赞歌，这使我倍觉有趣。

可是，我仍然要提出一个异议：爱情经历仅是一个人一生旅程中的一个点吗？它真的那么确定，那么短促？

这个问题换一种表达便是：当我们回顾自己的爱情经历时，我们有什么理由断定哪一次或哪一段是真正的爱情，从而把其余的排除在外？

毫无疑问，热恋的经历是令人格外难忘的。然而，热恋往往难于持久，其结局或者是猝然中止，两人含怨分手，或者是逐渐降温，转变为婚姻中的亲情或婚姻外的友情。在现实生活中，这种情况造成了许多困惑。一些人因为热恋关系的破裂而怀疑曾经有的热恋是真正的爱情，贬之为一场误会，就像一首元曲中形容的那样彼此翻脸，讨回情书“都扯作纸条儿”。另一些人则因为浪漫激情的消失而否认爱情在婚姻中继续存在的可能性，其极端者如法国作家杜拉斯所断言，夫妻之间最真实的东西只能是背叛。

究竟什么是真正的爱情？如果它是指既不会破裂也不会降温——永久的热恋，那么，世上究竟有没有真正的爱情？如果没有，那么，我们是否应该重新来给它定义？正是这一系列疑问促使我越来越坚定地主张：在给爱情划界时要宽容一些，以便为人生中种种美好的遭遇保留怀念的权利。

在最宽泛的意义上，爱情就是两性之间的相悦，是在与异性的交往中感受到的身心的愉快，是因为异性世界的存在而感觉世界之美好的心情。一个人的爱情经历并不限于与某一个或某几个特定异性之间的恩恩怨怨，也包括对整个异性世界的总体感受。热恋是爱情。婚姻的和谐是爱情。一切与异性之间的美好交往，包括短暂的邂逅，持久而默契的友谊，乃至毫无结果的单相思，留在记忆中的深情一瞥，在这最宽泛的意义上都可以包容到一个人的爱情经历之中。

爱情不是人生中一个凝固的点，而是一条流动的河。这条河中也许有壮观的激流，但也必然会有平缓流程，也许有明显的主航道，但也可能会有支流和暗流。除此之外，天上的云彩和两岸的景物也会在河面上映出倒影，晚来的风雨会在河面上吹起涟漪，打起浪花。但我们承认，所有这一切都是这条河的组成部分，共同造就了我们生命中的美丽和爱情风景。

婚姻中没有天堂

好的婚姻是人间，坏的婚姻是地狱，别想到婚姻中寻找天堂。

人终究是要生活在人间的，而人间也自有人间的乐趣，为天堂所不具有。

恋爱时闭着的眼睛，结婚使它睁开了。恋爱时披着的服饰，结婚把它脱掉了。她和他惊讶了：“原来你是这样的？”接着气愤了：“原来你是这样的！”而事实上的他和她，诚然比从前想象的差些，却要比现在发现的好些。

结婚是一个信号，表明两个人如胶似漆仿佛融成了一体的热恋有它的极限，然后就要降温，适当拉开距离，重新成为两个独立的人，携起手来走人生的路。然而，人们往往误解了这个信号，反而以为结了婚更是一体了，结果纠纷不断。

人真是什么都能习惯，甚至能习惯和一个与自己完全不同的人生活一辈子。

习惯真是有一种不可思议的力量，甚至能使夫妇两人的面容也渐渐变得相似。

正像恋爱能激发灵感一样，婚姻会磨损才智。家庭幸福是一种动物式的满足状态。要求两个人天天生活在一起，既融洽相处，又保持独特，未免太苛求了。

在婚姻这部人间乐曲中，小争吵乃是必有的音符，倘若没有，我们就要赞叹它是天上的仙曲了，或者就要怀疑它是否已经临近曲终人散了。

在多数情况下，婚姻生活是恩爱和争吵的交替，因比例不同而分为幸福与不幸。恩爱将孤独催眠，争吵又将孤独击昏，两者之间的间歇何其短暂，孤独来不及苏醒。

婚姻的后果之一是失去孤独的心境。至于是幸还是不幸，全看你内心是否有孤独的需要。

婚姻有一个最大的弊病，就是对独处造成威胁。对于一个珍爱心灵生活的人来说，独处无疑是一种神圣的需要。不过，如果双方都能够领会此种需要，并且做出适当的安排，我相信是可以把婚姻对独处的威胁降低到最小限度的。

婚姻中的一个原则：不要企图改变对方。

两口子争吵，多半是因为性格的差异，比如你性子急，我性子慢，你细心，我粗心，诸如此类。吵多了，便会有怨恨，责备对方总也改不了。可是，人的性格是难变的，只能互相适应，民间的智慧称作磨合。仔细分析，比起性格差异来，要对方改变的企图是争吵的更重要原因。如果承认差异，在此基础上各方调整自己的态度，许多争吵都可以平息。

在夫妻吵架中没有胜利者，结局不是握手言和，就是两败俱伤。

把自己当作人质，通过折磨自己使对方屈服，是夫妇之间争吵经常使用的喜剧性手段。一旦这手段失灵，悲剧就要拉开帷幕了。

“看来，要使丈夫品行端正，必须家有悍妻才行。”

“那只会使丈夫在别的坏品行之外，再加上一个坏品行：撒谎。”

“我们两人都变傻了。”

“这是我们婚姻美满的可靠标志。”

婚姻如何能长久

忽然想到，朋友中或熟人中一些当初堪称模范的婚姻，现在几乎硕果无存了。我不由得为之唏嘘，恍然觉得普天下的婚姻都处在风雨飘摇之中。婚姻如何能长久，实在是令现代人大伤脑筋的难题。当然，长久也不是什么了不起的成就。可是，长久终究是婚姻的题中应有之义。如果只是浪漫一场，不想长久，就完全没有必要结婚。结婚意味着两人不但相爱，而且决心天长地久地相爱下去，永不分离。在这意义上，婚姻就不只是一纸法律证书，更是一个神圣的誓约。

可惜的是，多么神圣的誓约也仅是愿望的表达，却并不具有保证愿望实现的力量。据我观察，越是因热烈相爱而结婚的伴侣，就越容易轻信誓约，而这就隐藏着危险。一些质量较高的婚姻之所以终于破裂，原因是多方面的，其中之一恰恰是双方对于彼此感情的牢不可破过于自信。在性情不同的人身上，这种过于自信有不同的表现方式。

有一种夫妇，他们相信他们相爱到了这种程度，以至于在全部异性世界里，对方眼中都只有自己，不可能对任何别的异性发生好感。在这一信念支配下，各人都自觉或不自觉地克制自己对别的异性的兴趣，并且不允许对方表现出这种兴趣，争相互示忠诚并且引以自豪。这种太封闭的结构至少会造成两个恶果。一是由于缺少新鲜的刺激和活泼的交流，使得他们的感情生活趋于僵化和枯竭；二是丧失了对于诱惑的免疫力和对于事件的承受力，外来的轻轻一击就会使绷紧的弦断裂。

还有一种夫妇，同样非常自信，但思路恰好相反。他们相信他们的爱情坚固到了这般地步，以至于无论各人与别的异性发生怎样的交往，包括有限度的婚外恋，包括上床，都不会使他们的爱情发生实质性的动摇。他们在观念上和行为上都是富有现代性的人，愿意试验一种开放的婚姻形式，在婚姻中仍然享有充分的性自由。然而，事实证明，这类试验最后往往都以婚姻的破裂告终。

看来，太封闭和太开放都不利于婚姻的维护。要使婚姻长久，就应该在忠诚与自由、限制与开放之间寻找一种适当的关系。难就难在把握好这个度，我相信它是因人而异的，不存在一个统一的尺度。

总的原则是亲密而有距离，开放而有节制。最好的状态是双方都以信任之心不限制对方的自由，同时又都以珍惜之心不滥用自己的自由。归根结底，婚姻是两个自由个体之间的自愿联盟，唯有在自由的基础上才能达到高质量的稳定和有创造力的长久。

宽容偶然的出轨行为

即使防微杜渐是可能的，我们也没有这个权利。如果为了“杜渐”而“防微”，禁绝一切婚外恋情的苗头，那就只好遵循男女授受不亲的古训了。当然，对“微”宽容而不防，就有开“渐”之危险，但这种危险乃是人类情感生活的题中应有之义，试图杜绝这种危险就意味着窒息情感生活。

有人问：如何能克服一般婚姻带来的审美疲劳？我觉得没有什么好办法。不过，无止境的浪漫会产生另一种审美疲劳，频繁地更换性伴侣也会丧失性经验的新鲜感。也许最好是不变中略有变化，如同有节假日一样，双方都有出去自由一下的时候。但是，这个办法需要双方有很高的承受力和修养，也有很大的风险，所以一般不宜采用。

人们常说，牢固的婚姻以互相信任为前提。这当然不错，但还不够，必须再加上互相宽容。

在两人相爱的情形下，各人仍然可能和别的异性发生瓜葛，这是一个可在理论上证明并在经验中证实的确凿事实。然而，由于不宽容，本来也许还可以延续的爱情和婚姻就毁于一旦了。

所以，我主张：相爱者在最基本的方面互相信任，即信任彼此的爱，同时在比较次要的方面互相宽容，包括宽容对方偶然的出轨行为。唯有如此，才能保证婚姻的稳固，避免不该发生的破裂。

如果你的爱人偶然出轨了，我的建议是，倘若你对于你们的爱情仍怀有基本的信心，就最好本着对人性的理解予以原谅。要知道，那种绝对符合定义的完美的爱情只存在于童话中，现实生活中的爱情不免有这样或那样的遗憾，但这正是活生生的男人和女人之间的活生生的爱情。

当然，万事都有一个限度，如果出轨成为常规，再宽容的人也无法相信爱情的真实存在了，或者有理由怀疑这个风流成性的哥儿姐儿是否具备做伴侣的能力了。

都市生活与爱情

为一个年轻女孩写的都市爱情小说作序，我肯定不是合适的人选。可是，在那间幽雅的小客厅里，当这个安静的女孩那样信任地把她的绘画和散文作品一一拿给我看，并且告诉我，她从上大学开始就喜欢我的文字，那时我已经明白，我不能拒绝她的这个小小的要求。

应该承认，虽然我身居都市，但我对于都市生活是相当陌生的。我尤其不熟悉都市里70年代出生的这一代人，不熟悉他们那种嚼口香糖、听流行音乐、打保龄球、泡酒吧的生活方式，而《北京的独身男人》这部小说正是在这样的背景下展开的。不过，小说的内涵是古老而常新的爱情主题，我不能说对此毫不了解。读完整部小说，我的印象是，陈薇通过这部小说在探索一个她认为非常重要并且多少有些令她苦恼的问题，即在现代都市生活条件下真正的爱情是否可能。我也认为这个问题非常重要，正是这一思想内涵使得这部作品不同于通常的纯情小说。

故事的主人公可以说是一个纯情女孩，作者在她身上寄托了自己的爱情理想，即要寻找那样一个唯一的爱人，他在所有的轮回转世中都将与自己相伴。但是，与此同时，作者又清醒地看到，都市生活对于这一爱情理想构成了严重的威胁。一方面，在普遍的金钱和物欲躁动中，一个年轻女性不可能完全不受诱惑。“她总是被两种力量控制着：一边是绵绵无尽的爱，另一边是滚滚而来的都市生活。”另一方面，喧嚣的商业化浪潮使得一切古老的价值包括爱情价值分崩离析，“看看周围的人吧，谁还会在乎什么”。在两性关系中，人们抱着谁也别认真的态度，成熟的男女直奔主题，婚外恋和家庭两不误的“后现代”模式盛行，到处都在上演没有爱情的爱情故事，“有迪厅有鲜花有微笑，却唯独没有真爱”。如果说，在过去的专制时代，我们曾经被爱情遗忘，那么，在现在的商业社会，则是我们遗忘了爱情。

可以想见，在这样一种环境中，寻求真爱的道路该是怎样地曲折了。因此，作品中女主人公的爱情故事终于没有任何实际结果，另两位年轻女性的寻爱经历也均告失败，应该说不是偶然的，这样的安排反映了作者本人的困惑。我相信，这同时也是许多年轻的都市女性的困惑。但是，作者的价值立场仍是坚定的。愈是在普遍的浮躁和冷漠中，真爱就愈见其可贵，唯有真爱才能给人以踏实的生命之感。作品中一位女性曾有同性恋的经历，女主人公对此的态度由反感而变为理解，作者借此揭示了一个朴实而伟大的真理：“任何人任何事，只要真爱都令人感动。”

当然，问题仍然存在，真爱的可贵并不能消除这样一个事实：面对无情的世俗，真爱往往得不到回报，反给自己造成痛苦。在现实生活中，这个问题非常严峻地摆在每一个崇尚真爱的人面前。真爱不求回报，甘愿自食苦果，甚至甘冒受骗的危险，这是一种可供选择的态度。作品中的一个人物便是如此，她说得有理：“老是怕受骗，就永远得不到爱。”不过，作者好像并不满意这种解决的方式。她的主人公采取了另一种方式，用作者的话说，就是“以实用主义来确保理想主义”。从主人公的行为看，这大致上是指在追求真爱的同时，不放弃一种比较实际的态度，注意保护自己，给自己留一条退路。据我看，这两种方式都各有其道理，真爱就是不设防，但不设防并不是孤注一掷。我甚至觉得，哪怕有情人终成眷属，那陪伴着轮回转世的爱人也永在互相的寻找之中，在互相的寻找之中方有永恒的爱情。

所以，最后我要再说一遍，陈薇的这部小说不只是一部纯情型小说，更是一部思索型小说，她从一个年轻的都市女性的视角出发探讨了都市生活中的爱情问题，这个问题也在困惑着我们，是值得我们一起来思考的。

爱情本身拥有一种盲目的力量，会使人不顾一切地追求心目中的偶像。

异性之间能有纯粹的友谊吗？

男女之间是否可能有真正的友谊？这是在实际生活中常常遇到、常常引起争论的一个难题。即使在最封闭的社会里，一个人恋爱了，或者结了婚，仍然不免与别的异性接触和可能发生好感。这里不说泛爱者和爱情转移者，一般而论，一种排除情欲的澄明的友谊是否可能呢？

在《人生五大问题》中，莫洛亚对这个问题的讨论是饶有趣味的。他列举了三种异性之间友谊的情形：一方单恋而另一方容忍；一方或双方是过了恋爱年龄的老人；旧日的恋人转变为友人。分析下来，其中每一种都不可能完全排除性吸引的因素。道德家们往往攻击这种“杂有爱的成分的友谊”，莫洛亚的回答是：即使有性的因素起作用，又有什么要紧呢！“既然身为男子与女子，若在生活中忘记了肉体的作用，始终是件疯狂的行为。”

异性之间的友谊即使不能排除性的吸引，它仍然可以是一种真正的友谊。蒙田曾经设想，男女之间最美满的结合方式不是婚姻，而是一种肉体得以分享的精神友谊。拜伦在谈到异性友谊时也赞美说：“毫无疑义，性的神秘力量在其中也如同在血缘关系中占据着一种天真无邪的优越地位，把这谐音调弄到一种更微妙的境界。如果能摆脱一切友谊所防止的那种热情，又充分明白自己的真实情感，世间就没有什么能比得上做女人的朋友了，如果你过去不曾做过情人，将来也不愿做了。”在天才的生涯中起重要作用的女性未必是妻子或情人，有不少倒是天才的精神挚友，只要想一想贝蒂娜与歌德、贝多芬，梅森葆夫人与瓦格纳、尼采、赫尔岑、罗曼·罗兰，莎乐美与尼采、里尔克、弗洛伊德，梅克夫人与柴可夫斯基，就足够了。当然，性的神秘力量在其中起着的作用也是不言而喻的。区别只在于，这种力量因客观情境或主观努力而被限制在一个有益无害的地位，既可为异性友谊罩上一种为同性友谊所未有的温馨情趣，又不致像爱情那样激起一种疯狂的占有欲。

在男女之间，凡亲密的友谊都难免包含性吸引的因素，但未必是性关系，更多是一种内心感受。交异性朋友与交同性朋友，倘若两者的内心感受是一样的，这个人一定出了毛病。

作为一个通晓人性的智者，蒙田曾经设想，男女之间最美满的结合方式不是婚姻，而是一种肉体得以分享的精神友谊。倘若有人问：这种肉体得以分享的精神友谊究竟是什么东西——是爱情，准爱情，抑或仍是友谊？我来替蒙田回答吧：智者不在乎定义。

两性之间的情感或超过友谊，或低于友谊，所以异性友谊是困难的。在这里正好用得上“过犹不及”这句成语——“过”是自然倾向，“不及”是必然结果。

爱 还 是 被 爱 ?

桌上放着一封某杂志社转来的读者来信，信中提出了一个难题：在做婚姻的抉择时，究竟应该选择自己所爱的人，还是爱自己的人？换句话说，为了婚姻的幸福，爱和被爱何者更为重要？

对于这个问题，我可以不假思索地给出一个肯定正确无误的答复：爱和被爱同样重要，两者都是幸福婚姻的必不可少的条件。无论是和自己不爱的人结合，还是和不爱自己的人结合，都不可能真正感到幸福。

然而，这个正确的答复过于抽象，并不能切中具体的生活情境。事实上，一个人如果遇到了自己深爱同时也深爱自己的人，就不存在所谓抉择的问题了。难题的提出恰恰是因为没有遇到这样的理想对象，于是不得已退而求其次，只好在不甚理想的对象中间进行选择。鉴于现实中理想爱情的稀少，面临类似选择的情境差不多是生活的常态，所以这个问题有权得到认真的对待。

可是，当我试图认真思考这个问题时，我发现我完全没有能力给出一个答案。男女之间的情感纠缠，波诡云谲，气象万千，当局者固然迷，旁观者又何尝清？我至多只能说，如果你不得已退而求其次，你的退步也要适可而止。设有某君，你极爱他，但他完全不爱你，此君可以免谈。或者相反，他极爱你，但你完全不爱他，此君也可免谈。总之，如果一方完全无意，就决不可勉强，因为即使勉强成事，结果可以预料是很悲惨的。不过，如果一方真的完全无意，其实也就不存在选择的问题了。纠缠的发生，选择的必要，往往是因为一方相当有意，另一方却在有意无意之间。也就是说，一方很爱另一方，而另一方则仅仅是比较喜欢这一方，所以仍能维持着一种纠缠的格局（别有所图者不在此论）。让我尝试着分析一下这种情况。

爱情受理想原则支配，婚姻受现实原则支配。爱情本身拥有一种盲目的力量，会使人不顾一切地追求心目中的偶像。所以，当一个人考虑是否要与不太爱自己的或自己不太爱的人结婚时，她（他）已经在受现实原则支配了。理想原则追求的是幸福（事实上未必能追求到），现实原则要求避免可预见的不幸（结果往往也就不会太不幸）。可以用两个标准来衡量婚姻的质量，一是它的爱情基础，二是它的稳固程度。这两个因素之间未必有因果关系，所谓“痴偶难久”，热烈的爱情自有其脆弱的方面，而婚姻的稳固往往更多地取决于一些实际因素。两者俱佳，当然是美满姻缘。然而，如果其中之一甚强而另一稍弱，也就算得上是成功的婚姻了。以此而论，双方中只有一方深爱而另一方仅是喜欢，但在婚姻的稳固性方面条件有利，例如双方性格能够协调或互补，则此种结合仍可能有良好前景，而在长久婚姻生活中生长起来的亲情也将弥补爱情上的先天不足。当然，双方爱情的不平衡本身是一个不利于稳固性的因素，而其不利的程度取决于不平衡的程度和当事人的禀性。感情差距悬殊，当然不宜结合。在差距并不悬殊的情况下，如果爱得热烈的那一方嫉妒心强，非常在乎被爱，或者不太投入的那一方生性浪漫，渴望轰轰烈烈爱一场，则也都不宜结合，因为明摆着迟早会发生不可调和的冲突。所以，在选择一个你很爱但不太爱你的人时，你当自问，你是否足够大度，或对方是否足够安分。在选择一个很爱你但你不太爱的人时，你当自问，你是否足够安分，或对方是否足够大度。如果答案是否定的，你当慎行。如果答案是肯定的，你就不妨一试。你这样做仍然是冒着风险的，可是，在任何情况下，包括在彼此因热烈相爱而结合的情况下，婚姻都不可能除去它所固有的冒险的成分。明白了这个道理，你就不会太苛求婚姻，那样反而更有希望使它获得成功了。

爱和被爱同是人的情感需要，悲剧在于两者常常发生错位，爱上了不爱己者，爱己者又非己所爱。人在爱时都太容易在乎被爱，视为权利，在被爱时又都太容易看轻被爱，受之当然。如果反过来，有爱心而不求回报，对被爱知珍惜却不计较，人就爱得有尊严、活得有气度了。说到底，人生在世，真正重要的事情是如何做人，与之相比，与谁一起过日子倒属于比较次要的事情。不过，这已经是题外话了。

爱的反义词

爱的反义词不是孤独。在我们的心灵深处，爱和孤独其实是同一种情感，它们如影随形，不可分离。愈是在我们感觉孤独之时，我们便愈是怀有强烈的爱之渴望。也许可以说，一个人对孤独的体验与他对爱的体验是成正比的，他的孤独的深度大致决定了他的爱的容量。反过来说也一样，人类思想史和艺术史上的那些伟大的灵魂，其深不可测的孤独岂不正是源自那博大无际的爱，这爱不是有限的人世事物所能满足的？孤独和爱是互为根源的，孤独无非是爱寻求接受而不可得，而爱也无非是对他人之孤独的发现和抚慰。在爱与孤独之间并不存在此长彼消的关系，现实的人间之爱不可能根除心灵对于孤独的体验，而且在我看来，我们也不应该对爱提出这样的要求，因为一旦没有了对孤独的体验，爱便失去了品格和动力。在两个不懂得品味孤独之美的人之间，爱必流于琐屑和平庸。

爱的反义词也不是恨。一个心中没有爱的人，他对什么都不在乎，也就不会恨什么。之所以爱憎分明，是因为有执着的爱，有鲜明的价值取向。在现实生活中，爱转化为恨的事例更是司空见惯，而这种转化之所以可能，就是因为两者原是同一种激情的不同形态。爱是关切，关切就会在乎，在乎就难免挑剔，于是生出了无穷的恩恩怨怨。当然，一般而言，那种容易陷入恩怨是非的爱的气象未免渺小，其中还混杂了太多的得失计较。大爱不求回报，了断浮世恩怨。然而，当大爱者的救世抱负受挫之时，大爱也会表现为像鲁迅那样“哀其不幸，怒其不争”的大恨。总之，一切人世的爱，都是不能割断与恨的联系的。

那么，爱的反义词是什么呢？哪一种情感状态与爱截然相反，是爱的毋庸置疑的对立面呢？回答只能是：冷漠。孤独者和恨者都是会爱的，冷漠者却与爱完全无缘。如果说孤独是爱心的没有着落，恨是爱心的受挫，那么，冷漠就是爱心的死灭。一个冷漠的人，他不但没有爱心，我们甚至可以说他没有心，没有灵魂。因为爱心原是灵魂的核心，灵魂借爱而活着、感受着、生长着，无爱的灵魂中没有了一切积极的情感，这样的灵魂已经名存实亡。无论对于个人来说，还是对于社会来说，真正可怕的是冷漠，它使个人失去生活的意义，使社会发生道德的危机。在我看来，当今社会最触目惊心的现象之一便是人心的冷漠。最近屡屡读到汽车司机肇事后把受害者处死然后逃逸的报道，处死的方式包括回车碾轧伤者、把伤者扔进污水沟、带着被卷入车下的伤者继续驰行，等等，无不令人发指。毫无疑问，这些罪犯对于受害者无仇无恨，他们仅仅是为了逃避对己的惩罚而不惜虐杀他人的生命，而这种惩罚本来只不过是使他们受短暂的牢狱之灾或一些财产损失而已，与一条生命的价值不可同日而语。这当然是冷漠的极端例子，然而，这类恶性事件的增多是有社会的基础的，暴露了社会上相当普遍的重利轻情、见利忘义的倾向。在一个太重功利的社会里，冷漠会像病毒一样传播，从而使有爱心的人更感到孤独，甚至感到愤恨。不过，让我们记住，我们不要由孤独和愤恨而堕入冷漠，保护爱心、拒绝冷漠乃是我们对于自己的灵魂的一份责任，也是我们对于社会的一份责任。

珍 惜 和 放 下

1. 珍惜和放下

人在世间的一切遭遇都是因缘。因缘，就是若干偶然的因素凑到了一起，使你遇上了这个人、这件事。你遇上了某个异性，结亲成家，生儿育女，这也是因缘。倘若琴瑟和谐，儿女姣好，那就是好因缘。好因缘不易得，你当珍惜。但是，是因缘就有变数，你心里同时要能够放下。对一切好因缘都应如此，遇上了，第一要珍惜，第二要能够放下，珍惜是因为它好，放下是因为它只是因缘。

2. 析缘

佛教讲缘，缘是一个微妙的概念。从哲学上分析，缘是偶然性与因果性的统一。它是偶然性，一切相遇，包括亲密的相遇，比如友谊、爱情、婚姻，乃至这一个新生命投胎到了你的家里，都是许多偶然因素的凑合。它又受因果性支配，冥冥之中，每个相遇都有着我们无法探知其究竟的前因后果。因果有深浅的不同，因此缘也有深浅的不同。这就可以解释，即使结成了友谊、爱情、婚姻、亲子的亲密关系，心灵契合的程度何以仍会有巨大的差异。我倾向于相信，人与人之间灵魂亲缘关系的有无和深浅也许是前定的。

3. 你的缘不在这里

苦苦的、无望的单恋，伤心的、绝望的失恋，诸如此类，你坚守在这里，如同一个牺牲坚守在祭台上。不，我要告诉你，你的缘不在这里，不要死心眼，天地广阔，你去别处寻找你的缘吧。

4. 多情和无情

我是多情的，入世很深，顾家，爱妻子和孩子，珍惜友情，渴望自己也被爱，有时陶醉，有时委屈，心在情中颠簸。我也是无情的，随时有出世的心情，和眼前的一切拉开距离，把人间情感视为身外之物，知道自己是虚无中的一个孤独的存在。

我的多情和无情并不打架。因为多情，我的无情包含了忧伤；因为无情，我的多情学会了宽容。

5. 让你的灵魂优秀

无论你的爱情是否美满，你都要记住你是一个独立的灵魂。倘若爱情美满，你的灵魂的优秀会使这美满的爱情具备很高的品质。倘若爱情不美满，你的灵魂的优秀会使你的整体生活仍然具备很高的品质。你无法确保你的爱情遭遇幸运，但你始终可以努力让你的灵魂优秀。

我一直主张，相爱的人要亲密有间，不要亲密无间。

亲密有间

我一直主张，相爱的人要亲密有间，不要亲密无间。即使结了婚，两个人之间仍应保持一个必要的距离。所谓必要的距离是指，各人仍应是独立的个人，并把对方作为独立的个人予以尊重。

一个简单的道理是，两个人无论多么相爱，仍然是两个不同的个体，不可能变成同一个人。另一个稍微复杂一点的道理是，即使可能，两个人变成一个人也是不可取的。我们常常发现，在比较和谐的结合中，由于长时间的耳鬓厮磨，互相熏陶，夫妻二人的思想方式和行为方式会日益趋同，甚至长相也会变得相像。这当然不一定是坏事，可以视为婚姻稳固的表征。不过，如果你的心灵足够敏感，你就会对这种情形产生一点儿警惕。个人的独特是一切高质量的结合的基础，差异的磨灭也许意味着某些重要价值在不知不觉中被损失掉了。

家庭生活本身具有一种把两个人捆绑在一起的自然趋势，因此，要保持那个必要的距离谈何容易。我能够想出的对策是，套用政治学的术语，在家庭中也划分出一个双方一致同意的私域。也就是说，在必须共同承担的家庭责任之外，各人都拥有一个属于自己的领域，在此领域中享有个人自由，彼此不予干涉。这个私域的范围，不外乎两个方面：一是个人的精神生活，例如独处、写私人日记、发展个人爱好；二是个人的社会交往，例如交共同朋友圈子之外的朋友，包括交异性朋友。当然，个人在私域中必须遵守一般规则，政治学的这个原理在这里也是适用的。所以，诸如养小蜜、包二奶之类的自由是不能允许的，因为它们违背了婚姻的一般规则。

我曾设想，如果条件许可，最好是夫妻二人各有自己的住宅，居住有分有合，在约定的分居时间里互不打扰。这个办法能够有效地保证各人的自由空间。听到我的这一设想，有人表示担忧：它会不会导致家庭关系的松散乃至解体？我当即申明，我的设想有一个前提，就是婚姻的爱情基础良好，并且双方均具备自律的自觉性。然而，尽管如此，我的确不能否认可能出现的危险。问题在于，在任何情形下，都不存在万无一失的办法以确保一个婚姻绝对安全。在一切办法中，捆绑肯定是最糟糕的一种，其结果只有两种可能：

或者是成全了一个缺乏生机的平庸的婚姻，或者是一方或双方不甘平庸而使婚姻终于破裂。

其实，爱侣之间用什么方式来保持必要的距离，分寸如何掌握，都是因人而异的，不存在一个普遍适用的方案。我想强调的仅是，一定要有这个保持距离的觉悟。从根本上说，这也就是互相尊重对方的独立人格的觉悟。唯有亲密有间，家庭才能既成为一个亲密生活的共同体，又成为一个个性自由发展的场所。我相信，这样的家庭是更加生机勃勃、更加令人心情舒畅的，因而在总体上也必然是更加稳固的。

婚姻反思录

1. 开场白

某君倡“宽松的婚姻”之高论，且身体力行之。他深信唯有立足于信任而非猜疑，借宽松而非禁锢，才能保证爱情在婚姻之中仍有自由发展的空间，令婚姻优质而且坚固。此论确乎行之有效，他和他的妻子的美满婚姻一时传为佳话。

忽一日，传来惊人的消息，据说他的婚姻宣告破裂，他和他的妻子已经友好分手。于是群起而攻之、嘲之、诘之，曰：事实胜于雄辩，“宽松”论业已破产矣!

某君答曰：你们拿得出一种必定成功的婚姻理论吗?

然而，长夜灯下独坐，某君仍不免暗自检讨自己的婚爱经历和观念，若有所悟。以下便是他的反思的记录。

2. 神圣的命名

在造出第一个人——亚当——之后，上帝所做的第一件事就是，把各种飞鸟走兽带到亚当面前，让他给它们命名。根据《旧约》的这一记载，命名便是人之为人的第一个行为，是人为自己加冕的神圣仪式，通过给世间万物命名，世界才成为人的世界。

所以，一个男人把一个女人叫作妻子，一个女人把一个男人叫作丈夫，这不仅仅是一个法律行为，而且是一个神圣行为，是在上帝面前的互相确认。唯有通过这个命名，她才成为他的“自己的女人”，他也才成为她的“自己的男人”。无此命名，不论他们如何相爱，终归不互相拥有。同样，他们的屋宇在他们互相命名为妻子和丈夫之前只是一个住处，唯有通过这个命名才成为“自己的家”。

不结婚而同居当然潇洒，但是，无其名必也无其实，至少缺少了那种今生今世共有一份命运的决心和休戚与共之感，那种走遍天涯海角仍然牵肠挂肚的惦念。

当然，有其名未必有其实。多少男女顶着夫妻的名义，却同床异梦，并不觉得找到了今生今世真正属于自己的女人或男人。也有曾经相爱甚笃的夫妻，一方做出了负心的事，使另一方发出痛楚的呼喊：“他（她）不是我的自己的男人（女人）了！”

结婚是神圣的命名。是否在教堂里举行婚礼，这并不重要。苍天之下，命名永是神圣的仪式。“妻子”的含义就是“自己的女人”，“丈夫”的含义就是“自己的男人”，对此命名当知敬畏。没有终身相爱的决心，不可妄称夫妻。有此决心，一旦结为夫妻，不可轻易伤害自己的女人和自己的男人，使这神圣的命名蒙羞。

3. 婚姻是难事

性遵循快乐原则，爱情遵循理想原则，婚姻遵循现实原则。这是三个不同的东西，彼此之间常常还发生着冲突。婚姻的困难在于，如何能在自身中把三者统一起来。

婚姻当然包含性，它是社会所公认的性满足的合法形式和主要方式。但是，作为一种纯粹的生理欲望，性欲本身又具有盲目性。不必是配偶，不必是情侣，两个健康男女之间的做爱都能给当事人带来快乐。而且，性的快乐常常取决于双方性的癖好和习性的协调，其协调的程度未必与爱情成正比，更未必与婚姻相一致。由于长年的重复，夫妇之间的性生活还可能因为缺少新奇的刺激而减少其兴味。因此，对于已婚者来说，婚外性关系始终是一种潜在的诱惑，并对婚姻构成潜在的威胁。

好的婚姻是爱情的结果，有情人结为眷属也表明了终身相爱的决心。但是，结婚意味着在一起过日子，而过日子总是很琐碎也很平凡的。把平凡的日子过得始终不乏浪漫的情趣，这并非不可能，但殊为不易。何况结婚不能也不该杜绝新的邂逅，移情别恋的可能是始终存在的。

看看周围，无爱的婚姻，性冷淡的夫妇，事实上都为数不少。许多婚姻之所以能够延续，只是基于现实利益的一种妥协或无奈。那么，婚姻、爱情、性三者的持久完满的统一不可能吗？我相信是可能的。其前提当然是，婚姻在爱和性和谐方面本来就有较好的质量。在此前提下，也许关键在于，如何怀着对这个好婚姻的珍惜之心，来克服一般婚姻都会产生的倦怠，在婚姻之中（而不是到婚姻之外）不断更新爱情的理想和性的快乐。到婚外寻找新的刺激当然简便得多，但是，世上的捷径往往只通向事物的表面，要达于核心就必须做出持久不懈的努力。在两性之间，发生肉体关系是容易的，发生爱情便很难，而最难的便是使一个好婚姻经受住岁月的考验。

4. 珍惜便是缘

人们常把有情人终成眷属说成有缘，一旦反目离异呢，便说是缘分已尽。缘的长短，最难预料。相爱者谁不自许已经从茫茫人海中找到了自己的“另一半”，从此永结百年之好了呢？可是，世事无常，风云变幻，多少终成眷属的有情人未曾料到，有朝一日他们之间会发生感情危机，甚至渡不过难关，只好挥泪诀别。

世上婚配，形形色色，真正基于爱情的结合并不太多，因而弥足珍贵。然而，偏偏愈是基于爱情的结合，比起那些以传统伦理和实际利益为基础的婚姻来，愈有其脆弱之处。所谓佳偶难久，人们眼中的天作之合往往不能白头偕老，这差不多是古老而常新的故事了。究其原因，也许是因为人的内在的感情要比外在的规范和利益更加难以捉摸，更加不易把握，爱情是比世俗的婚姻纽带更易变的东西。以爱情为婚姻的唯一依据，在逻辑上便意味着爱情高于婚姻，因此，一方面，如果既有的爱情出现瑕疵，婚姻便成问题；另一方面，一旦新的爱情产生，婚姻便当让位。事实上，凡是在婚姻中把爱情看得比一切都重要的人，在感情问题上往往比较敏感，既容易互相挑剔，也容易动情别恋。他们爱起来惊天动地，可歌可泣，同时也风起云涌，乍喜乍悲。假如他们足够幸运，又足够成熟，因而能够足够长久地相爱，那么，他们倒也能做到情深意笃、琴瑟和谐，成就一段美满姻缘。然而，千万不要大意，潜在的危险始终存在着，真正以爱情为基础的婚姻永远不会大功告成、一劳永逸，再好的姻缘也不可能获得终身保险。

我的意思是说，我们当然不能也不该对爱情可能发生的变化严加防范，但是也大可不必为它创造条件。红尘中人，诱惑在所难免，而每个当事人对于自己所面临的究竟是不可抵御的更强烈的爱情，还是一般的风流韵事，心里大致是清楚的。我的劝告是，如果是后者，而你又很看重（不看重则另当别论）既有的婚爱，就请你三思而不要行了。这对你也许是一种损失，但你因此避免了更惨重的损失。如果是前者，我就无须说什么了，因为说了也没有用。

爱情是人生的珍宝，当我们用婚姻这只船运载爱情的珍宝时，我们的使命是尽量绕开暗礁，躲开风浪，安全到达目的地。谁若故意迎着风浪上，固然可以获得冒险的乐趣，但也说明了他（她）对船中的珍宝并不爱惜。好姻缘是要靠珍惜之心来保护的，珍惜便是缘，缘在珍惜中，珍惜之心亡则缘尽。

人的心是世上最矛盾的东西，它有时很野，想到处飞，但它最平凡最深邃的需要却是一个憩息地，那就是另一颗心。倘若你终于找到了这另一颗心，当知珍惜，切勿伤害它。历尽人间沧桑，遍阅各色理论，我发现自己到头来信奉的仍是古典的爱情范式：真正的爱情必是忠贞专一的。惦着一个人并且被这个人惦着，心便有了着落，这样活着多么踏实。与这种相依为命的伴侣之情相比，一切风流韵事都显得何其虚飘。

5. 结束语

以上是某君的婚姻反思的记录。读毕这个记录，一位小姐问道：

“先生因一己的遭遇，便由开放一变而为保守，岂不大谬？”

某君答曰：“人皆因受挫而对爱情失望，视婚姻为畏途，我独一如既往热情地为婚爱辩护，何保守之有？”

小姐问道：“难道先生仍想结婚？”

某君答曰：“诚然。婚姻的好坏，不可以成败论之。好婚姻也是可能失败的。我期望得到一个终于成功的好婚姻。”

小姐慨然叹道：“先生真保守矣，老矣！”

某君笑而不答。

第四章 寻求智慧的人生

一个人倘若想明白了人生的道理，做人就一定会做得好，而这也就是幸福。

寻求智慧的人生

在现代哲学家中，罗素是个精神出奇地健全平衡的人。他是逻辑经验主义的开山鼻祖，却不像别的分析哲学家那样偏于学术的一隅，活得枯燥乏味。他喜欢沉思人生问题，却又不像存在哲学家那样陷于绝望的深渊，活得痛苦不堪。他的一生足以令人羡慕，可说应有尽有：一流的学问，卓越的社会活动和声誉，丰富的爱情经历，最后再加上长寿。命运居然选中这位现代逻辑宗师充当西方“性革命”的首席辩护人，让他在大英帝国的保守法庭上经受了一番戏剧性的折磨，也算是一奇。科学理性与情欲冲动在他身上并行不悖，以至我的一位专门研究罗素的朋友揶揄地说：“罗素精彩的哲学思想一定是在他五个情人的怀里孕育的。”

上世纪后半叶以来，西方大哲内心多半充斥着一种紧张的危机感，这原是时代危机的反映。罗素对这类哲人不抱好感，例如，对于尼采、弗洛伊德均有微词。一个哲学家在病态的时代居然能保持心理平衡，我就不免要怀疑他的真诚。不过，罗素也许是个例外。

罗素对于时代的病患并不麻木，他知道现代西方人最大的病痛来自基督教信仰的崩溃，使终有一死的生命失去了根基。在无神的荒原上，现代神学家们凭吊着也呼唤着上帝的亡灵，存在哲学家们诅咒着也讴歌着人生的荒诞。但罗素一面坚定地宣告他不信上帝，一面却并不因此堕入病态的悲观或亢奋。他相信人生一切美好的东西不会因为其短暂性而失去价值。对于死亡，他“以一种坚忍的观点，从容而又冷静地去思考它，并不有意缩小它的重要性，相反地，对于能超越它感到一种骄傲”。罗素极其珍视爱在人生中的价值。他所说的爱，不是柏拉图式的抽象的爱，而是“以动物的活力与本能为基础”的爱，尤其是性爱。不过，他主张爱要受理性调节。他的信念归纳在这句话里：“高尚的生活是受爱激励并由知识导引的生活。”爱与知识，本能与理智，二者不可或缺。有时他说，与所爱者相处靠本能，与所恨者相处靠理智。也许我们可以引申一句：对待欢乐靠本能，对待不幸靠理智。在性爱的问题上，罗素是现代西方最早提倡性自由的思想家之一，不过浅薄者对他的观点颇多误解。他固然主张婚姻、爱情、性三者可以相对分开，但是他对三者的评价是有高低之分的。在他看来，第一，爱情高于单纯的性行为，没有爱的性行为是没有价值的；第二，“经历了多年考验，而且又有许多深切感受的伴侣生活”高于一时的迷恋和钟情，因为它包含着后者所不具有的丰富内容。我们在理论上可以假定每一个正常的异性都是性行为的可能对象，但事实上必有选择。我们在理论上可以假定每一个中意的异性都是爱情的可能对象，但事实上必有舍弃。热烈而持久的情侣之间有无数珍贵的共同记忆，使他们不肯轻易为了新的爱情冒险而将它们损害。

几乎所有现代大哲都是现代文明的批判者，在这一点上罗素倒不是例外。他崇尚科学，但并不迷信科学。爱与科学，爱是第一位的。科学离开爱的目标，便只会使人盲目追求物质财富的增值。罗素说，在现代世界中，爱的最危险的敌人是工作即美德的信念，急于在工作和财产上取得成功的贪欲。这种过分膨胀的“事业心”耗尽了人的活动力量，使现代城市居民的娱乐方式趋于消极的和团体的。像历来一切贤哲一样，他强调闲暇对于人生的重要性，为此他主张“开展一场引导青年无所事事的运动”，鼓励人们欣赏非实用的知识如艺术、历史、英雄传记、哲学等的美味。他相信，从“无用的”知识与无私的爱的结合中便能生出智慧。确实，在匆忙的现代生活的急流冲击下，能够恬然沉思和温柔爱人的心灵愈来愈稀少了。如果说尼采式的敏感哲人曾对此发出振聋发聩的痛苦呼叫，那么，罗素，作为这时代一个心理健康的哲人，我们又从他口中听到了语重心长的明智规劝。但愿这些声音能启发今日性灵犹存的青年去寻求一种智慧的人生。

世上本无家，渴望与渴望相遇，便有了家。

一个不能投入的人是一个落伍者，一个无所坚守的人是一个随波逐流者。

人是要有一点精神的

1

“人是要有一点精神的。”——在一切“最高指示”中，至少这一句的确不会过时。

在那个“突出政治”的年代，我对它有自己的读法，我把它读作：人不该只有政治狂热，把自己的灵魂淹没在红彤彤的标语口号海洋里。

在如今崇拜金钱的氛围中，我又想起了这句话，并且给它加上新的注解：人不该只求物质奢华，把自己的灵魂淹没在花花绿绿的商品海洋里。

世事无常，潮流变迁。相同的是，凡潮流都可能（当然不是必定）会淹没人的那一个脆弱的灵魂。因此，愿我们投入任何潮流时都永远保持这一种清醒：“人是要有一点精神的。”

2

现代世界是商品世界，我们不能脱离这个世界求个人的生存和发展，这是一个事实。但是，这不是全部事实。我们同时还生活在历史和宇宙中，生活在自己唯一的一次生命过程中。所以，对于我们的行为，我们不能只用交换价值来衡量，而应有更加开阔久远的参照系。在投入现代潮流的同时，我们要有所坚守，坚守那些永恒的人生价值。一个不能投入的人是一个落伍者，一个无所坚守的人是一个随波逐流者。前者令人同情，后者令人鄙视。也许有人两者兼顾，成为一个高瞻远瞩的弄潮儿，那当然就是令人钦佩的了。

3

天下滔滔，象牙塔一座接一座倾塌了。我平静地望着它们的残骸随波漂走，庆幸许多被囚的普通灵魂获得了解放。

可是，当我发现还有若干象牙塔依然零星地竖立着时，禁不住向它们深深鞠躬了。我心想，坚守在其中的不知是一些怎样奇特的灵魂呢。

4

世纪已临近黄昏，路上的流浪儿多了。我听见他们在焦灼地发问：物质的世纪，何处是精神的家园？

我笑答：既然世上还有如许关注着精神命运的心灵，精神何尝无家可归？

世上本无家，渴望与渴望相遇，便有了家。

5

如今调侃成了新的时髦。调侃者调侃一切信仰，也调侃自己的无信仰，在一片哄笑声中，信仰问题便化作了一个无足轻重的可笑的问题。

我暗暗吃惊：仅仅几年以前，信仰危机还是一个严肃的话题，曾经引起许多痛苦的思索。莫非人们这么快就已经成熟到可以轻松愉快地一笑置之了？

诚然，抱着过时的信仰不放，或者无信仰而装作有信仰，都是可悲复可笑的，不妨调而侃之，哈哈一笑。可是，当我看见有人把无信仰当作一种光荣来炫耀时，我再也笑不出来了。

人生中终究还是有严肃的东西的。信仰是对人生根本目标的确信，其失落的痛苦和寻求的迷惘决非好笑的事情，而对之麻木不仁也实在没有什么可自鸣得意的。

6

休说精神永存，我知道万有皆逝，精神也不能幸免。然而，即使岁月的洪水终将荡尽地球上一切生命的痕迹，罗丹的雕塑仍非徒劳；即使徒劳，罗丹仍要雕塑。那么，一种不怕徒劳仍要闪光的精神岂不超越了时间的判决，因而也超越了死亡？

所以，我仍然要说：万有皆逝，唯有精神永存。

人品与智慧

1

我相信苏格拉底的一句话：“美德即智慧。”一个人如果经常想一些世界和人生的大问题，对于俗世的利益就一定会比较超脱，不太可能去做那些伤天害理的事情。说到底，道德败坏是一种蒙昧。当然，这与文化水平不是一回事，有些识字多的人也很蒙昧。

2

假、恶、丑从何而来？人为何会虚伪、凶恶、丑陋？我只找到一个答案：因为贪欲。人为何会有贪欲？佛教对此有一个很正确的解答：因为“无明”。通俗地说，就是没有智慧，对人生缺乏透彻的认识。所以，真正决定道德素养的是人生智慧，而非意识形态。把道德沦丧的原因归结为意识形态的失控，试图通过强化意识形态来整饬世风人心，这种做法至少是肤浅的。

3

在评价人时，才能与人品是最常用的两个标准。两者当然是可以分开的，但是在最深的层次上，它们是否是相通的？譬如说，可不可以说，大才也是德，大德也是才，天才和圣徒是同一种神性的显现？又譬如说，无才之德是否必定伪善，因而亦即无德，无德之才是否必定浅薄，因而亦即非才？当然，这种说法已经蕴含了对才与德的重新解释，我倾向于把两者看作智慧的不同表现形式。

4

人品不但有好坏之别，也有宽窄深浅之别。好坏是质，宽窄深浅未必只是量。古人称卑劣者为“小人”“斗筲之徒”是很有道理的，多少恶行都是出于浅薄的天性和狭小的器量。

5

知识是工具，无所谓善恶。知识可以为善，也可以为恶。美德与知识的关系不大。美德的真正源泉是智慧，即一种开阔的人生觉悟。德行如果不是从智慧流出，而是单凭修养造就，便至少是盲目的，很可能是功利的和伪善的。

6

无论何处，只要有一个完美无缺的正人君子出现，那里的人们就要遭罪了，因为他必定要用他的完美来折磨和审判你了。这班善人，也许你真的说不出他有什么明显的缺点，尽管除了他的道德以外，你也说不出他有什么像样的优点。

相反，一个真实的人，一种独特的个性，必有突出的优点和缺点，袒露在人们面前，并不加道德的伪饰，而这也正是他的道德。

做人和做事

1

人活世上，第一重要的还是做人，懂得自爱自尊，使自己有一个坦荡又充实的灵魂，足以承受得住命运的打击，也配得上命运的赐予。倘能这样，也就算得上做命运的主人了。

2

人生在世最重要的事情不是幸福或不幸，而是不论幸福还是不幸都保持做人的正直和尊严。做人比事业和爱情都更重要，不管你在名利场和情场上多么春风得意，如果做人失败了，你的人生就在总体上失败了。最重要的不是在世人心目中占据什么位置，和谁一起过日子，而是你自己究竟是一个什么样的人。

3

孔子说："三十而立。"我对此话的理解是：一个人在进入中年的时候，应该确立起生活的基本信念了。所谓生活信念，第一是做人的原则，第二是做事的方向。也就是说，应该知道自己在这个世界上要做怎样的人，想做怎样的事了。

当然，"三十"不是一个硬指标。但是，"立"与"不立"是硬道理，无人能够回避。一个人有了"立"，才真正成了自己人生的主人。

4

做人最重要的是诚实地面对自己，在自己良心的法庭上公正地审视自己，既不护己之短，也不疑己之长，从而对自己有一个清楚的认识。这是一种巨大的精神力量，足以使他哪怕在全世界面前坦然承认自己的错误，也淡然面对哪怕来自全世界的误解和不实的责骂。

5

做事即做人。人生在世，无论做什么事，都注重做事的精神意义，通过做事来提升自己的精神世界，始终走在自己的精神旅程上，只要这样，无论做什么事都是有意义的，而所做之事的成败则变得不很重要了。

6

做事有两种境界。一种是功利的境界，事情及相关的利益是唯一的目的，于是做事时必定会充满焦虑和算计；另一种是道德的境界，无论做什么事，都把精神上的收获看得更重要，做事只是灵魂修炼和完善的手段，真正的目的是做人。正因为如此，做事时反而有了一种从容的心态和博大的气象。

从长远看，做事的结果终将随风飘散，做人的收获却能历久弥新。如果有上帝，他看到的只是你如何做人，不会问你做成了什么事，在他眼中，你在人世间做成的任何事都太渺小了。

7

人生在世，既能站得正，又能跳得出，这是一种很高的境界。

在一定意义上，跳得出是站得正的前提，唯有看轻沉浮荣枯，才能不计利害得失，堂堂正正做人。

如果说站得正是做人的道德，那么，跳得出就是人生的智慧。人为什么会堕落？往往是因为陷在尘世一个狭窄的角落里，心不明，眼不亮，不能抵挡近在眼前的诱惑。佛教说“无明”是罪恶的根源，基督教说堕落的人生活在黑暗中，说的都是这个道理。相反，一个人倘若经常跳出来看一看人生的全景，真正看清事物的大小和价值的主次，就不太会被那些渺小的事物和次要的价值绊倒了。

8

有的人一有机会就不失时机地暴露其卑鄙的人格。比如哪怕只是做了一个办事员，手里有了一点小小的权力，他就立刻露出丑恶的嘴脸，即使你去办一个正常的手续，他也会百般刁难，以显示他的重要。

权力是人品的试金石，权力的使用最能检验出掌权者的人品。恶人几乎本能地运用权力折磨和伤害弱者，善人几乎本能地运用权力造福和帮助弱者，他们都从中获得了快乐，但这是多么不同的快乐，体现了多么不同的人品啊。

一切世俗的价值，包括权力、财富、名声等，都具有这样的效应，彰显了乃至仿佛放大了其拥有者的善和恶。

9

天赋，才能，眼光，魄力，这一切都还不是伟大，必须加上真实，才成其伟大。真实是一切伟人的共同特征，它源自对人性的真切了解，并由此产生一种面对自己、面对他人的诚实和坦然。

精神上的伟人必定是坦诚的，他们足够富有，无须隐瞒自己的欠缺，也足够自尊，不屑于用作秀、演戏、不懂装懂来贬低自己。

人生在世，既能站得正，又能跳得出，这是一种很高的境界。

成为你自己

童年和少年是充满美好理想的时期。如果我问你们，你们将来想成为怎样的人，你们一定会给我许多漂亮的回答。譬如说，想成为拿破仑那样的伟人，爱因斯坦那样的大科学家，曹雪芹那样的文豪，等等。这些回答都不坏，不过，我认为比这一切都更重要的是：首先应该成为你自己。

姑且假定你特别崇拜拿破仑，成为像他那样的盖世英雄是你最大的愿望。好吧，我问你：就让你完完全全成为拿破仑，生活在他那个时代，有他那些经历，你愿意吗？你很可能会激动得喊起来：太愿意啦！我再问你：让你从身体到灵魂整个儿都变成他，你也愿意吗？这下你或许有些犹豫了，会这么想：整个儿变成了他，不就是没有我自己了吗？对了，我的朋友，正是这样。那么，你不愿意了？当然喽，因为这意味着世界上曾经有过拿破仑，这个事实没有改变，唯一的变化是你压根儿不存在了。

由此可见，对于每一个人来说，最宝贵的还是他自己。无论他多么羡慕别的什么人，如果让他彻头彻尾成为这个别人而不再是自己，谁都不肯了。

也许你会反驳我说："你说的真是废话，每个人都已经是他自己了，怎么会彻头彻尾成为别人呢？"不错，我只是在假设一种情形，这种情形不可能完全按照我所说的方式发生。不过，在实际生活中，类似情形却常常在以稍微不同的方式发生着。真正成为自己可不是一件容易的事。世上有许多人，你可以说他是随便什么东西，例如是一种职业，一种身份，一个角色，唯独不是他自己。如果一个人总是按照别人的意见生活，没有自己的独立思考，总是为外在的事务忙碌，没有自己的内心生活，那么，说他不是他自己就一点儿也没有冤枉他。因为确确实实，从他的头脑到他的心灵，你已经找不到丝毫真正属于他自己的东西了，他只是别人的一个影子和事务的一架机器罢了。

那么，怎样才能成为自己呢？这是真正的难题，我承认我给不出一个答案。我还相信，不存在一个适用于一切人的答案。我只能说，最重要的是每个人都要真切地意识到他的"自我"的宝贵，有了这个觉悟，他就会自己去寻找属于他的答案。在茫茫宇宙间，每个人都只有一次生存的机会，都是一个独一无二、不可重复的存在。正像卢梭所说的，上帝把你造出来后，就把那个属于你的特定的模子打碎了。名声、财产、知识等是身外之物，人人都可求而得之，但没有人能够代替你感受人生。你死之后，没有人能够代替你再活一次。如果你真正意识到了这一点，你就会明白，活在世上，最重要的事就是活出你自己的特色和滋味来。你的人生是否有意义，衡量的标准不是外在的成功，而是你对人生意义的独特领悟和坚守，从而使你的自我闪放出个性的光华。

在历史上，每当世风腐败之时，人们就会盼望救世主出现。其实，救世主就在每个人的心中。耶稣是基督教徒公认的救世主，可是连他也说："一个人得到了整个世界，却失去了自我，又有何益？"《圣经》中有许多谬说，但这一句是金玉良言，值得我们永远牢记。

人生边上的智慧

——读杨绛《走到人生边上》

杨绛九十六岁开始讨论哲学，她只和自己讨论，她的讨论与学术无关，甚至与她暂时栖身的这个热闹世界也无关。她讨论的是人生最根本的问题，同时是她自己面临的最紧迫的问题。她是在为一件最重大的事情做准备。走到人生边上，她要想明白留在身后的是什么，前面等着她的又是什么。她的心态和文字依然平和，平和中却有一种令人钦佩的勇敢和敏锐。她如此诚实，以至于经常得不出确定的结论，却得到了可靠的真理。这位可敬可爱的老人，我分明看见她在细心地为她的灵魂清点行囊，为了让这个灵魂带着全部最宝贵的收获平静地上路。

在前言中，杨先生如此写道：“我正站在人生的边缘上，向后看看，也向前看看。向后看，我已经活了一辈子，人生一世，为的是什么呢？我要探索人生的价值。向前看呢，我再往前去，就什么都没有了吗？当然，我的躯体火化了，没有了。我的灵魂呢？灵魂也没有了吗？”这一段话点出了她要讨论的两大主题：一是人生的价值，二是灵魂的去向，前者指向生，后者指向死。我们读下去便知道，其实这两个问题是密不可分的。

在讨论人生的价值时，杨先生强调人生贯穿灵与肉的斗争，而人生的价值大致取决于灵对肉的支配。不过，这里的“灵”，并不是灵魂。杨先生说：“我最初认为灵魂当然在灵的一面。可是仔细思考之后，很惊讶地发现，灵魂原来在肉的一面。”读到这句话，我也很惊讶，因为我们常说的灵与肉的斗争，不就是灵魂与肉体的斗争吗？但是，接着我发现，她把“灵魂”和“灵”这两个概念区分开来，是很有道理的。她说的灵魂，指不同于动物生命的人的生命，一个看不见的灵魂附在一个看得见的肉体上，就形成了一条人命，且各自称为“我”。据我理解，这个意义上的灵魂，相当于每一个人的内在的“自我意识”，它是人的个体生命的核心。在灵与肉的斗争中，表面上是肉在与灵斗，实质上是附于肉体的灵魂在与灵斗。所以，杨先生说：“灵魂虽然带上一个‘灵’字，并不灵，只是一条人命罢了。”我们不妨把“灵”字去掉，名之为“魂”，也许更确切。

肉与魂结合为“我”，是斗争的一方。那么，作为斗争另一方的“灵”是什么呢？杨先生造了一个复合概念，叫“灵性良心”。其中，“灵性”是识别是非、善恶、美丑等道德标准的本能，“良心”是遵守上述道德标准为人行事的道德心。她认为，“灵性良心”是人的本性中固有的。据我理解，这个“灵性良心”就相当于孟子说的人性固有的善“端”，佛教说的人皆有之的“佛性”。这里有一个疑问：作为肉与魂的对立面，这个“灵性良心”当然既不在肉体中，也不在灵魂中，它究竟居于何处，又从何方而来？对此杨先生没有明说。综观全书，我的推测是，它与杨先生说的“大自然的神明”有着内在的联系。这个“大自然的神明”，基督教称作神，孔子称作天。那么，“灵性良心”也就是人身上的神性，是“大自然的神明”在人身上的体现。天生万物，人为万物之灵，灵就灵在天对人有这个特殊的赋予。

接下来，杨先生对天地生人的目的有一番有趣的讨论。她的结论是：这个目的绝不是人所创造的文明，而是堪称万物之灵的人本身。天地生人，着重的是人身上的“灵”，目的当然就是要让这个“灵”获胜了。天地生人的目的又决定了人生的目的。唯有人能够遵循“灵性良心”的要求修炼自己，使自己趋于完善。不妨说，人生的使命就是用“灵”引导“魂”，使之成为名副其实的“灵魂”。用这个标准衡量，杨先生对人类的进步提出了质疑：几千年过去了，世道人心进步了吗？现代书籍浩如烟海，文化普及，各专业的研究务求精密，皆远胜于古人，但是对真理的认识突破了多少呢？如此等等。一句话，文明是大大发展了，但人之为万物之灵的“灵”的方面却无甚进步。

尤使杨先生痛心的是：“当今之世，人性中的灵性良心，迷蒙在烟雨云雾间。”这位九十六岁的老人依然心明眼亮，对这个时代偏离神明指引的种种现象看得一清二楚：上帝已不在其位，财神爷当道，人世间只成了争权夺利、争名夺位的战场，穷人、富人有各自操不完的心，都陷在苦恼之中……在这个物欲横流的人世间，好人更苦：“你存心做一个与世无争的老实人吧，人家就利用你、欺侮你。你稍有才德品貌，人家就嫉妒你、排挤你。你大度退让，人家就侵犯你、损害你。你要保护自己，就不得不时刻防御。你要不与人争，就得与世无求，同时还要维持实力，准备斗争。你要和别人和平共处，就先得和他们周旋，还得准备随处吃亏……”不难看出，杨先生说的是她的切身感受。她不禁发出悲叹：“曾为灵性良心奋斗的人，看到自己的无能为力而灰心绝望，觉得人生只是一场无可奈何的空虚。”

况且我们还看到，命运惯爱捉弄人，笨蛋、浑蛋安享富贵尊荣，不学无术可以欺世盗名，有品德的人一生困顿不遇，这类事例数不胜数。“造化小儿的胡作非为，造成了一个不合理的人世。”这就使人对上天的神明产生了怀疑。然而，杨先生不赞成怀疑和绝望，她说：“我们可以迷惑不解，但是可以设想其中或有缘故。因为上天的神明，岂是人人都能理解的呢？”进而设问：“让我们生存的这么一个小小的地球，能是世人的归宿处吗？又安知这个不合理的人间，正是神明的大自然故意安排的呢？”如果我没有理解错的话，杨先生的潜台词是：这个人世间可能只是一个过渡，神明给人安排的真正归宿处可能在别处。在哪里呢？她没有说，但我们可设想的只能是类似佛教的净土、基督教的天国那样的所在了。

这一点推测，可由杨先生关于灵魂不灭的论述证明。她指出：人需要锻炼，而受锻炼的是灵魂，肉体不过是中介，锻炼的成绩只留在灵魂上；灵魂接受或不接受锻炼，就有不同程度的成绩或罪孽；人死之后，肉体没有了，但灵魂仍在，锻炼或不锻炼的结果也仍在。她的结论是：“所以，只有相信灵魂不灭，才能对人生有合理的价值观，相信灵魂不灭，得是有信仰的人。有了信仰，人生才有价值。”

那么，杨先生到底相信不相信灵魂不灭呢？在正文的末尾，她写道：“有关这些灵魂的问题，我能知道什么？我只能胡思乱想罢了。我无从问起，也无从回答。孔子曰：‘未知生，焉知死’，‘不知为不知’，我的自问自答，只可以到此为止了。”看来不能说她完全相信，她好像是将信将疑，但信多于疑。虽然如此，我仍要说，她是一个有信仰的人，因为在我看来，信仰的实质在于不管是否确信灵魂不灭，都按照灵魂不灭的信念做人处世，好好锻炼灵魂。孔子说“祭神如神在”，一个人若能事事都怀着“如神在”的敬畏之心，就可以说是有信仰的了。

杨先生向许多“聪明的年轻人”请教灵魂的问题，得到的回答很一致，都说人死了就什么都没有了，而且对自己的见解都坚信不疑。我不禁想起了两千五百多年前苏格拉底的同样遭遇，当年这位哲人也曾向雅典城里许多“聪明的年轻人”请教灵魂的问题，得到的也都是自信的回答，于是发出了“我知道我一无所知”的感叹。杨先生也感叹：“真没想到我这一辈子，脑袋里全是想不通的问题。”“我提的问题，他们看来压根儿不成问题。”“老人糊涂了！”但是，也和当年苏格拉底的情况相似，正是这种普遍的自以为知更激起了杨先生深入探究的愿望。我们看到，她不依据任何已有的理论或教义，完全依靠自己的生活经验和独立思考，一步一步自问自答，能证实的予以肯定，不能证实的存疑。例如肉体死后灵魂是否继续存在，她在举了亲近者经验中的若干实例后指出：“谁也不能证实人世间没有鬼。因为‘没有’无从证实；证实‘有’，倒好说。”由于尚无直接经验，所以她自己的态度基本上是存疑，但绝不断然否定。

杨先生的诚实和认真，着实令人感动。但不止于此，她还是敏锐和勇敢的，她的敏锐和勇敢令人敬佩。由于中国两千多年传统文化的实用品格，加上几十年的唯物论宣传和教育，人们对于看不见、摸不着的东西往往不肯相信，甚至毫不关心。杨先生问得好：“‘真、善、美’看得见吗？摸得着吗？看不见、摸不着的，不是只能心里明白吗？信念是看不见的，只能领悟。”我们的问题正在于太“唯物”了，只承认物质现实，不相信精神价值，于是把信仰视为迷信。她所求教的那些“聪明的年轻人”都是“先进知识分子”，大抵比她小一辈，其实也都是老年人了，但浸染于中国的实用文化传统和主流意识形态，对精神事物都抱着不思、不信乃至不屑的态度。杨先生尖锐地指出：“什么都不信，就保证不迷吗？”“他们的‘不信不迷’使我很困惑。他们不是几个人。他们来自社会各界：科学界、史学界、文学界等，而他们的见解却这么一致、这么坚定，显然是代表这一时代的社会风尚，都重物质而怀疑看不见、摸不着的‘形而上’境界。他们下一代的年轻人，是更加偏离‘形而上’境界，也更偏重金钱和物质享受的。”凡是对我们时代的状况有深刻忧虑和思考的人都知道，杨先生的这番话多么切中时弊，不啻醒世良言。这个时代有种种问题，最大的问题正是信仰的缺失。

我无法不惊异于杨先生的敏锐，这位九十六岁的老人实在比绝大多数比她年轻的人更年轻，心智更活泼，精神更健康。作为证据的还有附在正文后面的“注释”，我劝读者千万不要错过，尤其是《温德先生爬树》《劳神父》《记比邻双鹊》《〈论语〉趣》诸篇，都是大手笔写出的好散文啊。尼采有言：“句子的步态表明作者是否疲倦了。”我们可以看出，杨先生在写这些文章时是怎样地毫不疲倦、精神饱满、兴趣盎然，遣词造句、布局谋篇是怎样地胸有成竹、收放自如，一切都在掌控之中。这些文章是一位九十六岁的老人写的吗？不可能。杨先生真是年轻！

度一个创造的人生

如果要用一个词来概括人类精神生活的特征，那么，最合适的便是这个词——创造。

所谓创造，未必是指发明某种新的技术，也未必是指从事艺术的创作，这些仅是创造的若干具体形态罢了。创造的含义要深刻得多，范围也要广泛得多。人之区别于动物就在于人有一个灵魂，灵魂使人不能满足于动物式的生存，而要追求高出于生存的价值，由此展开了人的精神生活。大自然所赋予人的只是生存，因而，人所从事的超出生存以上的活动都是给大自然的安排增添了一点新东西，无不具有创造的性质。这样的活动当然不是肉体（它只要

活在世上，最重要的事就是活出你自己的特色和滋味来。

真正的创造是不计较结果的，它是一个人的
内在力量的自然而然的实现，本身即是享受。

求生存）而是灵魂发动的。正是在创造中，人用行动实现着对真、善、美的追求，把自己内心所珍爱的价值变成可以看见和感觉到的对象。

由此可见，决定一种活动是否具有创造性的关键在于有无灵魂的真正参与。一个画匠画了一幅毫无灵感的画，一个学究写了一本人云亦云的书，他们都不是在创造。相反，如果你真正陶醉于一片风景、一首诗、一段乐曲的美，如果你对某个问题形成了你的独特的见解，那么你就是在创造。

许多哲学家都曾强调劳作与创造的区别，前者是非精神性的，后者是精神性的。在这方面，马克思的看法也许仍是最有启发意义的。他认为，人的本性是更喜欢从事自由的创造活动的，因为人在这种活动中能够充分实现自己的能力和价值，从而获得精神上的享受。然而，为了生存，人又必须从事生产活动。因此，可以把我们的时间划分为必要劳动时间和自由时间。一个理想的社会应当把必要劳动时间缩短到最低限度，以便为每个人从事创造活动腾出充足的自由时间。这个道理对于个人也是适用的。一个人只是为谋生或赚钱而从事的活动都属于劳作，而他出于自己的真兴趣和真性情从事的活动则属于创造。劳作仅能带来外在的利益，唯创造才能获得心灵的快乐。但外在的利益是一种很实在的诱惑，往往会诱使人们无休止地劳作，竟至于一辈子体会不到创造的乐趣。在我看来，创造在生活中所占据的比重，乃是衡量一个人的生活质量的主要标准。

真正的创造是不计较结果的，它是一个人的内在力量的自然而然的实现，本身即是享受。有一位夫人督促罗曼·罗兰抓紧写作，快出成果，罗曼·罗兰回答说：“一棵树不会太关心它结的果实，它只是在它生命汁液的欢乐流溢中自然生长，而只要它的种子是好的，它的根扎在沃土中，它必将结好的果实。”我非常欣赏这个回答。只要你的心灵是活泼的、敏锐的，只要你听从这心灵的吩咐，去做能真正使它快乐的事，那么，不论你终于做成了什么事，也不论社会对你的成绩怎样评价，你都度了一个有意义的创造的人生。

人所能及的神圣

自古以来，对于那些渴望超凡脱俗的人来说，肉体似乎始终是一个麻烦。这个肉体活着时要受欲望的折磨，而最后的结局又必是死亡。神是没有肉体的，所以神不会痛苦，也不会死亡。肉体似乎是人的动物性的根源，它决定了人不能摆脱动物的地位，达于神的境界。为了达于神的境界，人好像必须战胜这个肉体，在某种意义上把它消灭掉。正是出于这样的考虑，世界各种宗教里都有人主张和实行苦行主义，用许多烦琐的戒律来限制和禁绝肉体的欲望，摧毁肉体固有的动物性本能。

由这个途径能否达于神圣呢？据说有极少数人成功了，例如基督教中的圣徒和佛教中的高僧。我是俗界中人，难以揣摩其中的奥秘。依我俗人之见，灭绝肉体的欲望无异于扼杀生命的乐趣，代价未免太大。而且，如此求得的那个状态究竟真个是超神入化的仙境，抑或只是因为肉体衰竭而造成的一种幻觉，实在也不好说。人生而有一个肉体，这个肉体生而有七情六欲，这本是大自然的安排。在我看来，任何逆自然之道而行的做法总是有些不对头的。

所以，我更赞成另一种途径，即肯定肉体及其欲望的合理性，不是甩掉肉体而是带着肉体走向神圣。这就是通常所说的实现本能的升华。为了实现本能的升华，前提是必须对欲望进行某种限制。一方面有健全的生命欲望；另一方面既非加以禁绝，又非任其泛滥，而是使之沿着一定的轨道宣泄，迸发为精神追求和创造的原动力。譬如说，凡正常人皆有性欲，它是一种纯粹动物性的本能，如果对它毫不加以限制，滥交纵欲，人便与禽兽无异。但是，性欲又是许多美好的情感包括爱情、美感、创造欲的原动力，而为了使它升华为这些美好的情感，限制是绝对必要的。尤其在少年时期，性的觉醒和某种程度的压抑会形成一种奇妙的张力，成为滋生这些美好情感的沃土。相反，肉欲泛滥之处，爱情和美感便荡然无存。

人之为人，就在于他身上既有动物性，又有神性。人身上的神性不是灭绝了动物性而产生的，而是由动物性升华而来的，这是人所能及的神圣和超越。所谓人性，也就是动物性向神性的升华。我不相信世上有毫无动物性的神人。但是，遗憾的是，世上倒的确有几乎没有一丝一毫神性、唯剩动物性的兽人。这种人心目中没有任何神圣的价值，百无禁忌，为了满足自己的欲望，可以做出任何伤天害理的事情，甚至残杀无辜。在当今社会上，这类人似在增多，实在令人担忧。造成这种情形的原因很复杂，因而要改变也就必须做多方面的努力。从精神的层面看，一个重要原因便是对神圣价值的信仰的普遍丧失。对此我只能说，无论个人，还是民族，都要有所敬畏，相信世上仍有不可亵渎的神圣价值，否则必遭可怕的惩罚。

智慧引领幸福

1. 超越欲望才有幸福

叔本华说，人受欲望支配，欲望不满足就痛苦，满足了就无聊，人生如同钟摆在痛苦和无聊之间摇摆。他的结论是：根本就不存在幸福这回事。

如果只在欲望层面上找幸福，叔本华的话是对的。欲望意味着匮乏，而匮乏就是痛苦，欲望的满足则意味着欲望的空白，而这就是无聊。比如肉体的欲望——食欲、性欲，不满足是痛苦，满足时顶多有短暂的快乐，然后便是无聊。又比如对金钱的欲望，钱少了是痛苦，钱多了，如果没有更高的目标，就会无聊，然后要去赚更多的钱，但钱再多也填补不了内心的空虚，即使你富裕得成了一个金钟摆，仍逃脱不了在痛苦和无聊之间摇摆的命运。

然而，超越欲望的层面，叔本华的说法就不成立了。精神性质的愿望，其产生不是基于匮乏，而是基于内在的丰富，其满足又会激起更强烈的愿望，因此绝不存在痛苦和无聊的悖论，相反是快乐递进的良性过程。比如说，你渴望知识，喜欢读书，你会因此痛苦吗？当然不会，这类愿望本身就是令人快乐的。然后，你去满足你的愿望，你读了一本好书，读了许多好书，你会因此无聊吗？当然也不会，你只会感到充实。

2. 两种不同的比较

只把物质的快乐视为幸福，只在物质的层面上和人比快乐，这样的人必定永远劳心劳力，无幸福可言。

为什么不做另一种比较呢？凡是真正品尝过精神的快乐的人，把它和物质的快乐做比较，一定都知道，它带来的幸福感远非后者可比。这样的人是不屑于和人比物质的快乐的。

3. 幸福包容人生的正负体验

幸福是相对的，现实中的幸福是包容人生各种正负经历的丰富的体验。人生中必然遭遇挫折和痛苦，把它们视为纯粹的坏事予以拒斥，乃是一种愚痴，只会使自己距幸福越来越远。

4. 智慧引领幸福

苏格拉底提出过一个等式：智慧＝美德＝幸福。他的意思是，一个人倘若想明白了人生的道理，做人就一定会做得好，而这也就是幸福。反过来说，我们的确看到，许多人之所以生活得不幸福，正是因为没有想明白人生的道理，在做人上出了问题。在此意义上，智慧是引领我们寻求幸福的明灯。

5. 幸福的“器官”是心灵

如果我们要给幸福寻找一个“器官”，那只能是心灵，而非肉体。肉体只有快感和痛感，是心灵在做幸福和不幸的判断。正因为如此，心灵的取向和状态对于幸福是重要的。

6. 幸福来自有意义的关联

意义即关联，关联有两类。一类是我们的生活与有限的生命价值和精神价值的关联，比如父母对子女的爱，出于精神动机从事的事业，皆属此类。另一类是我们的生活与无限的生命价值和精神价值的关联，这实际上就是指对人生的超验意义的信仰。提供这种超验意义的那个至高境界无法证实，但唯有假设它存在，与它保持关联，才可使人生获得真正充实的幸福。

现代人发疯似的追求幸福，这种狂热是一种病态，其病因在于关联破裂，意义缺失，由此产生了人人痛心却无力战胜的内心空虚和外在冷漠。可是，人们往往找错了原因，反而愈加急切地追求物质，寻找表面的快乐，试图以之填满意义的真空，结果徒劳。

7. 宗教与幸福的关系

追求幸福会面临两大威胁。一是沉湎于肉体的、物质的快乐，使人堕落，无缘于精神的幸福；二是人世间一切幸福会被死亡一笔勾销。宗教的主题是灵与肉、生与死的关系，就是要解除这两大威胁。

但是，宗教倘若推至极端，用灵否定肉，用死后的不朽否定生，就反而会损害人世间的幸福。

8. 幸福这把尺子太小

那些伟大的灵魂，圣者如佛陀和耶稣，贤哲如苏格拉底和孔子，天才如尼采和凡·高，生前或者贫困终身，或者受尽磨难，如果用世俗的眼光来评估，他们都是很不幸福的。幸福这把尺子太小，衡量不了这些精神伟人的价值。

不过，倘若把幸福定义为人性的伟大，他们又是最幸福的。

9. 快乐的二原则

追求快乐无可非议，但要遵循两个原则。一是道德原则，你在追求快乐的时候不可给他人造成痛苦，不可损害他人；二是理性原则，你在追求快乐的时候不要给自己埋伏下痛苦，不要损害自己。违背前一个原则，是卑劣；违背后一个原则，是愚蠢。其实卑劣者往往愚蠢，损人往往以损己告终。

10. 积极的超然

真性情之人，不但有诗人的心灵，热爱人生，富于生活情趣，还必须有哲人的胸怀，彻悟人生，能够超然物外。倘若没有后者，人就会受外部事物和外在遭遇的支配，患得患失，生活情趣便荡然无存了。超然未必是消极的出世，反而可以是一种积极的人生态度，你和你的人生保持一个距离，结果是更能欣赏人生的妙趣。

11. 福禄寿新解

中国人供奉福、禄、寿，我曾恨其庸俗不堪，现在忽然想到，三者恰好概括了人生哲学的三大主题，即幸福、道德、生死。如果用孔孟的思想来解释，它们还可以是很高的境界：福是“一箪食，一瓢饮，在陋巷”的颜回之“乐”；禄是“仁义忠信，乐善不倦”的“天爵”，而非“公卿大夫”的“人爵”；寿是精神健康意义上的“仁者”之“寿”。

12. 幸福是多支点的

要敬业，不要唯职业。要创业，不要唯事业。生活的领域无比宽广，人生的内容丰富多彩，幸福是多支点的。

人生没有假如

王甲请我为他的书取名，读完稿子，这个书名在我脑中油然而生：《人生没有假如——一个渐冻人的悟和行》。

四年前，这个意气风发的青年设计师突然发现自己的身体发生了某种变化，说话和行动越来越困难，不久后被确诊为肌萎缩侧索硬化症，英文简称 ALS，俗称渐冻症。随着病程的进展，他眼看着自己的身体机能一步步萎缩，终于到了整个身体只有眼珠能动的地步。

一种概率只有十万分之四的绝症突然选中了自己，怎能不感到委屈和痛苦，但王甲没有沉溺于此，他很快选择了坦然接受这个意

人生没有假如，已经发生的厄运，只有面对它、接受它，

从而在命运的新的规定下走出一条新的路来。

外，接受从此和常人不同的命运，接受死亡随时会到来的事实。他的这个态度，既是勇敢的，也是智慧的，令人敬佩。我们都会说命运无常，可是，一旦厄运降临，往往会陷在假如厄运没有降临的思路里，把命运的突变感受为生活的毁灭，丧失继续前行的勇气。然而，人生没有假如，已经发生的厄运，只有面对它、接受它，从而在命运的新的规定下走出一条新的路来。在某种意义上，厄运好比是上帝给凡人出的一道试题，测试其灵魂的品质，王甲以极为优异的成绩通过了考试。他把命运的转折当作一种人生使命来接受，决心把生命中的不同变成属于自己的真正的不同，用独特的姿态行走人生。他是这样想的，也是这样做的。

在王甲的前方，有一个伟大的榜样，就是患同样疾病的霍金。他对自己说："霍金，一个不到七十斤的男人，他支配不了自己的身体，却拥有整个宇宙。"在给他的信中，霍金也勉励他："将您的目光放到残疾不能阻挡的事业之上，并且坚定地将它做下去。"渐冻症患者虽然失去了行动的能力，但感觉、记忆、思维都完好无损，这反而使王甲看世界的眼光更加敏锐而清澈。于是我们看到，他起先用一根手指，在手指也不能动了以后，用眼神的示意指挥助手移动鼠标，设计出了近百件构图纯美、意蕴深刻的作品。其中，有相当数量是为重大事件、活动设计的公益海报、广告、标志，产生了广泛的影响，而获得的报酬大多捐给了慈善事业。在通常的概念中，残疾人只是慈善的对象，王甲代表残疾人颠覆了这个概念。正如他所说，他所创作的小小的图片里包含着大大的梦想，表达了他对生活的热爱，而世界也从中感受到了他生命的温度。

不能不提及的是，王甲在患病之后能够开创新的精彩人生，支撑他的还有一种巨大的力量，那就是爱和感动。许多陌生人关爱他、帮助他，书中讲述的莲姐、虹妈妈在最关键的时刻如同天使出现在他的世界里，使他在黑暗中看到了光明。他说得好：“感动是有方向的，感动是美好的，感动是来自心底的。它有颜色，有味道，亦有力量。”这个力量推动他继续传递爱，因为尝到了被赠予的快乐而去赠予，去帮助别的需要帮助的人们。在他的感召下，中国的“渐冻人”群体受到了社会各界更多的关注。有人说，王甲是被上天选中的人，被选中来替这个群体承担更重要的使命。我相信这个判断。

在一首诗里，王甲写道：“我本是天空之水，落入凡尘……我被一点点地冻结，寒气使我不能奔流，最后把我冰封成一个在阳光里的冰雕。”我要对王甲说：你的确是天空之水，而天空之水是不会冻结的，我分明看见你的生命依然奔腾在灿烂的阳光里。

补记：写完这篇序的第二天，我在北京的一个寓所里见到了王甲。他靠在轮椅上，而他全身唯一能动的眼睛是那么澄澈、年轻、聪明，充满着喜悦。电脑上已安装特殊的软件，他用眼睛的注视操纵鼠标，与我交谈，表达与我相见的快乐。墙上贴着他生病以前的青春喷薄的照片和优美的书法，以及生病以后的设计作品。这是一个多么可爱的青年。我最强烈的感觉是，倘若人生有假如，假如厄运没有降临他该多好啊，而假如是我处在他的境遇中，我很可能做不到像他这样坦然面对。他说他崇拜我，我听了万分羞愧，我告诉他，他才是值得我崇拜的，他的精彩的生命照亮了许多人，也照亮了我。

第五章 回归简单的生活

在一个人的生活中，精神需求相对于物质需求所占比例越大，他就离神越近。

活得简单才能活得自由

在五光十色的现代世界中，让我们记住一个古老的真理：活得简单才能活得自由。

自古以来，一切贤哲都主张过一种简朴的生活，以便不为物役，保持精神的自由。

事实上，一个人为维持生存和健康所需要的物品并不多，超乎此的属于奢侈品。它们固然提供享受，但更强求服务，反而成了一种奴役。现代人是活得愈来愈复杂了，结果得到许多享受，却并不幸福，拥有许多方便，却并不自由。

仔细想一想，我们便会发现，人的肉体需要是有被它的生理构造所决定的极限的，因而由这种需要的满足而获得的纯粹肉体性质的快感差不多是千古不变的，无非是食色、温饱、健康之类。殷纣王“以酒为池，悬肉为林”，但他自己只有一个普通的胃。秦始皇筑阿房宫，“东西五百步，南北五十丈”，但他自己只有五尺之躯。多么热烈的美食家，他的朵颐之快也必须有间歇，否则会消化不良。多么勤奋的登徒子，他的床笫之乐也必须有节制，否则会肾虚。每一种生理欲望都是会餍足的，并且严格地遵循着过犹不足的法则。山珍海味，挥金如土，更多的是摆阔气。藏娇纳妾，美女如云，更多的是图虚荣。万贯家财带来的最大快乐并非直接的物质享受，而是守财奴清点财产时的那份欣喜，败家子挥霍财产时的那份痛快。凡此种种，都已经超出生理满足的范围了，但称它们为精神享受未免肉麻，它们至多只是一种心理满足罢了。

人的肉体需要是很有限的，无非是温饱，超于此的便是奢侈，而人要奢侈起来却是没有尽头的。温饱是自然的需要，奢侈的欲望则是不断膨胀的市场刺激起来的。富了总可以更富，事实上也必定有人比你富，于是你永远不会满足，不得不去挣越来越多的钱，赚钱便成了你的唯一目的。

奢华不但不能提高生活质量，往往还会降低生活质量，使人耽于物质享受，远离精神生活。只有在那些精神素质极好的人身上，才不会发生这种情况，而这又只因为他们其实并不在乎物质享受，始终把精神生活看得更珍贵。一个人在巨富之后仍乐于过简朴生活，正证明了灵魂的高贵，能够从精神生活中获得更大的快乐。

一个专注于精神生活的人，物质上的需求必定是十分简单的。因为他有重要得多的事情要做，没有工夫关心物质方面的区区小事；他沉醉于精神王国的伟大享受，物质享受不再成为诱惑。

在一个人的生活中，精神需求相对于物质需求所占比例越大，他就离神越近。

智者的共同特点是：一方面，因为看清了物质快乐的有限，最少的物质就能使他们满足；另一方面，因为渴望无限的精神快乐，再多的物质也不能使他们满足。

我一向认为，人最宝贵的东西，一是生命，二是心灵，而若能享受本真的生命，拥有丰富的心灵，便是幸福。这当然必须免去物质之忧，但并非物质越多越好，相反，毋宁说这二者的实现是以物质生活的简单为条件的。一个人把许多精力给了物质，就没有什么闲心来照看自己的生命和心灵了。诗意的生活一定是物质上简单的生活，这在古今中外所有伟大的诗人、哲人、圣人身上都可以得到印证。

人活世上，有时难免要有求于人和违心做事。但是，我相信，一个人只要肯约束自己的贪欲，满足于过比较简单的生活，就可以把这些减少到最低限度。远离这些麻烦的交际和成功，实在算不得什么损失，反而受益无穷。我们因此获得了好心情和好光阴，可以把它们奉献给自己真正喜欢的人和真正感兴趣的事，而首先是奉献给自己。对于一个满足于过简单生活的人，生命的疆域是更加宽阔的。

许多东西，我们之所以觉得必需，只是因为我们已经拥有它们。当我们清理自己的居室时，我们会觉得每一样东西都有用处，都舍不得扔掉。可是，倘若我们必须搬到一个小屋去住，只允许保留很少的东西，我们就会判断出什么东西是自己真正需要的了。那么，我们即使有一座大房子，又何妨用只有一间小屋的标准来限定必需的物品，从而为美化居室留出更多的自由空间？

许多事情，我们之所以认为必须做，只是因为我们已经把它们列入了日程。如果让我们凭空从其中删除某一些，我们会难做取舍。可是，倘若我们知道自己已经来日不多，只能做成一件事情，我们就会判断出什么事情是自己真正想做的了。那么，我们即使还能活很久，又何妨用来日不多的标准来限定必做的事情，从而为享受生活留出更多的自由时间？

一个人把许多精力给了物质，就没有什么闲心来照看自己的生命和心灵了。

回归简单的生活

除夕之夜，鞭炮声大作。我躲进了我的小屋。这是我最容易感到寂寞无聊的时候。不过，这种感觉没什么不好。

我的趣味一向是，寂寞比热闹好，无聊比忙碌好。寂寞是想近人而无人可近，无聊是想做事而无事可做。然而，离人远了，离神就近了。眼睛不盯着手头的事务，就可以观赏天地间的奥秘了。人生诚然难免寂寞无聊，但若真的免去了它们，永远热闹，永远忙碌，岂不更可怕?

现代人差不多是到了永远热闹忙碌的地步。奇怪的是，寂寞无聊好像不但没有免去，反而有增无减。整个现代生活就像是一场为逃避寂寞制造出来的热闹，为逃避无聊制造出来的忙碌。可是，愈怕鬼，鬼愈来，鬼就在自己心中。

看到书店出售教授交际术、成功术之类的畅销书，我总感到滑稽。一个人对某个人有好感，和他或她交了朋友，或者对某件事感兴趣，想方设法把它做成功，这本来都是自然而然的。不熟记要点就交不了朋友，不乞灵秘诀就做不成事业，可见多么缺乏真情感真兴趣了。但是，没有真情感，怎么会有真朋友呢？没有真兴趣，怎么会有真事业呢？既然如此，又何必孜孜于交际和成功？这样做当然有明显的功利动机，但那还是比较表面的，更深的原因是精神上的空虚，于是急于找捷径躲到人群和事务中去。我不知道其效果如何，只知道如果这样的交际家走近我身旁，我一定会更感寂寞，如果这样的成功者站在我面前，我一定会更觉无聊的。

人活世上，有时难免要有求于人和违心做事。但是，我相信，一个人只要肯约束自己的贪欲，满足于过比较简单的生活，就可以把这些减少到最低限度。远离这些麻烦的交际，实在算不得什么损失，反而受益无穷。我们因此获得了好心情和好光阴，可以把它们奉献给自己真正喜欢的人、真正感兴趣的事，而首先是奉献给自己。对于一个满足于过简单生活的人，生命的疆域是更加宽阔的。

曾经有一个时期，人类过着极其平静单调的生活。用现代人的眼光看，一定会认为那种生活难以忍受。可是，我们很少听说我们的祖先曾经抱怨寂寞，叹息无聊。要适应简单的生活，必须有一颗淳朴的心。我承认我也是一个现代人，已经没有那样淳朴的心，因而适应不了那样简单的生活了。不过，我想，我至少能做到，当我寂寞无聊的时候，尽量忍受，绝不逃避。我不到电视机前去呆坐，不到娱乐厅去玩电子游戏，不去酒吧陪时髦的先生或小姐喝高级饮料，宁肯陪我的无聊多坐一会儿。我要尽量平静地度寂寞的时光，尽量从容地品尝无聊的滋味，也许这正是一个回归简单生活的机会。

照理说，生命如此短暂，想做的事根本做不完，应该没有工夫感到无聊。单说读书，读某一类书，围绕某一个专题读，就得搭进去一辈子的光阴。然而，我宁愿少读点书，多留点时间给无聊。一个人只要不讨厌自己，是不该怕无聊的。不读别的书，正好仔细读自己的灵魂这本书。我可不愿意到了垂暮之年，号称读书破万卷，学问甲天下，自己的灵魂这本书却未曾翻开过。如果那样，我会为自己白活一场而死不瞑目的。

新年伊始，我只有一个很简单的愿望。我希望在离城市很远的地方有一间自己的屋子，里面只摆几件必要的家具，绝对不安电话，除了少数很亲密又很知趣的朋友外，也不给人留地址，我要在那里重新学会过简单的生活。至于说像梭罗那样在风景优美的湖滨筑屋幽居，那可是我不敢抱的奢望。

珍惜平凡的生活

——《幸福的哲学》讲座

生儿育女，亲情，家庭，这些东西的确很平凡，人类千百万年以来一直是这样过的。但是，正是这种平凡的生活对于人类来说是最重要的，有了这个东西，人类就能世世代代延续下去，没有这个东西，人去做其他各种各样的事情还有什么意义？所以，我认为，我们应该有一个觉悟，就是珍惜平凡生活的价值。我们往往有很多的野心或者说雄心，要在这个世界上轰轰烈烈地干一番事业，要铸造辉煌、卓越等，我说你可以那样去干，但是你千万别忘记了，平凡生活仍然是你生活中最重要的部分，是人类生活中最重要的部分，它们组成了人类生命的永恒的核心和基础。说到底，一切的不平凡最后都要回归到平凡，都要用对平凡生活做出的贡献来衡量它们的价值。如果平凡生活过不好，你再不平凡，再精彩，我觉得那都是空的，其价值都很有限。

法国哲学家蒙田说，一个人能够和家人和睦相处，这是人生的重大成就。我觉得他说得很对。一个人事业再辉煌，在社会上成就再大，如果不能和家人和睦相处，甚至完全没有时间和家人相处，家不成其为一个家，我认为你的人生就是有根本缺陷的。英国哲学家霍布斯说，怀有野心的人是不会把时间浪费在妻子和朋友身上的，他不得不把全部时间奉献给他的敌人。说得真好，的确有这样的人，把全部时间用来争权夺利、钩心斗角，却舍不得花一点时间来陪家人，还自吹是为了事业而牺牲家庭生活。

在生活中，每当有亲人去世的时候，我们往往会追悔，谴责自己没有好好珍惜相处的时光。可是，事实上，相遇是缘，分离却是命，再亲的亲人也是时时刻刻在走向分离，因为总会有人先走，只能陪一程。所以，不要事后追悔，现在就要珍惜。杨绛几年前写过一本书叫《我们仨》，她在书里说，这辈子最大的成就是“我们仨”，就是她、钱钟书以及女儿钱瑗这三个灵魂在这个世界上相遇了。她和钱先生都是大学者、大作家，但她并不认为这算多大的成就，最大的成就是有这一个好家。那么，钱先生和钱瑗相继去世，这就是最大的痛苦，她在书中不断地叹息，我们仨失散了，永远地失散了。

我很理解她的感受。如果你有一个好家，最悲哀的事情是什么？就是总有一天会失散，而且再也没有另一个世界让你们重逢了。所以，一定要珍惜现在的每时每刻。人很容易被日常生活消磨得麻木，对生命不敏感，有必要经常提醒自己，不要忽略和错过了人生中那些最珍贵的价值。

一个人活在世界上，一定要有相爱的伴侣、和睦的家庭、知心的朋友。你再忙也一定要和自己的家人一起吃晚饭，餐桌上一定要有欢声笑语，这比有钱、有车、有房重要得多。你钱再多，车再名贵，房再豪华，可是没有这些，和谁之间都没有真爱，那你其实是非常可怜的，你在这个世界上是一个孤魂野鬼。相反，即使穷一点儿，但是有这些，你就是在过一个活人的正常生活。

其实，对社会来说，对一个国家、一个民族来说，也是一样。你说一个时代、一个国家，我们用什么标准评判它好不好？中国的老百姓有一个很朴素的标准，他们把历史上的时代分为治世和乱世，治世就是老百姓能够安居乐业，大家都能好好过平凡生活，乱世就是兵荒马乱，或者贪官污吏横行，老百姓不能安居乐业，平凡生活遭到了破坏。我觉得老百姓的标准是对的，如果不能安居乐业的话，你GDP再高，国势再强盛，有什么用？所以，安居乐业是最低标准，也是一个最基本的标准。

当 好 自 然 之 子

1. 客串“隐士”

人是自然之子。但是，城市里的人很难想起自己这个根本的来历。这毫不奇怪，既然所处的环境和所做的事情都离自然甚远，唯有置身在大自然之中，自然之子的心情才会油然而生。那么，到自然中去吧，面对山林和大海，你会越来越感到留在城市里的那一点名利多么渺小。当然，前提是你把心也带去。最好一个人去，带家眷亦可，但不要呼朋唤友，也不要开手机。对于现代人来说，经常客串一下“隐士”是聊胜于无的精神净化的方式。

2. 遵循自然的节奏

春华秋实，万物都遵循自然的节奏，我们的祖先也是如此。但是，现代人却相反，总是急急忙忙怕耽误了什么，总是遗憾有许多事情来不及做。

其实，即使你从事的是精神的创造，何妨也悠然而行，让精神的果实依照自然的节奏成熟。事实上，一切伟大作品的诞生，都一定有这样一个孕育的过程。做一个心满意足的好孕妇，是精神创造者的最佳状态。

3. 当好自然之子是前提

动物服从于自然，它对物质条件的需求，它与别的生命的竞争，都在自然需要的限度之内。人却不同，只有在人类之中，才有超出自然需要的贪婪和残酷。

如果说这是因为上天给了人超出动物的特殊能力，这个特殊能力岂不用错了地方？上天把人造就为万物之灵，岂不反而成了对人的惩罚？

事情本不应如此。上天给人的特殊能力，人本应主要用在精神领域，而在物质领域则满足于自然需要。倘若这样，人世间不知会减去多少纷争和罪恶。

由此可见，人的两个身份是密切相关的：当好自然之子是当好万物之灵的前提，生命越单纯，精神就可能越优秀。

4. 理性的坏作用

人因为有理性而高于动物，但理性也有坏作用。动物知道自己需要什么，知道自己需要的程度和数量，人却未必，人会在自己生命需要的问题上变得复杂而无知，被想象出来的虚假需要所支配。这是其一。

还有其二。动物的凶猛仅限于本能，只是为了生存，人残暴起来可不得了，会做出对于生存毫无必要的坏事，以暴行本身为乐。自然界里找不出一种动物，会像人这样虐待和屠杀自己的同类。常有人说，人堕落了会沦为禽兽，我说这是对动物的诬蔑，事实是人堕落起来比禽兽坏无数倍。

人因为有理性而有语言、有想象力、有人际关系。人的这个特性对于生命和灵魂两者都可能成为干扰，使生命复杂，使灵魂沉沦。所以，应该约束理性的作用，让它少干扰生命和灵魂。作为生命，人要好好做动物，遵循自然之道。作为灵魂，人要好好做人，听从神的旨意。

5. 扰乱本性的两个东西

我们的本性最经常地被两个东西扰乱和扭曲，一是利益的争夺，二是流行的观念。庄子对此早有警示，称前者为“丧己于物”，称后者为“失性于俗”。

我不向时间争分夺秒，不让我的人生成为争分夺秒的战场，这反而使得我的每一个当下都完好无损。

逆境也是生活

1. 基本的智慧

人在世上生活，难免会遭遇挫折、失败、灾祸、苦难。这时候，基本的智慧是确立这样一种态度，就是把一切非自己所能改变的遭遇，不论多么悲惨，都当作命运接受下来，在此前提下走出一条最积极的路来。不要去想从前的好日子，那已经不属于你，你现在的使命是在新的规定下把日子过好。这就好比命运之手搅了你的棋局，而你仍必须把残局走下去，那就好好走吧，把它走出新的条理来。为什么我说是基本的智慧呢？因为你别无选择，陷在负面遭遇中不能自拔是最愚蠢的，而人在这种时候往往容易愚蠢。

2. 接过来，然后放下

人活世上，难免遭遇痛苦，大至亲人亡故，爱侣别离，小至钱财损失，朋友反目。这类事一旦发生，不可更改，就应该用通达的态度来面对，简单地说，就是：把它接过来，然后放下。第一，要接过来，在心理上承认和接受事实。坏事已经发生，你拼命抗拒，只是和自己过不去，事情本身不会有丝毫改变。第二，接过来之后，要尽快放下，不把它存在心上。你总存在心上，为它纠结和痛苦，仍然是和自己过不去，实际上是在加大坏事对你的损害。让坏事只存在于你的身外，不让它侵害到你的内心，这是最好的办法。当然，我们只能尽量这么做，做到什么程度是什么程度。

3. 人生没有假如

我们都会说命运无常，可是，一旦厄运降临，往往会陷在假如厄运没有降临的思路里，把命运的突变感受为生活的毁灭，丧失掉继续前行的勇气。厄运好比上帝给凡人出的一道试题，测试其灵魂的品质。人生没有假如，已经发生的厄运，只有面对它、接受它，从而在命运的新的规定下走出一条新的路来。

4. 逆境也是生活

人生有顺境，也有逆境。我们往往只把顺境看作生活，认为逆境不是生活，而是不得不忍受的例外，盼望它快快过去，生活可以重新开始。怀着这样的心态，人在逆境中就必定焦虑不安，度日如年，苦难望不到头。应该调整心态，在逆境中要这样想：这就是我现在的生活，甚至是我永远的生活，我怎么把它过得有意义？事实上，如果你的心态平静而又积极，逆境的确也是一种生活。

5. 对灵魂的检验

苦难检验人的灵魂的坚强和软弱，软弱的灵魂在寻常的苦难中一蹶不振。成功检验人的灵魂的高贵和卑劣，卑劣的灵魂在表面的成功中暴露无遗。

不和时间赛跑

1. 不和时间赛跑（之一）

一眨眼又一年过去了，真是太快了。年复一年，岁月飞逝，人不由得会产生分秒必争的紧迫心情。然而，我的原则是不和时间赛跑。时间分秒不停地在走，人怎么跑得赢时间呢？跑赢了岂不要累死，累死了也不知何所图。管它时间走得多么快，我就慢慢地走，按照自己觉得舒服的节奏走，享受每一个当下，欣赏沿途的风景。我不理睬时间，就当它不存在，静心做事情，安心过日子。我不向时间争分夺秒，不让我的人生成为争分夺秒的战场，这反而使得我的每一个当下都完好无损。

2. 不和时间赛跑（之二）

每到年关，我就惊讶时间怎么过得这样快。但是，也就惊讶罢了，我不给自己订时间表，不和时间赛跑。和时间赛跑，第一跑不赢，第二跑赢了也无意义。我想得很开，在上帝眼中，亦即在永恒的时空中，我做事情做多做少都一样。

3. 年龄·心态·觉悟

忽然想到了我的年龄。即使在老龄标准大大推迟的今天，我也不能赖在中老年交界的碑石前暂不挪步了。心态多么年轻，也阻挡不了时间加速度的步伐，曾经觉得非常遥远的半百、花甲，一眨眼已经都落在了身后。岁月无情，人生易老，对此真是无话可说。

然而，好的心态仍是重要的。这个好的心态，不是傻乐，不是装嫩，而是历经沧桑之后的豁然开朗。我体会到，人过中年以后，应该逐步建立两方面的觉悟，一方面是与人生必有的缺陷达成和解，另一方面是对人生根本的价值懂得珍惜。有了这两方面的觉悟，就会有好的心态。

4. 观赏自己的年龄风景

人生不同的年龄阶段，会有不同的风景。年幼的时候，我们沉浸在风景里，和风景是一体，自己还不会观赏，观赏者是父母和他人。长大以后，我们或多或少会观赏自己的年龄风景了，看自己青春的浪漫和寂寞，看自己壮年的成熟和努力。然后，老年来临了，好吧，让我们站在躯壳之外，笑看自己满头华发，满脸皱纹，脚步蹒跚，心情平和，恬然观赏自己人生的最后一道风景。

5. 状态比目标重要

我突然想明白了一个道理：人生真正重要的不是目标，而是状态，只要状态是好的，就不必在目标问题上追根究底了，或者就可以说目标是对的。目标的价值不在理论上，而在实践上，就是为了让你的人生有一个好的状态。

6. 观念的支配作用

观念对于心态和行为有支配的作用。比如走路，你步行去某地，为了办一件具体的事务，只想着快快走完这段路，你就会觉得走路是纯粹的支出，是一件苦事。相反，如果你把步行本身当作健体的运动，同样是快步行走，你却会觉得走路是完全的收入，是一件乐事。推而广之，我们无论做什么事，如果只是因为喜欢这件事本身，做事的过程就会是享受的；如果是把这件事当作达到某个功利目的的手段，做事的过程就会是痛苦的。

不较劲的智慧

1. 分清自己能否支配

人生智慧的一个重要方面，是分清什么是自己能够支配的，什么是自己不能支配的。对于自己不能支配的，你只能顺其自然。对于自己能够支配的，你要努力。至于努力的结果是什么，也不妨顺其自然。

2. 不较劲的智慧

人生许多痛苦的原因在于盲目地较劲。所以，你要具备不较劲的智慧，这包括三个方面：

第一，不和自己较劲，对自己要随性。你要认清自己的禀赋和性情，在人世间找到最适合自己的位置，不和别人攀比。

第二，不和他人较劲，对他人要随缘。你要明白人与人之间有没有缘和缘的深浅是基本确定了的，在每个具体情境中做到大致心中有数，不对任何人强求。

第三，不和老天较劲，对老天要随命。你要记住人无法支配自己的命运，但可支配自己对命运的态度，平静地承受落在自己头上的不可避免的遭遇。

3. 和外部遭遇拉开距离

一个人活在世界上，必须学会和自己的外部遭遇拉开距离。这有两层意思。

其一，面对你的外部遭遇，你要保持内心的自主。人往往容易受既有的遭遇支配，被已经发生的情况拖着走，走向自己并不想去的地方。其实，既有的遭遇未必就决定了未来的走向，在多数情况下，人仍然是有选择的自由的，你一定不要放弃这个自由，而你的未来走向在很大程度上就取决于你能否用好这个自由。

其二，面对你的外部遭遇，你要保持内心的宁静。如果既有的遭遇足够严重，已经发生的情况对你的打击足够大，到了彻底改变你的未来走向的地步，那就坦然地接受吧。这个时候必须有超脱的眼光，人终有一死，一切祸福得失都是过眼烟云，不必太在乎。

总之，如果可能，就做命运的主人，不向它屈服；如果不可能，就做命运的朋友，不和它较劲。

4. 不要死在一件小事上

如果你把全部注意力放在一件事上，那件事多么小也会被无限放大，仿佛是天大的事。那么，掉转你的视线吧，去看人间的百态，历史的变迁，宇宙的广袤，再回头看那件事，你就会发现它多么微不足道了。让你的心灵活在一个广阔的世界上，你就不会死在一件小事上了。可悲的是，死在一件小事上的人何其多也。

5. 思虑伤身，多思健体

思虑伤身，为日常生活中的小事、琐事而忧虑、烦恼、痛苦，这种情况因为频繁发生而日积月累，事实上最容易致病。相反，有思考习惯和能力的人，能够以理智的态度和宽阔的胸怀面对人世间的事情，不但不会伤身，反而可以健体。那些想大问题的人，哪怕想的是苦难和死亡，比如苏格拉底和佛陀，身体都好得很。

6. 警惕小事

想大问题，哪怕是想死亡这种可怕的大问题，并不会损害健康。相反，为小事纠结、烦恼、愤怒，却是最伤身的。

人面临大事往往会诉诸理性，因此比较冷静。相反，却很容易被小事刺激得怒火中烧，怨气郁结。

结论是：警惕小事，面对小事你要控制住自己的情绪。

7. 间接的自怨

自怨是最痛苦的。有直接的自怨，因为自知做错了事，违背了自己的心愿或原则，便生自己的气，甚至看不起自己。也有间接的自怨，怨天尤人归根结底也是自怨，怨自己无能或运气不好。不错，你碰上了倒霉事，可是你就因此成为一个倒霉蛋了吗？如果你怨气冲天，那你的确是的。但你还可以有另一种态度，就是平静地面对。是否碰上倒霉事，这是你支配不了的，做不做倒霉蛋，这是你可以支配的。一个自爱自尊的人是不会怨天尤人的，没有人能够真正伤害他的自足的心。

知道自己要什么

1. 知道自己要什么

一个人在世上生活，必须知道自己到底要什么。一是应该要什么，人生中什么是重要的、宝贵的、真正值得争取的。这就是正确的价值观。二是能够要什么，自己的兴趣和能力在什么地方，做什么事最适合自己的性情和禀赋。这就是准确的自我认识。有了这两条，内心就会宁静，行动就会从容。相反，一个不知道自己到底要什么的人，必定永远焦躁和拧巴，他东抓一把，西抓一把，到头来仍不满意，怎么会满意呢，因为他根本不知道什么能让自己满意。

一个人越是知道自己不要什么，他就越有把握找到自己真正要的东西。

2. 至少知道自己不要什么

在人生的旅途中，一个人应该知道自己到底要什么，什么是自己最想做也最能够做好的事情。也就是说，应该知道自己的志向和事业之所在。不过，在年轻的时候，我们对此往往是不清楚的，这是一个逐渐清晰起来的过程。我想强调的是，你可能暂时不知道自己到底要什么，但是，你至少必须知道自己不要什么。人世间充满诱惑，它们都在干扰你走向自己的目标，你必须懂得抵御和排除。事实上，一个人越是知道自己不要什么，他就越有把握找到自己真正要的东西。

3. 价值观并不抽象

一个人拥有自己明确的、坚定的价值观，这是一个基本要求。当然，这需要阅历和思考，并且始终是一个动态的过程。价值观完全不是抽象的东西，当你从自己所追求和珍惜的价值中获得巨大的幸福感之时，你就知道你是对的，因而不会觉得坚持是难事。

4. 心态取决于价值观

人能否有好的心态，在很大程度上取决于价值观。一个价值观正确而且坚定的人，他知道人生中什么是重要的，什么是不重要的，对重要的看得准、抓得住，对不重要的看得开、放得下，大事有主见，小事能超脱，心态自然会好。相反，倘若价值观错误或动摇，大小事都纠结，心态怎么好得了。

5. 人可以支配价值观

价值观决定一个人的人生之路的走向。人可以支配自己的价值观，因而在相当程度上可以支配自己的人生之路的走向。在这个意义上，人是自由的。有了正确、清晰、坚定的价值观，不论世事多么复杂，道路多么曲折，你心里是踏实的。放弃对价值观的主动权，在价值观上随大溜，是对你的人生的最大的不负责任。

国家和民族同样如此，价值观决定了国家和民族的发展方向。价值观的博弈绝非小事，国家和民族的命运取决于何种价值观成为核心价值观。所谓核心价值观不是口号，一种价值观真正成为体制的灵魂和社会的共识，才可称作核心价值观。

6. 剥夺不了的自主权

不论社会环境怎样，个人在价值观上总能拥有相当的自主权。不论在多么平庸的时代，仍会有优秀的个体。不论在多么专制的社会，仍会有自由的灵魂。一个人体验人性之美和品尝做人幸福的权利，是任何力量也剥夺不了的。

7. 取舍的标准

你有一个生命和一个灵魂，它们是你带到这个世界上来的全部家底，也是此生此世唯独属于你的宝贵财产。所以，照看好生命和灵魂，让它们有一个好的状态，是你的基本责任。对于外部世界的一切，包括做事和交友，你都要依据是助益还是损害二者的状态来判断其价值，从而决定取舍。

8. 照看好你的生命

你真正爱你的生命，就要照看好它，让它有一个好的状态。一个人太看重外在的功利，就会顾不上照看自己的生命，对它的状态忽略乃至麻木。生命不应该是用来获取别的东西的手段，它本身就是目的，你所做的一切，其价值归根结底要根据对你的生命状态的作用之好坏来评判。

9. 对自己的人生负责

茫茫宇宙间，每个人都只有一次生命，都是一个独一无二、不可重复的存在。名声、财产、地位等都是身外之物，人人可求而得之，但是没有人能够代替你再活一次。意识到了这一点，你就会明白，在如何活的问题上，你必须自己做主，盲从舆论和习俗是最大的不负责任。在人世间的一切责任中，最根本的责任是对你自己的人生负责，真正成为你自己，活出你独特的个性和价值来。

10. 长期目标和短期目标

在为人生制定目标时，有长期和短期之分。长期目标着眼于人生整体价值的实现，是根据自己的志趣和禀赋确定的一个努力方向，是寄托了自己理想的某一类事业。短期目标则是根据实际情形确定要做的具体工作，它理应体现长期目标，是走向长期目标的一个步骤和环节。有时候，因为客观情势的限制，你可能不得已偏离了这个方向，但你不要忘记你的长期目标，你要积聚能量，随时准备回到自己的路上来。

11. 不怕付出代价

我主张真性情，有人说，你成功了，当然可以这样，我们这样就会很惨。我心想：我也惨过的，但是，不怕付出代价，乃是真性情之必然，因为你别无选择。倘若患得患失，谈什么真性情?

我的选择常常是老天给我的秉性在说话，而不是权衡利弊的结果。

12. 生存压力和精神目标

现在的年轻人面临着巨大的生存压力，我不主张清高，生存问题不解决，是清高不下去的。但是，内心一定要清醒，要有自己的精神目标，有和没有是大不一样的。有精神目标的人，他在解决生存问题时即能保持一种内心的力量，不致被贫困压倒，也不致被诱惑败坏，而当他基本解决了生存问题之后，就能及时地走上自己的人生追求之路，不再是为谋生而工作，而是真正拥有自己的事业。

坦然面对人性

1

对于自己的经历应该采取这样的态度：一是尽可能地诚实，正视自己的任何经历，尤其是不愉快的经历，把经历当作人生的宝贵财富；二是尽可能地超脱，从自己的经历中跳出来，站在一个比较高的位置上看它们，把经历当作认识人性的标本。

2

我相信，无论谁肯用一种既诚实又超脱的眼光看自己，他的眼光就会变得既深刻又宽容，在这样的眼光下，一切外部经历都可以转化成心灵的财富，一切隐私都可以还原成普遍的人性现象。

3

凡真实的人性都不是罪恶，若看成罪恶，必是用了社会偏见的眼光。

4

每个人身上都藏着人性的秘密，都可以通过认识自己来认识人性。事实上，自古至今，一切伟大的人性认识者都是真诚的反省者，他们无情地把自己当作标本，借之反而对人性有了深刻而同情的理解。

5

人皆有弱点，有弱点才是真实的人性。那种自己认为没有弱点的人，一定是浅薄的人。那种众人认为没有弱点的人，多半是虚伪的人。

人生皆有缺憾，有缺憾才是真实的人生。那种看不见人生缺憾的人，或者是幼稚的，或者是麻木的，或者是自欺的。

正是在弱点和缺憾中，在对弱点的宽容和对缺憾的接受中，人幸福地生活着。

6

在伟人的生平中，最能打动我的不是他们的丰功伟绩，而是那些显露了他们真实人性的时刻。其实普通人也一样，人人在生活中都有这样的时刻，而这样的时刻都是动人的。这使我相信，任何人只要愿意如实地叙述自己人生中刻骨铭心的遭遇和感受，就都可以写出一部精彩的自传，其价值远远超过那种仅仅罗列丰功伟绩的名人传记。

7

天赋、才能、眼光、魄力，这一切都还不是伟大，必须加上真实，才成其伟大。真实是一切伟人的共同特征，它源自对人性的真切了解，并由此产生一种面对自己、面对他人的诚实和坦然。

精神上的伟人必定是坦诚的，他们足够富有，无须隐瞒自己的欠缺，也足够自尊，不屑于用作秀、演戏、不懂装懂来贬低自己。

8

问：“您在自己写的书中也好，在接受采访时也好，对于自己的经历都非常坦诚。怎么能做到这一点的？”

答：“我想不出不坦诚的理由。如果对人性有足够的了解，人人都可以做到坦诚。”

9

蒙田教会我坦然面对人性的平凡，尼采教会我坦然面对人性的复杂。

10

性格在很大程度上是天生的。既然是天生的，就谈不上好坏，好坏是后天运用的结果。因此，人不应该致力于改变自己的性格，事实上也做不到，所应该和能够做的是顺应它，因势利导，扬长避短，使它产生好的结果。

11

一个人不应该致力于改变自己的性格，最好的办法是扬长避短，把长处发扬到极致，短处就不足为害了。

事实上，在相同性格类型的人里面，都既有成大事者，也有一事无成者，原因多半在此。

12

要做自己的性格的主人，不要做自己的性格的奴隶。一个人做了自己的性格的主人，也就是尽可能地做了自己的命运的主人。

一个人的性格的所谓优点和缺点是紧密相连的，是一枚钱币的两面，消除了其中一面，另一面也就不存在了。所以，在享受性格之利的同时，承受性格之弊，乃是题中应有之义，只须把这个弊限制在适当的范围内就可以了。

如何限制？就是发扬性格本身的长处，抑制短处。真正力量就在于此。

13

人的基本性格是难以改变的，也不必刻意改变。性格本身无所谓好坏，关键在于正确地使用，使之产生好的结果。比如说，我不善社交，也就不去社交场折腾了，反倒为自己赢得了宁静的心境和独处的时间。

亲疏随缘

曾有人问我如何处理人际关系，我的回答是：尊重他人，亲疏随缘。这个回答基本上概括了我对待友谊的态度。

人在世上是不能没有朋友的。不论天才，还是普通人，没有朋友都会感到孤单和不幸。事实上，绝大多数人也都会有自己的或大或小的朋友圈子。如果一个人活了一辈子连一个朋友也没有，那么，他很可能怪僻得离谱，使得人人只好敬而远之，或者坏得离谱，以至于人人侧目。

不过，一个人又不可能有许多朋友。所谓朋友遍天下，不是一种诗意的夸张，便是一种浅薄的自负。热衷于社交的人往往自诩朋

人与人之间关系的亲疏，并不是由愿望决定的，

而是由有关的人各自的心性及其契合程度决定的。

友众多，其实他们心里明白，社交场上的主宰决不是友谊，而是时尚、利益或无聊。真正的友谊是不喧嚣的。根据我的经验，真正的好朋友也不像社交健儿那样频繁相聚。在一切人际关系中，互相尊重是第一美德，而必要的距离又是任何一种尊重的前提。使一种交往具有价值的不是交往本身，而是交往者各自的价值。在交往中，每个人所能给予对方的东西，决不可能超出他自己所拥有的。他在对方身上能够看到些什么，大致也取决于他自己拥有些什么。高质量的友谊总是发生在两个优秀的独立人格之间，它的实质是双方互相由衷地欣赏和尊敬。因此，重要的是使自己真正有价值，配得上做一个高质量的朋友，这是一个人能够为友谊所做的首要贡献。

我相信，一切好的友谊都是自然而然形成的，不是刻意求得的。我们身上都有一种直觉，当我们初次与人相识时，只要一开始谈话，就很快能够感觉到彼此是否相投。当两个人的心性非常接近时，或者非常远离时，我们的本能下判断最快，立刻会感到默契或抵牾。对于那些中间状态，我们也许要稍费斟酌，斟酌的快慢是和它们偏向某一端的程度成比例的。这就说明，两个人能否成为朋友，基本上是一件在他们开始交往之前就决定了的事情。也就是说，人与人之间关系的亲疏，并不是由愿望决定的，而是由有关的人各自的心性及其契合程度决定的。愿望也应该出自心性的认同，超出于此，我们就有理由怀疑那是别有用心，多半有利益方面的动机。利益之交也无可厚非，但双方应该心里明白，最好还是摆到桌面上讲明白，千万不要顶着友谊的名义。凡是顶着友谊名义的利益之交，最后没有不破裂的，到头来还互相指责对方不够朋友，为友谊的脆弱大表义愤。其实，关友谊什么事呢，所谓友谊一开始就是假的，不过是利益的面具和工具罢了。今天的人们给了它一个恰当的名称，叫感情投资，这就比较诚实了，我希望人们更诚实一步，在投资时把自己的利润指标也通知被投资方。

当然，不能排除一种情况：开始时友谊是真的，只是到了后来，面对利益的引诱，一方对另一方做了不义的事，导致友谊破裂。在今日的商业社会中，这种情况也是司空见惯的。我不想去分析那行不义的一方的人品究竟是本来如此，现在暴露了，还是现在才变坏的，因为这种分析过于复杂。我想说的是，面对这种情况，我们应取的态度也是亲疏随缘，不要企图去挽救什么，更不要陷在已经不存在的昔日友谊中，感到愤愤不平，好像受了天大的委屈。应该知道，一个人的人品是天性和环境的产物，这两者都不是你能够左右的，你只能把它们的产物作为既定事实接受下来。跳出个人的恩怨，做一个认识者，借自己的遭遇认识人生和社会，你就会获得平静的心情。

自 己 身 上 的 快 乐 源 泉

古希腊哲学家都主张，快乐主要不是来自外物，而是来自人自身。苏格拉底说：享受不是从市场上买来的，而是从自己的心灵中获得的。德谟克利特说：一个人必须习惯于反身自求快乐的源泉。亚里士多德说：沉思的快乐不依赖于外部条件，是最高的快乐。连号称“享乐主义祖师爷”的伊壁鸠鲁也说：身体的健康和灵魂的平静是幸福的极致。

人应该在自己身上拥有快乐的源泉，它本来就存在于每个人身上，就看你是否去开掘和充实它。这就是你的心灵。当然，如同伊壁鸠鲁所说，身体的健康也是重要的快乐源泉。但是，第一，如果没有心灵的参与，健康带来的就只是动物性的快乐；第二，人对健康的自主权是有限的，潜伏的病魔防不胜防，所以这是一个不太可靠的快乐源泉。

相比之下，心灵的快乐是自足的。如果你的心灵足够丰富，即使身处最单调的环境，你仍能自得其乐。如果你的心灵足够高贵，即使遭遇最悲惨的灾难，你仍能自强不息。这是一笔任何外力都夺不走的财富，是孟子所说的“人之安宅”，你可以借之安身立命。

由此可见，人们为了得到快乐，热衷于追求金钱、地位、名声等身外之物，无暇为丰富和提升自己的心灵做一些事，是怎样地南辕北辙啊。

第六章 灵魂只能独行

灵魂的行走只有一个目标，就是寻找上帝。

灵魂之所以只能独行，是因为每一个人只有自己寻找，才能找到他的上帝。

人的高贵在于灵魂

法国思想家帕斯卡尔有一句名言："人是一支有思想的芦苇。"他的意思是说，人的生命像芦苇一样脆弱，宇宙间任何东西都能置人于死地。可是，即使如此，人依然比宇宙间任何东西高贵得多，因为人有一个能思想的灵魂。我们当然不能也不该否认肉身生活的必要，但是，人的高贵却在于他有灵魂生活。作为肉身的人，并无高低贵贱之分。唯有作为灵魂的人，由于内心世界的巨大差异，才分出了高贵和平庸，乃至高贵和卑鄙。

两千多年前，罗马军队攻进了希腊的一座城市，他们发现一个老人正蹲在沙地上专心研究一个图形。他就是古代最著名的物理学家阿基米德。他很快便死在了罗马军人的剑下，当剑朝他劈来时，他只说了一句话：“不要踩坏我的圆！”在他看来，他画在地上的那个图形是比他的生命更加宝贵的。更早的时候，征服了欧亚大陆的亚历山大大帝视察希腊的另一座城市，遇到正躺在地上晒太阳的哲学家第欧根尼，便问他：“我能替你做些什么？”得到的回答是：“不要挡住我的阳光！”在他看来，面对他在阳光下的沉思，亚历山大大帝的赫赫战功显得无足轻重。这两则传为千古美谈的小故事表明了古希腊优秀人物对于灵魂生活的珍爱，他们爱思想胜于爱一切包括自己的生命，把灵魂生活看得比任何外在的事物包括显赫的权势更加高贵。

珍惜内在的精神财富甚于外在的物质财富，这是古往今来一切贤哲的共同特点。英国作家王尔德到美国旅行，入境时，海关官员问他有什么东西要报关，他回答：“除了我的才华，什么也没有。”使他引以自豪的是，他没有什么值钱的东西，但他拥有不能用钱来估量的艺术才华。正是这位骄傲的作家在他的一部作品中告诉我们：“世间再没有比人的灵魂更宝贵的东西，任何东西都不能跟它相比。”

其实，无须举这些名人的事例，我们不妨稍微留心观察周围的现象。我常常发现，在平庸的背景下，哪怕是一点不起眼的灵魂生活的迹象，也会闪放出一种很动人的光彩。

有一回，我乘车旅行。列车飞驰，车厢里闹哄哄的，旅客们在聊天、打牌、吃零食。一个少女躲在车厢的一角，全神贯注地读着一本书。

她读得那么专心，还不时地往随身携带的一个小本子上记些什么，好像完全没有听见周围嘈杂的人声。望着她仿佛沐浴在一片光辉中的安静的侧影，我心中充满感动，想起了自己的少年时代。那时候我也和她一样，不管置身于多么混乱的环境，只要拿起一本好书，就会忘记一切。如今我自己已经是一个作家，出过好几本书了，可是我却羡慕这个埋头读书的少女，无限缅怀已经渐渐远逝的有着同样纯正追求的我的青春岁月。

每当北京举办世界名画展览时，便有许多默默无闻的青年画家节衣缩食，自筹旅费，从全国各地风尘仆仆来到首都，在名画前流连忘返。我站在展厅里，望着这一张张热忱仰望的年轻的面孔，心中也会充满感动。我对自己说：有着纯正追求的青春岁月的确是人生最美好的岁月。

若干年过去了，我还会常常不由自主地想起列车上的那个少女和展厅里的那些青年，揣摩他们现在的境况。据我观察，人在年轻时多半是富于理想的，随着年龄增长就容易变得越来越实际。由于生存斗争的压力和物质利益的诱惑，大家都把眼光和精力投向外部世界，不再关注自己的内心世界。其结果是灵魂日益萎缩和空虚，只剩下了一个在世界上忙碌不止的躯体。对于一个人来说，没有比这更可悲的事情了。我暗暗祝愿他们仍然保持着纯正的追求，没有走上这条可悲的路。

自由的灵魂

在中国文坛上，一个声音突然响起，令人耳目一新，仅仅三年，又猝然中止了。不管人们是否喜欢这个声音，都不难听出它的独特，以至于会觉得它好像并不属于中国文坛。事实上，王小波之于中国文坛，也恰似一位游侠，独往独来，无派无门，尽管身手不凡，却难寻其师承渊源。

我与王小波并不相识，甚至读他的作品也不多。直到他去世后，我才知道他其实是一个很勤奋、很多产的作家。然而，即使我读过的他的作品不多，也足以使我对这位风格与我迥异的作家怀有一种特别的敬意了。他的文章写得恣肆随意，非常自由，常常还满口谐谑，通篇调侃，一副顽皮相。如今调侃文字并不罕见，难得的是调侃中有一种内在的严肃，鄙俗中有一种纯正的教养，这正是我读他的作品的印象。

在读者中，王小波有“怪才”“歪才”之称。我倒觉得，他的“怪”正是因为他太健康，他的“歪”正是因为他太诚实。因为健康，他对生活有一种正常的感觉，因为诚实，他又要把自己的感觉说出来。他很像《皇帝的新衣》里的那个小孩，别人也看见皇帝光着身子，但宁愿相信皇帝的伟大，不愿相信自己的眼睛，他却不但相信自己的眼睛，而且把自己所看到的如实说了出来。在皇帝巡游的庄严场合，这种举止是有些“怪”而且“歪”的。譬如他的一部小说写性，我认为至少在中国当代小说中是写得最好的，对性有一种非常健康和诚实的态度，并且使读者也感到性是一件健康的、可以诚实地对待的事情。他没有像某些作者那样把性展示为一种抒情造型，或一种色情表演，这两者都会让我们感到肉麻。不过我想，如果他肉麻一些，就不会有人说他“怪”而且“歪”了。

乍看起来，王小波好像有些玩世不恭，他喜欢挖苦各种事、各种现象。但是，他肯定不是一个虚无主义者，骨子里也许是很老派的，在捍卫一些相当传统的价值。他不遗余力抨击的是愚昧和专制，可见他是站在启蒙的立场上，怀抱的仍是“五四”先辈的科学和民主的信念。不过，这仍然是表面现象。他也不是一个科学主义者和民主主义者，他之捍卫科学和民主，并不是因为科学和民主有自足的价值。在他心目中，世上只有一样东西具有自足的价值，那就是智慧。他所说的智慧，实际上是指一种从事自由思考并且享受其乐趣的能力。这就透露了他的理性立场背后蕴含着的人文关切，他真正捍卫的是个人的精神自由。所以，倘若科学成为功利，民主成为教条，他同样会感到智慧受辱，并起而反对。我相信这种对智慧的热爱源于一种健康的精神本能，由此本能导引而能强烈地感受灵魂自由的快乐和此种自由被剥夺的痛苦。“文化大革命”中后一种经验烙印至深，使他至今对一切可能侵害个人精神自由的倾向极为警惕。正因为此，他相当无情地嘲笑了“人文精神”和“新儒学”鼓吹者们的救世奢望。

王小波在表达自己的观点时常常是旗帜鲜明的，有时似乎是相当极端的。我不能说他没有偏见，他自己大约也不这样认为，他的基本主张不是反对一切偏见，而是反对任何一种哪怕是真理的意见，自命唯一的真理，企图一统天下。他真正不肯宽容的是那种定天下于一尊的不宽容立场。他也很厌恶诸如虚伪、做作、奴气之类的现象，我想这在一个崇尚精神自由的人是很自然的，因为在这样的人看来，凡此种种都是和自己过不去，自己剥夺自己的精神自由。一个精神上真正自由的人当然是没有必要用这些手段掩饰自己或讨好别人的。我在王小波的文章中未尝发现过狂妄自大，而这正是一般好走极端的人最易犯的毛病，这证实了我的一个直觉：他实际上不是一个走极端的人，相反是一个对己对人都懂得把握住分寸的人。他不乏激情，但一种平常心的智慧和一种罗素式的文明教养在有效地调节着他的激情。

正值创作鼎盛时期的王小波突然撒手人寰，人们为他的早逝悲哀,更为文坛的损失惋惜。最令我难过的却是世上智慧的人本来不多，现在又少了一个，这是比文坛可能遭受的损失更使我感到可惜的。是的，王小波是智慧的，他拥有他最看重的这种品质。在悼念他的时候，我能献上的赞美不过如此，但愿顽皮的他肯笑纳，而不把这归入他一向反感的浪漫夸张。

精神生活的哲学

1

奥伊肯（Rudolf Eucken，1846—1926）是一位活跃于前一个世纪之交的德国哲学家，生命哲学思潮的代表人物之一。在《生活的意义与价值》（1908）这本小册子里，他对自己所建立的精神生活的哲学做了通俗扼要的解说。早在1920年，这本书已有上海中华书局印行的余家菊的译本。现在，上海译文出版社又出版了万以的译本。奥伊肯的文风虽不艰涩却略嫌枯燥，读时不由得奇怪他何以能够获得1908年的诺贝尔文学奖。从他和柏格森的获奖，倒是可以遥想当

灵魂的故乡在非常遥远的地方，只要生命不止，

它就永远在思念、在渴望，永远走在回乡的途中。

年生命哲学的风行。今日又临世纪之交，生命哲学早已偃旗息鼓，但我觉得奥伊肯对精神生活问题的思考并没有过时。

奥伊肯和尼采是同时代人，他比尼采晚出生两年，一度还同在巴塞尔大学任教，不过他比尼采多活了许多年。他们所面对的和所想救治的是相同的时代疾患，即在基督教信仰崩溃和物质主义盛行背景下的生活意义的丧失。他们也都试图通过高扬人的精神性的内在生命力，来为人类寻找一条摆脱困境的出路。他们的区别也许在于对这种内在生命力的根源的哲学解释，尼采归结为权力意志，奥伊肯则诉诸某种宇宙生命，对于传统形而上学的叛离有着程度上的不同。

处在自己的时代，奥伊肯最感忧虑的是物质成果与心灵要求之间的尖锐矛盾。他指出，人们过分专一地投身于劳作，其结果会使我们赢得了世界却失去了心灵。“现实主义文化”一方面只关心生活的外部状态，忽视内心生活，另一方面又把人封闭在狭隘的世俗范围内，与广阔的宇宙生活相隔绝，从而使现代人陷入了“社会生存情绪激奋而精神贫乏的疯狂旋涡”。然而，奥伊肯不是一个悲观主义者，他既不像叔本华那样得出了厌世的结论，也不像尼采那样把希望寄托在虚无缥缈的“超人”身上。他预言解决的希望就在现代人身上，其根据是：在精神的问题上，任何否定和不满的背后都有着一种肯定和追求。“人的缺陷感本身岂不正是人的伟大的一个证明？”我们普遍对生活意义之缺失感到困惑和不安，这个事实恰好证明了在我们的本性深处有一种寻求意义的内在冲动。既然一切可能的外部生活都不能令我们满足，那就必定是由于我们的生活具有从直接环境所无法达到的深度。因此，现代人的不安超出了以往时代，反倒表明了现代人对精神生活有着更高的要求。

2

奥伊肯所要解决的问题是：如何为现代人找回失落的生活意义？他的解决方法并非直接告诉我们这一意义在何处，而是追问我们为何会感到失落。我们比任何时代的人都更加繁忙，也享受着比任何时代更加丰裕的物质，却仍然感到失落，那就证明我们身上有着一种东西，它独立于我们的身体及其外在的活动，是它在寻求、体验和评价生活的意义，也是它在感到失落或者充实。这个东西就是我们内在的精神生命，也就是通常所说的灵魂。

在我们身上存在着一种内在的独立的精神生命，这是奥伊肯得出的最重要的结论，他对生活意义问题的全部解决都建立在这个论点的基础之上。既然这种内在的精神生命是独立于我们的外在生活的，不能用我们的外在生活来解释它，那么，它就必定别有来源。奥伊肯的解释是，它来自宇宙的精神生命，是宇宙生命在人身上的显现。所以，它既是内在的，是“我们真正的自我”，“我们生活最内在的本质”，又是超越的，是“普遍的超自然的生命”。因此，我们内在的精神生活是人和世界相统一的基础，是人性和世界本质的同时实现。

我们当然可以责备奥伊肯在这里犯了逻辑跳跃的错误，从自身的某种精神渴望推断出了一种宇宙精神实体的存在。但是，我宁可把这看作他对一种信念的表述，而对于一个推崇精神生活的价值的人来说，这种信念似乎是必不可少的。如果我们甘心承认人只是茫茫宇宙间的偶然产物，我们所追求的一切精神价值也只是水中月、镜中花，是没有根基的空中楼阁，转瞬即逝的昙花一现，那么，我们的精神追求便只能是虚幻而徒劳的了。尼采和加缪也许会说，这种悲剧性的徒劳正体现了人的伟大。但是，即使一位孤军奋战的悲剧英雄，他也需要在想象中相信自己是在为某种整体而战。凡精神性的追求，必隐含着一种超越的信念，也就是说，必假定了某种绝对价值的存在。而所谓绝对价值，既然是超越于一切浮世表象的，其根据就只能是不随现象界生灭的某种永存的精神实在。现代的西西弗斯可以不相信柏拉图的理念、基督教的上帝或者奥伊肯的宇宙生命，然而，只要他相信自己推巨石上山的苦役具有一种精神意义，借此而忍受了巨石重新滚下山的世俗结果，则他就已经是在向他心中的上帝祈祷了。无论哪位反对形而上学的现代哲学家，只要他仍然肯定精神生活的独立价值，他就不可能彻底告别形而上学。

3

奥伊肯对于基督教的现状并不满意，但他高度赞扬广义的宗教对于人类的教化作用。他认为，正是宗教向我们启示了一个独立的内心世界，坚持了动机纯洁性本身的绝对价值，给生活注入了一种高尚的严肃性，给了心灵一种真正的精神历史。在奥伊肯看来，宗教本身的重要性是超出一切宗教的差异的，其实质是“承认一种独立的精神力量存在于内心中，推动这种精神性发展的动力归根结底来自大全，并分有了大全的永恒活力”。

事实上，不但宗教，而且人类精神活动的一切领域，包括道德、艺术、科学，只要它们确实是一种精神性的活动，就都是以承认作为整体的精神生活的存在为前提的，并且是这个整体的某种体现。如果没有这个整体在背后支持，作为它们的源泉和根据，它们就会丧失其精神内容，沦为世俗利益的工具。在此意义上，一种广义的宗教精神乃是人类一切精神活动的基本背景。也就是说，凡是把宗教、道德、艺术、科学真正当作精神事业和人生使命的人，必定对于精神生活的独立价值怀有坚定的信念。在精神生活的层次上，不存在学科的划分，真、善、美原是一体，一切努力都体现了同一种永恒的追求。

也正是从这种广义的宗教精神出发，我们就不会觉得自己的任何精神努力是徒劳的了。诚然，在现实世界中，我们的精神目标的实现始终是极其有限的。但是，由于我们对作为整体的精神生活怀有信念，我们就有了更广阔的参照系。我们身处的世界并不是整个实在，而只是它的一个部分，因此，在衡量一种精神努力的价值时，主要的标准不是眼前的效果，而是与整个实在的关系。正如奥伊肯所说的："倘若我们整个尘世的存在只是一个更大的序列的一个片段，那么指望它会澄清一切疑团便很不智，而且仍然会有许多在我们看来毫无意义的可能性，在更广大的范围内却能够得到理解。"我们当然永远不可能证明所谓大全的精神性质，但我们必须相信它，必须相信世上仍有神圣存在，这种信念将使我们的人生具有意义。而且我相信，倘若怀有这个信念的人多了，人性必能进步，世风必能改善。如果产生了这样的结果，信念的作用便实现了，至于茫茫宇宙中究竟有没有一个精神性的大全，又有什么要紧呢？

4

精神生活既是个人的最内在的本质，又是宇宙生命的显现，那么，我们每个人是否就自然而然地拥有了精神生活呢？奥伊肯对此做出了否定的回答。他指出，精神生活并不是一种自然延续的进化，或一种可以遗传的本能，也不是一种能够从日常经验的活动中获得的东西。可以说，正因为它极其内在而深刻，我们就必须去唤醒它。人类精神追求的漫长历史乃是宇宙生命显现的轨迹，然而，对于每一个个体来说，它一开始是外在的。“从精神上考虑，过去的收获及其对现在的贡献无非是些可能性，它们的实现有待于我们自己的决定和首创精神。”每一个个体必须穷其毕生的努力，才能“重新占有”精神生活，从而获得一种精神个性。奥伊肯的结论是：“精神的实现决不是我们的自然禀赋；我们必须去赢得它，而它允许被我们赢得。”

在我看来，这些论述乃是奥伊肯的这本小册子里的最精彩段落。在一个信仰失落和心灵不安的时代，他没有向世人推销一种救世良策，而是鼓励人们自救。的确，就最深层的精神生活而言，时代的区别并不重要。无论在什么时代，每一个个体都必须并且能够独自面对他自己的上帝，靠自己获得他的精神个性。对于他来说，重新占有精神生活的过程也就是赋予生活以意义的过程。于是，生活的意义和价值何在这一问题的答案便有了着落。

奥伊肯把每一代人对精神生活的实现称作一场“革命”，并且呼吁现代人也进行自己的这场革命。事实上，无论个人，还是某一代人，是否赢得自己的精神生活，确实会使他们生活在完全不同的世界里。一个赢得了精神生活的人，他虽然也生活在“即刻的现在”，但他同时还拥有“永恒的现在”，即那个“包含一切时代、包含人类一切有永恒价值的成就在内的现在”，他的生活与人类精神生活历史乃至宇宙生命有着内在的联系，他因此而有了一种高屋建瓴的立场，一种恒久的生活准则。相反，那些仅仅生活在“即刻的现在”

的人就只能随波逐流，得过且过，盲目地度过自己的一生。

在实际生活中，有无精神生活之巨大差别会到处显现出来，我从奥伊肯的书中再举一例。人们常说，挫折和不幸能够提高人的精神。然而，奥伊肯指出，挫折和不幸本身并不具有这种优点。实际的情形是，许多缺乏内在的精神活力的人被挫折和不幸击倒了。唯有在已经拥有精神活力的人身上，苦难才能进一步激发此种活力，从而带来精神上的收获。

灵魂是一个游子

如果你吃了一顿美餐，你会感到快乐。是什么东西在快乐呢？当然，是你的身体。如果你读了一本好书，听了一支优美的乐曲，看到了一片美丽的风景，你也会感到快乐。是什么东西在快乐呢？显然不是身体了，你只好说，是你的心灵、灵魂感到了快乐。

你犯了胃痛，你摔了一跤，你被虫子蜇了一口，你的身体会受疼痛的折磨。可是，当你失恋了，你的亲人去世了，你想到了自己有一天会死，或者你遭到了不义的事情，是你的哪一部分在痛苦呢？当然，又是灵魂。

看起来，人有一个身体，又有一个灵魂，它们是很不同的东西。

有些哲学家否认人有灵魂，他们把灵魂说成是肉体的一种功能。可是，如果没有灵魂，我们怎么解释上述种种精神性质的快乐和痛苦的根源呢？

灵魂是看不见、摸不着的，它不像眼睛、耳朵、四肢、胃、心脏、大脑那样是人体的一个器官。但是，根据人有着不同于肉身生活的精神生活，我们可以相信它是存在的。其实，所谓灵魂，也就是承载我们的精神生活的一个内在空间罢了。人的肉身是很实际的，它要生存，为了生存便要求温饱，为了生存得更好还要到社会上去奋斗，去获取名利地位。人的灵魂就不那么实际了，它追求的是理想，是诸如真、善、美、信仰、思想、艺术之类的精神价值。我们把这种对理想和精神价值的追求称作精神生活。如果一个人只知道吃睡和赚钱，完全没有精神生活，我们就会嘲笑他没有灵魂，认为他与动物没有多大区别。

灵魂好像永远不会满足于现状，它总是在追求一种完美的境界。这种对理想境界的渴望从何而来？当我们看到美的形象，听到美的音乐，我们的灵魂为何会感动和陶醉？一个未被污染的淳朴的灵魂似乎自然而然地就喜欢美善的东西，讨厌丑恶的东西，它是怎么会具备这样的特性的？古希腊最伟大的哲学家柏拉图对此提出了一种解释。他推测，灵魂必定曾经在一个理想的世界里生活过，见识过完美无缺的美和善，所以，当它投胎到肉体中以后，现实世界里的未必完善的美和善的东西会使它朦胧地回忆起那个理想世界，这既使它激动和快乐，又使它不满足而向往完善的美和善。他还由此得出进一步的结论：灵魂和肉体有着完全不同的来源，肉体会死亡，而灵魂是不朽的。他的这个解释受到了后世许多哲学家的批评，被指责为神秘主义。使我感到奇怪的是，人们怎么没有听出柏拉图是在讲一个寓言呢？他其实是想说，人的灵魂渴望向上，就像游子渴望回到故乡一样。灵魂的故乡在非常遥远的地方，只要生命不止，它就永远在思念、在渴望，永远走在回乡的途中。至于这故乡究竟在哪里，却是一个永恒的谜。我们只好用寓言的方式说，那是一个像天堂一样美好的地方。我们岂不是在同样的意义上说，灵魂是我们身上的神性，当我们享受灵魂的愉悦时，我们离动物最远而离神最近？

信仰之光

信仰，就是相信人生中有一种东西，它比一己的生命重要得多，甚至是人生中最重要的东西，值得为之活着，必要时也值得为之献身。这种东西必定是高于我们的日常生活的，像日月星辰一样在我们头顶照耀，我们相信它并且仰望它，所以称作信仰。但是，它又不像日月星辰那样可以用眼睛看见，而只是我们心中的一种观念，所以又称作信念。

提起信仰，人们常常会想到宗教，例如基督教、佛教、伊斯兰教，等等。在人类历史上，在现实生活中，宗教信仰的确是信仰最常见的一种形态。不过，两者不完全是一回事。事实上，做一个教徒不

幸福不是零碎和表面的情绪，而是灵魂的愉悦。

等于就有了信仰，而有信仰的人也未必信奉某一宗教。

有一回，我到佛教圣地普陀山旅游。在山上一座大庙里，和尚们正为一个施主做法事，中间休息，一个小和尚走来与我攀谈。我问他：“做法事很累吧？”他随口答道：“是呵，挣钱真不容易！”一句话表明了他并不真信佛教，皈依佛门只是谋生的手段。这个小和尚毕竟直率得可爱。如今，天下寺庙，处处香火鼎盛，可是你若能听见那些烧香拜佛的人许的愿，就会知道，他们几乎都是在向佛索求非常具体的利益，没有几人是真有信仰的。

在同一次旅程中，我还遇见另一个小和尚。当时，我正乘船航行。船舱里异常闷热，乘客们纷纷挤到舱内唯一的自来水管旁洗脸。他手拿毛巾，静静等候在一旁。终于轮到他了，又有一名乘客夺步上前，把他挤开。他面无愠色，退到旁边，礼貌地以手示意：“请，请。”我目睹了这一幕，心中肃然起敬，相信眼前这个身披青灰色袈裟的年轻僧人是真正有信仰的人。后来，通过交谈，这一直觉得到了证实，我发现他谈吐不俗，对佛理和人生有很深的领悟。

其实，真正有信仰不在于相信佛、上帝、真主或别的什么神，而在于相信人生应该有崇高的追求，有超出世俗的理想目标。如果说宗教真的有一种价值，那也仅仅在于为这种追求提供了一种容易普及的方式。但是，一普及就容易流于表面的形式，反而削弱甚至丧失了追求的精神内涵。所以，真正看重信仰的人决不盲目相信某一种流行的宗教或别的什么思想，而是通过独立思考来寻求和确立自己的信仰。两千四百年前，苏格拉底就是被雅典民众以不信神的罪名处死的。他的确不信神，但他有自己的坚定信仰，他的信仰就是：人生的价值在于爱智慧，用理性省察生活尤其是道德生活。在审判时，法庭允许免他一死，前提是他必须放弃信奉和宣传这一信仰，被他拒绝了。他说，未经省察的人生不值得一过，活着不如死去。他为自己的信仰献出了宝贵的生命。

信仰是内心的光，它照亮了一个人的人生之路。没有信仰的人犹如在黑暗中行路，不辨方向，没有目标，随波逐流，活一辈子也只是浑浑噩噩。当然，一个人要真正确立起自己的信仰，这不是一件容易的事，不但需要独立思考，而且需要相当的阅历和比较。在漫长的人生道路上，改变信仰的事情也是经常发生的，不足为怪。在我看来，在信仰的问题上，真正重要的是要有真诚的态度。所谓真诚，第一就是要认真，既不是无所谓，可有可无，也不是随大溜，盲目相信；第二就是要诚实，决不自欺欺人。有了这种真诚的态度，即使你没有找到一种明确的思想形态作为你的信仰，你也可以算作一个有信仰的人了，因为你至少是在信仰着一种有真诚追求的人生境界。事实上，在一个普遍丧失甚至嘲侮信仰的时代，也许唯有在这些真诚的寻求者和迷惘者中才能找到真正有信仰的人呢。

幸福是灵魂的事

在世上一切东西中，好像只有幸福是人人都想要的东西。你去问人们，想不想结婚、生孩子，或者想不想上大学、经商、出国，肯定会得到不同的回答。可是，如果你问想不想幸福，大约没有人会拒绝。而且，之所以有些人不想生孩子或经商等，原因正在于他们认为这些东西并不能使他们幸福，想要这些东西的人则认为它们能够带来幸福，或至少是获得幸福的手段之一。也就是说，在相异的选择背后似乎藏着相同的动机，即都是为了幸福。而这同时也表明，人们对幸福的理解有多么不同。

幸福的确是一个极含糊的概念。人们往往把得到自己最想要的东西、实现自己最衷心的愿望称作幸福。然而，愿望不仅是因人而异的，而且同一个人的愿望也会发生变化。真的实现了愿望，得到了想要的东西，是否幸福也还难说，这要看它们是否确实带来了内心的满足和愉悦。费尽力气争取某种东西，争到了手却发现远不如想象的好，乃是常事。幸福与主观的愿望和心情如此紧相纠缠，当然就很难给它定一个客观的标准了。

我们由此倒可以确定一点：幸福不是一种纯粹客观的状态。我们不能仅仅根据一个人的外在遭遇来断定他是否幸福。他有很多钱，有别墅、汽车和漂亮的妻子，也许令别人羡慕，可是，如果他自己不感到幸福，你就不能硬说他幸福。既然他不感到幸福，事实上他也就的确不幸福。外在的财富和遭遇仅是条件，如果不转化为内在的体验和心情，便不成其为幸福。

如此看来，幸福似乎主要是一种内心快乐的状态。不过，它不是一般的快乐，而是非常强烈和深刻的快乐，以至于我们此时此刻会由衷地觉得活着是多么有意思，人生是多么美好。正是这样，幸福的体验最直接地包含着我们对生命意义的肯定评价。感到幸福，也就是感到自己的生命意义得到了实现。不管拥有这种体验的时间多么短暂，这种体验却总是指向整个一生的，所包含的是对生命意义的总体评价。当人感受到幸福时，心中仿佛响着一个声音："为了这个时刻，我这一生值了！"若没有这种感觉，说"幸福"就是滥用了大字眼。人身上必有一种整体的东西，是它在寻求、面对、体悟、评价整体的生命意义，我们只能把这种东西叫作灵魂。所以，幸福不是零碎和表面的情绪，而是灵魂的愉悦。正因为此，人一旦有过这种时刻和体验，便终生难忘了。

可以把人的生活分为三个部分：肉体生活，不外乎饮食男女；社会生活，包括在社会上做事以及与他人的交往；灵魂生活，即心灵对生命意义的沉思和体验。必须承认，前两个部分对于幸福也不是无关紧要的。如果不能维持正常的肉体生活，饥寒交迫，幸福未免是奢谈。在社会生活的领域内，做事成功带来的成就感，爱情和友谊的经历，都尤能使人发觉人生的意义，从而转化为幸福的体验。不过，亚里士多德认为，对于幸福来说，灵魂生活具有头等的重要性，因为其余的生活都要依赖外部条件，而它却是自足的。同时，它又是人身上最接近神的部分，从沉思中获得的快乐几乎相当于神的快乐。这意见从一个哲学家口中说出，我们很可怀疑是否带有职业偏见。但我们至少应该承认，既然一切美好的经历必须转化为内心的体验才成其为幸福，那么，内心体验的敏感和丰富与否就的确是重要的，它决定了一个人感受幸福的能力。对于内心世界不同的人来说，相同的经历具有完全不同的意义——因而事实上他们也就并不拥有相同的经历了。另外，一个习于沉思的智者，由于他透彻地思考了人生的意义和限度，便与自己的身外遭遇保持了一个距离，他的心境也就比较不易受尘世祸福沉浮的扰乱。而他从沉思和智慧中获得的快乐，也的确是任何外在的变故不能将它剥夺的。考虑到天有不测风云，你不能说一种宽阔的哲人胸怀对于幸福是不重要的。

纯真的心性

不久前收到两本书，是江苏作家周国忠寄来的他的散文集《笨拙境界》和《闲思杂集》。令我吃惊的是，作者首先是一位镇长。我知道作为农村基层长官的镇长该有多么忙碌，居然还有写作的雅兴，这是一件稀罕事。于是，我怀着好奇心翻开了它们。一篇篇读下来，我的好奇心消退了，代之而起的是由衷的钦佩之情。因为我发现，这位一镇之长之所以笔耕不辍，绝无附庸风雅之嫌，而是出于一种内在的生命激情，并由这种激情导引对人生种种问题进行着严肃的思考。这样一个真实的灵魂，其探索和吟唱必定与世俗的职务无关，不管当不当镇长，他都不可遏止地要寻找自己的精神家园。

可是我又想，当不当镇长仍是不一样的。读完这两本书，我确信作者是一个有真性情的人。他懂得“人哭号着来，流着泪去，出于尘土，归于尘土，乃一出悲剧耳”，因此他“在书写这出悲剧的过程中最崇尚纯真”，“就算是一种软弱的纯真也无妨”。他追求不惑的境界而终于认识到人生原是“一个惑了清清了惑的轮回”，于是在涉入不惑之年时坚定地喊出了“告别不惑”。他珍惜人生中那些“忙以外、形而上的东西”，向往“不刻意也不失意”的淡泊宁静境界，酷爱独处书房“与古今中外的书家和哲人全身心地对话”。他相信兴趣比权力和利益重要，快不快乐取决于一个人“对自己所从事的事情有无兴趣”。他赞颂“耐得寂寞的人必有质量和力度”，看透那些“耐不得寂寞的人”、那些“在公众场合喜欢自己成为中心的人和乐于围绕中心人物转的人”是肤浅之辈。凡此种种感悟，若是出现在一个远离尘嚣的书生身上，满可以自己玩味，不会引起大的麻烦。然而，一个镇长，每天要应付各种复杂的人际关系，处理无数琐碎的事务，却有这样一种高洁脱俗的心性，其间的反差就大得惊人了。我能想象到这种巨大反差所必然会导致的外部冲突和内心痛苦，并且为此感到一种同情的担忧。

换一个角度想，我却又感到欣慰和振奋。一个领导者而有哲学的智慧和胸怀，这是难能可贵的。我从来相信，智慧是美德之源，胸怀磊落者人品必佳，因为智慧是灵魂中的光，而美德只是它向外的照射。那班贪赃枉法之徒，多半是一些浑浑噩噩之辈。相反，不管社会风气如何堕落，官场如何腐败，一个人只要看重和彻悟生命的真正意义之所在，就决不会随波逐流。所以，像周国忠这样勤于思考人生、看重精神生活的品位的人，尽管处在一个很容易以权谋私的地方父母官的位子上，却把正直奉为自己“安身立命之根本”，“平生最厌憎的是势利”，清醒地看到坚持正义必须有“孤军奋战的气概”，这一切实出于他的性情之必然。

我实在孤陋寡闻，后来我才知道，周国忠所供职的前洲镇是闻名全国的富镇。这里乡镇企业发达，公路畅通，许多农民拥有豪华的别墅和现代交通工具。可是，我在他的书中读到，他在带领农民繁荣致富的同时，却对现代化的种种弊病满怀忧虑。当他漫步在日益缩小的田野上的时候，他悲愤地预感到养育人类的田野有朝一日被人类无情吞噬的危险。在四通八达的公路取代了从前的水路交通之后，他深情地怀念家乡的老河。现在村民们都在各自的单门独户深院里相当奢侈地过年，但是想起过去虽穷却热闹的过年，他总觉得现在的过年缺少些什么。在他的笔下，童年记忆中的一棵大柏树，一口古钟，都有无穷的意味，远比眼下这些别墅和汽车更有价值。这位镇长是否有些多愁善感？也许吧，然而我相信，倘若让这样一个人来规划市政，在创建新都市的同时，他是决不会把历史悠久的旧城墙拆毁的。

周国忠只上过小学，后来便务农、当兵、复员回乡、做基层干部，他的体悟完全来自心性的纯真和实践中的思考。不能说他的散文在艺术上十分圆熟，如果假以更多的闲暇，他当有更出色的创作。可是，我不希望他改行做专业作家。当今中国更需要智慧而正直的从政者，这样的人多了，中国的前途会光明得多。我的确为中国有一个这样的镇长而感到自豪。

灵魂只能独行

我是与一个集体一起来到这个岛上的。我被编入了这个集体，是这个集体的一员。在我住在岛上的全部日子里，我都不能脱离这个集体。可是，我知道，我的灵魂不和这个集体在一起。我还知道，任何一个人的灵魂都不可能和任何一个集体在一起。

灵魂永远只能独行。当一个集体按照一个口令齐步走的时候，灵魂不在场。当若干人朝着一个具体的目的地结伴而行时，灵魂也不在场。不过，在这些时候，那缺席的灵魂很可能就在不远的某处，你会在众声喧哗之时突然听见它的清晰的足音。

即使两人相爱，他们的灵魂也无法同行。世间最动人的爱仅是一个独行的灵魂与另一个独行的灵魂之间的最深切的呼唤和应答。

灵魂的行走只有一个目标，就是寻找上帝。灵魂之所以只能独行，是因为每一个人只有自己寻找，才能找到他的上帝。

世间最动人的爱仅是一个独行的灵魂与另一个

独行的灵魂之间的最深切的呼唤和应答。

灵魂另有来历

1. 投胎的偶然性

灵魂的投胎，有相当的偶然性。孔子、苏格拉底、耶稣，这三位圣哲都是投胎在平常人家。同样，平庸之辈投胎在伟人之家也很普遍，看前二位的子女即可知。这样随机的搭配，造就了真实的人间生活。人类精神血脉的延续另有谱系，与家族无关。

2. 精神的距离

每个人都是一个灵魂，每个灵魂都是独立的——这个观念使我即使对最亲近的人也能保持一种精神的距离，在此距离中，一切冲突都被容忍，一切差异都受到尊重。

3. 灵魂另有来历

灵魂和身体是不可分的，它必须寄寓在一个身体里，而且常常不能支配这个身体的遭遇。灵魂和身体又是可分的，它能够对身体的遭遇做出一种反应，确定一种态度。由一个人的遭遇，我们无法判断他的灵魂，由他对遭遇的反应和态度，我们可以相当准确地做此判断。

所以，灵魂另有来历，在身体的经历中显示。

所以，灵魂对于身体能帮就帮，帮到什么程度是什么程度，但永远要站在身体之上，保持自己的自由。

4. 尊重灵魂的神秘性

鉴于人的灵魂的神秘性，人与人之间的完全沟通是不可能的，因而不同程度的隔膜是必然存在的。既然如此，任何一种交往要能继续下去，就必须是能够包容隔膜的。尊重灵魂的神秘性，不要试图去探视他人心灵里的秘密，这是一切交往的原则，最亲密的交往也不例外。

5. 无人不可缺少

飞机上，离地面一万公尺。我忽然想：宇宙浩渺无际，人类世代更替，我只是沧海一粟。进而想：如果没有我，宇宙和人类依然如故，无人不可缺少。是的，你思考，你写作，你多么珍视你的思考和写作，其实你的灵魂也只是人类精神传承的一个工具罢了。天不生仲尼，也一定会生伯尼，绝不会万古长如夜的。

图书在版编目(CIP) 数据

周国平孤独三书 / 周国平著. -- 杭州 : 浙江人民出版社, 2021.9
ISBN 978-7-213-10278-3

Ⅰ. ①周… Ⅱ. ①周… Ⅲ. ①散文集—中国—当代
Ⅳ. ①I267

中国版本图书馆CIP数据核字（2021）第171109号

7

Jul.

敢于
孤独的勇气

周国平
著

浙江人民出版社

爱情是一只鸟儿在天空飞翔，它自由，但也需要栖息；它空灵，但也需要踏实；它娇弱，因此需要保护；它任性，因此需要训导。

内心世界的丰富、敏感和活跃与否决定了一个人感受幸福的能力。在此意义上，幸福是一种能力。

每个人都是一个独一无二的个体，都应该认识自己独特的禀赋和价值，从而自我实现，真正成为自己。

世上有味之事，包括诗、酒、哲学、爱情，往往无用。吟无用之诗，醉无用之酒，读无用之书，钟无用之情，终于成一无用之人，却因此活得有滋有味。

当一个人的灵魂对于人生产生根本性的疑问时，他就会走向哲学。

在五光十色的现代世界中，让我们记住一个古老的真理：活得简单才能活得自由。

目录

第一章

拥有幸福的能力

第二章

认识你自己

第三章

享受生命本身

第四章

哲学与你有缘

第五章

为爱筑一个好巢

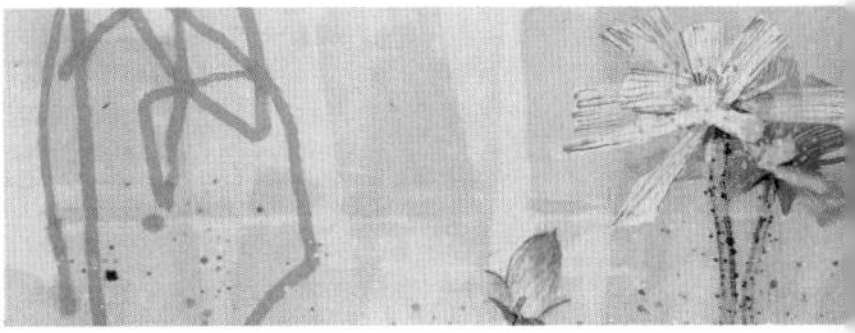

第六章

珍惜平凡的生活

第一章

拥有幸福的能力

在一定意义上，人生觉悟就在于透过社会堆积物去发现你的自然的生命，又透过肉身生命去发现你的内在的生命，灵魂一旦敞亮，你的全部人生就有了明灯和方向。

论幸福

灵魂是感受幸福的“器官”，任何外在经历必须有灵魂参与才成其为幸福。

内心世界的丰富、敏感和活跃与否决定了一个人感受幸福的能力。在此意义上，幸福是一种能力。

苦与乐不但有量的区别，而且有质的区别。在每一个人的生活中，苦与乐的数量取决于他的遭遇，苦与乐的品质取决于他的灵魂。

欢乐与欢乐不同，痛苦与痛苦不同，其间的区别远远超过欢乐与痛苦的不同。

对于沉溺于眼前琐屑享受的人，不足与言真正的欢乐。对于沉溺于眼前琐屑烦恼的人，不足与言真正的痛苦。

痛苦和欢乐是生命力的自我享受。最可悲的是生命力的乏弱，既无欢乐，也无痛苦。

痛苦使人深刻，但是，如果生活中没有欢乐，深刻就容易走向冷酷。未经欢乐滋润的心灵太硬，它缺乏爱和宽容。

我对幸福的看法日趋朴实了。在我看来，一个人若能做自己喜欢做的事，并且靠这养活自己，又能和自己喜欢的人在一起，并且使他（她）们也感到快乐，即可称幸福。

人世间真实的幸福原是极简单的。人们轻慢和拒绝神的礼物，偏要到别处去寻找幸福，结果生活越来越复杂，也越来越不幸。

幸福的和不幸的人呵，仔细想想，这世界上有谁是真正幸福的，又有谁是绝对不幸的？

幸福是有限的，因为上帝的赐予本来就有限。痛苦是有限的，因为人自己承受痛苦的能力有限。

幸福属于天国，快乐才属于人间。

幸福是一个抽象概念，从来不是一个事实。相反，痛苦和不幸却常常具有事实的坚硬性。

幸福是一种一开始人人都自以为能够得到、最后没有一个人敢说已经拥有的东西。

幸福和上帝差不多，只存在于相信它的人心中。

幸福喜欢捉迷藏。我们年轻时，它躲藏在未来，引诱我们前去寻找它。曾几何时，我们发现自己已经把它错过，于是回过头来，又在记忆中寻找它。

聪明人嘲笑幸福是一个梦，傻瓜到梦中去找幸福，两者都不承认现实中有幸福。看来，一个人要获得实在的幸福，就必须既不太聪明，也不太傻。人们把这种介于聪明和傻之间的状态叫作生活的智慧。

幸福是一个心思诡谲的女神，但她的眼光并不势利。权力能支配一切，却支配不了命运。金钱能买来一切，却买不来幸福。

一切灾祸都有一个微小的起因，一切幸福都有一个平庸的结尾。

自己未曾找到伟大的幸福的人，无权要求别人拒绝平凡的幸福。自己已经找到伟大的幸福的人，无意要求别人拒绝平凡的幸福。

我爱人世的不幸胜过爱天堂的幸福。我爱我的不幸胜过爱他人的幸福。

幸福的哲学

有人会说，幸福这个东西很难说，好像是很主观的感觉，很难有统一的标准。确实是这样，每个人对幸福的理解是不一样的。但是，你若深入地问为什么会不一样，其实还是有标准的。一个人对幸福的理解，从大的方面来说，其实体现了价值观，就是你究竟看重什么。

古希腊哲学家亚里士多德曾经说过：幸福是我们一切行为的终极目标，我们做所有的事情其实都是手段。一个人想要赚钱赚得多一点，这本身并不是目的，他是为了由此可以过上幸福的生活。有人可能就要反驳了：我不要那么多钱，也可以幸福。比如说我读几本好书，就会感到很幸福。其实对后一种人来说，读书就是他获得幸福的手段。

对于什么是幸福，西方哲学史上主要有两种看法、两个派别。一派叫作快乐主义，其创始人是古希腊哲学家伊壁鸠鲁。近代以来，英国的一些哲学家，如亚当・斯密、约翰・穆勒、休谟对此也有所阐发。这一派认为，幸福就是快乐。但什么是快乐？快乐就是身体的无痛苦和灵魂的无烦恼。身体健康、灵魂安宁就是快乐，就是幸福。他们还特别强调一点，人要从长远来看快乐，要理智地去寻求快乐。你不能为了追求一时的、眼前的快乐，而给自己埋下一个痛苦的祸根，结果得到的可能是更大的痛苦。另一派叫作完善主义。完善主义认为，幸福就是精神上的完善，或者说道德上的完善。他们认为人身上最高贵的部分，是人的灵魂，是人的精神。你要把这部分满足了，那才是真正的幸福。这一派的代表人物是苏格拉底、康德、黑格尔、马克思等，他们强调的是人的精神满足。

这两派有一个共同之处，那就是，都十分强调精神上的满足。如伊壁鸠鲁强调，物质欲望的满足本身不是快乐，物质欲望和生命本身的需要是两码事。生命需要得到满足那是一种快乐，但是超出生命需要的那些欲望反而是造成痛苦的根源。约翰・穆勒则强调，幸福就是快乐，但是快乐是有质量和层次的区别的，一个人只有各种快乐都品尝过了，他才知道哪一种快乐更深刻、更持久、更强烈、更美好。

在中国哲学里，我感觉，道家比较接近快乐主义，尤其是庄子强调生命本身的快乐，还强调精神自由的快乐，与天地精神相往来的快乐。儒家比较接近完善主义，儒家认为人生的理想境界、最高的享受就是道德上的完善。

也有哲学家认为，幸福是根本不可能的。最典型的就是德国哲学家叔本华。他说人是受欲望支配的，欲望就意味着匮乏，你缺什么往往就对什么有欲望，而匮乏意味着痛苦。所以，欲望没有满足的时候你是痛苦的，但是欲望满足以后，人是不是就快乐了呢？非也。欲望满足以后是无聊。叔本华说，人生就像钟摆一样，在痛苦和无聊之间摇摆，幸福是不可能的。

如果我们仅仅从满足身体的、物质的欲望层面来理解的话，幸福确实是不可能的。但是如果我们超越欲望层面来看幸福，这个观点就不成立了。比如你非常爱读书，你渴望去读那些好书，你知道一些好书在等着你读，那个时候你会痛苦吗？你不会。读完了以后你会无聊吗？不会。你感到丰富了自己的精神，你会因此快乐。这就进一步说明，我们谈幸福问题，一定要超越纯粹欲望的层面，要从价值观角度去谈。

我对幸福的看法日趋朴实了。在我看来，一个人若能做自己喜欢做的事，并且靠这养活自己，又能和自己喜欢的人在一起，并且使他（她）们也感到快乐，即可称幸福。

幸福和运气

无人能完全支配自己在世间的遭遇，其中充满着偶然性，因为偶然性的不同，运气分出好坏。有的人运气特别好，有的人运气特别坏，大多数人则介于其间，不太好也不太坏。谁都不愿意运气特别坏，但是，运气特别好，太容易地得到了想要的一切，是否就一定好？恐怕未必。他们得到的东西是看得见的，但也许因此失去了虽然看不见却更宝贵的东西。天下幸运儿大抵浅薄，便是证明。我所说的幸运儿与成功者是两回事。真正的成功者必定经历过苦难、挫折和逆境，绝不是只靠运气好。

运气好与幸福也是两回事。一个人唯有经历过磨难，对人生有了深刻的体验，灵魂才会变得丰富，而这正是幸福的最重要源泉。如此看来，我们一生中既有运气好的时候，也有运气坏的时候，恰恰是最利于幸福的情形。现实中的幸福，应是幸运与不幸按适当比例的结合。

在设计一个完美的人生方案时，人们不妨海阔天空地遐想。可是，倘若你是一个智者，你就会知道，最美妙的好运也不该排除苦难，最耀眼的绚烂也要归于平淡。原来，完美是以不完美为材料的，圆满是必须包含缺憾的。最后你会发现，上帝为每个人设计的方案无须更改，重要的是能够体悟其中的意蕴。

幸福的悖论

一

把幸福作为研究课题是一件冒险的事。“幸福”一词的意义过于含混，几乎所有人都把自己向往而不可得的境界称作“幸福”，但不同的人所向往的境界又是多么不同。哲学家们提出过种种幸福论，可以担保的是，没有一种能够为多数人所接受。至于形形色色所谓幸福的“秘诀”，如果不是江湖偏方，也至多是一些老生常谈罢了。

幸福是一种太不确定的东西。一般人把愿望的实现视为幸福，可是，一旦愿望实现了，就真感到幸福吗？萨特一生可谓功成愿遂，常人最企望的两件事，爱情的美满和事业的成功，他几乎都毫无瑕疵地得到了，但他在垂暮之年却说：“生活给了我想要的东西，同时它又让我认识到这没多大意思。

不过你有什么办法？”

所以，我对一切关于幸福的抽象议论都不屑一顾，而对一切许诺幸福的翔实方案则简直要嗤之以鼻了。

最近读莫洛亚的《人生五大问题》，最后一题也是“论幸福”。但在前四题中，他对与人生幸福密切相关的问题，包括爱情和婚姻、家庭、友谊、社会生活，做了生动透辟的论述，令人读而不倦。幸福问题的讨论历来包括两个方面，一是社会方面，关系到幸福的客观条件，二是心理方面，关系到幸福的主观体验。作为一位优秀的传记和小说作家，莫洛亚的精彩之处是在第二方面。就社会方面而言，他的见解大体是肯定传统的，但由于他体察人类心理，所以并不失之武断，给人留下了思索和选择的余地。

二

自古以来，无论在文学作品中，还是在现实生活中，爱情和婚姻始终被视为个人幸福之命脉所系。多少幸福或不幸的喟叹，都缘此而起。按照孔德的说法，女人是感情动物，爱情和婚姻对于女人的重要性自不待言。但即使是行动动物的男人，在事业上获得了辉煌的成功，倘若在爱情和婚姻上失败了，他仍然会觉得自己非常不幸。

可是，就在这个人们最期望得到幸福的领域里，却很少有人敢于宣称自己是真正幸福的。诚然，热恋中的情人个个都觉得自己是幸福女神的宠儿，但并非人人都能得到热恋的机遇，有许多人一辈子也没有品尝过个中滋味。况且热恋未必导向美满的婚姻，婚后的失望、争吵、厌倦、平淡、麻木几乎是常规，终身如恋人一样缱绻的夫妻毕竟只是幸运的例外。

从理论上说，每一个人在异性世界中都可能有一个最佳对象，一个所谓的“唯一者”“独一无二者”，或如吉卜林的诗所云，“一千人中之一人”。但是，人生短促，人海茫茫，这样两个人相遇的概率差不多等于零。如果把幸福寄托在这相遇上，幸福几乎是不可能的。不过，事实上，爱情并不如此苛求，冥冥中也并不存在非此不可的命定姻缘。正如莫洛亚所说：“如果因了种种偶然（按：应为必然）之故，一个求爱者所认为独一无二的对象从未出现，那么，差不多近似的爱情也会在另一个对象身上感到。”期待中的“唯一者”，会化身为千百种形象向一个渴望爱情的人走来。也许爱情永远是个谜，任何人无法说清自己所期待的“唯一者”究竟是什么样子的。只有到了坠入情网，陶醉于爱情的极乐，一个人才会惊喜地向自己的情人喊道：“你就是我一直期待着的那个人，就是那个唯一者。”

究竟是不是呢?

也许是的。这并非说，他们之间有一种宿命，注定不可能爱上任何别人。不，如果他们不相遇，他们仍然可能在另一个人身上发现自己的“唯一者”。然而，强烈的感情经验已经改变了他们的心理结构，从而改变了他们与其他可能的对象之间的关系。犹如经过一次化合反应，他们都已经不是原来的元素，因而不可能再与别的元素发生相似的反应了。在这个意义上，一个人一生只能有一次震撼心灵的爱情，而且只有少数人得此幸遇。

也许不是。因为“唯一者”本是痴情的造影，一旦痴情消退，就不再成其“唯一者”了。莫洛亚引哲学家桑塔耶那的话说：“爱情的十分之九是由爱人自己造成的，十分之一才靠那被爱的对象。”凡是经历过热恋的人都熟悉爱情的理想化力量，幻想本是爱情不可或缺的因素。太理智、太现实的爱情算不上爱情。最热烈的爱情总是在两个最富于幻想的人之间发生，不过，同样真实的是，他们也最容易感到幻灭。如果说普通人是因为运气不佳而不能找到意中人，那么，艺术家则是因为期望过高而对爱情失望的。爱情中的理想主义往往导致拜伦式的感伤主义，又进而导致纵欲主义，唐璜有过一千零三个情人，但他仍然没有找到他的“唯一者”，他注定找不到。

无幻想的爱情太平庸，基于幻想的爱情太脆弱，幸福的爱情究竟可能吗？我知道有一种真实，它能不断地激起幻想，有一种幻想，它能不断地化为真实。我相信，幸福的爱情是一种能不断地激起幻想、又不断地被自身所激起的幻想改造的真实。

三

爱情是无形的，只存在于恋爱者的心中，即使人们对于爱情的感受千万差别，但在爱情问题上很难做认真的争论。婚姻就不同了，因为它是有形的社会制度，立废取舍，人是有主动权的。随着文明的进展，关于婚姻利弊的争论愈演愈烈。有一派人认为婚姻违背人性，束缚自由，败坏或扼杀爱情，本质上是不可能幸福的。莫洛亚引婚姻反对者的话说：“一对夫妇总依着两人中较为庸碌的一人的水准而生活。”此言可谓刻薄。但莫洛亚本人持赞成婚姻的立场，认为婚姻是使爱情的结合保持相对稳定的唯一方式。只是他把艺术家算作了例外。

在拥护婚姻的一派人中，对于婚姻与爱情的关系又有不同看法。两个截然不同的哲学家，尼采和罗素，都要求把爱情与婚姻区分开来，反对以爱情为基础的婚姻，而主张婚姻以优生和培育后代为基础，同时保持婚外爱情的自由。法国哲学家阿兰认为，婚姻的基础应是逐渐取代爱情的友谊。莫洛亚修正说："在真正幸福的婚姻中，友谊必得与爱情融合一起。"也许这是一个比较令人满意的答案。爱情基于幻想和冲动，因而仅因爱情缔结的婚姻结局往往不幸。但是，无爱情的婚姻更加不幸。仅以友谊为基础的夫妇关系诚然彬彬有礼，但未免失之冷静。保持爱情的陶醉和热烈，辅以友谊的宽容和尊重，从而除去爱情难免会有的嫉妒和挑剔，正是加固婚姻的爱情基础的方法。不过，实行起来并不容易，其中诚如莫洛亚所说必须有诚意，但单凭诚意又不够。爱情仅是感情的事，婚姻的幸福却是感情、理智、意志三方通力合作的结果，因而更难达到。"幸福的家庭都是相似的；不幸的家庭各有各的不幸。"此话也可解为：千百种因素都可能导致婚姻的不幸，但没有一种因素可以单独造成幸福的婚姻。结婚不啻是把爱情放到琐碎平凡的日常生活中去经受考验，莫洛亚说得好，准备这样做的人不可抱着买奖券侥幸中头彩的念头，而必须像艺术家创作一部作品那样，具有一定要把这部艰难的作品写成功的决心。

四

两性的天性差异可以导致冲突，从而使共同生活变得困难，也可以达成和谐，从而造福人生。

尼采曾说："同样的激情在两性身上有不同的节奏，所以男人和女人不断地发生误会。”可见，两性之间的和谐并非现成的，它需要一个彼此接受、理解、适应的过程。一般而论，男性重行动，女性重感情，男性长于抽象观念，女性长于感性直觉，男性用刚强有力的线条勾画出人生的轮廓，女性为之抹上美丽柔和的色彩。

欧洲妇女解放运动初起时，一群女权主义者热情地鼓动妇女走上社会，从事与男子相同的职业。爱伦·凯女士指出，这是把两性平权误认作两性功能相等了。她主张女子在争得平等权利之后，回到丈夫和家庭那里去，以自由人的身份从事其最重要的工作——爱和培育后代。现代的女权主义者已经越来越重视发展女子天赋的能力，而不再天真地孜孜于抹平性别差异了。

女性在现代社会中的特殊作用尚有待发掘。马尔库塞认为，由于女性与资本主义异化劳动世界相分离，因此她们能更多地保持自己的感性，比男子更人性化。的确，女性比男性更接近自然，更扎根于大地，有更单纯的、未受污染的本能和感性。所以，莫洛亚说：“一个纯粹的男子，最需要一个纯粹的女子去补充他……因了她，他才能和种族这深切的观念保持恒久的接触。”又说，“我相信若是一个社会缺少女人的影响，定会堕入抽象，堕入组织的疯狂，随后是需要专制的现象……没有两性的合作，绝没有真正的文明。”在人性片面发展的时代，女性是一种人性复归的力量。德拉克洛瓦的名画《自由领导人民》，画中的自由神是一位袒着胸脯、未着军装、面容安详的女子。歌德诗曰：“永恒之女性，引导我们走。”走向何方？走向一个更实在的人生，一个更有人情味的社会。

莫洛亚可说是女性的一位知音。人们常说，女性爱慕男性的“力”，男性爱慕女性的“美”。莫洛亚独能深入一步，看出：“真正的女性爱慕男性的‘力’，因为她们稔知强有力的男子的弱点。”“女人之爱强的男子只是表面的，且她们所爱的往往是强的男子的弱点。”我只想补充一句：强的男子可能对千百个只知其强的崇拜者无动于衷，却会在一个知其弱点的女人面前倾倒。

五

男女之间是否可能有真正的友谊？这是在实际生活中常常遇到、常常引起争论的一个难题。即使在最封闭的社会里，一个人恋爱了，或者结了婚，仍然不免与别的异性接触和可能发生好感。这里不说泛爱者和爱情转移者，一般而论，一种排除情欲的澄明的友谊是否可能呢？

莫洛亚对这个问题的讨论是饶有趣味的。他列举了三种异性之间友谊的情形：一方单恋而另一方容忍；一方或双方是过了恋爱年龄的老人；旧日的恋人转变为友人。分析下来，其中每一种都不可能完全排除性吸引的因素。道德家们往往攻击这种“杂有爱的成分的友谊”，莫洛亚的回答是：即使有性的因素起作用，又有什么要紧呢！“既然身为男子与女子，若在生活中忘记了肉体的作用，始终是个疯狂的行为。”

异性之间的友谊即使不能排除性的吸引，它仍然可以是一种真正的友谊。蒙田曾经设想，男女之间最美满的结合方式不是婚姻，而是一种肉体得以分享的精神友谊。拜伦在谈到异性友谊时也赞美说：“毫无疑义，性的神秘力量在其中也如同在血缘关系中占据着一种天真无邪的优越地位，把这谐音调弄到一种更微妙的境界。如果能摆脱一切友谊所防止的那种热情，又充分明白自己的真实情感，世间就没有什么能比得上做女人的朋友了，如果你过去不曾做过情人，将来也不愿做了。”在天才的生涯中起重要作用的女性未必是妻子或情人，有不少倒是天才的精神挚友，只要想一想贝蒂娜与歌德、贝多芬，梅森葆夫人与瓦格纳、尼采、赫尔岑、罗曼·罗兰，莎乐美与尼采、里尔克、弗洛伊德，梅克夫人与柴可夫斯基，就足够了。当然，性的神秘力量在其中起的作用也是不言而喻的。区别只在于，这种力量因客观情境或主观努力而被限制在一个有益无害的地位，既可为异性友谊罩上一种为同性友谊所未有的温馨情趣，又不致像爱情那样激起一种疯狂的占有欲。

六

在经过种种有趣的讨论之后，莫洛亚得出了一个似乎很平凡的结论：幸福在于爱，在于自我的遗忘。当然，事情并不这么简单。康德曾经提出理性面临的四大二律背反，我们可以说人生也面临种种二律背反，爱与孤独便是其中之一。莫洛亚引用了拉伯雷《巨人传》中的一则故事。巴奴越去向邦太葛吕哀征询关于结婚的意见，他在要不要结婚的问题上陷入了两难的困境：结婚吧，失去自由，不结婚吧，又会孤独。其实这种困境不独在结婚问题上存在。个体与类的分裂早就埋下了冲突的种子，个体既要通过爱与类认同，但又不愿完全融入类之中而丧失自身。绝对的自我遗忘和自我封闭都不是幸福，并且也是不可能的。在爱之中有许多烦恼，在孤独之中又有许多悲凉。另一方面呢，爱诚然使人陶醉，孤独也未必不使人陶醉。当最热烈的爱受到创伤而返诸自身时，人在孤独中学会了爱自己，也学会了理解别的孤独的心灵和深藏在那些心灵中的深邃的爱，从而体味到一种超越的幸福。

一切爱都基于生命的欲望，而欲望不免造成痛苦。所以，许多哲学家主张节欲或禁欲，视宁静、无纷扰的心境为幸福。但另一些哲学家却认为拼命感受生命的欢乐和痛苦才是幸福，对于一个生命力旺盛的人，爱和孤独都是享受。如果说幸福是一个悖论，那么，这个悖论的解决正存在于争取幸福的过程之中。其中有斗争，有苦恼，但只要希望尚存，就有幸福。所以，我认为莫洛亚这本书的结尾句是说得很精彩的："若将幸福分析成基本原子时，亦可见它是由斗争与苦恼形成的，唯此斗争与苦恼永远被希望所挽救而已。"

一个人唯有经历过磨难，对人生有了深刻的体验，灵魂才会变得丰富，而这正是幸福的最重要源泉。

最高的物质幸福

“和平是人类社会最高的物质幸福，就像健康是个人最高的物质幸福一样。”——在这个崇尚金钱和财富的时代，我要一再向人们推荐托尔斯泰的这句至理名言。

托尔斯泰在这里仅限于谈“物质幸福”。健康与和平都具有物质性，前者是个人机体的状态，后者是人类社会机体的状态。看来他并不否认金钱和财富是物质幸福，但否认它们是最高的物质幸福。其实道理很简单。在一个时刻遭受战争和恐怖主义的威胁的世界上，经济再发达又有什么用？如果一个人的生命机能被彻底毁坏了，钱再多又有什么用？

然而，许多人偏偏忘记了如此简单的道理，不但把金钱和财富看作最高的物质幸福，甚至看作唯一的幸福，不顾一切地追求。结果，毁掉的是个人和人类一切幸福的基础——健康与和平。

套用托尔斯泰的话，我想说：我在物质上的最高奢望就是，在一个和平的世界上，有一个健康的身体，过一种小康的日子。在我看来，如果天下绝大多数人都能过上这种日子，那就是一个非常美好的世界了。

可持续的快乐

如果一个年轻女性来问我，青春不能错过什么，要我举出十件必须做的事，我大约会这样列举：

一、 至少恋爱一次，最多两次。一次也没有，未免辜负了青春。但真恋爱不容易，超过两次，就有赝品之嫌。

二、 交若干好朋友，可以是闺中密友，也可以是异性知音。

三、 学会烹调，能烧几样好菜。重要的不是手艺本身，而是从中体会日常生活的情趣。

四、 每年小旅行一次，隔几年大旅行一次，增长见识，拓宽胸怀。

五、 锻炼身体，最好有一种自己喜欢、能够持之以恒的体育项目。

六、 争取受良好的教育，精通一门专业知识或技能，掌握足以维持生存的看家本领。尽量按照自己的兴趣选择职业。如果做不到，就以敬业精神对待本职工作，同时在业余发展自己的兴趣。

七、 养成高品位的读书爱好，读一批好书，找到属于自己的书中知己。

八、 喜欢至少一种艺术，音乐、舞蹈、绘画都行，可以自己创作和参与，也可以只是欣赏。

九、 养成写日记的习惯。它可以帮助你学会享受孤独，在孤独中与自己谈心。

十、 经历一次较大的挫折而不被打败。只要不被打败，你就会变得比过去强大许多倍。不经历这么一回，你不会知道自己其实多么有力量。

开完这个单子，我再来说一说我的指导思想。我的指导思想很简单，第一条是快乐。青春是人生中生命力最旺盛的时期，快乐是天经地义的。我最讨厌那种说教，什么“少壮不努力，老大徒伤悲”，什么“吃得苦中苦，方为人上人”，仿佛青春的全部价值就在于为将来的成功而苦苦奋斗。在所有的人生模式中，为了未来而牺牲现在是最坏的一种，它把幸福永远向后推延，实际上是取消了幸福。人只有一个青春期，要享受青春，也只能是在青春期。有一些享受，过了青春期诚然还可以有，但滋味是不一样的。譬如说，人到中老年仍然可以恋爱，但终归减少了新鲜感和激情。同样是旅行，以青春期的好奇、敏感和精力充沛，也能取得中老年不易有的收获。依我看，“少壮不享乐，老大徒懊丧”至少也是成立的。倘若一个人在年轻时并非因为生活所迫而只知吃苦，拒绝享受，到年老力衰时即使成了人上人，却丧失了享受的能力，那又有什么意思呢。尤其是女性，我衷心希望她们有一个快乐的青春，否则这个世界也不会快乐。

但是，快乐不应该是单一的、短暂的、完全依赖外部条件的，而应该是丰富的、持久的、能够靠自己创造的，否则结果仍是不快乐。所以，我的第二条指导思想是可持续的快乐。这是套用“可持续发展”一语，用在这里正合适。青春终究会消逝，如果只是及时行乐，毫不为今后考虑，倒真会“老大徒悲伤”了。为今后考虑，一方面是实际的考虑，例如要有真本事，要有健康的身体，等等。另一方面，更重要的是，要使快乐本身不但是快乐，而且具有生长的能力，能够生成新的更多的快乐。我所列举的多数事情都属于此类，它们实际上是一些精神性质的快乐。青春是心智最活泼的时期，也是心智趋于定型的时期。在这个时期，一个人倘若能够通过读书、思考、艺术、写作等充分领略心灵的快乐，形成一个丰富的内心世界，他在自己的身上就拥有了一个永不枯竭的快乐源泉。这个源泉将泽被整个人生，使他即使在艰难困苦之中仍拥有人类最高级的快乐。在我看来，这是一个人可能在青春期获得的最重大成就。当然，女性同样如此。如果我不这样看，我就是歧视女性。如果哪个女性不这样看，她就未免太自卑了。

苦难的精神价值

维克多·弗兰克是意义治疗法的创立者，他的理论已成为弗洛伊德、阿德勒之后维也纳精神治疗法的第三学派。第二次世界大战期间，他曾被关进奥斯维辛集中营，受尽非人的折磨，九死一生，只是侥幸地活了下来。在《活出意义来》这本小书中，他回顾了当时的经历。作为一名心理学家，他并非像一般受难者那样流于控诉纳粹的暴行，而是尤能细致地捕捉和分析自己的内心体验以及其他受难者的心理现象，许多章节读来饶有趣味，为研究受难心理学提供了极为生动的材料。不过，我在这里想着重谈的是这本书的另一个精彩之处，便是对苦难的哲学思考。

对意义的寻求是人的最基本的需要。当这种需要找不到明确的指向时，人就会感到精神空虚，弗兰克称之为“存在的空虚”。这种情形普遍地存在于当今西方的“富裕社会”。当这种需要有明确的指向却不可能实现时，人就会有受挫之感，弗兰克称之为“存在的挫折”。这种情形发生在人生的各种逆境或困境之中。

寻求生命意义有各种途径，通常认为，归结起来无非一是创造，以实现内在的精神能力和生命的价值；二是体验，借爱情、友谊、沉思、对大自然和艺术的欣赏等美好经历获得心灵的愉悦。那么，倘若一个人落入了某种不幸境遇，基本上失去了积极创造和正面体验的可能，他的生命是否还有一种意义呢？在这种情况下，人们一般是靠希望活着的，即相信或至少说服自己相信厄运终将过去，然后又能过一种有意义的生活。然而，第一，人生中会有一种可以称作绝境的境遇，所遭遇的苦难是致命的，或者是永久性的，人不复有未来，不复有希望。这正是弗兰克曾经陷入的境遇，因为对于奥斯维辛集中营的战俘来说，煤气室和焚尸炉几乎是不可逃脱的结局。我们还可以举出绝症患者，作为日常生活中的一个相关例子。如果苦难本身毫无价值，则一旦陷入此种境遇，我们就只好承认生活没有任何意义了。第二，不论苦难是否是暂时的，如果把眼前的苦难生活仅仅当作一种虚幻不实的生活，就会如弗兰克所说忽略了苦难本身所提供的机会。他以狱中亲历指出，这种态度是使大多数俘虏丧失生命力的重要原因，他们正因此而放弃了内在的精神自由和真实自我，意志消沉，一蹶不振，彻底成为苦难环境的牺牲品。

所以，在创造和体验之外，有必要为生命意义的寻求指出第三种途径，即肯定苦难本身在人生中的意义。一切宗教都很重视苦难的价值，但认为这种价值仅在于引人出世，通过受苦，人得以救赎原罪，进入天国（基督教），或看破红尘，遁入空门（佛教）。与它们不同，弗兰克的思路属于古希腊以来的人文主义传统，他是站在肯定人生的立场上来发现苦难的意义的。他指出，即使处在最恶劣的境遇中，人仍然拥有一种不可剥夺的精神自由，即可以选择承受苦难的方式。一个人不放弃他的这种“最后的内在自由”，以尊严的方式承受苦难，这种方式本身就是“一项实实在在的内在成就”，因为它所显示的不只是一种个人品质，而且是整个人性的高贵和尊严，证明了这种尊严比任何苦难更有力，是世间任何力量不能将它剥夺的。正是这个原因，在人类历史上，伟大的受难者如同伟大的创造者一样受到世世代代的敬仰。也正是在这个意义上，陀思妥耶夫斯基说出了这句耐人寻味的话：“我只担心一件事，就是怕我配不上我所受的苦难。”

我无意颂扬苦难。如果允许选择，我宁要平安的生活，得以自由自在地创造和享受。但是，我赞同弗兰克的见解，相信苦难的确是人生的必含内容，一旦遭遇，它也的确提供了一种机会。人性的某些特质，唯有借此机会才能得到考验和提高。一个人通过承受苦难而获得的精神价值是一笔特殊的财富，由于它来之不易，所以绝不会轻易丧失。而且我相信，当他带着这笔财富继续生活时，他的创造和体验都会有一种更加深刻的底蕴。

我相信，幸福的爱情是一种能不断地激起幻想、又不断地被自身所激起的幻想改造的真实。

幸福和苦难都属于灵魂

幸福似乎主要是一种内心快乐的状态。不过，它不是一般的快乐，而是非常强烈和深刻的快乐，以至于我们此时此刻会由衷地觉得活着是多么有意思，人生是多么美好。正是这样，幸福的体验最直接地包含着我们对生命意义的肯定评价。感到幸福，也就是感到自己的生命意义得到了实现。不管拥有这种体验的时间多么短暂，这种体验却总是指向一生的，所包含的是对生命意义的总体评价。当人感受到幸福时，心中仿佛响着一个声音：“为了这个时刻，我这一生值了！”若没有这种感觉，说“幸福”就是滥用了大字眼儿。人身上必有一种整体的东西，是它在寻求、面对、体悟、评价整体的生命意义，我们只能把这种东西叫作灵魂。所以，幸福不是零碎和表面的情绪，而是灵魂的愉悦。

“幸福”这个概念的确切含义：“活得有意义”的鲜明感觉。它必须通过反思，所以会有“身在福中不知福”之说。幸福只是灵魂的事，肉体只会有快感，不会有幸福感。

既然一切美好的经历必须转化为内心的体验才成其为幸福，那么，内心体验的敏感和丰富与否就的确是重要的，它决定了一个人感受幸福的能力。对于内心世界不同的人来说，相同的经历具有完全不同的意义——事实上他们也并不拥有相同的经历。

苦难与幸福是相反的东西，但它们有一个共同之处，就是都直接和灵魂有关，并且都牵涉到对生命意义的评价。在通常情况下，我们的灵魂是沉睡着的，一旦我们感到幸福或遭到苦难，它便醒来了。如果说幸福是灵魂的巨大愉悦，这愉悦源自对生命的美好意义的强烈感受，那么，苦难之为苦难，正在于它撼动了生命的根基，打击了人对生命意义的信心，因而使灵魂陷入了巨大痛苦。生命意义仅是灵魂的对象，对它无论是肯定还是怀疑、否定，只要是真切的，就必定是灵魂在出场。外部的事件再悲惨，如果它没有震撼灵魂，也只成为一个精神事件，就称不上是苦难。一种东西能够把灵魂震醒，使之处于虽然痛苦却富有生机的紧张状态，应当说它必具有某种精神价值。

快感和痛感是肉体感觉，快乐和痛苦是心理现象，而幸福和苦难则仅仅属于灵魂。幸福是灵魂的叹息和歌唱，苦难是灵魂的呻吟和抗议，在两者中凸现的是对生命意义的或正或负的强烈体验。

幸福是生命意义得到实现的鲜明感觉。一个人在苦难中也可以感觉到生命意义的实现乃至最高的实现，因此苦难与幸福未必是互相排斥的。但是，在更多的情况下，人们在苦难中感觉到的却是生命意义的受挫。我相信，即使是这样，只要没有被苦难彻底击败，苦难仍会深化一个人对于生命意义的认识。

领悟悲剧也须有深刻的心灵，人生的艰难关头最能检验一个人的灵魂深浅。有的人一生连遭不幸，却未尝体验过真正的悲剧情感。相反，表面上一帆风顺的人也可能经历巨大的内心悲剧。

财富和幸福

一、有钱的主要好处

爱默生说：有钱的主要好处是用不着看人脸色了。这也是我的体会。钱是好东西，有钱的最大好处是可以使你在钱面前获得自由，包括在一切涉及钱的事情面前，而在这个俗世间，涉及钱的事情何其多也。所以，即使对于一个不贪钱的人来说，有钱也是大好事。

但是，钱不是最好的东西，不能为了这个次好的东西而牺牲最好的东西。一个人如果贪钱，有了钱仍受钱支配，在钱面前毫无自由，有钱的最大好处就荡然无存了。

二、对金钱的态度

钱是好东西，但不是最好的东西。所以，第一，不能为这个好东西把最好的东西丢掉了；第二，只要不丢掉最好的东西，这个好东西越多越好。最好的东西是什么？就是生命的单纯和灵魂的高贵。

三、人生的两个简单

人生应该力求两个简单：物质生活的简单和人际关系的简单。有了这两个简单，心灵就拥有了广阔的空间和美好的宁静。

现代人却在两个方面都复杂，物质生活上是财富的无穷追逐，人际关系上是利益的不尽纠葛，两者占满了生活的几乎全部空间，而人世间的大部分烦恼就是源自这两种复杂。

四、财富和幸福

幸福比财富难，你有很多财富也未必幸福。幸福又比财富易，你有很少财富也可能幸福。

换句话说，得到财富比得到幸福容易，那些不幸福的富人就是证明；得到幸福比得到财富容易，那些不富裕但幸福的人就是证明。

原因在于，幸福无非是生命和心灵的满足，而很少的物质就能使生命满足，再多的物质也不能使心灵满足。

所以，在寻求幸福的道路上，不妨把物质的目标定得低一点，从而给精神追求留出空间。

五、多余的财产

贫困是苦，小康是福，大富是福是祸则不好说。我对物质的要求十分简单，衣食无忧足矣，超出于此的财产基本上与我无关。据我观察，多余的财产成为负担和烦恼，远甚于成为享受。当然，关键是心态，你把它们视为可有可无，它们也就真的若有若无了，得不会成为负担，失不会造成烦恼。

六、节俭

节俭对于穷人是必需，对于富人是美德。我说的是节俭，不是吝啬。一个自己在物质生活上节俭的人，完全可能在援助他人时慷慨。

七、计算小钱的乐趣

香港某富豪一掷千金办公益，曾听说他的一则小故事：一次在跳蚤市场，看见一件几十港币的小摆设，很喜欢却觉得贵，犹豫再三，再返回时已卖掉，为此颇后悔。

富裕仍不失平常人的心态，很可爱。因此也不失平常人的乐趣。在零售市场计算小钱，讨价还价，正是经济生活中的喜剧因素。

八、贪官的愚昧

看到关于那些贪官的报道，攫取永远花不完的巨款，费尽心机藏匿和转移，在侥幸和恐惧中度日，如此等等，使我惊讶的不是他们的贪婪，而是他们的愚昧。

第二章 认识你自己

独处是灵魂生长的必要空间，在独处时，我们从别人和事务中抽身出来，回到了自己。

拥有“自我”

哲学家们常常教导我们，要“认识你自己”“成为你自己”。的确，人活在世上，应该活出自己的本色。然而，“自我”是一个复杂的概念，哲学家们自己尚且争论不清。

一个人怎样才算拥有“自我”呢？我认为有两个可靠的标志。

一是看他有没有自己的真兴趣，亦即自己安身立命的事业，他能够全身心地投入其中，并感到内在的愉快和充实。如果有，便表明他正在实现“自我”，这个“自我”是指他的个性，每个人独特的生命价值。

二是看他有没有自己的真信念，亦即自己处世做人的原则，那是他的精神上的坐标轴，使他在俗世中不随波逐流。如果有，便表明他拥有“自我”，这个“自我”是指他的灵魂，一个坚定的精神核心。

这两种意义上的“自我”都不是每个人一出生就拥有的，而是在人生过程中不断选择和创造的结果。正因为此，每个人都要为自己成为怎样的人负责。

认识你自己

“认识你自己！”——这是铭刻在希腊圣城德尔斐神殿上的著名箴言，古希腊和后来的哲学家喜欢引用来规劝世人。

对这句箴言可作三种理解。

其一，人要有自知之明。有人问泰勒斯，什么是最困难之事，回答是：“认识你自己。”接着的问题：什么是最容易之事？回答是：“给别人提建议。”这位最早的哲人显然是在讽刺世人，世上有自知之明者寥寥无几，好为人师者比比皆是。苏格拉底更进一步，从这句箴言中看到了神对人的要求，就是人应该知道自己的限度，承认自己在宇宙最高秘密面前是无知的。“我知道我一无所知”——因为这句话，他被德尔斐神谕称作全希腊最智慧的人。

其二，每个人身上都藏着人性的秘密，都可以通过认识自己来认识人性。

事实上，自古至今，一切伟大的人性认识者都是真诚的反省者，他们无情地把自己当作标本，借之反而对人性有了深刻而同情的理解。

其三，每个人都是一个独一无二的个体，都应该认识自己独特的禀赋和价值，从而自我实现，真正成为自己。

为自己写的日记

看托尔斯泰日记。他在新婚九个月时写道："我自己喜欢并且了解的我，那个有时整个地暴露、叫我高兴也叫我害怕的我，如今在哪里？我成了一个渺小的微不足道的人。自从我娶了我所爱的女人以来，我就是这样一个人。这个本子里写的东西几乎全是谎言、虚伪。一想到她此刻就在我身后看我写东西，就减少了、破坏了我的真实性……为了她（她会看我的日记）我倒不是不写真话，而是在许多可写的东西中间进行挑选，选出那些单为我自己我不会去写的东西。"

非常准确，这也正是我的感觉。一本单为自己写的日记几乎是保持自我的真实性的必要条件。尤其是一个过家庭生活的人，为了维护家庭的安宁，为了照顾亲人的情绪，言行中的某种克制是不可避免的。然而，如果在日记中、在心灵的独白中也如此克制，那就是虚伪了，最后一个真实的机会也就丧失了。这当然与爱不爱无关，在再爱的人面前也不可能时时处处袒露一切真实心绪和想法，往往会选出那些她终究还能接受的东西来写，而舍弃了她不能接受的东西。

一个人通过承受苦难而获得的精神价值是一笔特殊的财富，由于它来之不易，就绝不会轻易丧失。而且我相信，当他带着这笔财富继续生活时，他的创造和体验都会有一种更加深刻的底蕴。

我更愿意是我自己

——答《青年心理》杂志

一、你怎样形容自己的性格？

恰好二十年前，《中国青年》杂志做过类似的采访，对于同样的问题，我是这样回答的："敏感，忧郁，怕羞。拙于言谈，疏于功名。不通世故，不善社交。"如此等等。现在再看，觉得仍基本准确。但也有变化，现在不像当年那样敏感和忧郁了，似乎已趋于坚韧和达观。当然，这可以是成熟，也可以是衰老，我姑且当作是前者吧。

我认为，人的基本性格是难以改变的，也不必刻意改变。性格本身无所谓好坏，关键在于正确地使用，使之产生好的结果。比如说，我不善社交，也就不去社交场折腾了，反倒为自己赢得了宁静的心境和独处的时间。

二、你最喜欢哪个童话故事？为什么？

圣埃克苏佩里的《小王子》。在成人的功利世界里，我常常感到孤独，而这时候孩子便是我的救星。我觉得和孩子非常好沟通，没有任何障碍。在这篇童话中，我读出了作者同样的心情，并且他做了最有力的表达。

三、做什么事会让你感觉最舒适最享受？

读一本好书。与一个好女人相爱。和自己的孩儿疯玩傻乐。

四、你对自己最满意和最不满意的是什么？

最满意的是，我在做自己喜欢做的工作，和自己喜欢的人一起生活。最不满意的是，我不善于拒绝，有时候仍会因为情面而做自己并不喜欢做的事情。

五、近一段时间，让你感到最快乐的是什么事？

停下了一切工作，无所事事。

六、如果真的有可以让时光倒流的时间机器，你希望回到什么时候？为什么？

古希腊是人类健康生命和高贵心灵的乐园，唐宋是中国文人的黄金时代，都很值得去游历一番。但是，我不想在那里定居。我投生在今天这个时代，因此成了这个时代的产物。设想我是别的时代的人，就等于设想我不是我，而这又等于设想我不存在。

如果你问的是希望回到我自己人生的什么时候，我告诉你，我不想回到任何时候。人生一切美好经历的魅力就在于不可重复，它们因此而永远活在了记忆中。

七、你觉得自己最好的习惯是什么？怎样养成的？

写日记。我在五岁时就自发地写日记了。开始的原因似乎很可笑，那时候大家都穷，吃到一点好东西不容易。我想，今天吃了，明天忘了，不是白吃了吗？于是做了一个小本子，吃到好东西就记下来。后来所记的当然不这么幼稚了，但相同的是，我通过写日记留住了人生的许多好滋味。

写日记是心灵生活的好方式。我的体会是，通过写日记，第一能把自己的外在经历转化成内在财富，从而使心灵丰富；第二能经常从热闹的外部生活中抽身回来，与自己相处和对话，从而使心灵宁静。

八、成长过程中什么人或者什么事对你的影响最大？是怎样的影响？

我上大学时的同学郭世英。请参看我的《岁月与性情》一书。

九、你最喜欢异性身上的什么特点？

温柔，聪慧，善解人意。单纯一些，不要太功利，女人一功利就特别俗。当然，我摆脱不了男人的偏见，还喜欢女人漂亮。

十、爱情中最重要的品质是什么？

真诚，信任，包容。

十一、你觉得爱一个人最好的方式是什么？

把她（他）当作独立的个人尊重她（他），把她（他）当作最亲的亲人心疼她（他）。

十二、失去什么，会让你觉得绝望？

爱的能力，思想的能力。

十三、你觉得最好的职业是什么？为什么？

最好的职业是有业无职，就是有事业，而无职务、职位、职称、职责之束缚，能够自由地支配自己的时间，做自己喜欢做的事。例如艺术家、作家、学者。当然，前提是他们真正热爱艺术、文学和学术。否则，职位、职务、职称俱全而唯独无事业的所谓学者、作家、艺术家，今天有的是。

十四、怎样才能确定一个职业是否适合自己？

应该符合三个条件：第一，有强烈的兴趣，甚至到了不给钱也一定要干的程度；第二，有明晰的意义感，确信自己的生命价值借此得到了实现；第三，能够靠它养活自己。

十五、讲一讲对你来说最难的一次选择。你是怎样选择的？有没有后悔？

人生的道路分内外两个方面。外在的方面往往由命运、时代、环境、机遇决定，自己没有多少选择的主动权。因此，我基本上是顺其自然，很少主动去争取什么。内在的方面，精神的取向和历程，我相信在很大程度上自己是可以支配的，我会比较执着。

在人生的某种绝境中，真正发生的情况实际上不是难以选择，而是无可选择，所以也谈不上后悔。你应该知道我指的是什么。

十六、促使你成功的最重要的品质是什么？

我从来不觉得自己是一个成功人士。我自小比较自卑，没有出人头地的野心，今天所获得的这些外在的东西，所谓名声之类，完全超出了我的预期。如果这算是成功，那么，我能得到它们，也许正是因为我没有把它们太当一回事，至少没有当作自己的目标。现在我的总结是，把优秀当作第一目标，而把成功当作优秀的副产品，这可能是最恰当的态度，有助于一个人获取成功，或者坦然地面对不成功。

十七、你怎样处理工作中的人际关系？讲一个你认为好用的方法。

我给自己处理人际关系确立了一个原则，就是尊重他人，亲疏随缘。工作中的人际关系稍微麻烦一些，因为躲不开，常常还会影响自己的切身利益。不过，只要对利益超脱一点，这个原则仍然适用。

十八、学习或工作觉得倦怠的时候，你怎么办？

马上放下，看看闲书，听听音乐，去散步、游泳，或者和孩子玩。

十九、你是否遇到过危机，如何克服的？

人生难免遇到危机，情况各异，不可一概而论。大体上是，能主动应对当然好，若不能，就忍受它，等待它过去。

二十、如果你有机会可以做另外一种人，你想做什么人？过什么样的生活？

我曾和一个五岁男孩谈话，告诉他，我会变魔术，能把一个人变成一只苍蝇。他听了十分惊奇，问我能不能把他变成苍蝇，我说能。他陷入了沉思，然后问我，变成苍蝇后还能不能变回来，我说不能，他决定不让我变了。我也一样，想变成任何一种人，体验任何一种生活，包括国王、财阀、圣徒、僧侣、强盗、妓女等，甚至也愿意变成一只苍蝇，但前提是能够变回我自己。所以，归根结底，我更愿意是我自己。

最好的东西是什么？就是生命的单纯和灵魂的高贵。

“己所欲，勿施于人”

中外圣哲都教导我们：“己所不欲，勿施于人。”这是要我们将心比心，不把自己视为恶、痛苦、灾祸的东西强加于人。己所不欲却施于人，损人利己，把自己的快乐建立在别人的痛苦之上，这种行径当然是对别人的严重侵犯。然而，这只是事情的一个方面。

另一方面，自己视为善、快乐、幸福的东西，难道就可以强加于人了吗？要是别人并不和你一样认为它们是善、快乐、幸福，这样做岂不也是对别人的一种严重侵犯？在实际生活中，更多的纷争的确起于强求别人接受自己的趣味、观点、立场等。大至在信仰问题上，试图以自己所信奉的某种教义统一天下，甚至不惜为此发动战争。小至在思维方式上，在生活习惯上，在艺术欣赏上，在文学批评上，人们很容易以自己所是为是，斥别人所是为非。即使在一个家庭的内部，夫妇间改造对方趣味的斗争也是屡见不鲜的。

事情的这一个方面往往遭到了忽视。人们似乎认为，以己不欲施于人是明显的恶，出发点就是害人，以己所欲施于人的动机却是好的，是为了助人、救人、造福于人。殊不知在人类历史上，以救世主自居的世界征服者们造成的苦难远远超过普通的歹徒。我们应该记住，己所欲未必是人所欲，同样不可施于人。如果说“己所不欲，勿施于人”是一个文明人的起码品德，它反对的是对他人的故意伤害，主张自己活也让别人活，那么，“己所欲，勿施于人”便是一个文明人的高级修养，它尊重的是他人的独立人格和精神自由，进而提倡自己按自己的方式活，也让别人按别人的方式活。

现代社会是一个价值多元的社会，在遵守法律的前提下，人们在精神信仰领域和私生活领域都享有了越来越多的自由。在我看来，这是一个合理化的进程，而那些以己所欲施于人者则是这个进程中的消极因素，倘若他们被越来越多的人宣布为不受欢迎的人，我是丝毫不会感到意外的。

精神栖身于茅屋

如果你爱读人物传记，你就会发现，许多优秀人物生前都非常贫困。就说说那位最著名的印象派画家凡·高吧，现在他的一幅画已经卖到了几千万美元，可是，他活着时，他的一张画连一餐饭钱也换不回，经常挨饿，一生穷困潦倒，终致精神失常，在三十七岁时开枪自杀了。要论家境，他的家族是当时欧洲最大的画商，几乎控制着全欧洲的美术市场。作为一名画家，他有得天独厚的便利条件，完全可以像那些平庸画家那样迎合时尚以谋利，成为一个富翁，但他不屑于这么做。他说，他可不能把他唯一的生命耗费在给非常愚蠢的人画非常蹩脚的画上面，做艺术家并不意味着卖好价钱，而是要去发现一个未被发现的新世界。确实，凡·高用他的作品为我们发现了一个全新的世界，一个万物在阳光中按照同一节奏舞蹈的世界。另一个荷兰人斯宾诺莎是名垂史册的大哲学家，他为了保持思想的自由，宁可靠磨镜片的收人维持最简单的生活，谢绝了海德堡大学以不触犯宗教为前提要他去当教授的聘请。

我并不是提倡苦行僧哲学。问题在于，如果一个人太看重物质享受，就必然要付出精神上的代价。人的肉体需求是很有限的，无非是温饱，超于此的便是奢侈，而人要奢侈起来却是没有尽头的。温饱是自然的需求，奢侈的欲望则是不断膨胀的市场刺激起来的。你本来习惯于骑自行车，不觉得有什么欠缺，可是，当你看到周围不少人开上了汽车，你就会觉得你缺汽车，有必要也买一辆。富了总可以更富，事实上也必定有人比你富，于是你永远不会满足，不得不去挣越来越多的钱。这样，赚钱便成了你的唯一目的。即使你是画家，你哪里还顾得上真正的艺术追求；即使你是学者，你哪里还会在乎科学的良心？

所以，自古以来，一切贤哲都主张一种俭朴的生活方式，就是为了不当物质欲望的奴隶，保持精神上的自由。古罗马哲学家塞涅卡说得好：“自由人以茅屋为居室，奴隶才在大理石和黄金下栖身。”柏拉图也说：胸中有黄金的人是不需要住在黄金屋顶下面的。或者用孔子的话说：“君子居之，何陋之有？”我非常喜欢关于苏格拉底的一个传说，这位被尊称为“师中之师”的哲人在雅典市场上闲逛，看了那些琳琅满目的货摊后惊叹：“原来我不需要的东西有这么多啊！”的确，一个热爱精神事物的人必定是淡然于物质的奢华的，而一个人如果安于简朴的生活，他即使不是哲学家，也相去不远了。

心灵土壤

在人类的精神土地上，不乏好的种子。那撒种的人，也许是神、大自然的精灵、古老大地上的民族之魂，也许是创造了伟大精神作品的先哲和天才。这些种子的确有数不清的敌人，包括外界的邪恶和苦难，以及我们心中的杂念和贪欲。然而，最关键的还是我们内在的悟性。唯有对于适宜的土壤来说，一颗种子才能作为种子而存在。再好的种子，落在顽石上也只能成为鸟的食粮，落在浅土上也只能长成一株枯苗。对于心灵麻木的人来说，一切神圣的启示和伟大的创造都等于不存在。

基于这一认识，我相信，不论时代怎样，一个人都可以获得精神生长的必要资源，因为只要你的心灵土壤足够肥沃，那些神圣和伟大的种子对于你就始终是存在着的。所以，如果你自己随波逐流，你就不要怨怪这是一个没有信仰的时代了；如果你自己见利忘义，你就不要怨怪这是一个道德沦丧的时代了；如果你自己志大才疏，你就不要怨怪这是一个精神平庸的时代了；如果你的心灵一片荒芜，寸草不长，你就不要怨怪害鸟啄走了你的种子，毒日烤焦了你的幼苗了。

那么，一个人有没有好的心灵土壤，究竟取决于什么呢？我推测，一个人的精神疆土的极限，心灵土质的特异类型，很可能是由天赋的因素决定的。因此，譬如说，像歌德和贝多芬那样的古木参天的原始森林般的精神世界，或者像王尔德和波德莱尔那样的奇花怒放的精巧园艺般的精神世界，绝非一般人凭努力就能够达到的。但是，心灵土壤的肥瘠不会是天生的。不管上天赐给你多少土地，它们之成为良田沃土还是荒田瘠土，这多半取决于你自己。所以，我们每一个人都应当留心开垦自己的心灵土壤，让落在其上的好种子得以生根开花，在自己的内心培育出一片美丽的果园。谁知道呢，说不定我们自己结出的果实又会成为新的种子，落在别的适宜的土壤上，而我们自己在无意中也成了新的撒种人哩。

不要挡住我的阳光

一

公元前323年的某一天，亚历山大大帝在巴比伦英年早逝，年仅三十三岁。同一天，第欧根尼（约公元前412—前323）在科林斯寿终正寝，享年九十岁。这两人何其不同：一个是武功赫赫的世界征服者，行宫遍布欧亚，被万众呼为神；另一个是靠乞讨为生的穷哲学家，寄身在一只木桶里，被市民称作狗。相同的是，他们都名声远扬，是当年希腊世界最有名的两个人。

在两千多年后的今天，提起第欧根尼，人们仍会想到亚历山大，则是因为一个脍炙人口的故事。亚历山大巡游某地，遇见正躺着晒太阳的第欧根尼，这位世界之王上前自我介绍："我是大帝亚历山大。"哲学家依然躺着，也自报家门："我是狗儿第欧根尼。"大帝肃然起敬，问："我有什么可以为先生效劳的吗？”哲学家的回答是：“有的，就是——不要挡住我的阳光。”据说亚历山大事后感叹道：“如果我不是亚历山大，我就愿意做第欧根尼。”

这真是一个可爱的故事，大帝的威严和虚心，哲学家的淡泊和骄傲，皆跃然眼前。亚历山大二十岁登基，征服欧亚成为大帝更晚，推算起来，两人相遇时，第欧根尼已是垂暮老人了。这位哲学家年轻时的行状可并不光彩，与淡泊和骄傲才沾不上边呢。他是辛诺普城邦一个银行家的儿子，在替父亲管理银行时铸造伪币，致使父亲入狱而死，自己则被逐出了城邦。这是一个把柄，在他成为哲学家后，人们仍不时提起来羞辱他。他倒也坦然承认，反唇相讥：“那时候的我正和现在的你们一样，但你们永远做不到和现在的我一样。”前半句强词夺理，后半句却是真话。他还说了一句真话：“正是因为流放，我才成了一个哲学家。”紧接着又是一句强词夺理：“他们判我流放，我判他们留在国内。”

离开辛诺普后，第欧根尼是否还到过别的地方，我们不得而知，反正有一天他来到了雅典。正是在这里，他找到了一个老师，开始了他的哲学之旅。老师名叫安提斯泰尼，是苏格拉底的学生。如果说柏拉图从老师的谈话中学到了概念和推理的艺术，把它发展成了一种复杂的观念哲学，安提斯泰尼则从老师的行为中学到了简朴生活的原则，把它发展成了一种简单的人生哲学。对于后世来说，这两种哲学同样影响深远。安提斯泰尼身教重于言教，自己节衣缩食，免费招收贫穷学生，怕苦的学生一律被他的手杖打跑。第欧根尼来拜师时，他也举起了手杖，没想到这个犟脾气的青年把脑袋迎了上去，喊道：“打吧，打吧，不会有什么木头坚硬到能让我离开你，只要我相信你有以教我。”拜师自然是成功了，老师更没想到的是，他创立的犬儒主义哲学在这个曾被拒收的学生手上才成了正果。

我们不知道第欧根尼在雅典活动了多久，只知道他的生活后来发生了一个转折。在一次航行中，他被海盗俘虏，海盗把他送到克里特的奴隶市场上拍卖。拍卖者问他能做什么，回答是：“治理人。”看见一个穿着精美长袍的科林斯人，他指着那个人说：“把我卖给这个人吧，他需要一个主人。”又朝那人喊道：“过来吧，你必须服从我。”这个名叫塞尼亚得的人当真把他买下，带回了科林斯。第欧根尼当起了家庭教师和管家，把家务操持得井井有条，教出的孩子个个德才兼备，因此受到了全家人的尊敬。他安于这个角色，一些朋友想为他赎身，被他骂为蠢货。他的道理是，对于像他这样的人，身份无所谓，即使身为奴隶，心灵仍是自由的。他在这个家庭里安度晚年，死后由塞尼亚得的儿子安葬。

犬儒派哲学家主张人应该自己决定死亡的时间和地点，第欧根尼是第一个实践者。据说他是用斗篷裹紧自己，屏息而死的。他太老了，这家人待他太好了，时间和地点都合适。科林斯人在他的墓前竖一根立柱，柱顶是一只大理石的狗头。从前驱逐他的辛诺普人也终于明白，与这位哲学家给母邦带来的荣耀相比，铸造伪币的前科实在是小事一桩，便在家乡为他建造了一座青铜雕像，铭文写得很慷慨也很准确：“时间甚至可以摧毁青铜，但永远不能摧毁你的光荣，因为只有你向凡人指明了最简单的自足生活之道。”

二

在拉尔修的《名哲言行录》中，归在第欧根尼名下的有哲学著作十四种、悲剧七种，但拉尔修同时指出，第欧根尼也可能没有留下任何著作。从他那种露宿乞讨的生活方式看，后一种说法似乎更可信。事实上，犬儒派哲学家的确不在乎著书立说，更重视实践一种生活原则。

如同中国的老子，犬儒派哲学家是最早的文明批判者。他们认为，文明把人类引入了歧途，制造出了一种复杂的因而是错误的生活方式。人类应该抛弃文明，回归自然，遵循自然的启示，过简单的也就是正确的生活。第欧根尼尤其谴责对金钱的贪欲，视之为万恶之源。鉴于他曾经铸造伪币，我们可以把这看作一种忏悔。仿佛为了找补，他又强调，他最瞧不起那些声称蔑视金钱却又嫉妒富人的人——不知道他是否指当年驱逐他的人。不过，我们或许同意，嫉妒是一块试金石，最能试出蔑视金钱的真假，嫉妒者的心比谁都更为金钱痛苦。人应该训练自己达于一种境界，对于物质的快乐真正不动心，甚至从鄙视快乐中得到更大的快乐。苏格拉底的另一个学生阿里斯提波创立享乐主义，他的理论可概括为："我役物，而不役于物。"一个人不妨享受物质，同时又做到不被物质支配。安提斯泰尼好像不这么自信，转而提倡禁欲主义，他的理论可概括为："我不役物，以免役于物。"一个人一旦习惯于享受物质，离被物质支配就不远了。两人好像都有道理，从世间的实例看，安提斯泰尼更有道理一些。无论如何，财富的获取、保存、使用都是伤神的事情，太容易破坏心境的宁静。我们对物质的需求愈少，精神上的自由就愈多。第欧根尼喜欢说："一无所需是神的特权，所需甚少是类神之人的特权。”

犬儒派哲学家是最早的背包客，从安提斯泰尼开始，他们的装束就有了定式，都是一件斗篷、一根手杖、一个背袋。安提斯泰尼的斗篷还很破烂，以至于苏格拉底忍不住说：“我透过你斗篷上的破洞看穿了你的虚荣。”相当一些犬儒派哲学家是素食主义者，并且滴酒不沾，只喝冷水。第欧根尼曾经有居室和仆人，仆人逃跑了，他不去追赶，说：“如果仆人离开第欧根尼可以活，而第欧根尼离开仆人却不能活，未免太荒谬了。”从此不用仆人。盗贼入室，发现他独自一人，问：“你死了谁把你抬出去埋葬呢？”他回答：“想要房子的人。”后来他连居室也不要了，住在一只洗澡用的木桶里，或者对折斗篷为被褥，席地而睡，四处为家。有一回，看见一个小孩用手捧水喝，他自惭在简朴上还不如孩子，把水杯从背袋里拿出来扔了。他在锻炼吃苦方面颇下功夫，夏天钻进木桶在烫沙上滚动，冬天光脚在雪地上行走，或者长久抱住积雪的雕像，行为很像苦修士，却又是一个无神论者。

对于这个一心退回自然界的哲学家来说，动物似乎成了简单生活的楷模。他当真模仿动物，随地捡取食物，一度还尝试吃生肉，因为不消化而作罢。他的模仿过了头，竟至于在光天化日之下交配，在众目睽睽之下自慰，还无所谓地说：“这和用揉胃来解除饥饿是一回事。”他振振有词地为自己的伤风败俗之行辩护：凡大自然规定的事皆不荒谬，凡不荒谬的事在公共场所做也不荒谬。既然食欲可以公开满足，性欲有何不可？自然的权威大于习俗，他要以本性对抗习俗。他反对的习俗也包括婚姻，在他眼里，性是最自然的，婚姻却完全是多余的。问他何时结婚合适，回答是：“年轻时太早，年老时太晚。”婚姻往往还是“战争之后的结盟”，其中有太多的利益计较。他主张通过自由恋爱和嫖妓来解决性的需要，并且身体力行。有人指责他出入肮脏之处，他答：“太阳也光顾臭水沟，但从未被玷污。”如同柏拉图和斯多葛派的芝诺一样，共妻是他赞成的唯一婚姻形式，在这种形式下，财产和子女也必然共有，就断绝了贪婪的根源。

倘若今天我们遇见第欧根尼，一定会把他当作一个乞丐。他一身乞丐打扮，事实上也经常行乞，一开始是因为贫穷，后来是因为他的哲学。他乞讨的口气也像一个哲学家，基本的台词是：“如果你给过别人施舍，那也给我吧；如果还没有，那就从我开始吧。”不过，看来乞讨并非总是成功的，至少比不上残疾人，为此他尖刻地评论道：人们在施舍时之所以厚此薄彼，是“因为他们想到自己有一天可能变成跛子或瞎子，但从未想到会变成哲学家”。

安提斯泰尼经常在一个以犬命名的运动场与人交谈，据说犬儒派得名于此。但是，第欧根尼获得狗的绰号，大约与此无关，或者说是因为他自己的举止。他从地上捡东西吃，当众解决性欲，太像一条狗了，以至于像柏拉图这么文雅的人也称他是狗。他有时也欣然自称是狗，但更多的时候却愤愤不平。一群男童围着他，互相叮嘱：“当心，别让他咬着我们。”他尚能克制地说：“不用怕，狗是不吃甜菜根的。”在集市上吃东西，围观者喊：“狗！”他就忍不住回骂了：“你们盯着我的食物，你们才是狗！”在一次宴席上，有些人真把他当作狗，不断把骨头扔给他，他怒而报复，把一盆汤浇在了他们头上。对于狗的绰号之来由，他自己给出的最堂皇解释是：因为他“对施舍者献媚，对拒绝者狂吠，对无赖狠咬”。其实他的献媚常藏着讥讽，而遭他吠和咬的人倒真是不少。

三

犬儒派哲学家不但放浪形骸，而且口无遮拦，对看不惯的人和事极尽挖苦之能事。这成了他们的鲜明特色，以至于在西语中，“犬儒主义者”（cynic）一词成了普通名词，亦用来指愤世嫉俗者、玩世不恭者、好挖苦人的人。

安提斯泰尼即已十分蔑视一般人，听说有许多人在赞扬他，他叫了起来：“老天啊，我到底做了什么错事？”第欧根尼更是目中无“人”。他常常大白天点着灯笼，在街上边走边吆喝：“我在找人。”有人问他在希腊何处见过好人，他回答：没有，只在个别地方见过好的儿童。在奥林匹克运动会上，民众群情亢奋，他有时也会坐在那里，但似乎只是为了不错过骂人的好机会。传令官宣布冠军的名字，说这个人战胜了所有人，他大声反驳：“不，他战胜的只是奴隶，我战胜的才是人。”回家的路上，好奇者打听参加运动会的人是否很多，他回答：“很多，但没有一个可以称作人。”剧院散场，观众拥出来，他往里挤，人问为什么，他说：“这是我一生都在练习的事情。”他的确一生都在练习逆遵循习俗的大众而行，不把他们看作人，如入无人之境。

第欧根尼有一张损人的利嘴，一肚子捉弄人的坏心思。一个好面子的人表示想跟他学哲学，他让那人手提一条金枪鱼，跟在他屁股后面穿越大街小巷，羞得那人终于弃鱼而逃。一个狗仗人势的管家带他参观主人的豪宅，警告他不得吐痰，他立刻把一口痰吐在那个管家脸上，说：“我实在找不到更合适的痰盂了。”看见一个懒人让仆人给自己穿鞋，他说：“依我看，什么时候你失去了双手，还让仆人替你擦鼻涕，才算达到了完满的幸福。”看见一个轻薄青年衣着考究，他说：“如果为了取悦男人，你是傻瓜，如果为了取悦女人，你是骗子。”看见一个妓女的孩子朝人堆里扔石头，他说：“小心，别打着了你父亲。”这个促狭鬼太爱惹人，有一个青年必定是被他惹怒了，砸坏了他的大桶。不过，更多的雅典人好像还护着他，替他做了一个新桶，把那个青年鞭打了一顿。这也许是因为，在多数场合，他的刻薄是指向大家都讨厌的虚荣自负之辈的。他并不乱咬人，他咬得准确而光明正大。有人问他最厌恶被什么动物咬，他的回答是：谗言者和谄媚者。

第欧根尼的刀子嘴不但伸向普通人，连柏拉图也不能幸免。柏拉图是他的老师的同学，比他大二十多岁，可他挖苦起这位师辈来毫不留情，倒是柏拉图往往让他几分。他到柏拉图家做客，踩着地毯说：“我踩在了柏拉图的虚荣心上。”有人指出他乞讨，柏拉图不乞讨，他借用《奥德修纪》中的句子说：柏拉图讨东西时“深深地埋下头，以致无人能够听见”。他经常用一种看上去很粗俗的方式与柏拉图辩论。柏拉图把人定义为双足无毛动物，他就把一只鸡的羽毛拔光，拎到讲座上说：“这就是柏拉图所说的人。”针对柏拉图的理念论，他说：“我看得见桌子和杯子，可是柏拉图呀，我一点儿也看不见你说的桌子的理念和杯子的理念。”为了反驳爱利亚学派否定运动的观点，他站起来夸张地到处走动。也许他是故意不按规则出牌，以此解构正在兴起的形而上学游戏。柏拉图对这个刺儿头一定颇感无奈，有人请他对第欧根尼其人下一断语，他回答：“一个发疯的苏格拉底。”

几乎所有希腊哲学家都看不上大众宗教，犬儒派哲学家也如此。一个奥菲斯教派祭司告诉安提斯泰尼，教徒死后可获许多好处，他反问：“你为什么不赶快死呢？”与此相似，有人也以死后可享特权为由劝第欧根尼入教，他回答道：如果俗人只因入教就享幸福，智者只因不入教就倒霉，死后的世界未免太荒唐了。一次海难的幸存者向神庙献了许多祭品，第欧根尼对此评论道："如果是遇难者来献祭的话，祭品就更多了。"看见一个女子跪在神像前祈祷，他对她说："善良的女人，神是无处不在的，难道你不怕有一个神就站在你背后，看见你的不雅姿势吗？"看见一些夫妻在向神献祭求子，他问道："可是你们不想求神保佑他成为怎样的人吗？"他常说："看到医生、哲学家、领航员，我就觉得人是最聪明的动物，看到释梦师、占卜家和他们的信徒，以及那些夸耀财富的人，我就觉得人是最愚蠢的动物。"在他看来，在宗教之中，除了美德的实践，其余都是迷信。人们往往不知道自己应该要什么，向神所求的都不是真正的好东西。说到底，德行本身就足以保证幸福，我们为善只应该为了善本身的价值，不应该为了邀神的奖赏或怕神的审判。

四

让我们回到第欧根尼与亚历山大相遇的时刻，他对大帝说出了那句著名的话："不要挡住我的阳光。"现在我们可以对这句话做一点也许不算牵强地诠释了。人在世上真正需要的是什么？无非是阳光——阳光是一个象征，代表自然给予人的基本赠礼，自然规定的人的基本需要，合乎自然的简朴生活。谁挡住了阳光？亚历山大——亚历山大也是一个象征，代表权力、名声、财富等一切世人所看重而其实并非必需的东西。不要挡住我的阳光——不要让功利挡住生命，不要让习俗挡住本性，不要让非必需挡住必需，这就是犬儒派留给我们的主要的哲学遗训。

除了简朴生活原理外，第欧根尼还有两个伟大发明。一是“世界公民”。有人问他来自何处，他答：“我是世界公民。”“世界公民”（cosmopolite）应该译作“宇宙公民”，“世界”并不限于人类居住的范围。在他之前，阿那克萨戈拉已把宇宙称作自己的祖国，第欧根尼也说“唯一的、真正的国家是宇宙”，因此“万物都是智慧之人的财产”。另一发明是“言论自由”。有人问世界上最好的东西是什么，他的回答便是“言论自由”。在这两个发明之间也许还有某种联系，世界公民当然不会囿于群体利益，而群体利益常是禁止言论自由的主要理由。所以，“不要挡住我的阳光”还可增加一个含义：不要让政治挡住哲学，不要让群体利益挡住思想自由。

对于那些想受教育却不想学哲学的人，安提斯泰尼有一妙比，说他们就好像一个人看上了女主人，为了图省事却只向女仆求爱。第欧根尼则直截了当地向他们责问道：“既然你不在意活得好不好，为什么还要活着呢？”哲学何以能使人活得好呢？依据第欧根尼之例，也许可以这样来理解——哲学能够使我们安心地躺在土地上晒太阳，享受身体和心灵的自由，而对一切妨碍我们这样做的东西说：“不要挡住我的阳光！”

我们每一个人都应当留心开垦自己的心灵土壤，让落在其上的好种子得以生根开花，在自己的内心培育出一片美丽的果园。

未经省察的人生没有价值

一

公元前399年春夏之交的某一天，雅典城内，当政的民主派组成一个五百零一人的法庭，审理一个特别的案件。被告是哲学家苏格拉底（公元前469—前399），此时年已七十，由于他常年活动在市场、体育场、手工作坊等公共场所，许多市民都熟悉他。审理在当天完成，结果是以不敬神和败坏青年的罪名判处死刑。这是人类历史上最怪诞的一页，一个人仅仅因为他劝说同胞过更好的生活，就被同胞杀害了。雅典是哲学的圣地，但看来不是哲学家的乐园，出身本邦的哲学家只有两个，苏格拉底被处死，年轻的柏拉图在老师死后逃到了国外。这又是人类历史上最光荣的一页，一个人宁死不放弃探究人生真理的权利，为哲学殉难，证明了人的精神所能达到的高度。

正因为出了苏格拉底，雅典才不愧是哲学的圣地。

多亏柏拉图的生花妙笔，把当年从审判到执行的整个过程栩栩如生地记述了下来，使我们今天得以领略苏格拉底在生命最后时刻的哲人风采。柏拉图师从苏格拉底十年，当时二十八岁，审判时在场，还上台试图为老师辩护，法官嫌他年轻把他轰了下来。评论家都承认，柏拉图太有文学才华，记述中难免有虚构的成分。他大约早就开始记录老师的言论，据说有一次朗读给苏格拉底听，苏格拉底听罢说道：“我的天，这个年轻人给我编了多少故事！”尽管如此，评论家又都承认，由于他自己是大哲学家，能够理解老师，他的证词远比色诺芬所提供的可靠。色诺芬也是苏格拉底的学生，但毫无哲学天赋，审判时又不在场，老师死后，深为扣在老师头上的两个罪名苦恼，要替老师洗清，在回忆录中把苏格拉底描绘成一个虔敬守法的平庸之辈。英国学者伯奈特说：“色诺芬为苏格拉底做的辩护实在太成功了，如果苏格拉底真是那个样子，就绝不会被判死刑。”英国哲学家罗素仿佛从中吸取了教训，表明态度：“如果需要让人复述我的话，我宁愿选一个懂哲学的我的死敌，而不是一个不懂哲学的我的好友。”不过他倒不必有这个担忧，因为苏格拉底述而不作，他却惊人地多产，哪里还有别人复述的余地。

现在，我们主要依据柏拉图的记述，在若干细节上参考色诺芬的回忆，来察看这个案子的来龙去脉。原告有三人。跳在台前的是无名诗人美勒托，长一个鹰钩鼻，头发细长，胡须稀疏，一看就是个爱惹是生非的家伙。还有一个无名演说家，名叫莱康。实际主使者是皮匠安尼图斯，一个活跃的政客，终于当上了民主政权二首领之一。他的儿子是苏格拉底的热心听众，常常因此荒废皮革作业，使他十分恼火。在他政坛得势之后，苏格拉底曾挖苦他说：

“现在你用不着再让儿子做皮匠了吧。”更使他怀恨在心，遂唆使美勒托提起诉讼。事情的起因看上去小得不能再小，似乎是个别人泄私愤，何以竟能够掀起偌大波澜，终于要了苏格拉底的命？

其实，安尼图斯之流恼恨苏格拉底，多少代表了一般市民的情绪。苏格拉底喜在公共场所谈论哲学，内容多为质疑传统的道德、宗教和生活方式，听众又多是像安尼图斯的儿子这样的青年。雅典的市民是很保守的，只希望自己的孩子恪守本分，继承父业，过安稳日子。像苏格拉底这样整天招一帮青年谈论哲学，不务正业，在他们眼里就已经是败坏青年了，因此，一旦有人告状，他们很容易附和。当然，把一个哲学家——不管是不是苏格拉底——交给几百个不知哲学为何物的民众去审判，结局反正凶多吉少。

苏格拉底之处于劣势，还有一层原因，便是在场的审判员们早在年少时就听惯流言，形成了对他的成见。他对此心中有数，所以在申辩一开始就说，那些散布流言的人是更可怕的原告，因为他们人数众多，无名无姓，把他置于无法对质却又不得不自辩的境地。他说他只知道其中有一个喜剧作家，他未点名，不过谁都明白是指阿里斯托芬。二十四年前，阿里斯托芬在喜剧《云》中把苏格拉底搬上舞台，刻画成一个满口胡诌天体理论的自然哲学家和一个教青年进行可笑诡辩的智者。在观众心目中，前者所为正是不敬神，后者所为正是败坏青年，二者合并成丑化了的苏格拉底形象。真实的苏格拉底恰与二者有别，他把哲学从天上引回了人间，从言辞引向了实质，但观众哪里顾得上分辨。苏格拉底是阿里斯托芬的朋友，当年喜剧上演时，他还去捧场，台上的苏格拉底出场，观众席上的他凑趣地站起来亮相，实在憨得可以。他和阿里斯托芬大约都没有料到，爱看戏不爱动脑子的老百姓会把戏说当真，以讹传讹，添油加醋，终于弄到使他有口莫辩的地步。

二

平心而论，在审判之初，无论三个原告，还是充当判官的民众，都未必想置苏格拉底于死地。他们更希望的结果是迫使苏格拉底屈服，向大家认错，今后不再聚众谈论哲学，城邦从此清静。可是，苏格拉底仿佛看穿了他们的意图，偏不示弱，以他一向的风格从容议论，平淡中带着讥刺，雄辩而又诙谐。这种人格上和智力上的高贵真正激怒了听众，他申辩时，审判席上一阵阵骚动，矛盾越来越激化。

苏格拉底大约一开始就下定了赴死的决心。美勒托准备起诉的消息传开，有同情者见他毫不在乎，行为无异于往常，便提醒他应该考虑一下如何辩护，他回答："难道你不认为我一生都在做这件事，都在思考什么是正义，什么是非正义，在实行正义和避免非正义，除此之外什么也没有做吗？"他的确用不着准备，只需在法庭上坚持他一贯的立场就行了。当然，他完全知道，这样做的后果是什么。他比原告和法官更清醒地预见到了结局，审判实质上是遵照他的意志进展的。他胸有成竹，一步步把审判推向高潮，这高潮就是死刑判决。

按照程序，审判分两段。第一段是原告提出讼词，被告提出辩护，审判员投票表决是否有罪。在这一段，苏格拉底回顾了自己从事街头哲学活动的起因和经历，断言这是神交给他的使命。人们的愤恨本来集中在这件事上，倘若他想过关，至少该稍稍显示灵活的态度，他却一点余地不留，宣布道：

“神派我一生从事哲学活动，我却因怕死而擅离职守，这才荒谬。雅典人啊，我敬爱你们，可是我要服从神过于服从你们。只要我一息尚存，就决不放弃哲学。”他把自己比作一只牛虻，其职责是不停地叮咬人们，唤醒人们，使人们对专注于钱财和荣誉、不在意智慧和灵魂的生活感到羞愧。

原则不肯放弃，还有一个方法能够影响判决。按雅典的惯例，被告的妻儿可以到庭恳求轻判，这种做法往往有效。苏格拉底有妻子，有三个儿子，其中两个还年幼，但他不让他们到庭。他不屑于为此，讽刺说：“我常见有声望的人受审时做出这种怪状，演这种可怜戏剧，他们是邦国之耻。”

投票的结果是以二百八十一票比二百二十票宣告他有罪。票数相当接近，说明在场不少人还是同情他的。审判进入第二段，由原告和被告提议各自认为适当的刑罚，审判员进行表决，在二者中择一。美勒托提议判处死刑。苏格拉底说：“我提议用什么刑罚来代替呢？像我这样对城邦有贡献的人，就判我在专门招待功臣和贵宾的国宾馆用餐吧。”说这话是存心气人，接下来他有些无奈地说：我每日讨论道德问题，省察自己和别人，原是于人最有益的事情。可是，一天之内就判决死刑案件，时间太短，我已无法让你们相信一个真理了，这个真理就是“未经省察的人生没有价值”。

要逃避死刑，有一个通常的办法，就是自认充分的罚款。只要款额足够大，审判员往往宁愿选择罚款而不是死刑。说到这一层，苏格拉底表示，他没有钱，或许只付得起一个银币。这是事实，他荒废职业，整日与人谈话，又从不收费，怎能不穷？不过，他接着表示，既然在场的柏拉图、克里托等人愿为他担保，劝他认三十个银币，他就认这个数吧。这个数也很小，加上他的口气让人觉得是轻慢法庭，把审判员们有限的同情也消除了。人们终于发现，最省事的办法不是听他的劝反省自己，而是把这个不饶人的家伙处死。

判决之后，苏格拉底作最后的发言。他说：我缺的不是言辞，而是厚颜无耻，哭哭啼啼，说你们爱听的话。你们习惯看到别人这样，但这种事不配我做。“逃死不难，逃罪恶难，罪恶追人比死快。我又老又钝，所以被跑慢的追上，你们敏捷，所以被跑快的追上。我们各受各的惩罚，合当如此。”然后，又以他特有的反讽委托判官们一件事：“我儿子长大后，如果关注钱财先于德行，没有出息而自以为有出息，请责备他们，一如我之责备你们。”这篇著名辩词用一句无比平静的话结束：“分手的时候到了，我去死，你们去活，谁的去路好，唯有神知道。”

三

每年的德利阿节，雅典政府要派出朝圣团乘船渡海，去阿波罗诞生地德洛斯祭祀，法律规定朝圣团未返回就不得行刑。对苏格拉底的审判是在船出发的第二天进行的，因此他必须在监狱里等候一些日子。趁着船没有回来，让我们就近观察一下这位哲学家，回顾一下他的身世和行状。

首先引起我们注意的是他的奇特长相。虽然他生在雅典，却完全不像是一个希腊人。他有一张扁平脸，一个宽大的狮鼻，两片肥厚的嘴唇。这张脸丑得如此与众不同，以至于一个会看相的异邦人路过雅典，看见了他，当面说他是一个怪物。他有一个大肚子，但身体壮实，与人谈话时总是侧低着头，目光炯炯，像一头公牛。

他出身贫贱，父亲是雕刻匠，母亲是接生婆。子承父业，他自己年轻时也以雕刻为业，据说雅典卫城入口处的美惠女神群像就是他的作品。不过，他对这门行业颇有微词，嘲笑雕刻匠尽力把石块雕刻得像人，在自己身上却不下功夫，结果使自己看上去像是石块而不是人了。为了维持起码的生计，他大约仍不免要雕刻石块，但更多的时候干起了雕刻人的灵魂的行当。在相同的意义上，他还继承了母业，乐于做思想的接生婆。

不像当时和后来的许多哲学家抱定独身主义，他在婚姻问题上倒是随大流的，而且娶了两个老婆。第一个老婆克珊西帕为他生有一子，后来，据说是因为战争，雅典人口锐减，当局允许讨小老婆，他又娶了法官的女儿密尔多，再得二子。克珊西帕是有名的泼妇，一个众所周知的故事是，一次苏格拉底在挨了一顿臭骂之后，克珊西帕又把一盆脏水扣在他的头上，而他只是轻描淡写地自嘲道："我不是说过，克珊西帕的雷声会在雨中结束？"他如此解释与悍妇相处的好处：一旦驯服了烈马，别的马就好对付了；与克珊西帕在一起，他学会了调整自己，从而可以适应任何人。其实他心里明白，和他这样一个不顾家计的人过日子，当妻子的并不容易，所以常常在挨骂后承认骂得有理。他是通情达理的，大儿子忍受不了母亲的坏脾气，向他抱怨，他总是站在母亲的立场上好言规劝。

苏格拉底的家境必定十分清贫。他在法庭上说："多少年来，我抛开自己的一切事务，只为你们忙，不取报酬，我的贫穷就是证据。"这一点无可怀疑。他自称"业余哲学研究者"，与人谈话只是出于爱好，任何人想听就听，自己不要老师的身份，所以也就不收费。当时一班智者靠哲学赚钱，他对此感到震惊，说自称教导德行的人怎么能索取金钱为报酬。他也决不收礼，认为一个人向任何人收取金钱，就是给自己树立了一个主人，把自己变成了奴隶。

对于来自显贵和国王的邀请及礼物，他一概拒绝。一个有钱有势的崇拜者要送他一大块地盖房，他问道："假如我需要一双鞋子，你为此送给我一整张兽皮，而我竟然接受，岂不可笑？"其实他连鞋子也不需要，无论冬夏都光着脚丫，穿一件破衣。这也许有穷的原因，但更多是为了锻炼吃苦耐劳的能力。

苏格拉底的学生安提斯泰尼创立犬儒哲学，主张把物质需要减到最低限度，以求获得最大限度的精神自由。这个思想实际上肇始于苏格拉底。他常说，别人是为了吃而活，他是为了活而吃。他偶尔也出席朋友们的宴会，而且酒量无敌，但平时节制饮食，讨厌大吃大喝。荷马史诗《奥德修纪》中的女巫喀耳刻用巫术把俄底修斯的同伴们变成了猪，他提出歪解：喀耳刻是通过大摆宴席把人变成猪的。有一天，他逛雅典市场，看完后叹道："原来我不需要的东西有这么多啊！"智者安提丰问他："哲学家理应教人以幸福，你却吃最粗陋的食物，穿最褴褛的衣服，岂不是在教人以不幸吗？"他答道："正相反，一无所需最像神，所需越少越接近于神。"

不过，他虽然鄙视物质，却十分注意锻炼身体。其实二者都是为了做身体的主人，使它既不受物欲牵制，又能应付严酷的环境。每天早晨，他都去体育场锻炼，身体健壮超于常人。雅典流行好几场瘟疫，他都是没有被感染的人。他的后半生在长达二十七年的伯罗奔尼撒战争中度过，参加过三次战役，他的强壮体魄——当然，还有他的勇敢——在战争环境中显出了优势。据当时与他一起参战的青年阿尔基比亚德回忆，他的身体具有惊人的适应能力，食品匮乏时比谁都能忍饥，供应充足时又比谁都吃得多。酷寒中，别人皆以毛毡裹身，他却光脚走在冰上。一次战败，全军溃逃，只有他一人从容撤退。他是重装步兵，身上挂满辎重，"昂首阔步，斜目四顾"，一看就不是好惹的，敌人也就不敢惹他。他还单独杀进重围，救出受伤的阿尔基比亚德，事后颁奖，又把奖章让给了阿尔基比亚德。

作为一个哲学家，苏格拉底抱定宗旨，不参与政治。然而，一旦违心地被卷入，他必站在一个正直公民的立场上坚持正义。六十三岁时，他曾代表本族人进入元老院，且在某一天值班当主席。这是他一生中唯一的一次做“官”。当时，雅典海军打了一个胜仗，撤退时，因狂风突起，未能收回阵亡士兵的尸体，人民群情激愤，要求集体判处为首的十将军死刑。就在他当主席的那一天，这个提案交到法庭，他冒犯众怒予以否决。可惜第二天别人当主席，十将军仍不免于死。若干年后，僭主上台，命他和另外四人去捉一个富翁来处死，别人都去了，唯有他抗命。

由上面勾画的轮廓，我们可以看到，苏格拉底具有自制、厚道、勇敢、正直等种种一般人也都称道的美德，这样一个人应该是人缘很好的。最后竟至于遇难，看来只能归因于他喜谈哲学了，似乎全是那张嘴惹的祸。那么，我们且看那张嘴究竟说了些什么，会惹下杀身之祸。

四

按照西塞罗的说法，苏格拉底是第一个将哲学从天上召唤到地上来的人，他使哲学立足于城邦，进入家庭，研究人生和道德问题。这个评价得到了后世的公认。苏格拉底之前的哲学家，从泰勒斯到阿那克萨戈拉，关心的是宇宙，是一些自然哲学家和天文学家。据他自述，他年轻时也喜欢研究自然界，后来发现自己天生不是这块料。所谓不是这块料，大约不是指能力，应是指气质。

他责问那些眼睛盯着天上的人，他们是对人类的事情已经知道得足够多了呢，还是完全忽略了。他主张，研究自然界应限于对人类事务有用的范围，超出这个范围既不值得，也不应该。之所以不应该，是因为人不可去探究神不愿显明的事，违背者必受惩罚，阿那克萨戈拉就因此丧失了神智。

苏格拉底的思想发生根本转折，是在四十岁上下的时候。他在申辩中谈到了转折的缘由。有一回，他少年时代的朋友凯勒丰去德尔斐神庙求神谕，问是否有人比苏格拉底更智慧，神谕答复说没有。苏格拉底闻讯大惊，认为不可能，为了反驳神谕，他访问了雅典城内以智慧著称的人，包括政客、诗人、手工艺人。结果发现，这些人都凭借自己的专长而自以为是，不知道自己实际上很无知。于是他明白了：同样是无知，他们以不知为知，我知道自己一无所知，在这一点上我的确比他们智慧。由此进一步悟到，神谕的意思其实是说：真正的智慧是属于神的，人的智慧微不足道，在人之中，唯有像苏格拉底那样知道这个道理的人才是智慧的。从此以后，他便出没于公共场所，到处察访自以为智的人，盘问他们，揭露其不智，以此为神派给他的“神圣的使命”。“为了这宗事业，我无暇顾及国事家事；因为神服务，我竟至于一贫如洗。”而一帮有闲青年和富家子弟也追随他，效仿他这样做，使他得了一个蛊惑青年的坏名声。

苏格拉底盘问人的方式是很气人的。他态度谦和，仿佛自己毫无成见，只是一步一步向你请教，结果你的无知自己暴露了出来。这往往使被问的人十分狼狈。欣赏者说，他装傻，其实一大肚子智慧。怨恨者说，他是虚假的谦卑。常常有人忍无可忍，把他揍一顿，甚至扯掉他的头发，而他从不还手，耐心承受。最气人的一点是，他总是在嘲笑、质问、反驳别人，否定每一个答案，但是，直到最后，他也没有拿出一个自己的答案来。确有许多人向他提出了这一责备，并为此发火。他对此的辩解是：“神迫使我做接生婆，但又禁止我生育。”这一句话可不是自谦之词，而是准确地表达了他对哲学的功能的看法。

上面说到，苏格拉底是从自知其无知开始他特有的哲学活动的。其实，在他看来，一切哲学思考都应从这里开始。知道自己一无所知，这是爱智慧的起点。对什么无知？对最重要的事情，即灵魂中的事情。人们平时总在为伺候肉体而活着，自以为拥有的那些知识，说到底也是为肉体的生存服务的。因此，必须向人们大喝一声，让他们知道自己对最重要的事情其实一无所知，内心产生不安，处于困境，从而开始关心自己的灵魂。“认识你自己”——这是铭刻在德尔斐神庙上的一句箴言，苏格拉底用它来解说哲学的使命。“认识你自己”就是认识你的灵魂，因为“你自己”并不是你的肉体，而是你的灵魂，那才是你身上神圣的东西，是使你成为你自己的东西。

灵魂之所以是神圣的，则因为它是善和一切美德的居住地。因此，认识自己也就是要认识自己的道德本性。唯有把自己的道德本性开掘和实现出来，过正当的生活，才是作为人在生活。美德本身就是幸福，无须另外的报偿。恶人不能真正伤害好人，因为唯一真正的伤害是精神上的伤害，这只能是由人自己做的坏事造成的。在斯多葛派那里，这个德行即幸福的论点发展成了全部哲学的基石。康德用道德法则的存在证明人能够为自己的行为立法，进而证明作为灵魂的人的自由和尊严，这个思路也可在苏格拉底那里找到渊源。

人人都有道德本性，但人们对此似乎懵懂不知。苏格拉底经常向人说：让一个人学习做鞋匠、木匠、铁匠，人们都知道该派他去哪里学，让一个人学习过正当的生活，人们却不知道该把他派往哪里了。这话他一定说过无数遍，以至于在三十僭主掌权时期，政府强令他不许和青年人谈论，理由便是“那些鞋匠、木匠、铁匠什么的早已经被你说烂了”。其实他是在讽刺人们不关心自己的灵魂，因为在他看来，该去哪里学习美德是清清楚楚的，无非仍是去自己的灵魂中。原来，灵魂中不但有道德，而且有理性能力，它能引领我们认识道德。人们之所以过着不道德的生活，是因为没有运用这个能力，听任自己处在无知之中。在此意义上，无知就是恶，而美德就是知识。

至于如何运用理性能力来认识道德，苏格拉底的典型方法是辩证法，亦即亚里士多德视为他的主要贡献的归纳论证和普遍性定义。比如说，他问你什么是美德，你举出正义、节制、勇敢、豪爽等，他就追问你，你根据什么把这些不同的东西都称作美德，迫使你去思考它们的共性，寻求美德本身的定义。为了界定美德，你也许又必须谈到正义，他就嘲笑你仍在用美德的一种来定义整个美德。所有这类讨论几乎都不了了之，结果只是使被问者承认对原以为知道的东西其实并不知道，但苏格拉底也未能为所讨论的概念下一个满意的定义。从逻辑上说，这很好解释，因为任何一个概念都只能在关系中被界定，并不存在不涉及其他概念的纯粹概念。但是，苏格拉底似乎相信存在着这样的概念，至少存在着纯粹的至高的善，它是一切美德的终极根源和目标。

现在我们可以解释苏格拉底式辩证法的真正用意了。他实际上是想告诉人们，人心固有向善的倾向，应该把它唤醒，循此倾向去追寻它的源头。然而，一旦我们这样做，便会发现人的理性能力的有限，不可能真正到达那个源头。只有神能够认识至高的善，人的理性只能朝那个方向追寻。因此，苏格拉底说：唯有神是智慧的，人只能说是爱智慧的。不过，能够追寻就已经是好事，表明灵魂中有一种向上的力量。爱智慧是潜藏在人的灵魂中的最宝贵特质，哲学的作用就是催生这种特质。这便是苏格拉底以接生婆自居的含义。但哲学家不具备神的智慧，不能提供最后的答案，所以他又说神禁止他生育。

苏格拉底所寻求的普遍性定义究竟是观念还是实存，他所说的神究竟是比喻还是实指，这是一个复杂的问题，我不想在这里讨论。在我看来，其间的界限是模糊的，他也无意分得太清。他真正要解决的不是理论问题，而是实践问题，即怎样正当地生活。宗教家断言神的绝对存在，哲学家则告诉我们，不管神是否存在，我们都要当作它是存在的那样生活，关心自己的灵魂，省察自己的人生，重视生活的意义远过于生活本身。

五

现在让我们回到被判了死刑的苏格拉底身边，他已经在狱中待了快一个月了。在此期间，他生活得平静而愉快，与平时没有一点不同。在生命的最后时日，他还突发了文艺的兴趣，把《伊索寓言》改写成韵文，写了一首阿波罗颂诗。许多富裕朋友想出资帮助他逃亡，均被拒绝，他问道："你们是否知道有什么死亡不会降临的地方？"一个崇拜者诉说："看到你被这样不公正地处死，我太受不了。"他反问："怎么，难道你希望看到我被公正地处死吗？"

监禁第二十八天，有人看见那艘催命船已经开过了附近一个城市，他的老朋友克里托得到消息，天不亮就来到监狱，看见他睡得很香。等他醒来，克里托作最后的努力，劝他逃亡。他举出了种种理由，诸如别人会怪自己不尽力，使自己名誉受污，你遗下孤儿，未尽为父的责任，等等，皆被驳斥。苏格拉底强调，虽然判决是不公正的，但逃亡是毁坏法律，不能以错还错，以恶报恶。

第三十天，行刑的通知下达，若干最亲近的朋友到狱中诀别。克珊西帕抱着小儿子，正坐在苏格拉底身边，看见来人，哭喊起来："苏格拉底啊，这是你和朋友们的最后一次谈话了！"苏格拉底马上让克里托找人把她送走。然后，他对朋友们说："我就要到另一个世界去了，谈谈那边的事，现在正是时候，也是现在可做的最合适的事。"整篇谈话围绕着死亡主题，大意是：哲学就是学习死，学习处于死的状态。真正的哲学家一直在练习死，训练自己在活着时就保持死的状态，所以最不怕死。为什么这么说呢？因为死无非是灵魂与肉体相脱离，而哲学所追求的正是使灵魂超脱肉体。灵魂不受肉体包括它的欲望和感觉的纠缠，在平静中生存，只用理性追求真理，它的这种状态就叫智慧。不过，活着时灵魂完全超脱肉体是不可能的，所以得不到纯粹的智慧，唯有死后才能得到。

转述到这里，我们不得不提出一个疑问：上述见解要成立，前提是灵魂不随肉体一同死亡，苏格拉底相信灵魂不死吗？似乎是相信的，他做了种种论证，包括：生死互相转化，灵魂若死灭就不能再转为生；认识即回忆，证明灵魂在出生之前已存在；灵魂占有了一个东西，这个东西才有生命，可知灵魂与死不相容。接着他大谈灵魂的修炼、轮回和业报，哲学家的灵魂已经修炼得十分纯洁，因此死后将与天神交往。很难相信这是苏格拉底本人的思想，恐怕多半是柏拉图从东方教义中听来而安在老师头上的。法庭申辩时的一句话透露了苏格拉底的真实想法：“没有人知道死后的情形，大家却怕死，仿佛确知死是最坏境界。我本人绝不害怕和躲避好坏尚不知的境界甚于明知是坏的境界。”我们至少可以相信，他是怀着快乐的心情迎接死亡的。人们常把天鹅的绝唱解释为悲歌，他却说，它们是预见到另一个世界的幸福就要来临，所以唱出了生平最欢乐的歌。他的临终谈话正是一曲天鹅的绝唱。

最后的时刻来临了。克里托问他：“我们怎么葬你？”他答：“如果你能抓住我，随你怎么葬。”然后对其余人说：“他以为我只是一会儿就要变成尸体的人，还问怎么葬我。喝下了毒药，我就不在这里了。”说完便去洗澡，回来后，遵照狱吏的嘱咐喝下毒药。众人一齐哭了起来，他责备道：“你们这些人真没道理。我把女人都打发走，就为了不让她们做出这等荒谬的事来。”在咽气前，他说了最后一句话：“克里托，别忘了向医药神阿斯克勒庇俄斯献祭一只公鸡。”这个喜嘲讽的灵魂在脱离他所蔑视的肉体之际，还忍不住要与司肉体治疗的神灵开一个玩笑。

苏格拉底的悲剧就此落下帷幕，柏拉图在剧终致辞：“在我们所认识的人中，他是最善良、最有智慧、最正直的人。”的确，不管人们对他的学说作何评价，都不能不承认他为后世树立了人生追求上和人格上的典范。据说在他死后，雅典人忏悔了，给他立了雕像，并且处死了美勒托，驱逐了安尼图斯。也有人指出，所谓惩处了控告者纯属捏造。不过，这些都已经不重要了。重要的是，让我们记住苏格拉底的遗训，关心自己的灵魂，度一个有价值的人生。

人生最美好的享受，包括创造、沉思、艺术欣赏、爱情、亲情等，都非金钱所能买到。原因很简单，所有这类享受皆依赖于心灵的能力，而心灵的能力是与钱包的鼓瘪毫不相干的。

第三章

享受生命本身

人在爱时都太容易在乎被爱，视为权利，在被爱时又都太容易看轻被爱，受之当然。如果反过来，有爱心而不求回报，对被爱知珍惜却不计较，人就爱得有尊严，活得有气度了。

享受生命本身

一

人生有许多出于自然的享受，例如爱情、友谊、欣赏大自然、艺术创造等，其快乐远非虚名浮利可比，而享受它们也并不需要太多的物质条件。我把这类享受称作对生命本身的享受。

二

有钱又有闲当然幸运，倘不能，退而求其次，我宁做有闲的穷人，不做有钱的忙人。我爱闲适胜于爱金钱。金钱终究是身外之物，闲适却使我感到自己是生命的主人。

有人说："有钱可以买时间。"这话当然不错。但是，如果大前提是"时间就是金钱"，买得的时间又追加为获取更多金钱的资本，则一生劳碌便永无终时。

所以，应当改变大前提：时间不仅是金钱，更是生命，而生命的价值是金钱无法衡量的。

三

人们不妨赞美清贫，却不可讴歌贫困。人生的种种享受是需要好的心境的，而贫困会剥夺好的心境，足以扼杀生命的大部分乐趣。

金钱的好处便是使人免于贫困。

但是，在提供积极的享受方面，金钱的作用极其有限。人生最美好的享受，包括创造、沉思、艺术欣赏、爱情、亲情等，都非金钱所能买到。原因很简单，所有这类享受皆依赖于心灵的能力，而心灵的能力是与钱包的鼓瘪毫不相干的。

四

只有一次的生命是人生最宝贵的财富，但许多人宁愿用它来换取那些次宝贵或不甚宝贵的财富，把全部生命耗费在学问、名声、权力或金钱的积聚上。他们临终时当如此悔叹："我只是使用了生命，而不曾享受生命！"

五

一个人可以凭聪明、勤劳和运气挣许多钱，但如何花掉这些钱却要靠智慧了。如何花钱比如何挣钱更能看出一个人的品位高低。

六

金钱，消费，享受，生活质量——当我把这些相关的词排列起来时，我忽然发现它们好像有一种递减关系：金钱与消费的联系最为紧密，与享受的联系要弱一些，与生活质量的联系就更弱。因为至少，享受不限于消费，还包括创造，生活质量不只看享受，还要看承受苦难的勇气。在现代社会里，金钱的力量当然是有目共睹的，但是这种力量肯定没有大到足以修改我们对生活的基本理解。

七

生活质量的要素：一、创造；二、享受；三、体验。

八

在五光十色的现代世界中，让我们记住一个古老的真理：活得简单才能活得自由。

九

一切奢侈品都给精神活动带来不便。

十

天地悠悠，生命短促，一个人一生的确做不成多少事。明白了这一点，就可以善待自己，不必活得那么紧张匆忙了。但是，也正因为明白了这一点，就可以不抱野心，只为自己高兴而好好做成几件事了。

十一

世上有味之事，包括诗、酒、哲学、爱情，往往无用。吟无用之诗，醉无用之酒，读无用之书，钟无用之情，终于成一无用之人，却因此活得有滋有味。

十二

光阴似箭，然而只是对于忙人才如此。日程表排得满满的，永远有做不完的事，这时便会觉得时间以逼人之势驱赶着自己，几乎没有喘息的工夫。

相反，倘若并不觉得有非做不可的事情，心静如止水，光阴也就停住了。永恒是一种从容的心境。

一个人的实力未必表现为在名利山上攀登，真有实力的人还能支配自己的人生走向，适时地退出竞赛，省下时间来做自己喜欢做的事，享受生命的乐趣。

善良 · 丰富 · 高贵

如果我是一个从前的哲人，来到今天的世界，我会最怀念什么？一定是这六个字：善良，丰富，高贵。

看到医院拒收付不起昂贵医疗费的穷人，听凭危急病人死去；看到商人出售假药和伪劣食品，制造急性和慢性的死亡；看到矿难频繁，矿主用工人的生命换取高额利润；看到每天发生的许多凶杀案，往往为了很少的一点钱或一个很小的缘由夺走一条命……我为人心的冷漠感到震惊，于是我怀念善良。

善良，生命对生命的同情，多么普通的品质，今天仿佛成了稀有之物。中外哲人都认为，同情是人与兽的区别的开端，是人类全部道德的基础。没有同情，人就不是人，社会就不是人待的地方。人是怎么沦为兽的？就是从同情心的麻木和死灭开始的，由此下去可以干一切坏事，成为法西斯，成为恐怖主义者。善良是区分好人与坏人的最初界限，也是最后界限。

看到今天许多人以满足物质欲望为人生唯一目标，全部生活由赚钱和花钱两件事组成，我为人们的心灵的贫乏感到震惊，于是我怀念丰富。

丰富，人的精神能力的生长、开花和结果，上天赐给万物之灵的最高享受，为什么人们弃之如敝屣呢？中外哲人都认为，丰富的心灵是幸福的真正源泉，精神的快乐远远高于肉体的快乐。上天的赐予本来是公平的，每个人天性中都蕴含着精神需求，在生存需要基本得到满足之后，这种需求理应觉醒，它的满足理应越来越成为主要的目标。那些永远折腾在功利世界上的人，那些从来不谙思考、阅读、独处、艺术欣赏、精神创造等心灵快乐的人，他们是怎样辜负了上天的赐予啊，不管他们多么有钱，他们是度过了怎样贫穷的一生啊。

看到有些人为了获取金钱和权力毫无廉耻，可以干任何出卖自己尊严的事，然后又依仗所获取的金钱和权力毫无顾忌，肆意凌辱他人的尊严，我为这些人的灵魂的卑鄙感到震惊，于是我怀念高贵。

高贵，曾经是许多时代最看重的价值，被看得比生命还重要，现在似乎很少有人提起了。中外哲人都认为，人要有做人的尊严，要有做人的基本原则，在任何情况下都不可违背，如果违背，就意味着不把自己当人了。今天的一些人就是这样，不知尊严为何物，不把别人当人，任意欺凌和侮辱，而根源正在于他没有把自己当人，事实上你在他身上也已经看不出丝毫人的品性。高贵者的特点是极其尊重他人，他的自尊正因此得到了最充分的体现。人的灵魂应该是高贵的，人应该做精神贵族，世上最可恨也最可悲的岂不是那些有钱有势的精神贱民？

我听见一切世代的哲人在向今天的人们呼唤：人啊，你要有善良的心，丰富的心灵，高贵的灵魂，这样你才无愧于人的称号，你才能作为真正的人在世间生活。

善良，丰富，高贵——令人怀念的品质，人之为人的品质，我期待今天更多的人拥有它们。

人生贵在行胸臆

一

读《袁中郎全集》，感到清风徐徐扑面，精神阵阵爽快。

明末的这位大才子一度做吴县县令，上任伊始，致书朋友们道：“吴中得若令也，五湖有长，洞庭有君，酒有主人，茶有知己，生公说法石有长老。”开卷读到这等潇洒不俗之言，我再舍不得放下了，相信这个人必定还会说出许多妙语。

我的期望没有落空。

请看这一段：“天下有大败兴事三，而破国亡家不与焉。山水朋友不相凑，一败兴也。朋友忙，相聚不久，二败兴也。游非及时，或花落山枯，三败兴也。”

真是非常的飘逸。中郎一生最爱山水，最爱朋友，难怪他写得最好的是游记和书信，不过，倘若你以为他只是个耽玩的倜傥书生，未免小看了他。《明史》记载，他在吴县任上“听断敏决，公庭鲜事”，遂整日“与士大夫谈说诗文，以风雅自命”。可见极其能干，游刃有余。但他是真个风雅，天性耐不得官场俗务，终于辞职。后来几度起官，也都以谢病归告终。

在明末文坛上，中郎和他的两位兄弟是开一代新风的人物。他们的风格，用他评其弟小修诗的话说，便是“独抒性灵，不拘格套，非从自己胸臆流出，不肯下笔”。其实，这话不但说出了中郎的文学主张，也说出了他的人生态度。他要依照自己的真性情生活，活出自己的本色来。他的潇洒绝非表面风流，而是他的内在性灵的自然流露。性者个性，灵者灵气，他实在是个极有个性极有灵气的人。

二

每个人一生中，都曾经有过一个依照真性情生活的时代，那便是童年。孩子是天真烂漫，不肯拘束自己的。他活着整个儿就是在享受生命，世俗的利害和规矩暂时还都不在他眼里。随着年龄增长，染世渐深，俗虑和束缚愈来愈多，原本纯真的孩子才被改造成了俗物。

那么，能否逃脱这个命运呢？很难，因为人的天性是脆弱的，环境的力量是巨大的。随着童年的消逝，倘若没有一种成年人的智慧及时来补救，几乎不可避免地会失掉童心。所谓大人先生者不失赤子之心，正说明智慧是童心的守护神。凡童心不灭的人，必定对人生有着相当的彻悟。

所谓彻悟，就是要把生死的道理想明白。名利场上那班人不但没有想明白，只怕连想也不肯想。袁中郎责问得好：“天下皆知生死，然未有一人信生之必死者……趋名骛利，唯曰不足，头白面焦，如虑铜铁之不坚，信有死者，当如是耶？”名利的追求是无止境的，官做大了还想更大，钱赚多了还想更多。“未得则前涂为究竟，涂之前又有涂焉，可终究欤？已得则即景为寄寓，寓之中无非寓焉，故终身驰逐而已矣。”在这终身的驰逐中，不再有工夫做自己真正感兴趣的事，接着连属于自己的真兴趣也没有了，那颗以享受生命为最大快乐的童心就这样丢失得无影无踪了。

事情是明摆着的：一个人如果真正想明白了生之必死的道理，他就不会如此看重和孜孜追逐那些到头来一场空的虚名浮利了。他会觉得，把有限的生命耗费在这些事情上，牺牲了对生命本身的享受，实在是很愚蠢的。人生有许多出于自然的享受，例如爱情、友谊、欣赏大自然、艺术创造等，其快乐远非虚名浮利可比，而享受它们也并不需要太多的物质条件。在明白了这些道理以后，他就会和世俗的竞争拉开距离，借此为保存他的真性情赢得了适当的空间。而一个人只要依照真性情生活，就自然会努力去享受生命本身的种种快乐。用中郎的话说，这叫作：“退得一步，即为稳实，多少受用。”

当然，一个人彻悟了生死的道理，也可能会走向消极悲观。不过，如果他是一个热爱生命的人，这一前途即可避免。他反而会获得一种认识：生命的密度要比生命的长度更值得追求。从终极的眼光看，寿命是无稽的，无论长寿短寿，死后都归于虚无。不止如此，即使用活着时的眼光做比较，寿命也无甚意义。中郎说：“试令一老人与少年并立，问彼少年，尔所少之寿何在，觅之不得。问彼老人，尔所多之寿何在，觅之亦不得。少者本无，多者亦归于无，其无正等。”无论活多活少，谁都活在此刻，此刻之前的时间已经永远消逝，没有人能把它们抓在手中。所以，与其贪图活得长久，不如争取活得痛快。中郎引惠开的话说“人生不得行胸臆，纵年百岁犹为夭”就是这个意思。

三

我们或许可以把袁中郎称作享乐主义者，不过他所提倡的乐，乃是合乎生命之自然的乐趣，体现生命之质量和浓度的快乐。在他看来，为了这样的享乐，付出什么代价都是值得的，甚至这代价也成了一种快乐。

有两段话，极能显出他的个性的光彩。

在一处他说：“世人所难得者唯趣”，尤其是得之自然的趣。他举出童子的无往而非趣，山林之人的自在度日，愚不肖的率心而行，作为这种趣的例子。然后写道：“自以为绝望于世，故举世非笑之不顾也，此又一趣也。”凭真性情生活是趣，因此遭到全世界的反对又是趣，从这趣中更见出了怎样真的性情!

另一处谈到人生真乐有五，原文太精彩，不忍割爱，照抄如下：

“目极世间之色，耳极世间之声，身极世间之鲜，口极世间之谭，一快活也。堂前列鼎，堂后度曲，宾客满席，男女交舄，烛气熏天，珠翠委地，皓魄入帐，花影流衣，二快活也。箧中藏万卷书，书皆珍异。宅畔置一馆，馆中约真正同心友十余人，人中立一识见极高，如司马迁、罗贯中、关汉卿者为主，分曹部署，各成一书，远文唐宋酸儒之陋，近完一代未竟之篇，三快活也。千金买一舟，舟中置鼓吹一部，妓妾数人，游闲数人，泛家浮宅，不知老之将至，四快活也。然人生受用至此，不及十年，家资田产荡尽矣。然后一身狼狈，朝不谋夕，托钵歌妓之院，分餐孤老之盘，往来乡亲，恬不知耻，五快活也。”

前四种快活，气象已属不凡，谁知他笔锋一转，说享尽人生快乐以后，一败涂地，沦为乞丐，又是一种快活！中郎文中多这类飞来之笔，出其不意，又顺理成章。世人常把善终视作幸福的标志，其实经不起推敲。若从人生终结看，善不善终都是死，都无幸福可言。若从人生过程看，一个人只要痛快淋漓地生活过，不管善不善终，都称得上幸福了。对于一个洋溢着生命热情的人来说，幸福就在于最大限度地穷尽人生的各种可能性，其中也包括困境和逆境。极而言之，乐极生悲不足悲，最可悲的是从来不曾乐过，一辈子稳稳当当，也平平淡淡，那才是白活了一场。

中郎自己是个充满生命热情的人，他做什么事都兴致勃勃，好像不要命似的。爱山水，便说落雁峰“可值百死”。爱朋友，便叹“以友为性命”。他知道“世上希有事，未有不以死得者”，值得要死要活一番。读书读到会心处，便“灯影下读复叫，叫复读，僮仆睡者皆惊起”，真是忘乎所以。他爱女人，坦陈有“青娥之癖”。他甚至发起懒来也上瘾，名之“懒癖”。

关于癖，他说过一句极中肯的话：“余观世上语言无味面目可憎之人，皆无癖之人耳。若真有所癖，将沉湎酣溺，性命死生以之，何暇及钱奴宦贾之事。”有癖之人，哪怕有的是怪癖恶癖，终归还保留着一种自己的真兴趣真热情，比起那班名利俗物来更是一个活人。当然，所谓癖是真正着迷，全心全意，死活不顾。譬如巴尔扎克小说里的于洛男爵，爱女色爱到财产名誉地位性命都可以不要，到头来穷困潦倒，却依然心满意足，这才配称好色，那些只揩油不肯做半点牺牲的偷香窃玉之辈是不够格的。

四

一面彻悟人生的实质，一面满怀生命的热情，两者的结合形成了袁中郎的人生观。他自己把这种人生观与儒家的谐世、道家的玩世、佛家的出世并列为四世，称作适世。若加比较，儒家是完全入世，佛家是完全出世，中郎的适世似与道家的玩世相接近，都在入世出世之间。区别在于，玩世是入世者的出世法，怀着生命的忧患意识逍遥世外，适世是出世者的入世法，怀着大化的超脱心境享受人生。用中郎自己的话说，他是想学“凡间仙，世中佛，无律度的孔子”。

明末知识分子学佛参禅成风，中郎是不以为然的。他“自知魔重”，“出则为湖魔，入则为诗魔，遇佳友则为谈魔”，舍不得人生如许乐趣，绝不肯出世。况且人只要生命犹存，真正出世是不可能的。佛祖和达摩舍太子位出家，中郎认为是没有参透生死之理的表现。他批评道：“当时便在家何妨，何必掉头不顾，为此偏枯不可训之事？似亦不圆之甚矣。”人活世上，如空中鸟迹，去留两可，无须拘泥区区行藏的所在。若说出家是为了离生死，你总还带着这个血肉之躯，仍是跳不出生死之网。若说已经看破生死，那就不必出家，在网中即可做自由跳跃。死是每种人生哲学不可回避的根本问题。中郎认为，儒道释三家，至少就其门徒的行为看，对死都不甚了悟。儒生“以立言为不死，是故著书垂训”，道士“以留形为不死，是故锻金炼气”，释子“以寂灭为不死，是故耽心禅观”，他们都企求某种方式的不死。而事实上，“茫茫众生，谁不有死，堕地之时，死案已立”。不死是不可能的。

那么，依中郎之见，如何才算了悟生死呢？说来也简单，就是要正视生之必死的事实，放下不死的幻想。他比较赞赏孔子的话：“朝闻道，夕死可矣。”一个人只要明白了人生的道理，好好地活过一场，也就死而无憾了。既然死是必然的，何时死，缘何死，便完全不必在意。他曾患呕血之病，担心必死，便给自己讲了这么一个故事：有人在家里藏一笔钱，怕贼偷走，整日提心吊胆，频频查看。有一天携带着远行，回来发现，钱已不知丢失在途中何处了。自己总担心死于呕血，而其实迟早要生个什么病死去，岂不和此人一样可笑？这么一想，就宽心了。

总之，依照自己的真性情痛快地活，又抱着宿命的态度坦然地死，这大约便是中郎的生死观。

未免太简单了一些！然而，还能怎么样呢？我自己不是一直试图对死进行深入思考，而结论也仅是除了平静接受，别无更好的法子？许多文人，对于人生问题做过无穷的探讨，研究过各种复杂的理论，在兜了偌大圈子以后，往往回到一些十分平易质实的道理上。对于这些道理，许多文化不高的村民野夫早已了然于胸。不过，倘真能这样，也许就对了。罗近溪说：“圣人者，常人而肯安心者也。”中郎赞“此语抉圣学之髓”，实不为过誉。我们都是有生有死的常人，倘若我们肯安心做这样的常人，顺乎天性之自然，坦然于生死，我们也就算得上是圣人了。只怕这个境界并不容易达到呢。

人啊，你要有善良的心，丰富的心灵，高贵的灵魂，这样你才无愧于人的称号，你才能作为真正的人在世间生活。

悲观 · 执着 · 超脱

一

人的一生，思绪万千。然而，真正让人想一辈子，有时想得惊心动魄，有时不去想仍然牵肠挂肚，这样的问题并不多。透彻地说，人一辈子只想一个问题，这个问题一视同仁无可回避地摆在每个人面前，令人困惑得足以想一辈子也未必想清楚。

回想起来，许多年里纠缠着也连缀着我的思绪的动机始终未变，它催促我阅读和思考，激励我奋斗和追求，又规劝我及时撤退，甘于淡泊。倘要用文字表达这个时隐时现的动机，便是一个极简单的命题：只有一个人生。

如果人能永远活着或者活无数次，人生问题的景观就会彻底改变，甚至根本不会有人生问题存在了。人生之所以成为一个问题，前提是生命的一次性和短暂性。不过，从只有一个人生这个前提，不同的人，不，同一个人可以引出不同的结论。也许，困惑正在于这些彼此矛盾的结论似乎都有道理。也许，智慧也正在于使这些彼此矛盾的结论达成辩证的和解。

二

无论是谁，当他初次意识到只有一个人生这个令人伤心的事实时，必定会产生一种幻灭感。生命的诱惑刚刚在地平线上出现，却一眼看到了它的尽头。一个人生太少了！心中涌动着如许欲望和梦幻，一个人生怎么够用？为什么历史上有好多帝国和王朝，宇宙间有无数星辰，而我却只有一个人生？在帝国兴衰、王朝更迭的历史长河中，在星辰的运转中，我的这个小小人生岂非等于零？它确实等于零，一旦结束，便不留一丝影踪，与从未存在过有何区别？

捷克作家昆德拉笔下的一个主人公常常重复一句德国谚语，大意是：“只活一次等于未尝活过。”这句谚语非常简练地把只有一个人生与人生虚无画了等号。

近读金圣叹批《西厢记》，这位独特的评论家极其生动地描述了人生短暂使他感到的无可奈何的绝望。他在序言中写道：自古迄今，“几万万年月皆如水逝、云卷、风驰、电掣，无不尽去，而至于今年今月而暂有我。此暂有之我，又未尝不水逝、云卷、风驰、电掣而疾去也。”我也曾想有作为，但这所作所为同样会水逝、云卷、风驰、电掣而尽去，于是我不想有作为了，只想消遣，批《西厢记》即是一消遣法。可是，“我诚无所欲为，则又何不疾作水逝、云卷、风驰、电掣，顷刻尽去？”想到这里，连消遣的心思也没了，真是万般无奈。

古往今来，诗哲们关于人生虚无的喟叹不绝于耳，无须在此多举。悲观主义的集大成当然要数佛教，归结为一个“空”字。佛教的三项基本原则（三法印）无非是要我们由人生的短促（“诸行无常”），看破人生的空幻（“诸法无我”），从而自觉地放弃人生（“涅槃寂静”）。

三

人要悲观实在很容易，但要彻底悲观却也并不容易，只要看看佛教徒中难得有人生前涅槃，便足可证明。但凡不是悲观到马上自杀，求生的本能自会找出种种理由来和悲观抗衡。事实上，从只有一个人生的前提，既可推论出人生了无价值，也可推论出人生弥足珍贵。物以稀为贵，我们在世上最觉稀少、最嫌不够的东西便是这迟早要结束的生命。这唯一的一个人生是我们的全部所有，失去它我们便失去了一切，我们岂能不爱它，不执着于它呢？

诚然，和历史、宇宙相比，一个人的生命似乎等于零。但是，雪莱说得好：“同人生相比，帝国兴衰、王朝更迭何足挂齿！同人生相比，日月星辰的运转与归宿又算得了什么！”面对无边无际的人生之爱，那把人生对照得极其渺小的无限时空，反倒退避三舍，不足为虑了。人生就是一个人的疆界，最要紧的是负起自己的责任，管好这个疆界，而不是越过它无谓地悲叹天地之悠悠。

古往今来，尽管人生虚无的悲论如缕不绝，可是劝人执着人生爱惜光阴的教诲更是谆谆在耳。两相比较，执着当然比悲观明智得多。悲观主义是一条绝路，冥思苦想人生的虚无，想一辈子也还是那么一回事，绝不会有柳暗花明的一天，反而窒息了生命的乐趣。不如把这个虚无放到括号里，集中精力做好人生的正面文章。既然只有一个人生，世人心目中值得向往的东西，无论成功还是幸福，今生得不到，就永无得到的希望了，何不以紧迫的心情和执着的努力，把这一切追求到手再说?

四

可是，一味执着也和一味悲观一样，同智慧相去甚远。悲观的危险是对人生持厌弃的态度，执着的危险则是对人生持占有的态度。

所谓对人生持占有的态度，倒未必专指那种唯利是图、贪得无厌的行径。弗罗姆在《占有或存在》一书中具体入微地剖析了占有的人生态度，它体现在学习、阅读、交谈、回忆、信仰、爱情等一切日常生活经验中。据我的理解，凡是过于看重人生的成败、荣辱、福祸、得失，视成功和幸福为人生第一要义和至高目标者，即可归入此列。因为这样做实质上就是把人生看成了一种占有物，必欲向之获取最大效益而后快。

但人生是占有不了的。毋宁说，它是侥幸落到我们手上的一件暂时的礼物，我们迟早要把它交还。我们宁愿怀着从容闲适的心情玩味它，而不要让过分急切的追求和得失之患占有了我们，使我们不再有玩味的心情。在人生中还有比成功和幸福更重要的东西，那就是凌驾于一切成败福祸之上的豁达胸怀。在终极的意义上，人世间的成功和失败、幸福和灾难，都只是过眼烟云，彼此并无实质的区别。当我们这样想时，我们和我们的身外遭遇保持了一个距离，反而和我们的真实人生贴得更紧了，这真实人生就是一种既包容又超越身外遭遇的丰富的人生阅历和体验。

我们不妨眷恋生命，执着人生，但同时也要像蒙田说的那样，收拾好行装，随时准备和人生告别。入世再深，也不忘它的限度。这样一种执着有悲观垫底，就不会走向贪婪。有悲观垫底的执着，实际上是一种超脱。

五

我相信一切深刻的灵魂都蕴藏着悲观。换句话说，悲观自有其深刻之处。死是多么重大的人生事件，竟然不去想它，这只能用怯懦或糊涂来解释。用贝多芬的话说：“不知道死的人真是可怜虫！”

当然，我们可以补充一句：“只知道死的人也是可怜虫！”真正深刻的灵魂绝不会沉溺于悲观。悲观本源于爱，为了爱又竭力与悲观抗争，反倒有了超乎常人的创造，贝多芬自己就是最好的例子。不过，深刻更在于，无论获得多大成功，也消除不了内心蕴藏的悲观，因而终能以超脱的眼光看待这成功。如果一种悲观可以轻易被外在的成功打消，我敢断定那不是悲观，而只是肤浅的烦恼。

超脱是悲观和执着两者激烈冲突的结果，又是两者的和解。前面提到金圣叹因批《西厢记》而引发了一段人生悲叹，但他没有止于此，否则我们今天就不会读到他批的《西厢记》了。他太爱《西厢记》，非批不可，欲罢不能。所以，他接着笔锋一转，写道：既然天地只是偶然生我，那么，“未生已前非我也。既去已后又非我也。然则今虽犹尚暂在，实非我也”。于是，“以非我者之日月，误而任我之唐突可也；以非我者之才情，误而供我之挥霍可也”。总之，我可以让那个非我者去批《西厢记》而供我做消遣了。他的这个思路，巧妙地显示了悲观和执着在超脱中达成的和解。我心中有悲观，也有执着。我愈执着，就愈悲观，愈悲观，就愈无法执着，陷入了二律背反。我干脆把自己分裂为二，看透那个执着的我是非我，任他去执着。执着没有悲观掣肘，便可放手执着。悲观扬弃执着，也就成了超脱。不仅把财产、权力、名声之类看作身外之物，而且把这个终有一死的“我”也看作身外之物，如此才有真正的超脱。

由于只有一个人生，颓废者因此把它看作零，堕入悲观的深渊。执迷者又因此把它看作全，激起占有的热望。两者均未得智慧的真髓。智慧是在两者之间，确切地说，是包容了两者又超乎两者之上。人生既是零，又是全，是零和全的统一。用全否定零，以反抗虚无，又用零否定全，以约束贪欲，智慧仿佛走着这螺旋形的路。不过，这只是一种简化的描述。事实上，在一个热爱人生而又洞察人生真相的人心中，悲观、执着、超脱三种因素始终都存在着，没有一种会完全消失，智慧就存在于它们此消彼长的动态平衡之中。我不相信世上有一劳永逸彻悟人生的“无上觉者”，如果有，他也业已涅槃成佛，不再属于这个活人的世界了。

感受生命的奇迹

生命是宇宙间的奇迹，它的来源神秘莫测。按照自然科学的假说，它是地球上物质化学反应的产物，或者是外星的来客。按照基督教的信仰，它是上帝的创造。在生命起源的问题上，我们只有假说和信仰。情况恐怕只能如此，宇宙间自有人类理性不可解开的秘密。

不过，在我看来，生命究竟是自然的产物，还是上帝的创造，这并不重要。重要的是用你的心去感受这奇迹。于是，你便会懂得欣赏大自然中的生命现象，用它们的千姿百态丰富你的心胸。于是，你便会善待一切生命，从每一个素不相识的人，到一头羚羊、一只昆虫、一棵树，从心底里产生万物同源的亲近感。于是，你便会怀有一种敬畏之心，敬畏生命，也敬畏创造生命的造物主，不管人们把它称作神还是大自然。

自然和生命

一

每年开春，仿佛无意中突然发现土中冒出了稚嫩的青草，树木抽出了小小的绿芽，那时候会有一种多么纯净的喜悦心情。记得小时候，在屋外的泥地里埋几粒黄豆或牵牛花籽，当看到小小的绿芽破土而出时，感觉到的也是这种心情。也许天下生命原是一家，也许我曾经是这么一棵树、一棵草，生命萌芽的欢欣越过漫长的进化系列，又在我的心里复苏了？

唉，人的心，进化的最高产物，世上最复杂的东西，在这小小的绿芽面前，才恢复了片刻的纯净。

二

现在，我们与土地的接触愈来愈少了。砖、水泥、钢铁、塑料和各种新型建筑材料把我们包围了起来。我们把自己关在宿舍或办公室的四壁之内。走在街上，我们同样被房屋、商店、建筑物和水泥路面包围着。我们总是活得那样匆忙，顾不上看看天空和土地。我们总是生活在眼前，忘掉了永恒和无限。我们已经不再懂得土地的痛苦和渴望，不再能欣赏土地的悲壮和美丽。

这熟悉的家、街道、城市，这熙熙攘攘的人群，有时候我会突然感到多么陌生，多么不真实。我思念被这一切覆盖着的永恒的土地，思念一切生命的原始的家乡。

三

久住城市，偶尔来到僻静的山谷湖畔，面对连绵起伏的山和浩渺无际的水，会感到一种解脱和自由。然而我想，倘若在此定居，与世隔绝，心境也许就会变化。尽管看到的还是同样的山水景物，所感到的却不是自由，而是限制了。

人及其产品把我和自然隔离开来了，这是一种寂寞。千古如斯的自然把我和历史隔离开来了，这是另一种寂寞。前者是生命本身的寂寞，后者是野心的寂寞。那种两相权衡终于承受不了前一种寂寞的人，最后会选择归隐。现代人对两种寂寞都体味甚浅，又都急于逃避，旅游业因之兴旺。

四

“生命”是一个美丽的词，但它的美被琐碎的日常生活掩盖住了。我们活着，可是我们并不是时时对生命有所体验的。相反，这样的时候很少。大多数时候，我们倒是像无生命的机械一样活着。

人们追求幸福，其实，还有什么时刻比那些对生命的体验最强烈、最鲜明的时刻更幸福呢？当我感觉到自己的肢体和血管里布满了新鲜的、活跃的生命之时，我的确认为：此时此刻我是世上最幸福的人了。

五

痛苦和欢乐是生命力的自我享受。最可悲的是生命力的乏弱，既无欢乐，也无痛苦。

六

生命平静地流逝，没有声响，没有浪花，甚至连波纹也看不见，无声无息。我多么厌恶这平坦的河床，它吸收了任何感觉。突然，遇到了阻碍，礁岩崛起，狂风大作，抛起万丈浪。我活着吗？是的，这时候我才觉得我活着。

七

情欲是走向空灵的必由之路。本无情欲，只能空而不灵。

八

愈是自然的东西，就愈是属于我的生命的本质，愈能牵动我的至深的情感。例如，女人和孩子。

现代人享受的花样愈来愈多了。但是，我深信人世间最甜美的享受始终是那些最古老的享受。

九

最自然的事情是最神秘的，例如做爱和孕育。各民族的神话岂非都可以追溯到这个源头？

十

生命与生命之间互相吸引。我设想，在一个绝对荒芜、没有生命的星球上，一个活人即使看见一只苍蝇或一只老虎，也会产生亲切之感的。

十一

文化是生命的花朵。离开生命本原，文化不过是人造花束，中西文化之争不过是绢花与塑料花之争。

十二

文化是生命的表达形式。当文化不能表达生命，反而压抑生命的时候，生命的紧张感就增大。这时候，需要改变旧文化，创造新文化，以重新表达生命。但文化的改造不必从文化开始，有时候，直接表达生命的紧张感、危机感，这种表达本身就形成了一种新的文化。现代西方非理性主义文化就是这样形成的。

我们这里也开始大谈非理性主义了，但是，谈得何其轻松。我的一位朋友说得好："非理性主义本来是要表达生命的紧张感，现在我们却拿来加上中国的老庄、禅之类，调成一杯可笑之极的鸡尾酒，获得自我陶醉。"

十三

我骑着自行车，视线越过马路上的车辆和行人，停留在傍晚深蓝色的天空上。多么深邃的蓝色啊！我的灵魂仿佛不由自主地投入这蓝色的宇宙之海，潜向无底的深渊。天色愈来愈浓，我愈潜愈深，明知没有生还的希望，却仍然放任自己下沉。

橘黄色的路灯、红绿灯，在深蓝色天空的背景下闪着鲜艳的光芒。色彩的魔力，色彩的梦。色彩的力量纯粹是魔术和梦幻的力量，它刺激眼睛，使人想入非非，被光的旋律催眠，陷入幻觉之中。

我想起了亚当斯的黑白摄影。那是另一种力量。除去了色彩的迷惑，物质世界直接呈现在眼前——不，毋宁说是展现在你的手下，视觉成了触觉的替代，你可以触摸到山岭的粗糙、流沙的细腻、树枝的坚硬、草叶的柔软。透过黑白摄影，你不是看到世界的幻象，而是摸到了质料本身。

十四

旅游业发展到哪里，就败坏了哪里的自然风景。

我寻找一个僻静的角落，却发现到处都是广告喇叭、商业性娱乐设施和凑热闹的人群。

十五

我皱着眉头。你问我想干什么，我想把天下发出噪声的金属器具，从刀锯斧刨，到机器马达，统统投进熔炉，然后铸成一座沉默的雕像。

十六

游览名胜，我往往记不住地名和典故。我为我的坏记性找到了一条好理由——我是一个直接面对自然和生命的人。相对于自然，地理不过是细节。相对于生命，历史不过是细节。

我们不妨眷恋生命，执着人生，但同时也要像蒙田说的那样，收拾好行装，随时准备和人生告别。

思考死：有意义的徒劳

一

死亡和太阳一样不可直视。然而，即使掉头不去看它，我们仍然知道它存在着，感觉到它正步步逼近，把它的可怕阴影投罩在我们每一寸美好的光阴上面。

很早的时候，当我突然明白自己终有一死时，死亡问题就困扰着我了。我怕想，又禁不住要想。周围的人似乎并不挂虑，心安理得地生活着。性和死，世人最讳言的两件事，成了我的青春期的痛苦的秘密。读了一些书，我才发现，同样的问题早已困扰过世世代代的贤哲了。“要是一个人学会了思想，不管他的思想对象是什么，他总是在想着自己的死。”读到托尔斯泰这句话，我庆幸觅得了一个知音。

死之迫人思考，因为它是一个最确凿无疑的事实，同时又是一件最不可思议的事情。既然人人迟早要轮到登上这个千古长存的受难的高岗，从那里被投入万劫不复的虚无之深渊，一个人怎么可能对之无动于衷呢？然而，自古以来思考过、抗议过、拒绝过死的人，最后都不得不死了，我们也终将追随而去，想又有何用？世上别的苦难，我们可小心躲避，躲避不了，可咬牙忍受，忍受不了，还可以死解脱。唯独死是既躲避不掉，又无解脱之路的，除了接受，别无选择。也许，正是这种无奈，使得大多数人宁愿对死保持沉默。

金圣叹对这种想及死的无奈心境做过生动的描述：“细思我今日之如是无奈，彼古之人独不曾先我而如是无奈哉！我今日所坐之地，古之人其先坐之；我今日所立之地，古之人之立之者，不可以数计矣。夫古之人之坐于斯，立于斯，必犹如我之今日也。而今日已徒见有我，不见古人。彼古人之在时，岂不默然知之？然而又自知其无奈，故遂不复言之也。此真不得不致憾于天地也，何其甚不仁也！”

今日我读到这些文字，金圣叹作古已久。我为他当日的无奈叹息，正如他为古人昔时的无奈叹息；而无须太久，又有谁将为我今日的无奈叹息？无奈，只有无奈，真是夫复何言！

想也罢，不想也罢，终归是在劫难逃。既然如此，不去徒劳地想那不可改变的命运，岂非明智之举？

二

在雪莱的一篇散文中，我们看到一位双目失明的老人在他女儿搀扶下走进古罗马柯利修姆竞技场的遗址。他们在一根倒卧的圆柱上坐定，老人听女儿讲述眼前的壮观，而后怀着深情对女儿谈到了爱、神秘和死亡。他听见女儿为死亡啜泣，便语重心长地说："没有时间、空间、年龄、预见可以使我们免于一死。让我们不去想死亡，或者只把它当作一件平凡的事来想吧。"

如果能够不去想死亡，或者只把它当作人生司空见惯的许多平凡事中的一件来想，倒不失为一种准幸福境界。遗憾的是，愚者不费力气就置身于其中的这个境界，智者（如这位老盲人）却须历尽沧桑才能达到。一个人只要曾经因想到死亡感受过真正的绝望，他的灵魂深处从此便留下了几乎不愈的创伤。

当然，许多时候，琐碎的日常生活分散了我们的心思，使我们无暇想及死亡。我们还可以用消遣和娱乐来转移自己的注意力。事业和理想是我们的又一个救主，我们把它悬在前方，如同美丽的晚霞一样遮盖住我们不得不奔赴的那座悬崖，于是放心向深渊走去。

可是，还是让我们对自己诚实些吧。至少我承认，死亡的焦虑始终在我心中潜伏着，时常隐隐作痛，有时还会突然转变为尖锐的疼痛。每一个人都必将迎来"没有明天的一天"，而且这一天随时会到来，因为人在任何年龄都可能死。我不相信一个正常人会从来不想到自己的死，也不相信他想到时会不感到恐惧。把这恐惧埋在心底，他怎么能活得平静快乐，一旦面临死又如何能从容镇定？不如正视它，有病就治，先不去想能否治好。

自柏拉图以来，西方许多哲学家都把死亡看作人生最重大的问题，而把想透死亡问题视为哲学最主要的使命。在他们看来，哲学就是通过思考死亡而为死预作准备的活动。一个人只要经常思考死亡，且不管他如何思考，经常思考本身就会产生一种效果，使他对死亡习以为常起来。中世纪修道士手戴刻有骷髅的指环，埃及人在宴会高潮时抬进一具解剖的尸体，蒙田在和女人做爱时仍默念着死的逼近，凡此种种，依蒙田自己的说法，都是为了：“让我们不顾死亡的怪异面孔，常常和它亲近、熟识，心目中有它比什么都多吧！”如此即使不能消除对死的恐惧，至少可以使我们习惯于自己必死这个事实，也就是消除对恐惧的恐惧。主动迎候死，再意外的死也不会感到意外了。

我们对于自己活着这件事实在太习惯了，而对于死却感到非常陌生——想想看，自出生后，我们一直活着，从未死过！可见从习惯于生到习惯于死，这个转折并不轻松。不过，在从生到死的过程中，由于耳闻目睹别人的死，由于自己所遭受的病老折磨，我们多少在渐渐习惯自己必死的前景。习惯意味着麻木，芸芸众生正是靠习惯来忍受死亡的。如果哲学只是使我们习惯于死，未免多此一举了。问题恰恰在于，我不愿意习惯。我们期待于哲学的不是习惯，而是智慧。也就是说，它不该靠唠叨来解除我们对死的警惕，而应该说出令人信服的理由来打消我们对死的恐惧。它的确说了理由，让我们来看看这些理由能否令人信服。

三

死是一个有目共睹的事实，没有人能否认它的必然性。因此，哲学家们的努力便集中到一点，即找出种种理由来劝说我们——当然也劝说他们自己——接受它。

理由之一：我们死后不复存在，不能感觉到痛苦，所以死不可怕。这条理由是伊壁鸠鲁首先明确提出来的。他说："死与我们无关。因为当身体分解成其构成元素时，它就没有感觉，而对其没有感觉的东西与我们无关。""我们活着时，死尚未来临；死来临时，我们已经不在。因而死与生者和死者都无关。"卢克莱修也附和说："对于那不再存在的人，痛苦也全不存在。"

在我看来，没有比这条理由更缺乏说服力的了。死的可怕，恰恰在于死后的虚无，在于我们将不复存在。与这种永远的寂灭相比，感觉到痛苦岂非一种幸福？这两位古代唯物论者实在是太唯物了，他们对于自我寂灭的荒谬性显然没有丝毫概念，所以才会把我们无法接受死的根本原因当作劝说我们接受死的有力理由。

令人费解的是，苏格拉底这位古希腊最智慧的人，对于死也持有类似的观念。他在临刑前谈自己坦然赴死的理由云："死的境界二者必居其一：或是全空，死者毫无知觉；或是如世俗所云，灵魂由此界迁居彼界。"关于后者，他说了些彼界比此界公正之类的话，意在讥讽判他死刑的法官们，内心其实并不相信灵魂不死。前者才是他对死的真实看法："死者若无知觉，如睡眠无梦，死之所得不亦妙哉！"因为"与生平其他日夜比较"，无梦之夜最"痛快"。

把死譬作无梦的睡眠，这是一种常见的说法。然而，两者的不同是一目了然的。酣睡的痛快，恰恰在于醒来时感到精神饱满，如果长眠不醒，还有什么痛快可言？

我是绝对不能赞同把无感觉状态说成幸福的。世上一切幸福，皆以感觉为前提。我之所以恋生，是因为活着能感觉到周围的世界，自己的存在，以及我对世界的认知和沉思。我厌恶死，正是因为死永远剥夺了我感觉这一切的任何可能性。我也曾试图劝说自己：假如我睡着了，未能感觉到世界和我自己的存在，假如有些事发生了，我因不在场而不知道，我应该为此悲伤吗？那么，就把死当作睡着，把去世当作不在场吧。可是无济于事，我太明白其间的区别了。我还曾试图劝说自己：也许，垂危之时，感官因疾病或衰老而迟钝，就不会觉得死可怕了。但是，我立刻发现这推测不能成立，因为一个人无力感受死的可怕，并不能消除死的可怕的事实，而且这种情形本身更可怕。

据说，苏格拉底在听到法官们判他死刑的消息时说道："大自然早就判了他们的死刑。"如此看来，所谓无梦之夜的老生常谈也只是自我解嘲，他的更真实的态度可能是一种宿命论，即把死当作大自然早已判定的必然结局加以接受。

四

顺从自然，服从命运，心甘情愿地接受死亡，这是斯多葛派的典型主张。他们实际上的逻辑是，既然死是必然的，恐惧、痛苦、抗拒全都无用，那就不如爽快接受。他们强调这种爽快的态度，如同旅人离开暂居的客店重新上路（西塞罗），如同果实从树上熟落，或演员幕落后退场（奥勒留）。塞涅卡说：只有不愿离去才是被赶出，而智者愿意，所以"智者绝不会被赶出生活"。颇带斯多葛气质的蒙田说："死说不定在什么地方等候我们，让我们到处都等候它吧。"仿佛全部问题在于，只要把不愿意变为愿意，把被动变为主动，死就不可怕了。

可是，怎样才能把不愿意变为愿意呢？一件事情，仅仅因为它是必然的，我们就愿意了吗？死亡岂不正是一件我们不愿意的必然的事？必然性意味着我们即使不愿意也只好接受，但并不能成为使我们愿意的理由。乌纳穆诺写道：“我不愿意死。不，我既不愿意死，也不愿意愿意死。我要求这个‘我’，这个能使我感觉到我活着的可怜的‘我’，能活下去。因此，我的灵魂的持存问题便折磨着我。”“不愿意愿意死”——非常确切！这是灵魂的至深的呼声。灵魂是绝对不能接受寂灭的，当肉体因为衰病而“愿意死”时，当心智因为认清宿命而“愿意死”时，灵魂仍然要否定它们的“愿意”！但斯多葛派哲学家完全听不见灵魂的呼声，他们所关心的仅是人面对死亡时的心理生活而非精神生活，这种哲学至多只有心理策略上的价值，并无精神解决的意义。

当然，我相信，一个人即使不愿意死，仍有可能坚定地面对死亡。这种坚定性倒是与死亡的必然性不无联系。拉罗什福科曾经一语道破：“死亡的必然性造就了哲学家们的全部坚定性。”在他口中这是一句相当刻薄的话，意思是说，倘若死不是必然的，人有可能永生不死，哲学家们就不会以如此优雅的姿态面对死亡了。这使我想起了荷马讲的一个故事。特洛亚最勇敢的英雄赫克托耳这样动员他的部下：“如果避而不战就能永生不死，那么我也不愿冲锋在前了。但是，既然迟早要死，我们为何不拼死一战，反把荣誉让给别人？”毕竟是粗人，说的是大实话，不像哲学家那样拐弯抹角。事实上，从容赴死决非心甘情愿接受寂灭，而是不得已退求其次，注意力放在尊严、荣誉等仍属尘世目标上的结果。

五

死亡的普遍性是哲学家们劝我们接受死的又一个理由。

卢克莱修要我们想一想，在我们之前的许多伟人都死了，我们有什么可委屈的？奥勒留提醒我们记住，有多少医生在给病人下死亡诊断之后，多少占星家在预告别人的忌日之后，多少哲学家在大谈死和不朽之后，多少英雄在横扫千军之后，多少暴君在滥杀无辜之后，都死去了。总之，在我们之前的无数世代，没有人能逃脱一死。迄今为止，地球上已经发生过太多的死亡，以至于如一位诗人所云，生命只是死亡的遗物罢了。

与我们同时以及在我们之后的人，情况也一样。卢克莱修说："在你死后，万物将随你而来。"塞涅卡说："想想看，有多少人命定要跟随你死去，继续与你为伴！"蒙田说："如果伴侣可以安慰你，全世界不是跟你走同样的路么？"

人人都得死，这能给我们什么安慰呢？大约是两点：第一，死是公正的，对谁都一视同仁；第二，死并不孤单，全世界都与你为伴。

我承认我们能从人皆有死这个事实中获得某种安慰，因为假如事情倒过来，人皆不死，唯独我死，我一定会感到非常不公正，我的痛苦将因嫉妒和委屈而增添无数倍。除了某种英雄主义的自我牺牲之外，一般来说，共同受难要比单独受难易于忍受。然而，我仍然要说，死是最大的不公正。这不公正并非存在于人与人之间，而是存在于人与神之间。上帝按照自己的形象造人，却不让他像自己一样永生。他把人造得一半是神，一半是兽，将渴望不朽的灵魂和终有一死的肉体同时放在人身上，再不可能有比这更加恶作剧的构思了。

至于说全世界都与我为伴，这只是一个假象。死本质上是孤单的，不可能结伴而行。我们活在世上，与他人共在，死却把我们和世界、他人绝对分开了。在一个濒死者眼里，世界不再属于他，他人的生和死都与他无关。他站在自己的由生入死的出口上，那里只有他独自一人，别的濒死者也都在各自的出口上，并不和他同在。死总是自己的事，世上有多少自我，就有多少独一无二的死，不存在一个一切人共有的死。死后的所谓虚无之境也无非是这一个独特的自我的绝对毁灭，并无一个人人共赴的归宿。

六

那么——卢克莱修对我们说——“回头看看我们出生之前那些永恒的岁月，对于我们多么不算一回事。自然把它作为镜子，让我们照死后的永恒时间，其中难道有什么可怕的东西？”

这是一种很巧妙的说法，为后来的智者所乐于重复。

塞涅卡：“这是死在拿我做试验吗？好吧，我在出生前早已拿它做过一次试验了！”“你想知道死后睡在哪里？在那未生的事物中。”“死不过是非存在，我已经知道它的模样了。丧我之后正与生我之前一样。”“一个人若为自己未能在千年之前活着而痛哭，你岂不认为他是傻瓜？那么，为自己千年之后不再活着而痛哭的人也是傻瓜。”

蒙田：“老与少抛弃生命的情景都一样。没有谁离开它不正如他刚走进去。”“你由死入生的过程无畏也无忧，再由生入死走一遍吧。”

事实上，在读到上述言论之前，我自己就已用同样的理由劝说过自己。扪心自问，在我出生之前的悠悠岁月中，世上一直没有我，我对此确实不感到丝毫遗憾。那么，我死后世上不再有我，情形不是完全一样吗？

真的完全一样吗？总觉得有点不一样。不，简直是大不一样！我未出生时，世界的确与我无关。可是，对于我来说，我的出生是一个决定性的事件，由于它，世界就变成了一个和我息息相关的属于我的世界。即使是那个存在于我出生前无穷岁月中的世界，我也可以把它作为我的对象，从而接纳到我的世界中来。我可以阅读前人的一切著作，了解历史上的一切事件。尽管它们产生时尚没有我，但由于我今天的存在，便都成了供我阅读的著作和供我了解的事件。而在我死后，无论世上还会（一定会的！）诞生什么伟大的著作，发生什么伟大的事件，都真正与我无关，我永远不可能知道了。

譬如说，尽管曹雪芹活着时，世上压根儿没有我，但今天我却能享受到读《红楼梦》的极大快乐，真切感觉到它是我的世界的一个组成部分。倘若我生活在曹雪芹以前的时代，即使我是金圣叹，这部作品和我也不会有丝毫关系了。

有时我不禁想，也许，出生得愈晚愈好，那样就会有更多的佳作、更悠久的历史、更广大的世界属于我了。但是，晚到何时为好呢？难道到世界末日再出生，作为最后的证人得以回顾人类的全部兴衰，我就会满意？无论何时出生，一死便前功尽弃，留在身后的同样是那个与自己不再有任何关系的世界。

自我意识强烈的人本能地把世界看作他的自我的产物，因此他无论如何不能设想，他的自我有一天会毁灭，而作为自我的产物的世界却将永远存在。

不错，世界曾经没有他也永远存在过，但那是一个为他的产生做着准备的世界。生前的无限时间中没有他，却在走向他，终于有了他。死后的无限时间中没有他，则是在背离他，永远不会有他了。所以，他接受前者而拒绝后者，又有什么可奇怪的呢？

七

迄今为止的劝说似乎都无效，我仍然不承认死是一件合理的事。让我变换一下思路，看看永生是否值得向往。

事实上，最早沉思死亡问题的哲学家并未遗漏这条思路。卢克莱修说："我们永远生存和活动在同样事物中间，即使我们再活下去，也不能铸造出新的快乐。"奥勒留说："所有来自永恒的事物作为形式是循环往复的，一个人是在一百年还是两千年或无限的时间里看到同样的事物，这对他是一回事。"总之，太阳下没有新东西，永生是不值得向往的。

我们的确很容易想象出永生的单调，因为即使在现在这短促的人生中，我们也还不得不熬过许多无聊的时光。然而，无聊不能归因于重复。正如健康的胃不会厌倦进食，健康的肺不会厌倦呼吸，健康的肉体不会厌倦做爱一样，健全的生命本能不会厌倦日复一日重复的生命活动。活跃的心灵则会在同样的事物上发现不同的意义，为自己创造出巧妙的细微差别。遗忘的本能也常常助我们一臂之力，使我们经过适当的间隔重新产生新鲜感。即使假定世界是一个由有限事物组成的系统，如同一副由有限棋子组成的围棋，我们仍然可能像一个入迷的棋手一样把这盘棋永远下下去。仔细分析起来，由死造成的意义失落才是无聊的至深根源，正是因为死使一切成为徒劳，所以才会觉得做什么都没有意思。一个明显的证据是，由于永生信念的破灭，无聊才成了一种典型的现代病。

可是，对此也可提出一个反驳：“没有死，就没有爱和激情，没有冒险和悲剧，没有欢乐和痛苦，没有生命的魅力。总之，没有死，就没有了生的意义。”——这正是我自己在数年前写下的一段话。波伏娃在一部小说中塑造了一个不死的人物，他因为不死而丧失了真正去爱的能力。的确，人生中一切欢乐和美好的东西因为短暂更显得珍贵，一切痛苦和严肃的感情因为牺牲才更见出真诚。如此看来，最终剥夺了生的意义的死，一度又是它赋予了生以意义。无论寂灭还是永生，人生都逃不出荒谬。不过，有时我很怀疑这种悖论的提出乃是永生信念业已破灭的现代人的自我安慰。对于希腊人来说，这种悖论并不存在，荷马传说中的奥林匹斯众神丝毫没有因为不死而丧失恋爱和冒险的好兴致。

好吧，让我们退一步，承认永生是荒谬的，因而是不值得向往的，但这仍然不能证明死的合理。我们最多只能退到这一步：承认永生和寂灭皆荒谬，前者不合生活现实的逻辑，后者不合生命本能的逻辑。

八

何必再绕弯子呢？无论举出多少理由都不可能说服你，干脆说出来吧，你无非是不肯舍弃你那可怜的自我。

我承认。这是我的独一无二的自我。

可是，这个你如此看重的自我，不过是一个偶然，一个表象，一个幻象，本身毫无价值。

我听见哲学家们异口同声地说。这下可是击中了要害。尽管我厌恶这种贬抑个体的立场，我仍愿试着在这条思路上寻求一个解决。

我对自己说：你是一个纯粹偶然的产物，大自然产生你的概率几乎等于零。如果你的父母没有结合（这是偶然的），或者结合了，未在那个特定的时刻做爱（这也是偶然的），或者做爱了，你父亲释放的成亿个精子中不是那个特定的精子使你母亲受孕（这更是偶然的），就不会有你。如果你父母各自的父母不是如此这般，就不会有你的父母，也就不会有你。这样一直可以推到你最早的老祖宗，在不计其数的偶然中，只要其中之一改变，你就压根儿不会诞生。难道你能为你未曾诞生而遗憾吗？这岂不就像为你的父母、祖父母、外祖父母等在某月某日未曾做爱而遗憾一样可笑吗？那么，你就权当你未曾诞生好了，这样便不会把死当一回事了。无论如何，一个偶然得不能再偶然的存在，一件侥幸到非分地步的礼物，失去了是不该感到委屈的。滚滚长河中某一个偶然泛起的泡沫，有什么理由为它的迸裂愤愤不平呢？

然而，我还是委屈，还是不平！我要像金圣叹一样责问天地："既已生我，便应永在；脱不能尔，便应勿生。如之何本无有我……无端而忽然生我；无端而忽然生者，又正是我；无端而忽然生一正是之我，又不容之少住……"尽管金圣叹接着替天地开脱，说既为天地，安得不生，无论生谁，都各个自以为我，其实未尝生我，我固非我，但这一番逻辑实出于不得已，只是为了说服自己接受我之必死的事实。

一种意识到自身存在的存在按其本性是不能设想自身的非存在的。我知道我的出生纯属偶然，但是，既已出生，我就不再能想象我将不存在。我甚至不能想象我会不出生，一个绝对没有我存在过的宇宙是超乎我的想象力的。我不能承认我只是永恒流变中一个可有可无旋生旋灭的泡影，如果这样，我是没有勇气活下去的。大自然产生出我们这些具有自我意识的个体，难道只是为了让我们意识到我们仅是幻象，而它自己仅是空无？不，我一定要否认。我要同时成为一和全，个体和整体，自我和宇宙，以此来使两者均获得意义。也就是说，我不再劝说自己接受死，而是努力使自己相信某种不朽。正是为了自救和救世，不肯接受死亡的灵魂走向了宗教和艺术。

九

“信仰就是愿意信仰；信仰上帝就是希望真有一个上帝。”乌纳穆诺的这句话点破了一切宗教信仰的实质。

我们第一不能否认肉体死亡的事实，第二不能接受死亡，剩下的唯一出路是为自己编织出一个灵魂不死的梦幻，这个梦幻就叫作信仰。借此梦幻，我们便能像贺拉斯那样对自己说：“我不会完全死亡！”我们需要这个梦幻，因为如惠特曼所云：“没有它，整个世界才是一个梦幻。”

诞生和死亡是自然的两大神秘。我们永远不可能真正知道，我们从何处来，到何处去。我们无法理解虚无，不能思议不存在。这就使得我们不仅有必要而且有可能编织梦幻。谁知道呢，说不定事情如我们所幻想的，冥冥中真有一个亡灵继续生存的世界，只是因为阴阳隔绝，我们不可感知它罢了。当柏拉图提出灵魂不死说时，他就如此鼓励自己：“荣耀属于那值得冒险一试的事物！”帕斯卡尔则直截了当地把关于上帝是否存在的争论形容为一场赌博，理智无法决定，唯凭抉择。赌注下在上帝存在这一面，赌赢了就赢得了一切，赌输了却一无所失。反正这是唯一的希望所在，宁可信其有，总比绝望好些。

可是，要信仰自己毫无把握的事情，又谈何容易。帕斯卡尔的办法是，向那些盲信者学习，遵循一切宗教习俗，事事做得好像是在信仰着的那样。“正是这样才会自然而然使你信仰并使你牲畜化。”他的内心独白：“但，这是我所害怕的。”立刻反问自己：“为什么害怕呢？你有什么可丧失的呢？”非常形象！说服自己真难！对于一个必死的人来说，的确没有什么可丧失的。也许会丧失一种清醒，但这清醒正是他要除去的。一个真正为死所震撼的人要相信不死，就必须使自己“牲畜化”，即变得和那些从未真正思考过死亡的人（盲信者和不关心信仰者均属此列）一样。对死的思考推动人们走向宗教，而宗教的实际作用却是终止这种思考。从积极方面说，宗教倡导一种博爱精神，其作用也不是使人们真正相信不死，而是在博爱中淡忘自我及其死亡。

我姑且假定宗教所宣称的灵魂不死或轮回是真实的，即使如此，我也不能从中获得安慰。如果这个在我生前死后始终存在着的灵魂，与此生此世的我没有意识上的连续性，它对我又有何意义？而事实上，我对我出生前的生活确是茫然无知，由此可以推知我的亡灵对我此生的生活也不会有所记忆。这个与我的尘世生命全然无关的不死的灵魂，不过是如同黑格尔的绝对精神一样的抽象体。把我说成是它的天国历程中的一次偶然堕落，或是把我说成是大自然的永恒流变中的一个偶然产物，我看不出两者之间究竟有何区别。

乌纳穆诺的话是不确的，愿意信仰未必就能信仰，我终究无法使自己相信有真正属于我的不朽。一切不朽都以个人放弃其具体的、个别的存在为前提。也就是说，所谓不朽不过是我不复存在的同义语罢了。我要这样的不朽有何用?

十

现在无路可走了。我只好回到原地，面对死亡，不回避但也不再寻找接受它的理由。

肖斯塔科维奇拒绝在他描写死亡的《第十四交响乐》的终曲中美化死亡，给人廉价的安慰。死是真正的终结，是一切价值的毁灭。死的权力无比，我们接受它并非因为它合理，而是因为非接受它不可。

这是多么徒劳：到头来你还是不愿意，还是得接受!

但我必须做这徒劳的思考。我无法只去注意金钱、地位、名声之类的小事，而对终将使自己丧失一切的死毫不关心。人生只是瞬间，死亡才是永恒，不把死透彻地想一想，我就活不踏实。

一个人只要认真思考过死亡，不管是否获得使自己满意的结果，他都好像是把人生的边界勘察了一番，看到了人生的全景和限度。如此他就会形成一种豁达的胸怀，在沉浮人世的同时也能跳出来加以审视。他固然仍有自己的追求，但不会把成功和失败看得太重要。他清楚一切幸福和苦难的相对性质，因而快乐时不会忘形，痛苦时也不致失态。

奥勒留主张“像一个将死者那样去看待事物”“把每一天都作为最后一

天度过”。例如，你渴望名声，就想一想你以及知道你的名字的今人后人都是要死的，便会明白名声不过是浮云。你被人激怒了，就想一想你和那激怒你的人都很快将不复存在，于是会平静下来。你感到烦恼或悲伤，就想一想曾因同样事情痛苦的人们哪里去了，便会觉得为这些事痛苦是不值得的。他的用意仅在始终保持恬静的心境，我认为未免消极。人生还是要积极进取的，不过同时不妨替自己保留着这样一种将死者的眼光，以便在必要的时候甘于退让和获得平静。

思考死亡的另一个收获是使我们随时做好准备，即使明天就死也不感到惊慌或委屈。尽管我始终不承认死是可以接受的，我仍赞同许多先哲的这个看法：既然死迟早要来，早来迟来就不是很重要的了。在我看来，我们应该也能够做到的仅是这个意义上的不怕死。

古希腊最早的哲人之一比阿斯认为，我们应当随时安排自己的生命，既可享高寿，也不虑早折。卢克莱修说：“尽管你活满多少世代的时间，永恒的死仍在等候着你；而那与昨天的阳光偕逝的人，比起许多月许多年以前就死去的，他死而不复存在的时间不会是更短。”奥勒留说：“最长寿者将被带往与早夭者相同的地方。”因此，“不要把按你能提出的许多年后死而非明天死看成什么大事”。我觉得这些话都说得很在理。面对永恒的死，一切有限的寿命均等值。在我们心目中，一个古人，一个几百年前的人，他活了多久，缘何而死，会有什么重要吗？漫长岁月的间隔使我们很容易扬弃种种偶然因素，而一目了然地看到他死去的必然性：怎么着他也活不到今天，终归是死了！那么，我们何不置身遥远的未来，也这样来看待自己的死呢？这至少可以使我们比较坦然地面对突如其来的死亡威胁。我对生命是贪婪的，活得再长久也不能死而无憾。但是既然终有一死，为寿命长短忧虑便是不必要的，能长寿当然好，如果不能呢，也没什么，反正是一回事！萧伯纳高龄时自拟墓志铭云：“我早就知道无论我活多久，这种事情迟早总会发生的。”我想，我们这些尚无把握享高龄的人应能以同样达观的口吻说：既然我知道这种事情迟早总会发生，我就不太在乎我能活多久了。一个人若能看穿寿命的无谓，他也就尽其所能地获得了对死亡的自由。他也许仍畏惧形而上意义上的死，即寂灭和虚无，但对于日常生活中的死，即由疾病或灾祸造成的他的具体的死，他已在相当程度上克服了恐惧之感。

死是个体的绝对毁灭，倘非自欺欺人，从中绝不可能发掘出正面的价值来。但是，思考死对于生却是有价值的，它使我能以超脱的态度对待人生一切遭际，其中包括作为生活事件的现实中的死。如此看来，对死的思考尽管徒劳，却并非没有意义。

人生既是零，又是全，是零和全的统一。用全否定零，以反抗虚无，又用零否定全，以约束贪欲，智慧仿佛走着这螺旋形的路。

生命观与人生意义

最近有一所学校开展生命教育，让我题词，我写了三句话：热爱生命是幸福之源；同情生命是道德之本；敬畏生命是信仰之端。

这三句话，表达了我对生命观与人生意义之关系的看法。人生的意义，在世俗层次上即幸福，在社会层次上即道德，在超越层次上即信仰，皆取决于对生命的态度。

幸福是对生命的享受，对生命种种美好经历的体验，当然要以热爱生命为前提。哀莫大于心死，一个人内在生命力枯竭，就不会再有什么事情能使他感到幸福了。

孟子说："恻隐之心，仁之端也。"亚当·斯密说："同情是道德的根源，由之产生两种基本美德，即正义和仁慈。"可见中西大哲皆认为，道德是建立在生命与生命的互相同情之基础上的。同样，道德之沦丧，起于同情心之死灭。

基督教相信生命来自神，佛教不杀生。其实，不必信某一宗教，面对生命的奇迹，敬畏之心油然而生是最自然而然的事情。泰戈尔说：“我的主，你的世纪，一个接着一个，来完成一朵小小的野花。”这已经就是信仰了。相反，对生命毫无敬畏之心的人，必与信仰无缘。

内在生命的伟大

一

小时候，也许我也曾经像那些顽童一样，尾随一个盲人、一个瘸子、一个驼背、一个聋哑人，在他们的背后指指戳戳，嘲笑，起哄，甚至朝他们身上扔石子。如果我那样做过，现在我忏悔，请求他们的原谅。

即使我不曾那样做过，现在我仍要忏悔。因为在很长的时间里，我多么无知，竟然以为残疾人和我是完全不同的种类，在他们面前，我常常怀有一种愚蠢的优越感，一种居高临下的怜悯。

现在，我当然知道，无论是先天的残疾，还是后天的残疾，这厄运没有落到我的头上，只是侥幸罢了。遗传，胚胎期的小小意外，在人生任何年龄都可能遭遇突发的病变、车祸、地震等不可预测的飞来横祸，种种造成了残疾的似乎偶然的灾难原是必然会发生的，无人能保证自己一定不被选中。

被选中诚然是不幸，但是，暂时——或者，直到生命终结，那其实也是暂时——未被选中，又有什么可优越的？那个病灶长在他的眼睛里，不是长在我的眼睛里，他失明了，我仍能看见。那场地震发生在他的城市，不是发生在我的城市，他失去了双腿，我仍四肢齐全……我要为此感到骄傲吗？我多么浅薄啊！

上帝掷骰子，我们都是芸芸众生，都同样地无助。阅历和思考使我懂得了谦卑，懂得了天下一切残疾人都是我的兄弟姐妹。在造化的恶作剧中，他们是我的替身，他们就是我，他们在替我受苦，他们受苦就是我受苦。

二

我继续问自己：现在我不瞎不聋，肢体完整，就证明我不是残疾人了吗？我双眼深度近视，摘了眼镜寸步难行，不敢独自上街。在运动场上，我跑不快，跳不高，看着那些矫健的身姿，心中只能羡慕。置身于一帮能歌善舞的朋友中，我为我的身体的笨拙和歌喉的喑哑而自卑。在所有这些时候，我岂不都觉得自己是一个残疾人吗？

事实上，残疾与健全的界限是十分相对的。从出生那一天起，我们每一个人的身体就已经注定要走向衰老，会不断地受到损坏。由于环境的限制和生活方式的片面，我们的许多身体机能没有得到开发，其中有一些很可能已经萎缩。严格地说，世上没有绝对健全的人。有形的残缺仅是残疾的一种，在一定的意义上，人人皆患着无形的残疾，只是许多人对此已经适应和麻木了而已。

人的肉体是一架机器，如同别的机器一样，它会发生故障，会磨损、折旧，并且终于报废。人的肉体是一团物质，如同别的物质一样，它由元素聚合而成，最后必定会因元素的分离而解体。人的肉体实在太脆弱了，它经受不住钢铁、石块、风暴、海啸的打击，火焰会把它烤焦，严寒会把它冻伤，看不见的小小的病菌和病毒也会置它于死地。

不错，我们有千奇百怪的养生秘方，有越来越先进的医疗技术，有超级补品冬虫夏草，有健身房、整容术，这一切都是用来维护肉体的。可是，纵然有这一切，我们仍无法防备种种会损毁肉体的突发灾难，仍不能逃避肉体的必然衰老和死亡。

我不得不承认，如果人的生命仅是肉体，则生命本身就有着根本的缺陷，它注定会在岁月的风雨中逐渐地或突然地缺损，使它的主人成为明显或不明显的残疾人。那么，生命抵御和战胜残疾的希望究竟何在？

三

此刻我的眼前出现了一系列高贵的残疾人形象。在西方，从盲诗人荷马，到双耳失聪的大音乐家贝多芬，双目失明的大作家博尔赫斯，全身瘫痪的大科学家霍金，当然，还有又瞎又聋的永恒的少女海伦·凯勒。在中国，从受了腐刑的司马迁，受了膑刑的孙膑，到瞎子阿炳，以及坐着轮椅在文字之境中自由驰骋的史铁生。他们的肉体诚然缺损了，但他们的生命因此也缺损了吗？当然不，与许多肉体没有缺损的人相比，他们拥有的是多么完整而健康的生命。

由此可见，生命与肉体显然不是一回事，生命的质量肯定不能用肉体的状况来评判。肉体只是一个躯壳，是生命的载体，它的确是脆弱的，很容易破损。但是，寄寓在这个躯壳之中，又超越于这个躯壳，我们更有一个不易破损的内在生命，这个内在生命的通俗名称叫作精神或者灵魂。就其本性来说，灵魂是一个单纯的整体，而不像肉体那样由许多局部的器官组成。外部的机械力量能够让人的肢体断裂，但不能切割下哪怕一小块人的灵魂。自然界的病菌能够损坏人的器官，但没有任何路径可以侵蚀人的灵魂。总之，一切能够致残肉体的因素，都不能致残我们的内在生命。正因为此，一个人无论躯体怎样残缺，仍可使自己的内在生命保持完好无损。

原来，上帝只在一个不太重要的领域里掷骰子，在现象世界拨弄芸芸众生的命运。在本体世界，上帝是公平的，人人都被赋予了一个不可分割的灵魂，一个永远不会残缺的内在生命。同样，在现象世界，我们的肉体受千百种外部因素的支配，我们自己做不了主人。可是，在本体世界，我们是自己内在生命的主人，不管外在遭遇如何，都能够以有尊严的方式活着。

四

诗人里尔克常常歌咏盲人。在他的笔下，盲人能穿越纯粹的空间，能听见从头发上流过的时间和在脆玻璃上丁零作响的寂静。在热闹的世界上，盲人是安静的，而他的感觉是敏锐的，能以小小的波动把世界捉住。最后，面对死亡，盲人有权宣告：“那把眼睛如花朵般摘下的死亡，将无法企及我的双眸……”

是的，我也相信，盲人失去的只是肉体的眼睛，心灵的眼睛一定更加明亮，能看见我们看不见的事物，生活在一个更本质的世界里。

感官是通往这个世界的门户，同时也是一种遮蔽，会使人看不见那个更高的世界。貌似健全的躯体往往充满虚假的自信，踌躇满志地要在外部世界里闯荡，寻求欲望和野心的最大满足。相反，身体的残疾虽然是限制，但同时也是一种敞开。看不见有形的事物了，却可能因此看见了无形的事物。不能在人的国度里行走了，却可能因此行走在神的国度里。残疾提供了一个机会，使人比较容易觉悟到外在生命的不可靠，从而更加关注内在生命，致力于灵魂的锻炼和精神的创造。

在这个意义上，不妨说，残疾人更受神的眷顾，离神更近。

五

上述思考为我确立了认识残奥会的一个角度、一种立场。

残疾人为何要举办体育运动会？为何要撑着拐杖赛跑，坐着轮椅打球？是为了证明他们残缺的躯体仍有力量和技能吗？是为了争到名次和荣誉吗？从现象看，是；从本质看，不是。

其实，与健康人的奥运会比，残奥会更加鲜明地表达了体育的精神意义。人们观看残奥会，不会像观看奥运会那样重视比赛的输赢。人们看重的是什么？残奥会究竟证明了什么？

我的回答是：证明了残疾人仍然拥有完整的内在生命，在生命本质的意义上，残疾人并不残疾。

残奥会证明了人的内在生命的伟大。

生命树上的果子

按照《圣经》的传说，人类一开始是住在伊甸园里的。那时候，人无忧无虑地生活着，不知什么叫苦恼，所以伊甸园又名乐园。伊甸园是一所美丽的大花园，里面栽着许多树。其中，有两棵很特别的树，一棵叫智慧树，另一棵叫生命树。上帝禁止人类的祖先亚当和夏娃吃智慧树上的果子，可是，据说在一条蛇的诱惑下，他们终于偷吃了那智慧果。上帝怕他们再偷吃生命树上的果子，便把他们赶出了伊甸园。

我们不妨把这则传说当作寓言来读。神与人的区别，无非一是无所不知的智慧，二是长生不老的生命。吃了智慧果，人已经有了神的智慧，不说无所不知，至少也比一般动物高明得多，懂得思考了。一旦再偷吃生命果，与神一样长生不死，就和神没有什么区别了。所以，上帝当然不肯让人吃到生命果。与别的动物相比，人一方面有智慧，足以知生死，天下唯有人这种动物在活着时能预知自己的死亡，另一方面又和别的一切动物一样必死无疑。人就好像已经脱离了兽界的蒙昧，却又不能达到神界的不朽，这种尴尬的位置给人带来了无穷的苦恼。

几乎每一个人在童年和少年时期都会有那样一个时候，他的自我意识逐渐觉醒，突然有一天，他确凿无疑地明白了自己迟早也会和所有人一样地死去。这是一种极其痛苦的内心体验，如同发生了一场地震一样，人生的快乐和信心因之而动摇甚至崩溃了。想到自己在这世界上的存在只是暂时的，总有一天会化为乌有，一个人就可能对生命的意义发生根本的怀疑。不过，随着年龄增长，多数人似乎渐渐麻木了，实际上是在有意无意地回避。我常常发现，当孩子问到有关死的问题时，他们的家长便往往惊慌地阻止，叫他不要瞎想。其实，这哪里是瞎想呢，死是人生第一个大问题，古希腊哲学家还把它看作最重要的哲学问题，无人能回避得了。我相信，那些从小就敢于正视和思考这个问题的人，在长大之后对人生往往能持比较深刻的理解和正确的态度。

自从亚当和夏娃被逐出伊甸园后，他们的子孙一直在寻找那棵上帝禁止人类靠近的生命树。战胜死亡，赢得不朽，是人类一贯的梦想。既然肉体的死亡不可避免，人们就试图获得某种精神上的不死。西方人信奉基督教，根本的动机是为了使自己相信灵魂不死，在肉体死亡后，人的灵魂能升入天堂。在中国，儒家强调“立德”“立功”“立言”，即留下能够传之后世的品德、功绩、文章，“虽久不废，此之谓不朽”，道家则追求一种与宇宙大化融为一体的“不生不死”的境界。我不相信人死后灵魂还能继续活着，也不认为留下身后的名声有什么意义。但是，把肉体的易朽变成一种动力，驱策自己去追求某种永恒的精神价值，这无疑是积极的人生态度。不管这种精神价值是否真能达于永恒，对它的追求本身就可以使人更加容易与死亡达成和解，同时也赋予生命以超出有限的肉体存在的意义。

应该相信，在人类精神的伊甸园里，必有一棵生命树，树上必有一颗属于你的果子。去寻找这颗属于你的果子，这是你毕生的使命。只要你忠于这使命，你一定会觉得，即使死亡不可避免，你的生命也没有虚度。

第四章 哲学与你有缘

一个人倘若想明白了人生的道理，做人就一定会做得好，而这也就是幸福。

哲学与你有缘

一、哲学就是谈心

公元前5世纪是哲学的世纪，东西方各有圣人出——孔子和苏格拉底，分别奠定了中西方两千多年的精神传统。这两位大哲，一生致力于做一件事，就是和年轻人谈心。他们都不设课堂，不留文字，谈心是他们从事哲学的主要方式。只是到了身后，弟子把老师的言论整理成书，于是中国有《论语》，西方有《柏拉图对话录》，成为中西哲学之元典。

一个人要和别人谈心，必须先和自己谈心。孔子和苏格拉底想必亦如此，是把和自己谈心的所得告诉了学生。和自己谈心，这正是基本的哲学活动，而它是我们每个人都可以进行的。

你也许会说：谈心还不容易？且慢，请回想一下，你有多少时间是在和自己谈心？我们平时忙于事务，和自己谈的——也就是脑中想的——多半也是事，怎么做某件事、怎么与人打交道之类。陷在事之中，这个状态是最不哲学的。不过，只要你愿意，还是可以抽出一些时间和自己谈心的，而养成了这个习惯，就是进入了一种哲学的生活状态。

二、哲学开始于惊疑

谈心谈什么？谈宇宙、谈人生，总之是谈大问题。从事中跳出来，看宇宙和人生的全景，想大问题，你的心就会变得开阔。

柏拉图有言：哲学开始于惊疑——惊奇和疑惑。惊奇，面对的是宇宙；疑惑，面对的是人生。无论是人类，还是个人，一旦对宇宙感到惊奇，对人生感到困惑，哲学就开始了。

在古希腊，最早的哲学开始于仰望星空，早期哲学家多半是天文学家。古希腊第一个哲学家泰勒斯，总是专注于抬头看天，有一回不慎掉入井中，因此遭到身边女仆的嘲笑，笑他急于知道天上的事情，却看不见地上的事物。我替泰勒斯回答她：宇宙无限，人类的活动范围如此狭小，忙于地上的事情而不去探究天上的道理，岂不是更可笑的无知？

到了苏格拉底，希腊哲学发生了一个转折。按照西塞罗的说法，苏格拉底是第一个把哲学从天上召唤到地上来的人。他的哲学聚焦于人生，看见人们似乎明白实际是麻木地生活着，他就用追根究底的提问使之产生疑惑，激励其开始思考人生。他的这种做法得罪了许多人，因此被雅典法庭判处死刑。宣判之时，他在法庭上说出了一句流传千古的名言：“未经思考的人生不值得一过。”

康德说：世上最使人敬畏的两样东西是头上的星空和心中的道德律。哲学无非是做两件事，一是思考头上的星空，宇宙的奥秘；二是思考心中的道德律，做人的道理。所以，可以这样给哲学下定义：哲学是对世界和人生的根本问题的思考。

三、孩子都是哲学家

人们常常说哲学玄虚、抽象、艰涩，其实不然。用哲学的定义来衡量，你会发现，孩子都是哲学家。

以我的女儿为例。4岁时她问：“天上有什么？”妈妈答：“云。”问：“云后面呢？”答：“星星。”问：“星星后面呢？”答：“还是星星。”问：“最后的最后是什么？”答：“没有最后。”问：“怎么会没有最后？”妈妈语塞。她又问：“第一个人是从哪儿来的？”答：“中国神话说是女娲造的。”问：“女娲是谁造的？”妈妈也语塞。女儿5岁时知道人长大了会老会死，因此常说一句话：“我不想长大。”有一天她自语：“假如时间不过去该多好，我就不会长大了。”然后她问我：“为什么时间会过去？”我同样是语塞。

其实，做父母的只要留心，都会发现自己的孩子问过类似的问题。这类问题之所以回答不了，原因不是缺乏相关知识，而是因为超越了知识的范围，是所谓终极追问。这正是哲学问题的特点。

请回想一下，在童年时代，当你仰望星空之时，何尝不是对宇宙之谜怀有一种神秘感？当你知道生必有死之时，何尝不是对生命意义产生了一种困惑？反过来说，面对浩渺宇宙不感到惊奇，面对短暂人生不感到疑惑，岂不是最大的麻木？所以，哲学问题绝不是某几个头脑古怪的哲学家挖空心思想出来的，而是人生本身就包含着的。如果你葆有孩子般纯真的心智，它们一定仍然是你的问题。

四、哲学没有标准答案

哲学是对世界和人生的根本问题的思考——在这个定义中，请注意两个关键词。其一，根本问题。哲学不只是方法论，如果你撇开根本问题，只是琢磨用什么聪明的方法去解决一些枝节问题，你就仍然与哲学无缘。其二，思考。哲学不是教条，如果你放弃独立思考，只是记诵一些现成的结论，你离哲学就比没有学这些教条的时候更远了。

哲学上的根本问题，比如世界的本质和人生的意义，原是没有最终答案的，更不存在所谓标准答案。如果有一种哲学宣称能给你一个标准答案，那一定是伪哲学。哲学的原义是爱智慧，什么是爱智慧？未经思考的人生不值得一过——苏格拉底的这句名言是最好的注解，就是绝不肯糊里糊涂地活，一定要想明白人生的道理。可是，教条式的哲学教学做的正是相反的事情，恰恰是要给你一个不思考的人生。

所以，我认为必须改革我们的哲学教学。哲学教材应该以问题为核心，辑录大哲学家们的相关著作，让年轻人知道人类最伟大的头脑在思考什么问题，有些什么不同的思路。通过这样的学习，唤醒你心中本来就存在的类似问题，使你对它们的思考保持在活跃和认真的状态。达到了这个效果，你就是真正进入了哲学。

五、哲学让你有一个好心态

也许有人要问：既然哲学问题没有最终答案，思考它们又有何用？我的回答是：想这些无用问题的用处，就是让你有一个好心态。

首先，一个想宇宙和人生大问题的人，眼界和心胸比较开阔，在日常生活中就会比较超脱。王尔德说："我们都生活在阴沟里，但我们中有些人仰望星空。"可以想见，当人们热衷于阴沟里的争斗之时，仰望星空的人是不会参与其中的。相反，如果你的人生没有广阔的参照系，就容易把全部注意力放在眼前的事情上，事情多么小也会被无限放大，结果便是死在一件小事上。

其次，人生哲学的核心是价值观。在价值观的问题上，当然也不存在最终答案，但你可以有自己的选择，而这个选择事关重大。唯有从人生的全景出发，你才能看明白人生中什么是重要的，什么是不重要的，而这正是哲学的作用。因此，对于重要的东西，你可以看得准、抓得住；对于不重要的东西，你可以看得开、放得下。做到大事不糊涂，小事不纠结，从而活得更积极也更超脱。

说到底，哲学解决的是心的问题，是要让你的心有一个好的状态。

当我感觉到自己的肢体和血管里布满了新鲜的、活跃的生命之时，我的确认为：此时此刻我是世上最幸福的人了。

哲学开始于仰望天穹

哲学是从仰望天穹开始的。

每个人在童年时期必定会有一个时刻，也许是在某个夏夜，抬头仰望，突然发现了广阔无际的星空。这时候，他的心中会油然生出一种神秘的敬畏感，一个巨大而朦胧的问题开始叩击他的头脑：世界是什么？

这是哲学的悟性在心中觉醒的时刻。每个人心中都有这样的悟性，可是并非每个人都能够把它保持住的。随着年龄增长，我们日益忙碌于世间的事务，上学啦，做功课啦，考试啦，毕业后更不得了，要养家糊口，发财致富，扬名天下，哪里还有闲工夫去看天空，去想那些“无用”的问题？所以，生活越来越繁忙，世界越来越喧闹，而哲学家越来越稀少了。

当然，对于大多数人来说，这是不得已的，也是无可指责的。不过，如果你真的对哲学感兴趣，那你就最好把闲暇时看电视和玩游戏机的时间省出一些来，多到野外或至少是户外去，静静地看一会儿天，看一会儿云，看一会儿繁星闪烁的夜空。有一点我敢断言：对于大自然的神秘无动于衷的人，是不可能真正领悟哲学的。

关于古希腊最早的哲学家泰勒斯，有一则广泛流传的故事。有一回，他走在路上，抬头仰望天上的星象，如此入迷，竟然不小心掉进了路旁的一口井里。这情景被一个姑娘看见了，便嘲笑他只顾看天而忘了地上的事情。姑娘的嘲笑也许不无道理，不过，泰勒斯一定会回答她说，在无限的宇宙中，人类的活动范围是如此狭小，忙于地上的琐事而忘了看天是一种更可笑的无知。

包括泰勒斯在内的好几位古希腊哲学家同时都是天文学家，这大概不是偶然的。德国哲学家康德说，世上最使人惊奇和敬畏的两样东西就是头上的星空和心中的道德律。中国最早的哲学家孔子、墨子、老子、孟子也都曾默想和探究“天”的道理。地上沧桑变迁，人类世代更替，苍天却千古如斯，始终默默无言地覆盖着人类的生存空间，衬托出了人类存在的有限和生命的短促。它的默默无言是否蕴含着某种高深莫测的意味？它是神的居所还是物质的大自然？仰望天穹，人不由自主地震撼于时间的永恒和空间的无限，于是发出了哲学的追问：这无始无终无边无际的世界究竟是什么？

世界有没有一个“本来面目”？

好吧，让我们承认，我们人类所能认识的世界只是形形色色的现象世界。那么，在这个或者这许多个现象世界背后，究竟有没有一个不是现象世界的本来世界呢？康德说有的，但我们永远无法认识，所以他称之为“自在之物”。我们且假定他说得对，让我们来设想它会是什么样子的。

可是怎么设想呢？根本无法设想！只要我们试图设想，我们就必须把自己当作一个认识者，把这个所谓本来世界置于和我们的关系之中，从而它就不再是本来世界，而是现象世界了。也许我们可以想象自己是上帝，因而能够用一种全智全能的方式把它一览无遗？可是，所谓全智全能无非是有最完善的感官和最完善的思维，从而能够从一切角度、用一切方法来认识它，而这样做的结果又无非是得到了无数个现象世界。我们除非把这无数个现象世界的总和叫作本来世界，否则就根本不能设想有什么本来世界。

事实正是如此：无论人、上帝还是任何可能的生灵，只要想去认识这个世界，就必须有一个角度。你可以变换角度，但没有任何角度是不可能进行认识的。从不同角度出发，看到的只能是不同的现象世界。除去这一切可能的现象世界，就根本不存在世界了，当然也就不存在所谓本来世界了。我们面前放着一只苹果，一个小男孩见了说：我要吃。他看到的是作为食品现象的苹果。一个植物学家见了说：这是某种植物的果实。他看到的是作为植物现象的苹果。一个生物学家见了说：这只苹果是由细胞组成的。他看到的是作为生物现象的苹果。一个物理学家见了说：不对，它的最基本结构是分子、原子、电子，等等。他看到的是作为物理现象的苹果。一个基督徒见了也许会谈论起伊甸园里的苹果和亚当夏娃的原罪，他看到的是作为宗教文化现象的苹果。还会有不同的人对这只苹果下不同的判断，把它看作不同的现象。如果你说所有这些都只是这只苹果的现象，而不是这只苹果本身，那么，请你告诉我，这只苹果本身是什么东西，它在哪里？

由于在现象世界背后不存在一个本来世界，有的哲学家就认为一切都是假象，都是梦。在这方面，佛教最彻底，认为万物皆幻象，世界整个就是一个空。可是，我们不妨转换一下思路。所谓真和假，实和幻，都是相对而言的。如果存在着一个本来世界，那么，与它相比，现象世界就是假象。现在，既然并不存在这样一个本来世界，我们岂不可以说，一切现象世界都是真实的，都有存在的权利？一位诗人吟唱道：“平坦的大地，太阳从东方升起，落入西边的丛林里。”这时候，你即使是哥白尼，也不能反驳他说：“你说得不对，地球不是平坦的，而是圆的，太阳并没有升起落下，而是地球在自转。”

智慧的诞生

一

许多年里，我的藏书屡经更新，有一本很普通的书却一直保留了下来。这是一册古希腊哲学著作的选辑。从学生时代起，它就跟随着我，差不多被我翻破了。每次翻开它，无须阅读，我就会进入一种心境，仿佛回到了人类智慧的源头，沐浴着初生哲学的朝晖。

古希腊是哲学的失去了的童年。人在童年最具纯正的天性，哲学也是如此。使我明白何谓哲学的，不是教科书里的定义，而是希腊哲人的懿言嘉行。雪莱曾说，古希腊史是哲学家、诗人、立法者的历史，后来的历史则变成了国王、教士、政治家、金融家的历史。我相信他不只是在缅怀昔日精神的荣耀，而且是在叹息后世人性的改变。最早的哲学家是一些爱智慧而不爱王国、权力和金钱的人，自从人类进入成年，并且像成年人那样讲求实利，这样的灵魂是愈来愈难以产生和存在了。

一个研究者也许要详析希腊各个哲学家之间的差异和冲突，把他们划分为不同的营垒。然而，我只是一个欣赏者。当我用欣赏的眼光观看公元前5世纪前后希腊的哲学舞台时，首先感受到的是哲学家们一种共同的精神素质，那就是对智慧的热爱，从智慧本身获得快乐的能力，当然，还有承受智慧的痛苦和代价的勇气。

二

在世人眼里，哲学家是一种可笑的人物，每因其所想的事无用、有用的事不想而加嘲笑。有趣的是，当历史上出现第一个哲学家时，这样的嘲笑即随之发生。柏拉图记载："据说泰勒斯仰起头来观看星象，却不慎跌落井内，一个美丽温顺的色雷斯侍女嘲笑说，他急于知道天上的东西，却忽视了身旁的一切。"

我很喜欢这个故事。由一个美丽温顺的女子来嘲笑哲学家的不切实际，倒是合情合理的。这个故事必定十分生动，以致被若干传记作家借去安在别的哲学家头上，成了一则关于哲学家形象的普遍性寓言。

不过，泰勒斯可不是一个对于世俗事务无能的人，请看亚里士多德记录的另一则故事："人们因为泰勒斯贫穷而讥笑哲学无用，他听后小露一手，通过观察星象预见橄榄将获丰收，便低价租入当地全部橄榄榨油作坊，到油坊紧张时再高价租出，结果发了大财。"他以此表明，哲学家要富起来是极为容易的，如果他们想富的话。然而这不是他们的兴趣所在。

哲学家经商肯定是凶多吉少的冒险，泰勒斯成功靠的是某种知识，而非哲学。但他总算替哲学家争了一口气，证明哲学家不爱财并非嫌葡萄酸。事实上，早期哲学家几乎个个出身望族，却蔑视权势财产。赫拉克利特、恩培多克勒拒绝王位，阿那克萨戈拉散尽遗产，此类事不胜枚举。德谟克利特的父亲是波斯王的密友，而他竟说，哪怕只找到一个原因的解释，也比做波斯王好。

据说“哲学”（philosophia）一词是毕达哥拉斯的创造，他嫌“智慧”（sophia）之称自负，便加上一个表示“爱”的词头（Philo），成了“爱智慧”。不管希腊哲人对于何为智慧有什么不同的看法，爱智慧胜于爱世上一切却是他们相同的精神取向。在此意义上，柏拉图把哲学家称作“一心一意思考事物本质的人”，亚里士多德指出哲学是一门以求知而非实用为目的的自由的学问。遥想当年泰勒斯因为在一个圆内画出直角三角形而宰牛欢庆，毕达哥拉斯因为发现勾股定理而举行百牛大祭，我们便可约略体会希腊人对于求知本身怀有多么天真的热忱了。这是人类理性带着新奇的喜悦庆祝它自己的觉醒。直到公元前 3 世纪，希腊人的爱智精神仍有辉煌的表现。当罗马军队攻入叙拉古城的时候，他们发现一个老人正蹲在沙地上潜心研究一个图形。他就是赫赫有名的阿基米德。军人要带他去见罗马统帅，他请求稍候片刻，等他解出答案，军人不耐烦，把他杀了。剑劈来时，他只来得及说出一句话：“不要踩坏我的圆！”

三

凡是少年时代迷恋过几何解题的人，对阿基米德大约都会有一种同情的理解。刚刚觉醒的求知欲的自我享受实在是莫大的快乐，令人对其余一切视而无睹。当时的希腊，才告别天人浑然不分的童稚的神话时代，正如同一个少年人一样惊奇地发现了头上的星空和周遭的万物，试图凭借自己的头脑对世界做出解释。不过，思维力的运用至多是智慧的一义，且是较不重要的一义。神话的衰落不仅使宇宙成了一个陌生的需要重新解释的对象，而且使人生成了一个未知的有待独立思考的难题。至少从苏格拉底开始，希腊哲人们更多地把智慧视作一种人生觉悟，并且相信这种觉悟乃是幸福的唯一源泉。

苏格拉底，这个被雅典美少年崇拜的偶像，自己长得像个丑陋的脚夫，秃顶、宽脸、扁阔的鼻子，整年光着脚，裹一条褴褛的长袍，在街头游说。走过市场，看了琳琅满目的货物，他吃惊地说："这里有多少东西是我用不着的！"

是的，他用不着，因为他有智慧，而智慧是自足的。若问何为智慧，我发现希腊哲人们往往反过来断定自足即智慧。在他们看来，人生的智慧就在于自觉限制对于外物的需要，过一种简朴的生活，以便不为物役，保持精神的自由。人已被神遗弃，全能和不朽均成梦想，唯在无待外物而获自由这一点上尚可与神比攀。苏格拉底说得简明扼要："一无所需最像神。"柏拉图理想中的哲学王既无恒产，又无妻室，全身心沉浸在哲理的探究中。亚里士多德则反复论证哲学思辨乃唯一的无所待之乐，因其自足性而是人唯一可能过上的"神圣的生活"。

但万事不可过头，自足也不例外。犬儒派哲学家偏把自足推至极端，把不待外物变成了拒斥外物，简朴变成了苦行。最著名的是第欧根尼，他不要居室食具，学动物睡在街面，从地上捡取食物，乃至在众目睽睽下排泄和做爱。自足失去向神看齐的本意，沦为与兽认同，哲学的智慧被勾画成了一幅漫画。当第欧根尼声称从蔑视快乐中所得到的乐趣比从快乐本身中所得到的还要多时，再粗糙的耳朵也该听得出一种造作的意味。难怪苏格拉底忍不住要挖苦他那位创立了犬儒学派的学生安提斯泰说："我从你外衣的破洞可以看穿你的虚荣心。"

学者们把希腊伦理思想划分为两条线索，一是从赫拉克利特、苏格拉底、犬儒派到斯多葛派的苦行主义，另一是从德谟克利特、昔勒尼派到伊壁鸠鲁派的享乐主义。其实，两者的差距并不如想象的那么大。德谟克利特和伊壁鸠鲁都把灵魂看作幸福的居所，主张物质生活上的节制和淡泊，只是他们并不反对享受来之容易的自然的快乐罢了。至于号称享乐学派的昔勒尼派，其首领阿里斯底波同样承认智慧在大多数情况下能带来快乐，而财富本身并不值得追求。当一个富翁把他带到家里炫耀住宅的华丽时，他把唾沫吐在富翁脸上，轻蔑地说道，在铺满大理石的地板上实在找不到一个更适合于吐痰的地方。垂暮之年，他告诉他的女儿兼学生阿莱特，他留下的最宝贵的遗产乃是"不要重视非必需的东西"。

对于希腊人来说，哲学不是一门学问，而是一种以寻求智慧为目的的生存方式，质言之，乃是一种精神生活。我相信这个道理千古不易。一个人倘若不能从心灵中汲取大部分的快乐，他算什么哲学家呢？

四

当然，哲学给人带来的不只是快乐，更有痛苦。这是智慧与生俱来的痛苦，从一开始就纠缠着哲学，永远不会平息。

想一想普罗米修斯窃火的传说或者亚当偷食智慧果的故事吧，几乎在一切民族的神话中，智慧都是神的特权，人获得智慧都是要受惩罚的。在神话时代，神替人解释一切，安排一切。神话衰落，哲学兴起，人要自己来解释和安排一切了，他几乎在踌躇满志的同时就发现了自己力不从心。面对动物或动物般生活着的芸芸众生，觉醒的智慧感觉到一种神性的快乐。面对宇宙大全，它却意识到了自己的局限，不得不承受由神性不足造成的痛苦。人失去了神，自己却并不能成为一个神，或者，用爱默生的话说，只是一个破败中的神。

所谓智慧的痛苦，主要不是指智慧面对无知所感觉到的孤独或所遭受到的迫害。在此种情形下，智慧毋宁说更多地感到一种属于快乐性质的充实和骄傲。智慧的痛苦来自于它自身的内在矛盾。希腊哲人一再强调，智慧不是知识，不是博学。再博学的人，他所拥有的也只是对于有限和暂时事物的知识。智慧却是要把握无限和永恒，由于人本身的局限，这个目标永远不可能真正达到。

大多数早期哲学家对于人认识世界的能力都持不信任态度。例如，恩培多克勒说，人“当然无法越过人的感觉和精神”，而哲学所追问的那个“全体是很难看见、听见或者用精神掌握的”。德谟克利特说：“实际上我们丝毫不知道什么，因为真理隐藏在深渊中。”请注意，这两位哲学家历来被说成是坚定的唯物论者和可知论者。

说到对人自己的认识，情形就更糟。有人问泰勒斯，世上什么事最难，他答：“认识你自己。”苏格拉底把哲学的使命限定为“认识你自己”，而他认识的结果却是发现自己一无所知，于是得出结论：“人的智慧微乎其微，没有价值”，而认识到自己的智慧没有价值，也就是人的最高智慧之所在了。

当苏格拉底承认自己“一无所知”时，他所承认无知的并非政治、文学、技术等专门领域，而恰恰是他的本行——哲学，即对世界和人生的底蕴的认识。其实，在这方面，人皆无知。但是，一般人无知而不自知其无知。对于他们，当然就不存在所谓智慧的痛苦。一个人要在哲学方面自知其无知，前提是他已经有了寻求世界和人生之根底的热望。而他之所以有这寻根究底的热望，必定对于人生之缺乏根底已经感到了强烈的不安。仔细分析起来，他又必定是在意识到人生缺陷的同时即已意识到此缺陷乃是不可克服的根本性质的缺陷，否则他就不至于如此不安了。所以，智慧从觉醒之日起就包含着绝望。

以爱智慧为其本义的哲学，结果却是否定智慧的价值，这真是哲学的莫大悲哀。然而，这个结果命中注定，在劫难逃。哲学所追问的那个一和全、绝对、终极、永恒，原是神的同义语，只可从信仰中得到，不可凭人的思维能力求得。除了神学，形而上学如何可能？走在寻求本体之路上的哲学家，到头来不是陷入怀疑主义，就是倒向神秘主义。在精神史上，苏格拉底似乎只是荷马与基督之间的一个过渡人物。神话的直观式信仰崩溃以后，迟早要建立宗教的理智式信仰，以求给人类生存提供一个整体的背景。智慧曾经在襁褓中沉睡而不知痛苦，觉醒之后又不得不靠催眠来麻痹痛苦，重新沉入漫漫长夜。到了近代，基督教信仰崩溃，智慧再度觉醒并发出痛苦的呼叫，可是人类还能造出什么新式的信仰呢?

不过，尽管人的智慧有其局限，爱智慧并不因此就属于徒劳。其实，智慧正是人超越自身局限的努力，唯凭此努力，局限才显现了出来。一个人的灵魂不安于有生有灭的肉身生活的限制，寻求超越的途径，不管他的寻求有无结果，寻求本身已经使他和肉身生活保持了一个距离。这个距离便是他的自由，他的收获。智慧的果实似乎是否定性的：理论上——“我知道我一无所知”；实践上——“我需要我一无所需”。然而，达到了这个境界，在谦虚和淡泊的哲人胸怀中，智慧的痛苦和快乐业已消融为一种和谐的宁静了。

五

人们常说：希腊人尊敬智慧，正如印度人尊敬神圣、意大利人尊敬艺术、美国人尊敬商业一样；希腊的英雄不是圣者、艺术家、商人，而是哲学家。这话仅在一定程度上是对的。例如，泰勒斯被尊为七贤之首，名望重于立法者梭伦，德谟克利特高龄寿终，城邦为他举行国葬。但是，我们还可找到更多相反的例子，证明希腊人迫害起哲学家来，其凶狠绝不在别的民族之下。雅典人不仅处死了本邦仅有的两位哲学家之一，伟大的苏格拉底，而且先后判处来自外邦的阿那克萨戈拉和亚里士多德死刑，迫使他们逃亡，又将普罗塔戈拉驱逐出境，焚毁其全部著作。毕达哥拉斯和他的四十余名弟子，除二人侥幸逃脱外，其余全部被克罗托内城的市民捕杀。赫拉克利特则差不多是饿死在爱非斯郊外的荒山中的。

希腊人真正崇拜的并非精神上的智者，而是肉体上的强者——运动员。

四年一届的奥林匹克运动会上的优胜者不但可获许多奖金，而且名满希腊，乃至当时希腊历史纪年也以他们的名字命名。克塞诺芬尼目睹此情此景，不禁提出抗议："这当然是一种毫无根据的习俗，重视体力过于重视可贵的智慧，乃是一件不公道的事情。"这位哲学家平生遭母邦放逐，身世对照，自然感慨系之。仅次于运动员，出尽风头的是戏剧演员，人们给竞赛获奖者戴上象牙冠冕，甚至为之建造纪念碑。希腊人实在是一个爱娱乐远胜于爱智慧的民族。然而，就人口大多数言，哪个民族不是如此？古今中外，老百姓崇拜的都是球星、歌星、影星之类，哲学家则难免要坐冷板凳。对此不可评其对错，只能说人类天性如此，从生命本能的立场看，也许倒是正常的。

令人深思的是，希腊哲学家之受迫害，往往发生在民主派执政期间，通过投票做出判决，且罪名一律是不敬神。哲人之为哲人，就在于他们对形而上学问题有独立的思考，而他们思考的结果却要让从不思考这类问题的民众来表决，其命运就可想而知了。民主的原则是少数服从多数，哲学家却总是少数，确切地说，总是天地间独此一人，所需要的恰恰是不服从多数也无须多数来服从他的独立思考的权利，这是一种超越于民主和专制之政治范畴的精神自由。对于哲学家来说，不存在最好的制度，只存在最好的机遇，即一种权力对他的哲学活动不加干预，至于这权力是王权还是民权好像并不重要。

在古希腊，至少有两位执政者是很尊重哲学家的。一位是雅典民主制的缔造者伯里克利，据说他对阿那克萨戈拉怀有"不寻常的崇敬和仰慕"，执弟子礼甚勤。另一位是威震欧亚的亚历山大大帝，他少年时师事亚里士多德，登基后仍尽力支持其学术研究，并写信表示："我宁愿在优美的学问方面胜过他人，而不愿在权力统治方面胜过他人。”当然，事实是他在权力方面空前地胜过了他人。不过，他的确是一个爱智慧的君主。更为脍炙人口的是他在科林斯与第欧根尼邂逅的故事。当时第欧根尼正躺着晒太阳，大帝说：“朕即亚历山大。”哲人答：“我是狗崽子第欧根尼。”问：“我能为你效什么劳？”答：“不要挡住我的太阳。”大帝当即叹道：“如果我不是亚历山大，我便愿意我是第欧根尼。”

如果说阿那克萨戈拉和亚里士多德有幸成为王者师，那么，还有若干哲学家则颇得女人的青睐。首创女校和沙龙的阿斯帕西娅是西方自由女性的先驱，极有口才，据说她曾与苏格拉底同居并授以雄辩术，后来则成了伯里克利的伴侣。一代名妓拉依斯，各城邦如争荷马一样争为其出生地，身价极高，但她却甘愿无偿惠顾第欧根尼。另一位名妓弗里妮，平时隐居在家，出门遮上面纱，轻易不让人睹其非凡美貌，却因倾心于柏拉图派哲学家克塞诺克拉特之清名，竟主动到他家求宿。伊壁鸠鲁的情妇兼学生李昂馨，也是一位多才多艺的妓女。在当时的雅典，这些风尘女子是妇女中最有文化和情趣的佼佼者，见识远在一般市民之上，遂能慧眼识哲人。

如此看来，希腊哲学家的境遇倒是值得羡慕的了。试问今日有哪个亚历山大会师事亚里士多德，有哪个拉依斯会宠爱第欧根尼？当然，你一定会问：今日的亚里士多德和第欧根尼又在哪里？那么，应该说，与后世相比，希腊人的确称得上尊敬智慧，希腊不愧是哲学和哲学家的圣地。

热爱生命是幸福之源；同情生命是道德之本；敬畏生命是信仰之端。

你的“自我”在哪里？

一个孩子摔了一跤，觉得痛，便说：“我痛了。”接着又说：“我不怕痛。”这个觉得痛的“我”和这个不怕痛的“我”是不是同一个“我”呢？

一个男孩爱上了一个女孩，可是女孩不爱他。他对自己说：“我太爱她了。”接着说：“可是我知道她不爱我。”然后发誓道：“我一定要让她爱上我！”在这里，爱上女孩的“我”、知道女孩不爱自己的“我”以及发誓要让女孩爱上自己的“我”又是不是同一个“我”呢？

一位著名的作家叹息说：“我获得了巨大的名声，可是我仍然很孤独。”这个获得名声的“我”和这个孤独的“我”是不是同一个“我”？

我在照镜子，从镜子里审视着自己。那个审视着我自己的“我”是谁？那个被我自己审视的“我”又是谁？他们是不是同一个“我”？

你拉开抽屉，发现一张你小时候的照片，便说：“这是小时候的我。”

你怎么知道这是小时候的"我"呢？小时候的"我"和现在的"我"是凭什么东西成为同一个"我"的呢？

夜深人静之时，你一人独处，心中是否浮现过这样的问题："我是谁？我从哪里来？我将到哪里去？"

古希腊哲学家苏格拉底把"认识你自己"看作哲学的最高要求。可是，认识"自我"真是一件比认识世界更难的事。上面的例子说明，它至少包括以下三个难题：

第一，我有一个肉体，又有一个灵魂，其间的关系是怎样的？有人说，灵魂只是肉体的一种功能。如果真是这样，为什么灵魂有时候会反叛肉体，譬如说，会为了一种理想而忍受酷刑甚至牺牲生命？如果不是这样，灵魂是不同于肉体并且高于肉体的，那么，它也必有高于肉体的来源，那来源又是什么？如此不同的两样东西是怎么能够结合在一起的？既然它不来源于肉体，为什么还会与肉体一同死亡？或者相反，在肉体死亡之后，灵魂仍能继续存在？

第二，灵魂究竟是什么？如果说它是指我的全部心理活动和内心生活，那么，它就是一个非常复杂的东西。一方面，它包括理性的思维、观念、知识、信仰，等等。另一方面，它包括非理性的情绪、情感、欲望、冲动，等等。其中，究竟哪一个方面代表真正的"自我"呢？有的哲学家主张前者，认为理性是人区别于动物的本质特征，因而不同个人之间的真正区别也在于理性的优劣强弱。有的哲学家主张后者，认为理性只是人的社会性一面，个人的真正独特性和个人一切行为的真实动机深藏在无意识的非理性冲动之中。他们究竟谁对谁错，或者都有道理？

第三，我从小到大经历了许多变化，凭什么说我仍是那同一个“我”呢？是凭我对往事的记忆吗？那么，如果我因为某种疾病暂时或长久丧失了记忆，我还是不是“我”呢？是凭我对我自己仍然活着的一种意识，即所谓“自我意识”吗？可是，问题恰好在于，我是凭什么意识到这仍然活着的正是“我”，使我在变化中保持连续性的这个“自我意识”究竟是什么？

现在我把这些难题交给你自己去思考。

如何走近哲学

一

大体而论，哲学有四种不同的存在形式。一是作为形而上学的沉思和伟大思想体系的创造，它属于哲学史上的天才。二是作为学术，它属于学者。三是作为思潮或意识形态，它属于大众。四是作为人生思考，它属于每一个不愿虚度人生的人。前两种属于少数人，不过学者与天才之间有着天壤之别。同样，后两种属于多数人，而一个普通人是作为大众还是作为个人走向哲学，情况也迥然不同。在我看来，一个人不是作为大众追随一种思潮，而是作为独立的个人思考人生，这是更符合哲学之本义的状态。

二

接近或进入哲学可以有三种方式。一是学术的方式，围绕哲学史或哲学理论中某一课题系统地搜集和整理材料，在此基础上对之做清晰的论述。二是思想的方式，对那些最基本的哲学问题进行独立思考，沉浸于其中。三是精神的方式，因自己灵魂中的困惑而发生追问，寻求理性的解决。这三种方式本身没有高低之分，如果一定要说高低，全在于那个从事哲学的人的心性和智性，由此而有了因循与创造、肤浅与深刻之分。

三

怎样才能走近哲学？我一向认为，最可靠的办法就是直接阅读大哲学家的原著，最好的哲学都汇聚在大师们的作品中。不错，大师们观点各异，因此我们不可能从中得到一个标准答案，然而，这正是读原著的乐趣和收获之所在。一个人怎样才算是入了哲学的门？是在教科书中读到了一些教条和结论吗？当然不是。唯一的标准是看你是否学会了用自己的头脑去思考人生的根本问题，从而确立了自己的人生信念。那么，看一看哲学史上诸多伟大头脑在想些什么重大问题，又是如何进行独立思考的，正可以给你最好的榜样和启示。

四

根据我的经验，要真正领悟哲学是什么，最好的办法就是读大哲学家的原著，看他们在想什么问题和怎样想这些问题。

五

诚如阿那克萨戈拉所说，哲学家的祖国是宇宙。哲学开始于天文学，最早的哲学家几乎都是天文学家。当人类从世间的事务中抬起头来，关心头顶的星空时，哲学诞生了。

六

哲学是人类的乡愁，是对人类永恒故乡的怀念和追寻。在哲学家心中，这种乡愁格外浓郁，他们知道，地图上的国家和城邦旋生旋灭，都不是真正的祖国。于是，作为人类的使者，他们走上了探寻真正的祖国的旅途。对于他们来说，胸怀宇宙不是一个比喻，而是一个事实。他们决心探明世界的全貌和本质，在那里找到人类生存的真实意义和可靠基础。

七

一切鼓吹狭隘国家利益和民族仇恨的哲学家都是可疑的。哲学家用宇宙的真理衡量人类，又用人类的真理衡量民族和国家，在这样的人心中，狭隘民族主义怎会有容身之地呢？

八

一个人倘若不能从思考中汲取大部分的快乐，他算什么哲学家呢？

九

有必要改革我们的哲学课程，第一步是把它从政治课中分离出来，恢复它作为爱智慧的本来面貌和作为最高问题之思考的独立地位。

十

在本来的意义上，纯粹哲学就是形而上学，是对世界和人生的根本问题的思考。其中，人生之思实为世界之思的原动力，由世界之思又引出了知识之思。以“生活哲学”的罪名把人生之思革出教门，哲学殿堂里倒是纯粹了，可惜不是纯粹哲学，而是纯粹空无。

十一

在今天，哲学仿佛破落了，正在给政治、科学、文学打工。

十二

对于作为非研究者的一般读者来说，尼采的最重大价值在于“逼迫”——说“启发”太轻了——我们认真面对和思考生命意义的问题。这也就是在“上帝死了”即信仰缺失的大背景下，如何战胜生命的无意义性和重建人生信仰的问题。

十三

在尼采的作品中，有一种真正的骄傲，因为发现了真理却不被理解而产生的骄傲，这与狂妄是两回事。狂妄的实质是浅薄，实际上没有什么货色，就只剩下姿态了。

十四

读叔本华的感觉：当他推演体系时往往牵强枯燥，一旦抛开体系，就常有自然生动的见解。

十五

康德的纯粹理性批判，我可以用一句话概括，便是：对世界的认识永远是认识，而不是世界。

心灵相通，在实际生活中又保持距离，最能使彼此的吸引力耐久。

哲学是永远的追问

今天我想谈一谈我对哲学的理解。我 17 岁读哲学系，毕业后在一个小县城工作了十来年，然后又回到北京，也回到了哲学的学习和研究，哲学可以算我的终身事业，我对哲学应该有一种理解了。当初报考哲学系，是出于一种比较幼稚的想法。我在中学里最喜欢两门课，一门是数学，另一门是语文，也就是解习题和写文章。报志愿时，两样都不肯舍弃，就来了一个折中。我相信哲学可以让我横跨文科和理科。当然这也有一定道理，数学使人享受纯粹思维的乐趣，文学使人关注人生，这两样东西在哲学里都有。不过，经过系统的学习之后，我觉得自己对哲学的性质有了比较明确的认识，概括地说，它是对世界和人生的根本问题的一种永远的追问。

一、哲学开始于惊疑

柏拉图（在《泰阿泰德》中）、亚里士多德（在《形而上学》中）都说过，哲学开始于惊疑。惊疑，严群译为疑讶，包含惊奇、惊讶和疑惑、困惑两层意思。为了便于讲述，我想把这两层意思拆开来讲。相对地说，惊奇面对自然，由惊奇而求认知，追问世界的本质，形成了哲学中的世界观、本体论、形而上学（在这里是同义词）这一个大领域。疑惑（困惑）面对人生，由困惑而求觉悟，追问生命的意义，形成了哲学中的人生观、生存论、广义伦理学（在这里也是同义词）这另一个大领域。

所以，我们可以概括地把哲学看作世界观和人生观。当然，哲学还有其他一些领域，例如知识论（认识论），这是因为对世界的认识发生了问题，便转而对我们认识的能力、性质、过程进行审视，尤其近代以来，这方面的内容在哲学中占据了重要位置。此外还有历史哲学、美学、狭义伦理学等。但是，从源头看，哲学主要是世界观和人生观，其他则是派生的。

中世纪哲学家奥古斯丁（《上帝之城》）说：智慧的研究有两种形式。一种是沉思性的，即对自然的起源及纯粹真理的研究，以毕达哥拉斯为代表。另一种是积极性的，关注生活行为和道德，以苏格拉底为代表。柏拉图是两者的融合。康德说：世上最使人敬畏的两样东西是头上的星空和心中的道德律。他们说的都是类似的意思。哲学所思的问题无非两大类，分别指向我们头上的神秘和我们心中的神秘。总之，哲学是灵魂对于世界和人生的根本性追问，所探究的是世界和人生的根本道理。

哲学是世界观和人生观——这个提法一点儿也不新鲜，我们不是一直被这么教导的吗？这个提法本身没有错，过去的问题是对它作狭隘的理解，把世界观等同于政治态度和阶级立场，把人生观归结为为谁服务了。而这就意味着把哲学等同于政治，并且是一种很狭隘的政治。其实，世界观和人生观的内容要广阔得多。

我们有时把哲学等同于政治。我读哲学系时，许多同学是怀着从政做官的目的报考的，毕业后的去向的确也基本上如此。学习的内容上，主课是艾思奇的《辩证唯物主义历史唯物主义》，其实是对斯大林《联共党史》中的一个章节加上毛泽东的《矛盾论》《实践论》的一种讲解。也学一点中国哲学史和西方哲学史，是为了批判。从列宁开始，强调哲学的阶级性、党性，把哲学分唯物主义和唯心主义两大阵营，古今一切哲学都按此排队，唯物主义代表进步革命阶级，唯心主义代表落后反动阶级，历史唯物主义和辩证唯物主义是无产阶级的世界观，标志着哲学发展到了顶点和终点。于是，哲学研究就成了给一切哲学家贴标签，唯物主义者是好人，唯心主义者是坏人，机械唯物主义者是有缺点的好人，有辩证法思想的唯心主义者是有一技之长的坏人，而辩证唯物主义者则是完人。其后果是哲学的内容极端贫乏化，哲学成为教条，扼杀了任何独立思考。事实上，哲学课成了大学一切课程中最枯燥乏味的课程。现在情况有所改善，但不同程度上仍有这个问题。

哲学和政治是不同层面的东西，因此，不能从政治角度、阶级利益角度去解释世界观和人生观。要正确理解其含义，最好的办法是回到源头上，不要忘记哲学开始于惊疑。其实，我们每个人都或多或少有过这种惊疑的经验，不妨回想一下，对我们理解哲学的本义会大有助益。这多半是在童年时期，也许是在夏天的夜晚，当我们仰望满天星斗的苍穹，隐约感觉到世界在时间上的无始无终，在空间上的无边无际，不由自主地惊奇于世界的神秘，这时候我们头脑中一定曾经朦胧地产生过一个问题：世界究竟是什么？这正是一个十足哲学性质的追问。在人类历史上，最早的哲学追问也是从对天空感到好奇开始的，包括泰勒斯在内的好几位古希腊早期哲学家同时也是天文学家。另一方面，许多人在一生中的某个时候，一般是在青少年时期，会对人生产生一种困惑。最大的困惑往往是由想到死引起的，当一个人确凿无疑地知道自己终有一天也会不可挽回地死去，他就会对生命意义产生疑惑和发出追问。在哲学史上，这一追问同样十分古老，以至于苏格拉底和柏拉图把哲学称作预习死亡的活动。

在哲学的两类追问中，对生命意义的追问是更根本的。对世界本质的思考并非出于纯粹求知的兴趣，归根结底是为了解决人生问题，要从整体上把握人生的底蕴。“我们从哪里来？我们到哪里去？我们是谁？”这个问题隐藏在一切哲学本体论的背后。无论世界观还是人生观，都是我们灵魂中的活动，而不是一套现成的意识形态。凡哲学的根本问题皆无最终答案，哲学的价值不在提供确定的答案，而在于使我们始终保持对世界和人生的惊疑和追问。

二、世界观：对世界的惊奇和思考

虽然解释世界归根结底是为了解释人生，但是，在大多数哲学家那里，这仅是潜在的动机。从西方哲学史看，哲学的主体部分是世界观、本体论、形而上学。今天我只讲这个部分，人生观问题应该是另一次讲座的题目。

无论人类，还是个人，好奇心是智力觉醒的征兆。当好奇心不仅仅针对个别事物，而是针对整个世界时，就会提出这个问题：世界的本质是什么？可以把这个问题看作哲学的基本问题，它是一种“天问”。当然，出发点不只是好奇心，起作用的还有对安全感的需要，宇宙是人的家，不明其究竟怎么住得踏实呢？

在西方哲学史上，对这个问题大体有两种答案。一种认为，世界的本质是水、火、气、土、原子等，总之是物质性的东西。另一种认为，是数、理念、绝对精神、意志、神等，总之是精神性的东西。中国哲学史上也有这样对立的答案，例如气与理之争。这么看，把哲学家分成唯物主义和唯心主义两大派好像不算错。按照恩格斯的说法，哲学的基本问题是物质和精神的关系问题，主张物质第一性的就是唯物主义，主张精神第一性的就是唯心主义。我想强调的是，对世界的思考不能是这么简单地下一个论断，像站队一样，站在唯物主义一边还是站在唯心主义一边，这样就算解决问题了。一个哲学家的思想的价值和他在哲学史上的地位完全不取决于这一点，而是取决于他是否在总体上丰富和加深了人类对世界的思考。有些哲学家并不对世界的本质下论断，尤其是近代以来，哲学家们往往还反对下这样的论断，但他们仍在推进对世界的思考，并且正是通过比以前更深入的思考才得出这样的看法的。

通过深入思考，我们会发现，无论把世界的本质归结为物质还是精神，都有说不通的地方。唯物主义描绘了这样一幅世界图画：世界是物质的永恒变化过程，人（包括精神）是这个过程中的偶然产物。按照这幅图画，就难以解释：第一，人的存在有何意义？人与动物、物质没有本质区别了，也只是物质的一种存在形式而已。第二，如何解释精神（灵魂）的来源？唯物主义通常是用进化论来解释的，即物竞天择、适应性变异和获得性遗传这一套。但这至多只能解释人的肉体和理智（大脑）的起源，无法解释灵魂的起源。我们可以说，理智是为了生存的需要而发展出来的对外部环境的认识能力。可是，人的灵魂，也就是不满足于生存的需要、要使生存具有高于生存的目的和意义那样一种精神上的追求，就完全不是适应环境和机能进化的产物了。进化论提出时，有许多人不能接受，未必都是保守，有些人确实觉得人的尊严受到了侮辱。赫胥黎是进化论的倡导者之一，他曾讽刺那些反对进化论的学者说："我宁肯做猴子的后代，也不愿做一个愚蠢的教授的同事。"但是，作为一个聪明的教授，他并不甘心仅仅做猴子的后代。他在《进化论与伦理学》中谈到：人的精神品质（正义，善）是伦理过程对抗宇宙过程的产物，在宇宙中没有根据，所以终将失败，从而导致人类向下的发展。可见他也认为，精神的产生不但不能用进化论解释，相反是违背进化论的。

在很大程度上，唯心主义之产生正是为了解决精神的来源问题。唯心主义哲学家们有各种不同的理论，但基本思路是一致的，便是设定宇宙有一个精神本质，它是人的精神（灵魂）的来源，保证了精神的不会完全毁灭和人类精神追求的永恒价值。唯心主义的困难在于无法证明宇宙精神本质的存在。其实，无论说世界的本质是物质还是精神，都是无法证明的，这基本上是信念的问题。我们只能在经验范围内证明某物是否存在，而无论科学如何发展，人类的经验永远是有限的，我们永远不能对宇宙整体有所经验。宇宙整体之性质是一个超验的问题，对于宇宙有一个精神本质的论断，唯心主义不能证实，唯物主义也不能证伪。有些聪明的唯心主义者对此心里是明白的，柏拉图称之为“信仰的冒险”，帕斯卡尔称之为赌博，并且都认为值得冒这个险，值得一赌。他们的意思是，虽然无法证明有无，但宁信其有，这比宁信其无好，有助于我们过一种崇高的生活。

三、在宗教和科学之间

哲学要追问世界的本质，而世界的本质是无法证明的。可是，两千年来，哲学却一直在努力做一件事，就是试图对世界本质是什么的问题给出一个可靠的答案。它实际上是在做不可能做到的事，这是哲学本身所包含的矛盾和困难。

要对哲学的这个特点有一个清楚的概念，最好的办法是把哲学与宗教及科学做一比较。

哲学和宗教都是人的精神生活的方式，两者所要解决的问题之性质是相同的，即都是终极关切。和哲学一样，宗教所关心的也是世界和人生的最根本问题，要对世界的本质和生命的意义给出一个完整的说明。但是，它们寻求解答的手段却完全不同。在宗教看来，世界和人生的整体是一个神秘的领域，人的理性是有限的，不可能将它弄明白，唯有靠神的启示来接近它。因此，人在神面前应知谦卑，满足于不容置疑的信仰。相反，哲学却不肯像宗教那样诉诸天启权威，对终极问题给出一个独断的答案，而是只信任理性，要求对问题做出理由充足的解答。在这一点上，哲学又和科学一样。

如此看来，哲学的追问是宗教性的，它寻求解决的方法却是科学性的。哲学家有一个宗教的灵魂，却长着一颗科学的脑袋。灵魂是一个疯子，它问的问题漫无边际，神秘莫测。头脑是一个呆子，偏要一丝不苟、有根有据地来解答。疯子提问，呆子回答，其结果可想而知。

关于哲学所包含的内在矛盾，康德最早做了明确的揭示。他指出：由头脑（他所说的知性）来解答灵魂（他所说的理性）所追问的问题，必定会陷入二律背反。他因此而断定，只能把此类问题的解答权交给信仰。不过，在罗素看来，哲学面向宗教，敢思科学之不思，渴望对宇宙和人生有一种普遍理解，又立足科学，敢疑宗教之不疑，寻求确切的知识，正是这一结合了两种对立因素的品格使之成为比科学和宗教更加伟大的东西。

也许有人会说，既然哲学所追求的目标——把宗教和科学结合起来，用头脑解答灵魂的问题——注定不能实现，它的努力岂不徒劳？这种看法未免肤浅。从目标不能实现看，也许可以说徒劳，但这个徒劳向目标前进的过程却是富有生产意义的。对于人类精神发展来说，科学理性与宗教渴望是两种不可或缺的动力。正是在哲学中，它们由于彼此发生的紧张关系而同时得到了激励。有一个现象值得我们深思：在历史上，凡大科学家都怀有从整体上把握世界的宗教渴望，凡大神学家都具备寻求可靠根据的科学理性，而他们也往往都是大哲学家。

四、哲学不可能成为科学

用理性手段把握世界的本质，实际上就是试图把哲学建成一门科学，这是两千年来西方主流哲学奋斗的目标。然而，近代以来，哲学家们越来越对理性有无这种能力提出了怀疑。到了康德，就明确否认了这种能力。

从古希腊开始，哲学追问世界本质的基本思路是世界二分模式，即把世界分为现象界和本体界。这一模式认为，现象是不断变化的，多种多样的，但现象背后必定有一个不变的、统一的本质，哲学的使命就是要寻找变化背后之不变，多背后之一，现象世界背后之本体世界。也就是说，万物皆变，变应该有一承担者，世界必定有一个本来的样子，是它变成了我们现在所看见的样子，哲学就要把这个本来的样子找出来。这一思路默认了一个前提，即感觉是不可靠的，只能感知可变的现象，唯有理性才能认识现象背后那个不变的本体界。应该说明，对感觉不信任是古希腊哲学家的共同特点，并不限于唯心主义者，唯物主义者也认定世界有一个感觉不能触及、必须靠理性去把握的终极本质。

这个思路存在着以下疑点：

第一，感觉是我们感知外界的唯一手段，既然感觉只感知到现象，我们凭什么说在现象背后还存在着一种本质？至少凭感觉不能证明这一点。近代哲学家中，有三位清楚地论证了这一点，提出三种说法。贝克莱认为：只存在所感知的现象，不存在本质。休谟认为：我们只知道所感知的现象，是否存在本质不可知。康德认为：我们只知道所感知的现象，但我们必须假定现象背后有本质存在，这一点无法证明，仅是必要的信念。

第二，假定变动不居的现象背后有一不变的本质，这只能是理性之所为，是理性（逻辑）追求秩序（普遍性和必然性）的产物。但是，理性同样不能证明它所追求的秩序是世界本身所固有的。这种秩序从何而来？有三种可能的回答。一是从感觉经验中归纳而得，但有限的经验不能提供必然性和普遍性。休谟说：所谓必然性只是经验之重复形成的“习惯性联想”。二是理性与世界本质之间有一种天然的一致性，莱布尼茨称之为“前定和谐”，但这种东西即使有，也无法证明。三是理性本身所固有的，理性把自身所具有的先天结构投射到世界上了。这是康德首先提出、胡塞尔加以发展的看法。在这种情形下，秩序都仍然属于现象范围，而与世界本来面目无关。

第三，世界究竟有没有一个本来面目？在现象界背后，究竟有没有一个不受我们的认识干扰的本体界？在康德之后，哲学家们已经越来越达成共识：不存在。世界只有一种存在方式，即作为显现在意识中的东西——现象。康德把本体界（“物本身”）作为一个必要的假设保留下来，这一点遭到了现代哲学家的尖锐批评。其中，尼采和胡塞尔的批评尤为有力。尼采指出，对世界的认识都是透视，必有一定的视角，因而得到的都是现象。即使我们能够穷尽所有的视角，所得到的现象之总和也仍然是现象。所谓本质的假设是以无视角的认识为前提的，而这个前提是荒谬的。胡塞尔指出，实在论也承认在意识中显现的东西是现象，但断定现象背后还有一个引起该现象的原因，即一个“物本身”。其中，朴素实在论认为现象与“物本身”在本质上是相符的，批判实在论则把“物本身”看作我们人类的意识不可达到、而唯有假定的上帝的直观才能达到的本体。但任何对象只要进入认识，从而显现在意识中，就必然只能作为现象而存在，这一点对于被假定为绝对认知的理想代表者的上帝也不例外。实在论把在意识中显现的东西解释为外部实在对象的形象表现或记号表现，然而，要知道现象是实在的形象或记号，就必须有一种更高的统觉，可以同时观照现象和实在并加以比较，但我们并无这样的统觉。所以，形象论和记号论都是没有根据的。

哲学从追问世界的本体始，经过两千多年的探索，结果却是发现世界根本就没有一个本体，这不能不说是哲学的惨败。这就是人们常说的“哲学的危机”。但是，这只是哲学的某一种思路的失败，它说明哲学不可能成为科学，我们不可能靠理性手段去把握或构造哲学原本想要追问的那个本体，而必须另辟蹊径。

五、出路：沉默和诗的领域？

倘若一个古希腊哲学家来到现代，他一定会大惑不解，因为他将看到，现代的哲学家们都在大谈语言问题，而对世界本身却毫无兴趣。据说哲学家们终于发现，两千多年来哲学之所以误入歧途，原因全在受了语言的误导。于是，他们纷纷把注意力转向语言，这种转向还被誉为哲学上的又一次哥白尼式革命。我本人对之评价不高，怀疑是另一种迷途，偏离了哲学作为根本性追问的真谛。

关于语言如何误导哲学，又有两种相反的看法。

一派哲学家认为，弊在逻辑化的语言，是语言的逻辑结构诱使人们去寻找一种不变的世界本质。因此，哲学的任务是解构语言，把语言从逻辑的支配下解放出来。哲学真正应该寻找的那个本体世界不是与人无关的世界，而是作为人的生活意义之源泉的世界。这是一个情绪体验的领域，不可凭逻辑手段把握，而只能靠一种诗意的思。持这一看法的有尼采、生命哲学、现象学、存在哲学、解释学、后结构主义。

另一派哲学家则认为，弊在语言在逻辑上的不严密，是语言中那些不合逻辑的成分诱使人们对一个所谓本体世界想入非非，造成了形而上学假命题。

因此，哲学的任务是进行语言诊断，剔除其不合逻辑的成分，最好是能建立一种严密的逻辑语言。哲学应该运用逻辑手段把握真正能把握的东西——经验事实，没有本体论的容身之地。持这一看法的是逻辑经验主义（分析哲学）。

不管这两派的观点如何对立，拒斥本体论的立场却是一致的。可是，没有了那种追问世界之究竟的冲动，哲学还是哲学吗？因为理性不能把握神秘，我们就不再思考神秘了吗？难道哲学从此要对头上的星空和心中的道德律无动于衷，仅仅满足于做逻辑的破坏者或卫士？

有两位哲学家分别代表上述两个对立的派别，然而，与其大多数追随者不同，他们心中仍然蕴藏着那种追思神秘的冲动。他们不愧是现代最伟大的两位哲学家。

作为逻辑经验主义的开创人之一，维特根斯坦也主张只有经验对象是可思考的，哲学只研究可思考的东西，其任务是通过语言批判使思想在逻辑上明晰。但是，他懂得的确存在着超验的领域，例如那种“从永恒观点来直观世界”的本体论式的体验，只是因为它们不属于经验范围，因而是不可思考的，而不可思考的东西也就是不可说的。“一个人对于不能谈的事情就应当沉默。”这是神秘的东西，甚至是最深刻的东西，却无法作为问题来讨论。针对此他写道：“真正说来哲学的方法如此：除了能说的东西以外，不说什么事情，也就是除了自然科学的命题，即与哲学没有关系的东西之外，不说什么事情……”真正的哲学性体验只能封闭在沉默的内心世界，作为一门学术的哲学只能谈论与真正哲学性体验无关的东西，这是多么无奈。

海德格尔却试图冲破这无奈的沉默。在他看来，他名之为“存在”的那个超验的领域，乃是作为意义之源泉的神秘领域，的确不是理性思维所能达到的。但是，他相信这个领域“总是处在来到语言的途中”，是可以在语言中向人显现的。不过，这不是沦为传达工具的逻辑化语言，而是未被逻辑败坏的诗的语言。在诗的语言中，存在自己向人说话。于是，海德格尔聚精会神于他所钟爱的荷尔德林、里尔克等诗人，从他们的诗中倾听存在的话语。

当然，沉默和诗都不是哲学。可是，在维特根斯坦的沉默中，在海德格尔的诗思中，古老的哲学追问仍在百折不挠地寻找栖身之地。

哲学的出路何在？对此我也感到迷茫。我不相信所谓哲学已经终结的论调。我宁可相信，只要人类存在一天，就会有人对世界的神秘进行理性的沉思，因而哲学就会继续存在。也许在经历现在的危机之后，它将更加回避谈论本体，但不可能放弃灵魂的追问，更多地向艺术和宗教学习，但不可能放弃理性的思考。哲学的本性原本就包含着矛盾，它不可能摆脱这种矛盾，否则就不成其为哲学了。我宁可相信，哲学将带着它固有的矛盾向前发展，一代又一代的人将不可阻挡地去思考那些没有最终答案的根本问题，并从这徒劳的思考中获得教益。

哲学不只是慰藉

德波顿的《哲学的慰藉》一书选择西方哲学史上六位哲学家，从不同角度阐述了哲学对于人生的慰藉作用。人生中有种种不如意处，其中有一些是可改变的，有一些是不可改变的。对于那些不可改变的缺陷，哲学提供了一种视角，帮助我们坦然面对和接受。在此意义上，可以说哲学是一种慰藉。但是，哲学不只是慰藉，更是智慧。二者的区别也许在于，慰藉类似于心理治疗，重在调整我们的心态，智慧调整的却是我们看世界和人生的总体眼光。因此，如果把哲学的作用归结为慰藉，就有可能缩小甚至歪曲哲学的内涵。

全书中，我读得最有兴味的是写塞内加的一章。部分的原因可能是，这一章比较切题，斯多葛派哲学家本身就重视哲学的慰藉作用，塞内加自己就有以“慰藉”为题的著作。作为罗马宫廷的重臣，此人以弄权和奢华著称，颇招时人及后世訾议。不过，他到底是一个智者，身在大富大贵之中，仍能清醒地视富贵为身外之物，用他的话来说便是："我从来没有信任过命运女神。我把她赐予我的一切——金钱、官位、权势——都搁置在一个地方，可以让她随时拿回去而不干扰我。我同它们之间保持很宽的距离，这样，她只是把它们取走，而不是从我身上强行剥走。"不止于此，对于家庭、儿女、朋友乃至自己的身体都应作如是观。塞内加的看法是：人对有准备的、理解了的挫折承受力最强，反之受伤害最重。哲学的作用就在于，第一，使人认识到任何一种坏事都可能发生，从而随时做好准备；第二，帮助人理解已经发生的坏事，认识到它们未必那么坏。坏事为什么未必那么坏呢？请不要在这里拽坏事变好事之类的通俗辩证法，塞内加的理由见于一句精辟之言："何必为部分生活而哭泣？君不见全部人生都催人泪下。"叔本华有一个类似说法：倘若一个人着眼于整体而非一己的命运，他的行为就会更像是一个智者而非一个受难者了。哲人之为哲人，就在于看到了整个人生的全景和限度，因而能够站在整体的高度与一切个别灾难拉开距离，达成和解。塞内加是说到做到的。他官场一度失意，被流放到荒凉的科西嘉，始终泰然自若。最后，暴君尼禄上台，命他自杀，同伴们一片哭声，他从容问道："你们的哲学哪里去了？"

蒙田是我的老朋友了，现在从本书中重温他的一些言论，备感亲切。作者引用了蒙田谈论性事的片段，评论道："他把人们私下都经历过而极少听到的事勇敢地说出来……他的勇气基于他的信念：凡是能发生在人身上的事就没有不人道的"。说得好，有蒙田自己的话作证："每一个人的形体都承载着全部人的状况。"然而，正因为此，这一章的标题"对缺陷的慰藉"就很不确切了。再看蒙田的警句："登上至高无上的御座，仍只能坐在屁股上。""国王与哲学家皆拉屎，贵妇人亦然。"很显然，在蒙田眼里，性事、屁股、拉屎等哪里是什么缺陷啊，恰好是最正常的人性现象，因此我们完全应该以最正常的心态去面对。一个人对于人性有了足够的理解，他看人包括看自己的眼光就会变得既深刻又宽容，在这样的眼光下，一切隐私都可以还原成普遍的人性现象，一切个人经历都可以转化成心灵的财富。想起最近我的自传所引起的所谓自曝隐私的非议，我倒真觉得蒙田对我而言是一个慰藉，但不是对我的缺陷的慰藉，而是对我的智慧的慰藉。

在当今这个崇拜财富的时代，关于伊壁鸠鲁的一章也颇值得一读。这位古希腊哲学家把快乐视为人生最高价值，他的哲学因此被冠以享乐主义的名称，他本人则俨然成了一切酒色之徒的祖师爷，这真是天大的误会。其实，他的哲学的核心思想恰恰是主张，真正的快乐对于物质的依赖十分有限，无非是食、住、衣的基本条件。超出了一定限度，财富的增加便不再能带来快乐的增加了。奢侈对于快乐并无实质的贡献，往往还导致痛苦。事实上，无论是伊壁鸠鲁，还是继承了他的基本思想的后世哲学家，比如英国功利主义者，全都主张快乐更多地依赖于精神而非物质。这个道理一点也不深奥，任何一个品尝过两种快乐的人都可以凭自身的体验予以证明，沉湎于物质快乐而不知精神快乐为何物的人也可以凭自己的空虚予以证明。

本书还有三章分别论述苏格拉底、叔本华、尼采，我觉得相比之下较差，就这些哲学家的精华而言，基本上是捡了芝麻丢了西瓜。部分的原因也许在于，这三人的哲学是更不能以慰藉论之的。尤其尼采，他的哲学的基本精神恰恰是反对形形色色的慰藉，直面人生的悲剧性质，以此证明人的高贵和伟大。作者从尼采著作中择取登山的意象，来解说“困难中的慰藉”，不但显得勉强，而且多少有些把尼采哲学平庸化了。

哲学的用处

一

一个人需要哲学的程度，取决于他对精神生活看重的程度。当一个人的灵魂对于人生产生根本性的疑问时，他就会走向哲学。那些不关心精神生活、灵魂中没有问题的人，当然不需要哲学。

二

任何一个真正的哲学问题都不可能有所谓标准答案，可贵的是发问和探究的过程本身，使我们对那些根本问题的思考始终处于活泼的状态。

三

哲学并不提供答案，它只是推动你去思考。在哲学中第一位的是问题，如果你没有问题，哲学对于你的确是没有用的。

四

你有了问题，了解了大师对这个问题的想法，在此基础上进行独立思考，哪怕你找不到答案，这个过程也会让你深刻。

五

我们平时所做之事、所过之生活只是一个局部，哲学就是要我们从这个局部中跳出来，看世界和人生的全局，由此获得一个广阔的坐标，用以衡量自己所做之事、所过之生活，用全局指导局部，明确怎样做事和生活才有意义。

六

哲学让人从当下的具体生活中跳出来，给人一个更高的视角。有没有这个更高的视角很重要，如果有，大苦难也会缩小，不能把你压垮；如果没有，小挫折也会放大，把你绊倒。你尽可以在人世间执着和追求，但是，有了哲学，你就有了退路。

七

如果没有哲学，我会沉溺于当下具体生活中，把它看成整个世界。有了哲学的思考角度，我就不会把某一个具体的苦难看成我人生的全部。

哲学是一种分身术，它能将我分成两个，一个是有很多尘世欲望的具体的我，在红尘中奋斗、挣扎。另一个是哲学的我、理性的我、灵魂的我，会站在更加开阔的天地之间，从更加超脱的角度来劝导那个具体的我。哲学不能消除我遇到的具体的苦难，但它让我拥有一个站在高处的自我，这个自我能站在永恒的立场上考虑问题，就会感觉眼前的任何遭遇都是短暂的、渺小的，从最后结果来看都是一样的。这样，就把那个具体的我从苦难中拔了出来，使它不至于被苦难压垮。

八

哲学想的是根本问题，它让你与具体生活拉开一段距离。

九

一个不问生活意义的人当然是不需要哲学的，可是，我相信，人毕竟是有灵魂的，没有谁真正不在乎活得有没有意义。事实上，人们越是被世俗化潮流裹挟着在功利战场上拼搏，生活在人生的表面，心中就越是为意义的缺失而困惑，而焦虑。因此，在今天的时代，我们比以往任何时候都更需要哲学来为自己的人生定位和定向。

十

哲学是启迪人生智慧的学科。人的一生中，是否受到哲学的熏陶，智慧是否开启，结果大不一样。哲学在人生中的作用似乎看不见，摸不着，其实至大无比。有智慧的人，他的心是明白、欢欣、宁静的；没有智慧的人，他的心是糊涂、烦恼、躁动的。

十一

哲学和宗教都是终极关切，都要对世界的本质和生命的意义给出一个完整的说明。但是，它们寻求解答的手段却不同。在宗教看来，世界和人生的整体是神秘的，人的理性是有限的，不可能将它弄明白，唯有靠神的启示来接近它。相反，哲学只信任理性，要求对问题做出理由充足的解答。在这一点上，哲学又和科学一样。

如此看来，哲学家有一个宗教的灵魂，却长着一颗科学的脑袋。灵魂是一个疯子，它问的问题漫无边际、神秘莫测。头脑是一个呆子，偏要一丝不苟、有根有据地来解答。疯子问，呆子答，其结果可想而知。

然而，哲学面向宗教，敢思科学之不思，又立足科学，敢疑宗教之不疑，正是这一结合了两种对立因素的品格使之成为比科学和宗教更加伟大的东西。

十二

人类历史上的一切优秀者，不管是哪一领域的，必是对世界和人生有自己广阔的思考和独特的理解的人。一个人只有小聪明而没有大智慧，却做成了大事业，这样的例子古今中外都不曾有过呢。

十三

哲学对政治的影响是缓慢的，但一旦发生影响，就是根本性的。

十四

人们常说哲学是方法论，遇到什么具体问题，就说用哲学的方法分析一下。哲学中根本不存在这种可以用来解决一切具体问题的万能方法。哲学是让你想大问题，大问题想明白了，你面对具体问题就有了开阔的视野和从容的心态。它给你的是智慧和境界，舍此而求所谓方法，就是舍本求末，而这恰恰是违背哲学的本性的。

第五章 为爱筑一个好巢

在一个人的生活中，精神需求相对于物质需求所占比例越大，他就离神越近。

爱：从痴迷到依恋

爱有一千个定义，没有一个定义能够把它的内涵穷尽。

当然，爱首先是一种迷恋。情人之间必有一种痴迷的心境，和一种依恋的情怀，否则算什么堕入情网呢。可是，仅仅迷恋还不是爱情。好色之徒猎艳，无知少女追星，也有一股迷恋的劲儿，却与爱情风马牛不相及。即使自以为堕入情网的男女，是否真爱也有待岁月检验。一个爱情的生存时间或长或短，但必须有一个最短限度，这是爱情之为爱情的质的保证。小于这个限度，两情无论怎样热烈，也只能算作一时的迷恋，不能称作爱情。

所以，爱至少应该是一种相当长久的迷恋。迷恋而又长久，就有了互相的玩味和欣赏，爱便是这样一种乐此不疲的玩味和欣赏。两个相爱者之间必定是常常互相玩味的，而且是不由自主地要玩，越玩越觉得有味。如果有一天觉得索然无味，毫无玩兴，爱就荡然无存了。

迷恋越是长久，其中热烈痴迷的成分就越是转化和表现为深深的依恋，这依恋便是痴迷的天长日久的存在形式。由于这深深的依恋，爱又是一种永无休止的惦念。有爱便有牵挂，而且牵挂得似乎毫无理由，近乎神经过敏。你在大风中行走，无端地便担心爱人的屋宇是否坚固。你在睡梦中惊醒，莫名地便忧虑爱人的旅途是否平安。哪怕爱人比你强韧，你总放不下心，因为在你眼中她（他）永远比你甚至比一切世人脆弱，你自以为比世人也比她自己更了解她，唯有你洞察那强韧外表掩盖下的脆弱。

于是，爱又是一种温柔的呵护。不论男女，真爱的时候必定温柔。爱一个人，就是心疼她，怜她，宠她，所以有“疼爱”“怜爱”“宠爱”之说。心疼她，因为她受苦。怜她，因为她弱小。宠爱她，因为她这么信赖地把自己托付给你。女人对男人也一样。再幸运的女人也有受苦的时候，再强大的男人也有弱小的时候，所以温柔的呵护总有其理由和机会。爱本质上是一种指向弱小者的感情，在爱中，占优势的是提供保护的冲动，而非寻求依靠的需要。如果以寻求强大的靠山为鹄的，那么，正因为再强的强者也有弱的时候和方面，使这种结合一开始就隐藏着破裂的必然性。

如此看来，爱的确是一种给予和奉献。但是，对于爱者来说，这给予是必需，是内在丰盈的流溢，是一种大满足。温柔也是一种能量，如果得不到释放，便会造成内伤，甚至转化为粗暴和冷酷。好的爱情能使双方的这种能量获得最佳释放，这便是爱情中的幸福境界。因此，真正相爱的人总是庆幸自己所遇恰逢其人，为此而对上天满怀感恩之情。

我听见一个声音嘲笑道：你所说的这种爱早已过时，在当今时代纯属犯傻。好吧，我乐于承认，在当今这个讲究实际的时代，爱便是一种犯傻的能力。

可不，犯傻也是一种能力，无此能力的人至多只犯一次傻，然后就学聪明了，从此看破了天下一切男人或女人的真相，不再受爱蒙蔽，而具备这种能力的人即使受挫仍不吸取教训，始终相信世上必有他所寻求的真爱。正是因为仍有这些肯犯傻能犯傻的男女存在，所以寻求真爱的努力始终是有希望的。

情欲既是卑贱的，把人按倒在兽性的尘土中，又是伟大的，把人提升到神性的天堂上。性是生命之门，上帝用它向人喻示了生命的卑贱和伟大。

两性之间

一

在一个人的哲学思想和他对女人的态度之间，也许有某种联系。例如，理想主义者往往崇拜女性，虚无主义者往往蔑视女性。很难说孰为因，孰为果。两者很可能同是一种更隐秘的因素——例如个人的肉体和心理素质——的结果。

二

只用色情眼光看女人，近于无耻。但身为男人，看女人的眼光就不可能完全不含色情。我想不出在滤尽色情的中性男人眼里，女人该是什么样子。

三

多情和专一未必互相排斥。一个善于欣赏女人的男人，如果他真正爱上了一个女人，那爱是更加饱满而且投入的。

四

痴心女子把爱当作宗教，男子是她崇拜的偶像。风流女子把爱当作艺术，男子是她诱惑的对象。二者难以并存。集二者于一身，“一片志诚心，万种风流相”，既怀一腔痴情，又解万种风情，此种情人自是妙不可言，势不可当。那个同时受着崇拜和诱惑的男子有福了，或者——有危险了。

五

在男人心目中，那种既痴情又知趣的女人才是理想的情人。痴情，他得到了爱。知趣，他得到了自由。可见男人多么自私。

六

自古多痴情女，薄情郎。但女人未必都是弱者，有的女人是用软弱武装起来的强者。

七

好女人也善于保护自己，但不是靠世故，而是靠灵性。她有正确的直觉，这正确的直觉是她忠实的人生导师，使她在非其同类面前本能地引起警觉，报以不信任。

八

他常常用一些小零食去讨好女人，而女人也不过是他生活中的一些小零食罢了。

九

女人比男人更信梦。在女人的生活中，梦占据着不亚于现实的地位。

男人不信梦，但也未必相信现实。当男人感叹人生如梦时，他是把现实和梦一起否定了。

十

女人有一千种眼泪，男人只有一种。女人流泪给男人看，给女人看，给自己看，男人流泪给上帝看。女人流泪是期望，是自艾自怜，男人流泪是绝望，是自暴自弃。

上帝保佑我不要看见男人流女人的眼泪。上帝保佑我更不要看见男人流男人的眼泪。

十一

在上帝的赐予中，性是最公平的。一个人不论穷富美丑，都能从性交中得到快乐，而且其快乐的程度并不取决于他的穷富美丑。

十二

老来风流，有人传为佳话，有人斥为丑闻。其实，都大可不必，只需用平常眼光去看待，无非是有一分热发一分热罢了。

十三

眼睛是爱情的器官，其主要功能是顾盼和失眠。

十四

一个男人同别的女人调情，这是十分正常也十分平常的。如果他同自己的老婆调情，则或者是极不正常的——肉麻，或者是极不平常的——婚后爱情新鲜如初的动人显现。

十五

吸引异性的两种方式：一是显示风趣、智慧、活力，勾起对方的好奇心；二是显示忧愁、伤痛、深度，勾起对方的同情心。活力和深度的统一，吸引力达于极致。

可是，显示毕竟是表演，在口味更天然或更精致的对手那里就只能引起反感了。

十六

在夫妇或情人之间，恩爱与争吵的混合，大约谁也避免不了。区别只在：一是两者的质量，有刻骨铭心的恩爱，也有表层的恩爱，有伤筋动骨的争吵，也有挠痒式的争吵；二是两者的比例。不过，情形很复杂，有时候大恩爱会伴随着大争吵，恩爱到了极致又会平息一切争吵。

十七

两性之间的情感或超过友谊，或低于友谊，所以异性友谊是困难的。在这里正好用得上“过犹不及”这个成语——“过”是自然倾向，“不及”是必然结果。

十八

拜伦说："谁写诗不是为了取悦女人？"写信何尝不是如此。文采是男人引诱女人的一种方式。

不过，最好的信往往是一个天才男人写给另一个天才男人的。

十九

写给自己对之有好感的陌生异性的信，只能表明一个人在异性面前所希望扮演的角色，而并不能表明这个人对异性的一般评价。

爱情的容量

一

世上并无命定的姻缘，但是，那种一见倾心、终生眷恋的爱情的确具有一种命运般的力量。

二

爱情是盲目的，只要情投意合，仿佛就一俊遮百丑。爱情是心明眼亮的，只要情深意久，确实就一俊遮百丑。

三

爱情的生存时间或长或短，但必须有一个最短限度，这是爱情之为爱情的质的保证。小于这个限度，两情无论怎样热烈，也只能算作一时的迷恋，不能称作爱情。

四

初恋的感情最单纯也最强烈，但同时也最缺乏内涵，几乎一切初恋都是十分相像的。因此，尽管人们难以忘怀自己的初恋经历，却又往往发现可供回忆的东西很少。

我相信成熟的爱情是更有价值的，因为它是全部人生经历发出的呼唤。

五

真正富有人道精神的人，所拥有的不是那种浅薄的仁慈，也不是那种空洞的博爱，而是一种内在的精神上的丰富。因为丰富，所以能体验一切人间悲欢。也因为丰富，所以对情感的敏锐感应不会流于病态纤巧。他细腻而不柔弱，有力而不冷漠，这是一颗博大至深的心灵。

六

有无爱的欲望，能否感受生的乐趣，归根结底是一个内在的生命力的问题。

七

我爱故我在。

八

两人再相爱，乃至结了婚，他们仍然应该有分居和各自独处的时间。分居的危险是增加了与别的异性来往和受诱惑的机会，取消独处的危险是丧失自我，成为庸人。后一种危险当然比前一种危险更可怕。与其平庸地苟合，不如有个性而颠簸，而离异，而独身。何况有个性是真爱情的前提，有个性才有爱的能力和被爱的价值。好的爱情原是两个独特的自我之间的互相惊奇、欣赏和沟通。在两个有个性的人之间，爱情也许会经历种种曲折甚至可能终于失败，可是，在两个毫无个性的人之间，严格意义上的爱情根本就不可能发生。

九

心灵相通，在实际生活中又保持距离，最能使彼此的吸引力耐久。

爱情不风流

有一个字，内心严肃的人最不容易说出口，有时是因为它太假，有时是因为它太真。

爱情不风流，爱情是两性之间最严肃的一件事。

调情是轻松的，爱情是沉重的。风流韵事不过是躯体的游戏，至多还是感情的游戏。可是，当真的爱情来临时，灵魂因恐惧和狂喜而战栗了。

爱情不风流，因为它是灵魂的事。真正的爱情是灵魂与灵魂的相遇，肉体的亲昵仅是它的结果。不管持续时间是长是短，这样的相遇极其庄严，双方的灵魂必深受震撼。相反，在风流韵事中，灵魂并不真正在场，一点儿小感情只是肉欲的作料。

爱情不风流，因为它极认真。正因为此，爱情始终面临着失败的危险，如果失败又会留下很深的创伤，这创伤甚至可能终身不愈。热恋者把自己全身心投入对方并被对方充满，一旦爱情结束，就往往有一种被掏空的感觉。风流韵事却无所谓真正的成功或失败，投入甚少，所以退场也甚易。

爱情不风流，因为它其实是很谦卑的。“爱就是奉献”——如果除去这句话可能具有的说教意味，便的确是真理，准确地揭示了爱这种情感的本质。爱是一种奉献的激情，爱一个人，就会遏制不住地想为她（他）做些什么，想使她（他）快乐，而且是绝对不求回报的。爱者的快乐就在这奉献之中，在他（她）所创造的被爱者的快乐之中。最明显的例子是父母对幼仔的爱，推而广之，一切真爱均应如此。可以用这个标准去衡量男女之恋中真爱所占的比重，剩下的就只是情欲罢了。

爱情不风流，因为它需要一份格外的细致。爱是一种了解的渴望，爱一个人，就会不由自主地想了解她的一切，把她所经历和感受的一切当作最珍贵的财富接受过来，精心保护。如果你和一个异性发生了很亲密的关系，当你并没有这种了解的渴望，那么，我敢断定你并不爱她。你们之间只是又一段风流因缘罢了。

爱情不风流，因为它虽甜犹苦，使人销魂也令人断肠，同时是天堂和地狱。正如纪伯伦所说——

“爱虽给你加冠，它也要把你钉在十字架上。它虽栽培你，它也剪你。”

“它虽升到你的最高处，抚惜你在日中颤动的枝叶。它也要降到你的根下，摇动你的根柢的一切关节，使之归土。”

所以，内心不严肃的人，内心太严肃而又被这严肃吓住的人，自私的人，懦弱的人，玩世不恭的人，饱经风霜的人，在爱情面前纷纷逃跑了。

所以，在这个人际关系日趋功利化、表面化的时代，真正的爱情似乎越来越少了。有人愤激地问我：“这年头，你可听说某某恋爱了，某某又失恋了？”我一想，果然少了，甚至带有浪漫色彩的风流韵事也不多见了。在两性交往中，人们好像是越来越讲究实际，也越来越潇洒了。

也许现代人真是活得太累了，所以不愿再给自己加上爱情的重负，而宁愿把两性关系保留为一个轻松娱乐的园地。也许现代人真是看得太透了，所以不愿再徒劳地经受爱情的折磨，而宁愿不动感情地面对异性世界。然而，逃避爱情不会是现代人精神生活空虚的一个征兆吗？爱情原是灵肉两方面的相悦，而在普通的物欲躁动中，人们尚且无暇关注自己的灵魂，又怎能怀着珍爱的情意去发现和欣赏另一颗灵魂呢？

可是，尽管真正的爱情确实可能让人付出撕心裂肺的代价，却也会使人得到刻骨铭心的收获。逃避爱情的代价更大。就像一万部艳情小说也不能填补《红楼梦》的残缺一样，一万件风流韵事也不能填补爱情的空白。如果男人和女人之间不再信任和关心彼此的灵魂，肉体徒然亲近，灵魂终是陌生，他们就真正成了大地上无家可归的孤魂了。如果亚当和夏娃互相不再有真情甚至不再指望真情，他们才是真正被逐出了伊甸园。

爱情不风流，因为风流不过尔尔，爱情无价。

对亲近者挑剔是一种本能，而警惕这种本能，做到对亲近者不挑剔，则是一种教养。

婚姻的悖论与现代的困境

《中国妇女》杂志举办的“富裕的日子怎么过”的讨论已进入尾声，主持人林亚男女士向我索稿，希望我也加入这场讨论。引发这场讨论的刘花然的故事本身并不复杂，如果不考虑相当偶然地出了人命案的结局，无非是一个始乱终弃、婚姻破裂的老故事。它之所以引起关注，是因为在中国当前的社会环境中，这类事的发生越来越频繁了。从讨论的情况看，人们对此的态度大致有三种：一是为爱情的权利辩护，视此类现象为一种进步；二是为妇女的权益辩护，对此类现象作道德的谴责并且呼吁法律的干预；三是感到困惑，在支持和反对之间无所适从。我好像属于第三种，在两个极端之间颇费思量，不过也许出于不太相同的原因。

一、婚姻与性爱的冲突

在我的概念中，婚姻一直是人类生存所面临的重大悖论之一，它不只是一个社会难题，更是一个永恒的人类难题。其困难在于，婚姻是一种社会组织，在本性上是要求稳定的，可是，作为它的自然基础的性爱却天然地倾向于变易，这种内在的矛盾是任何社会策略都消除不了的。面对这种矛盾，传统的社会策略是限制乃至扼杀性爱自由，以维护婚姻和社会的稳定，中国的儒家社会和西方的天主教社会都是这种做法。这样做的代价是牺牲了个人幸福，曾在历史上——在较弱的程度上仍包括今天——造成无数有形或无形的悲剧。然而，如果把性爱自由推至极端，完全无视婚姻稳定的要求，只怕普天下剩不下多少幸存的家庭了，而这种极度的动荡既不利于社会安定，也不会使个人真正幸福。

这么说并非危言耸听。问题在于，性爱在本质上是一种很不确定的感情。一方面，它具有一种浪漫倾向，所谓“人情固重难而轻易，喜新而厌旧”，这种心理在性爱中尤为突出。人们往往把未知的东西和难以得到的东西美化、理想化，于是邂逅的新鲜感和犯禁的自由感成了性爱快感的主要源泉。正因为这个原因，最令人难忘的爱情经历倘若不是初涉爱河的未婚恋，便多半是红杏出墙的婚外恋了。这种情形不能只归结为道德缺陷，而是有心理学上的原因的。另一方面，性爱又是一种纯粹的个人体验，并无客观标准可言。自己是否坠入情网，两情是否真正相悦，好感和爱情的界限在哪里，不但旁人难以判断，有时连当事人也把握不了。如果以这样一种既不稳定又不明确的感情为婚姻的唯一纽带，任何婚姻之岌岌可危就可想而知了。

二、出路：亲情式的爱情？

婚姻以爱情为基础是现代文明人的共识，我无意反对。为了在婚姻的悖论中寻找一条出路，我的想法是：我们也许应当改变一下思路，把作为婚姻之基础的爱情同上述那种浪漫式的爱情区分开来。那种浪漫式的爱情可能导致婚姻的缔结，但不能作为婚姻的持久基础。能够作为基础的是一种由爱情发展来的亲情，与那种浪漫式的爱情相区别，我称之为亲情式的爱情。在这种爱情中，浪漫因素也许仍然存在，但已降至次要地位，基本的成分乃是在长久共同生活中形成的彼此的信任感和相知相惜之情。西方一位社会学家把信任感视为好婚姻的第一要素，我觉得是有道理的。这种信任感不单凭借良好愿望，而是悠悠岁月培养起来的在重要的行为方式上互相尊重和赞成的能力，它随婚龄俱增，给人一种踏实感，会使婚姻散发出一种肃穆祥和的气氛。事实上，许多家庭之所以没有解体，并不是因为从未遭遇浪漫式爱情的诱惑，而恰恰是因为当事人看重含有这种来之不易的信任感的亲情式爱情，从而自觉地规避那种诱惑，或者在陷入诱惑之后仍能做出理智的选择，而受委屈的一方也乐意予以原谅。在我看来，凡是建立在这种亲情式爱情的基础上的婚姻不仅稳固，而且仍是高质量的。我不否认一次新的浪漫式爱情带来更佳婚姻的可能性，但是，第一，这终究是未知的，因而是一个冒险；第二，即便真的如此，在结婚之后，新的浪漫式爱情迟早仍要转变为亲情式爱情。我相信，认清了婚姻以亲情式爱情为基础的必然性和必要性，人们对于自身婚姻现状的评价就会客观一些，一旦面临去留的抉择，也就会慎重得多。

三、现代人的婚姻困境

现在可以谈一谈我对讨论主题的看法了。我们今天所遇到的婚姻难题，有些源于人性和婚姻的共性，有些来自中国当代社会的特殊境况，所谓“富裕的日子怎么过”涉及的是后一方面的问题。我的看法是，当今中国的现代化过程对于人们婚爱实践和观念的影响是双重的，有正有负，不可一概而论。

一方面，金钱势力的增长削弱乃至冲垮了过去曾经威力巨大的对个人婚爱行为的行政干预，市场所造成的人口流动又普遍增加了两性接触的机会，两者综合，人们在两性关系上的自由度明显地提高了。在就业自由、挣到钱就能在社会上立足的条件下，两性关系日益成为个人的私事，只要不触犯法律，行政权力对之无可奈何。反映到观念上，整个社会对之也日益持宽容和开放的态度。通奸罪的取消，离婚以感情破裂为唯一尺度，不过是法律对实践上和观念上的变化的事后追认。在这种情形下，一些原本没有任何爱情基础的劣质婚姻呈土崩瓦解之势，是不足怪也不足惜的。

但是，另一方面，金钱势力的增长也导致了人们物欲的膨胀和精神品格的下降，这种下降在两性关系上同样有所表现。且不说以性为商品的卖淫活动有猖獗之势，即使在一般的性交往中，灵肉的分离也是日甚一日。当两性之间的肉体接触变得十分随便之时，这种接触必然越来越失去情感的内涵。有的人认为，人一旦富裕了，对于性爱就会产生更高的精神需要。我觉得不能教条地搬用这种需要金字塔的理论，事实上，在那些精神素质差的人身上，金钱所起的使人堕落的作用远超过教化作用，他们因为肉欲的容易满足而更加蔑视爱情的价值。结果我们看到，人们虽然在两性关系上有了更多的自由，真正的爱情反而稀少了。许多婚姻之所以破裂，并不是由于浪漫式爱情的威力，而只是追求婚外性刺激的结果，一些有良好的亲情式爱情之基础的婚姻竟也在时髦的露水风流中倾覆了。

所以，在我看来，现代人的婚姻困境不是一个孤立现象，而是现代化进程中整体性精神危机的一个表征，是精神平庸化在两性关系上的表现。

四、性爱的自律

凡是在现代化进程中产生的弊病，唯有通过现代化进程本身才能解决，婚爱上的问题也是如此。有些人主张重新运用法律武器来惩办婚外恋，严格限制离婚自由。我认为走回头路是行不通的，即使行得通也是不可取的。我们应该看到，婚姻是性爱的社会形式，而性爱必须是一种自由行为才成其为性爱。法律在这方面的作用有其限度，它不能强迫一个人同自己不愿意的对象从事性行为，而倘若禁止感情已经破裂的婚姻解体，它实际上就是试图做这种蠢事。一个社会是否尊重和保护其成员在性爱上的自由，是这个社会的文明程度的标志。

当然，社会的文明程度还有另一方面的标志，便是其成员在性爱上能否自律。其实，自由本身即包含了自律之义，一个不能支配自己的欲望反而被欲望支配的人，你不能说他是一个自由人。人在两性关系中袒露的不但是自己的肉体，而且是自己的灵魂——灵魂的美丽或丑陋，丰富或空虚。一个人对待异性的态度最能表明他的精神品级，他在从兽向人上升的阶梯上处在怎样的高度。在性爱上能够自律的人，他在两性关系上有一种根本的严肃性，看重性关系中的情感价值，尊重其性伴侣的人格和心灵，珍惜爱情以及由爱情发展来的亲情。在我看来，这实际上也就是爱的能力，一个人是否具有这种能力，是比他的婚爱经历是否顺利更重要的事情。能否做到自律，取决于一个人的整体精神素质。在解除他律之后不能自律，正暴露了一个人整体精神素质的低劣。就整个社会看，这方面要有大改观将是一个漫长的过程，有待于整个民族素质的提高。西方人在放任式的性流浪之后重新走上了归家的路，这个先例或许可以给我们一种启发，使我们明白在一定时期内弯路的不可避免，同时也给我们一种希望，使我们对在现代文明水准上重获古老婚爱价值的前景抱有信心。

情欲的卑贱和伟大

叔本华说：人有两极，即生殖器和大脑，前者是盲目的欲望冲动，后者是纯粹的认识主体。对应于太阳的两种功能：生殖器是热，使生命成为可能；大脑是光，使认识成为可能。

很巧妙的说法，但多少有些贬低了性的意义。

人有生殖器，使得人像动物一样，为了生命的延续，不得不受欲望的支配和折磨。用自然的眼光看，人在发情、求偶、交配时的状态与动物并无本质的不同，一样缺乏理智，一样盲目冲动，甚至一样不堪入目。在此意义上，性的确最充分地暴露了人的动物性一面，是人永远属于动物界的铁证。

但是，让我们设想一下，如果人只有大脑，没有生殖器，会怎么样呢？没有生殖器的希腊人还会为了绝世美女海伦打仗，还会诞生流传千古的荷马史诗吗？没有旺盛的情欲，还会有拉斐尔的画和歌德的诗吗？总之，姑且假定人类能无性繁殖，倘若那样，人类还会有艺术乃至文化吗？在人类的文化创造中，性是不可或缺的角色，它的贡献绝不亚于大脑。

所以，情欲既是卑贱的，把人按倒在兽性的尘土中，又是伟大的，把人提升到神性的天堂上。性是生命之门，上帝用它向人喻示了生命的卑贱和伟大。

婚姻中的利益考虑

婚姻当然应该以爱情为基础，但是，在现实生活中，人们很难做到把爱情作为婚姻选择上的唯一考虑。一起过日子是非常实际的事情，除了爱情之外，不能不有一些实际的考虑，包括经济上的适当保障。

富婆找能干的穷雇员，大款找美貌的贫家女，这都没有什么大不了，因为他们反正不愁吃穿，与金钱相比，别的东西显得更有价值。可是，让一个尚在为生存奋斗的妙龄女子和一个她喜欢的穷困潦倒的书生结婚，她有所顾忌就是合乎情理的了。没有人乐意陪一个倒霉蛋过一辈子。如果她终于下了决心，很可能是寄希望于书生日后的境遇会改善。或者，一种很小的可能是，她认定书生是一个天才，愿意终生贫贱相守。

我想说的是，利益的考虑在婚姻中占有一定地位，这是正常的。只是万事都有一个度，如果利益成了主要的甚至唯一的考虑，正常就变成庸俗了。

如果进而很有心计地把婚姻当作谋取利益的手段，庸俗就变成卑鄙了。遗憾的是，在当今社会中，后两种情形大为增加了。

正是做自己喜欢的事，更应该从容，心灵是清明而活泼的，才会把事情做好，也才能享受做事的快乐。

恋家不需要理由

我发现，男人对家的眷恋并不逊于女人，顾家的男人绝不少于顾家的女人。我承认，我也是一个比较恋家和顾家的男人。我尝自问：大千世界，有许多可爱的女人，生活有无数种可能性，你坚守着与某一个女人组成的这个小小的家，究竟有什么理由？我给自己一条条列举出来，觉得都不成其为充足理由。我终于明白了：恋家不需要理由。只要你在这个家里感到自由自在，没有压抑感和强迫感，摩擦和烦恼当然免不了，但都能够自然地化解，那么，这就证明你的生活状态是基本对头的，你是适合于过有家的生活的。

相当一些男人在人生中的某个阶段好像会面临一个选择：结婚还是独身，要不要一个家？不过，在大多数情形下，这个问题的解决权并不掌握在思考者手中，抽象的决定往往会在个人支配不了的生活实践中改变或放弃。据我观察，不管是因为本性还是因为习俗，坚定的独身主义者是很少的，实际生活中的独身者多半并非出于信念自觉地选择了独身，而是由于机遇不佳无奈地接受了独身。

当然啦，的确有极少数男人在本性上与家庭生活格格不入。这主要是两类，我称之为极端风流型的男人和极端事业型的男人。多数男人（姑且不论女人）的天性中都有风流的因子，但常常能够自觉地（因为珍惜现有的婚爱）或被迫地（因为实际的利害关系）加以克制。当今一种时髦的做法是顾家和风流两不误，一旦发生冲突，如果办得到的话，就暂时牺牲风流而保全家庭。如果一个男人风流到了妻离子散在所不惜的地步，并且只是风流成性而不是因为坠入了新的情网，那么，他就可以称作极端风流型的男人，他应该看清自己的天性，永远断绝成家的念头。

至于所谓极端事业型的男人，我是指事业上的迷狂者，这种人只有一根筋，除了他所醉心的事业之外，对人生中的其余内容一概不感兴趣，并且极其无能。这样的人很可能是某一领域的天才，我们无权用常识来衡量他。但他毕竟不适合过普通的家庭生活，却也是事实。要他担负起一个丈夫或一个父亲的责任，等于是巨大的灾难。当然，倘若有可敬的女性甘愿献身，服侍他的起居，于他也许是幸事。可惜的是，很少有女人甘愿只当丈夫的保姆，哪怕她的丈夫是一个天才。

写到这里，我可以对自己下一断定了：我不是一个极端的男人。换一句话说，我是一个比较中庸的男人。如果要找恋家的理由，这算是一个吧。

在黑暗中并肩行走

人们常常说，人与人之间，尤其相爱的人之间，应该互相了解和理解，最好做到彼此透明，心心相印。史怀泽却在《我的青少年时代》中说，这是不可能的，即使可能，任何人也无权对别人提出这种要求。“不仅存在着肉体上的羞耻，而且还存在着精神上的羞耻，我们应该尊重它。心灵也有其外衣，我们不应脱掉它。”如同对于上帝的神秘一样，对于他人灵魂的神秘，我们同样不能像看一本属于自己的书那样去阅读和认识，而只能给予爱和信任。每个人对于别人来说都是一个秘密，我们应该顺应这个事实。相爱的人们也只是“在黑暗中并肩行走”，所能做到的仅是各自努力追求心中的光明，并互相感受到这种努力，互相鼓励，而“不需要注视别人的脸和探视别人的心灵”。

读着这些精彩无比的议论，我无言而折服，它们使我瞥见了史怀泽的“敬畏生命”伦理学的深度。凡是有着深刻而丰富的内心生活的人，必然会深知一切精神事物的神秘性并对之充满敬畏之情，史怀泽就是这样的一个人。在他看来，一切生命现象都是世界某种神秘的精神本质的显现，由此他提出了敬畏一切生命的主张。在一切生命现象中，尤以人的心灵生活最接近世界的这种精神本质。因而，他认为对于敬畏世界之神秘本质的人来说，“敬畏他人的精神本质”乃是不言而喻的事情。

以互相理解为人际关系的鹄的，其根源就在于不懂得人的心灵生活的神秘性。按照这一思路，人们一方面非常看重别人是否理解自己，甚至公开索取理解。至少在性爱中，索取理解似乎成了一种最正当的行为，而指责对方不理解自己则成了最严厉的谴责，有时候还被用作破裂前的最后通牒。另一方面，人们又非常踊跃地要求理解别人，甚至以此名义强迫别人袒露内心的一切，一旦遭到拒绝，便斥以缺乏信任。在爱情中，在亲情中，在其他较亲密的交往中，这种因强求理解和被理解而造成的有声或无声的战争，我们见得还少吗？可是，仔细想想，我们对自己又真正理解了多少？一个人懂得了自己理解自己之困难，他就不会强求别人完全理解自己，也不会奢望自己完全理解别人了。

在最内在的精神生活中，我们每个人都是孤独的，爱并不能消除这种孤独，但正因为由己及人地领悟到了别人的孤独，我们内心才会对别人充满最诚挚的爱。我们在黑暗中并肩而行，走在各自的朝圣路上，无法知道是否在走向同一个圣地，因为我们无法向别人甚至向自己说清心中的圣地究竟是怎样的。然而，同样的朝圣热情使我们相信，也许存在着同一个圣地。作为有灵魂的存在物，人的伟大和悲壮尽在于此了。

婚姻，为爱筑一个好巢

一、为爱筑一个好巢

婚姻有何必要？我的回答是：为爱筑一个好巢。

爱情是一只鸟儿在天空飞翔，它自由，但也需要栖息；它空灵，但也需要踏实；它娇弱，因此需要保护；它任性，因此需要训导。婚姻所提供的，正是栖息、踏实、保护和训导。

鸟儿总在空中飞，会疲惫、恐慌，会累死，爱情也是如此。

当然，筑一个好巢不容易，要学鸟儿筑巢的勤勉、细致和耐心。

二、不同的愿望

一个年轻人说：宁要浪漫的爱情，不要平庸的婚姻。人到中年后他说：宁要平静的婚姻，不要动荡的爱情。说得都对。生命的不同季节，生命的愿望也不同。

三、大抵如此

爱情大抵要死要活，婚姻大抵不死不活。

四、对亲近者不挑剔

夫妻容易发生争吵，因为我们对亲近之人往往挑剔。当然也有不争吵的夫妻，情况可能有二。一是双方或其中一方内心已足够疏远，到了不屑于挑剔的程度。二是双方或其中一方有足够好的教养，摆脱了对亲近者挑剔的本能逻辑。是的，对亲近者挑剔是一种本能，而警惕这种本能，做到对亲近者不挑剔，则是一种教养。

五、孩子使夫妻成为血缘亲人

爱情是寻找灵魂的亲人。婚姻是结为肉体的亲人。在性行为中，双方的身体达到了亲昵的极限。但是，一对男女通过做爱永远不能成为血缘意义上的亲人，唯有通过生育，才能开创出一个新的血缘关系。在孩子身上，双亲的血流在一起，两支本无联系的血脉联结成亲缘，从此生生不息，延续久远。正是凭借孩子，夫妻之爱在血缘意义上也成了亲情。

六、生命也是伟大的事业

性本能分两个层次。浅层次是快乐本能，即男欢女爱。直到孩子出生，一直潜伏着的深层次才显现出来，那便是种族本能，它以势不可当的力量觉醒了，使我们感受到巨大的幸福。这是大自然的狡计，让你男欢女爱，让你贪图快乐，结果弄出来了一个孩子，接着就让你辛苦，还让你感到这辛苦是更大的快乐。不过，就算是中了大自然的狡计，那快乐却是实实在在的，是生命根底里的快乐，而做一回大自然的工具也不算什么耻辱。从生命的角度看，世上有什么事业比种族延续更伟大？为人父母让我们体会到，生命既是巨大的喜悦，也是伟大的事业。

七、不同的儿女观

中国人喜欢说：儿女是讨债鬼。西方人喜欢说：孩子是上帝的礼物。观念截然相反。究其原因，也许在社会伦理的不同。

中国过去是宗法社会，养儿育女只是为了传宗接代。不孝有三，无后为大。儿女之所以重要，只因为宗法系统重要，儿女是传承宗法系统的工具，一旦出差错，责任天大。所以，父母要为儿女做牛做马，儿女怎么不是讨债鬼呢？

儿女在人身上附属于父母，亲子关系似乎是主奴关系，但实际上，父母和儿女都是宗族的奴隶，都不自由。

西方是自由社会，孩子是独立的生命，亲子关系是自由人之间的关系。儿女年幼时，父母有抚养和监护之责任，此种责任相当于动物对于幼仔的责任，具有自然的性质，洋溢着生命的快乐。儿女成年之后，此种责任便解除，儿女自己做主并承担责任。父母充分享受养育新生命的快乐，并不承受超出自然规定的责任，孩子怎么不是上帝的礼物呢？

当然，随着宗法社会的解体，中国的情形在发生变化。现在的父母已经很少说儿女是讨债鬼了，新一代的父母越来越觉得孩子是上帝的礼物了。

第六章

珍惜平凡的生活

灵魂的行走只有一个目标，就是寻找上帝。

灵魂之所以只能独行，是因为每一个人只有自己寻找，才能找到他的上帝。

平常心

一

世上有一些东西，是你自己支配不了的，比如运气和机会、舆论和毁誉，那就不去管它们，顺其自然吧。

世上有一些东西，是你自己可以支配的，比如兴趣和志向、处世和做人，那就在这些方面好好地努力，至于努力的结果是什么，也顺其自然吧。

二

我们不妨去追求最好——最好的生活、最好的职业、最好的婚姻、最好的友谊，等等。但是，能否得到最好，取决于许多因素，不是光靠努力就能成功的。因此，如果我们尽了力，结果得到的不是最好的，而是次好的，次次好的，我们也应该坦然地接受。人生原本就是有缺憾的，在人生中需要妥协。不肯妥协，和自己过不去，其实是一种痴愚，是对人生的无知。

三

要有平常心。人到中年以后，也许在社会上取得了一点儿虚名浮利，这时候就应该牢记一无所有的从前。事实上，谁来到这个世界的时候不是一条普通的生命？有平常心的人，看己看人都能除去名利的伪饰。

四

人过中年，就应该基本戒除功利心、贪心、野心，给善心、闲心、平常心让出地盘了，它们都源自一种看破红尘名利、回归生命本质的觉悟。如果没有这个觉悟会怎样呢？据说老年人容易变得冷漠、贪婪、自负，这也许就是答案吧。

五

在青年时期，人有虚荣心和野心是很正常的。成熟的标志是自我认识，认清了自己的天赋方向，于是外在的虚荣心和野心被内在的目标取代。

六

人在年轻时会给自己规定许多目标，安排许多任务，入世是基本的倾向。中年以后，就应该多少有一点出世的心态了。所谓出世，并非纯然消极，而是与世间的事务和功利拉开一个距离，活得洒脱一些。

一个人的实力未必表现为在名利山上攀登，真有实力的人还能支配自己的人生走向，适时地退出竞赛，省下时间来做自己喜欢做的事，享受生命的乐趣。

七

野心倘若肯下降为平常心，同时也就上升成了慧心。

八

在现代社会里生活，忙也许是常态。但是，常态之常，指的是经常，而非正常。倘若被常态禁锢，把经常误认作正常，心就会在忙中沉沦和迷失。警觉到常态未必正常，在忙中保持心的从容，这是一种觉悟，也是一种幸福。

九

对于忙，我始终有一种警惕。我确立了两个界限，第一要忙得愉快，只为自己真正喜欢的事忙；第二要忙得有分寸，做多么喜欢的事也不让自己忙昏了头。其实，正是做自己喜欢的事，更应该从容，心灵是清明而活泼的，才会把事情做好，也才能享受做事的快乐。

十

从容中有一种神性。在从容的心境中，我们仍得以领悟上帝的作品，并以之为榜样来创作人类的作品。没有从容的心境，我们的一切忙碌就只是劳作，不复有创造；一切知识的追求就只是学术，不复有智慧；一切成绩就只是功利，不复有心灵的满足；甚至一切宗教活动也成了世俗的事务，不复有真正的信仰。没有从容的心境，无论建立起多么辉煌的物质文明，我们过的仍是野蛮的生活。

十一

生而为人，忙于人类的事务本无可非议，重要的是保持心的从容。

十二

一个人有能力做神，却生而为人，他就成了哲人。

苏格拉底说："我知道我一无所知。"他心中有神的全知，所以知道人归根结底是无知的，别的人却把人的一知半解当成了全知。

心中有完美，同时又把不完美作为人的命运承受下来，这就是哲人。

简单生活

一

在五光十色的现代世界中，让我们记住一个古老的真理：活得简单才能活得自由。

二

自古以来，一切贤哲都主张过一种简朴的生活，以便不为物役，保持精神的自由。

事实上，一个人为维持生存和健康所需要的物品并不多，超乎此的属于奢侈品。它们固然提供享受，但更强求服务，反而成了一种奴役。

现代人是活得愈来愈复杂了，结果得到许多享受，却并不幸福，拥有许多方便，却并不自由。

三

一切奢侈品都给精神活动带来不便。

四

有钱又有闲当然幸运，倘不能，退而求其次，我宁做有闲的穷人，不做有钱的忙人。我爱闲适胜于爱金钱。金钱终究是身外之物，闲适却使我感到自己是生命的主人。

五

只有一次的生命是人生最宝贵的财富，但许多人宁愿用它来换取那些次宝贵或不甚宝贵的财富，把全部生命耗费在学问、名声、权力或金钱的积聚上。他们临终时当如此悔叹：“我只是使用了生命，而不曾享受生命！”

六

人们不妨赞美清贫，却不可讴歌贫困。人生的种种享受是需要好的心境的，而贫困会剥夺好的心境，足以扼杀生命的大部分乐趣。

金钱的好处便是使人免于贫困。

但是，在提供积极的享受方面，金钱的作用极其有限。人生最美好的享受，包括创造、沉思、艺术欣赏、爱情、亲情等，都非金钱所能买到。原因很简单，所有这类享受皆依赖于心灵的能力，而心灵的能力是与钱包的鼓瘪毫不相干的。

七

智者的共同特点是：一方面，最少的物质就能使他们满足；另一方面，再多的物质也不能使他们满足。

八

一个人可以凭聪明、勤劳和运气挣许多钱，但如何花掉这些钱却要靠智慧了。

如何花钱比如何挣钱更能见出一个人的品位高下。

九

金钱，消费，享受，生活质量——当我把这些相关的词排列起来时，我忽然发现它们有一种递减关系：金钱与消费的联系最为紧密，与享受的联系要弱一些，与生活质量的联系就更弱。因为至少，享受不限于消费，还包括创造，生活质量不只看享受，还要看承受苦难的勇气。在现代社会里，金钱的力量有目共睹，但是这种力量肯定没有大到足以修改我们对生活的基本理解。

重视内在生活

我刚刚过了 65 岁生日。即使在老龄标准大大推迟的今天，这个年龄的人也不能赖在中老年交界的碑石前踟不挪步了。心态多么年轻，也阻挡不了时间加速度的步伐，曾经觉得非常遥远的半百、花甲，一眨眼已经都落在了身后。岁月无情，人生易老，对此真是无话可说。

然而，好的心态仍是重要的。这个好的心态，不是傻乐，不是装嫩，而是历经沧桑之后的豁然开朗。我体会到，人过中年以后，应该逐步建立两方面的觉悟，一方面是与人生必有的缺陷达成和解，另一方面是对人生根本的价值懂得珍惜。有了这两方面的觉悟，就会有好的心态。

人生的根本价值，不可缺少内在生活这一维。对于我自己来说，正如许多先贤用亲身体验所指出的，促进生命的内在化乃是人生最后阶段的重大使命。对于这个浮躁的时代来说，重视内在生活则是一个必要的提醒。社会种种危象，究其根源之一，正是外在生活膨胀，内在生活萎缩。无论什么样的救世方策，缺了灵魂的觉醒这一条，都不可能成功。

诗意方式就是要摆脱狂妄的人类中心主义和狭窄的功利主义的眼光，用一种既谦虚又开阔的眼光看自然万物。

诗意地栖居

一

天生万物，各有其用，这个用不是只对人而言的。用哲学的语言说，万物都有其自身的存在和权利；用科学的语言说，万物构成了地球上自循环的生态系统。然而，在技术方式的统治下，自然万物都失去了自身的丰富性和本源性，缩减成了某种可以满足人的需要的功能，对人而言的一种使用价值，简言之，仅仅被看成了资源和能源。

与技术方式相反，诗意方式就是要摆脱狂妄的人类中心主义和狭窄的功利主义的眼光，用一种既谦虚又开阔的眼光看自然万物。一方面，作为自然大家庭中的普通一员，人以平等的态度尊重万物的存在和权利。另一方面，作为地球上唯一的精神性存在，人又通过与万物和谐相处而领悟存在的奥秘。

二

人，栖居在大地上，来自泥土，也归于泥土，大地是人的永恒家园。如果有一种装置把人与大地隔绝开来，切断了人的来路和归宿，这样的装置无论多么奢华，又能算是什么家园呢？

人，栖居在天空下，仰望苍穹，因惊奇而探究宇宙之奥秘，因敬畏而感悟造物之伟大，于是有科学和信仰，此人所以为万物之灵。如果高楼蔽天，俗务缠身，人不再仰望苍穹，这样的人无论多么有钱，算是什么万物之灵呢？

三

创造城市，在大地上演绎五彩缤纷的人间故事，证明了人的聪明。可是，倘若人用自己的作品把自己与上帝的作品隔离开来，那就是愚昧。倘若人用自己的作品排挤和毁坏掉上帝的作品，那就是亵渎。

四

在城市化进程中，我们必须经常问自己几个问题：我们将给子孙留下什么？我们是否消灭了该留下的东西，又制造了不该留下的东西？我们把祖宗在这片土地上创造的宝贵遗产糟蹋掉了，把大自然赠予的肥沃田野鲸吞掉了，盖上了大批今后不得不拆的建筑，它们岂不将成为子孙的莫大难题，成为一份几乎无法偿还的账单？建设的错误是难以弥补的，但愿我们不要成为挨好几代子孙骂的一代人。

五

在席卷全国的开发热中，国人眼中只看得见资源，名山只是旅游资源，大川只是水电资源，土地只是地产资源，矿床只是矿产资源，皆已被开发得面目全非。这个被人糟蹋得满目疮痍的大地，如何还能是诗意地栖居的家园？

六

若要追究我们对待自然的错误方式的根源，恰恰在于我们的价值观、幸福观出了问题。正因为在我们的幸福蓝图中诗意已经没有一点位置，我们才会以没有丝毫诗意的方式对待自然。在今天，人们往往把物质资料的消费视为幸福的主要内容，国家也往往把物质财富的增长视为治国的主要目标，我可断言，这样的价值观若不改变，人类若不约束自己的贪欲，人对自然的掠夺就不可能停止。

七

春来春去，花开花落，原是自然界的现象，似乎不足悲喜。然而，偏是在春季，物象的变化最丰富也最微妙，生命的节奏最热烈也最急促，诗人的心，天下一切敏感的心，就不免会发生感应了。心中一团朦胧的情绪，似甜却苦，乍喜还悲，说不清道不明，我们的古人称之为“愁”。

细究起来，这“愁”又是因人因境而异，由不同的成分交织成的。触景生情，仿佛起了思念，却没有思念的具体对象，是笼统的春愁。有思念的对象，但山河阻隔，是离愁。孤身漂泊，睹景思乡，是旅愁和乡愁。因季节变迁而悲年华的虚度或平生的不得志，是闲愁。因季节变迁而悲时光的流逝和岁月的无常，便是短暂人生的万古大愁了。

我们不要讥笑古人多愁善感，倒不妨扪心自问，在匆忙的现代生活中，我们的心情与自然的物候之间还能否有如此密切的感应，我们的心肠是否已经太硬，对于自然界的生命节奏是否已经太麻木？

与万物交谈

人习惯于以万物的主人自居，而把万物视为自己认知和利用的对象。海德格尔把这种对待事物的方式称作技术的方式。在这种方式统治下，自然万物都失去了自身的丰富性和本源性，缩减成了某种可以满足人的需要的功能，只剩下了功能化的虚假存在。他呼吁我们摆脱技术方式的统治，与万物平等相处。

其实，这也是现代许多诗性哲人的理想。在摆脱了认知和被认知、利用和被利用的关系之后，人不再是主体，物不再是客体，而都成了宇宙大家庭中的平等成员。那时候，一切存在者都回到了存在的本来状态，都在用自己的语言说话。尼采曾用诗意的语言描绘这种境界："这里一切存在的语言和语言宝库向我突然打开；这里一切存在都想变成语言，一切生成都想向我学习言谈。"

在观赏者眼中，再美的花也只是花而已。唯有当观赏停止、交流和倾听开始之时，花儿才会对你显灵和倾谈。

平淡的境界

一

很想写好的散文，一篇篇写，有一天突然发现竟积了厚厚一摞。这样过日子，倒是很惬意的。至于散文怎么算好，想来想去，还是归于“平淡”二字。

以平淡为散文的极境，这当然不是什么新鲜的见解。苏东坡早就说过“寄至味于淡泊”一类的话。今人的散文，我喜欢梁实秋的，读起来真是非常舒服，他追求的也是“绚烂之极归于平淡”的境界。不过，要达到这境界谈何容易。“作诗无古今，惟造平淡难。”之所以难，我想除了在文字上要下千锤百炼的功夫外，还因为这不是单单文字功夫能奏效的。平淡不但是一种文字的境界。更是一种胸怀，一种人生的境界。

仍是苏东坡说的：“大凡为文，当使气象峥嵘，五色绚烂，渐老渐熟，乃造平淡。”所谓老熟，想来不光指文字，也包含年龄阅历。人年轻时很难平淡，譬如正走在上山的路上，多的是野心和幻想。直到攀上绝顶，领略过了天地的苍茫和人生的限度，才会生出一种散淡的心境，不想再匆匆赶往某个目标，也不必再担心错过什么，下山就从容多了。所以，好的散文大抵出在中年之后，无非是散淡人写的散淡文。

当然，年龄不能担保平淡，多少人一辈子蝇营狗苟，死不觉悟。说到文人，最难戒的却是卖弄，包括我自己在内。写文章一点不卖弄殊不容易，而一有卖弄之心，这颗心就已经不平淡了。举凡名声、地位、学问、经历，还有那一副多愁善感的心肠，都可以拿来卖弄。不知哪里吹来一股风，散文中开出了许多顾影自怜的小花朵。读有的作品，你可以活脱看到作者多么知道自己多愁善感，并且被自己的多愁善感所感动，于是愈发多愁善感了。戏演得愈真诚，愈需要观众。他确实在想象中看到了读者的眼泪，自己禁不住也流泪，泪眼蒙眬地在稿子上签下了自己的名字。

好的散文家是旅人，他只是如实记下自己的人生境遇和感触。这境遇也许很平凡，这感触也许很普通，然而是他自己的，他舍不得丢失。他写时没有想到读者，更没有想到流传千古。他知道自己是易朽的，自己的文字也是易朽的，不过他不在乎。这个世界已经有太多的文化，用不着他再来添加点什么。另一方面呢，他相信人生最本质的东西终归是单纯的，因而不会永远消失。他今天所捡到的贝壳，在他之前一定有许多人捡到过，在他之后一定还会有许多人捡到。想到这一点，他感到很放心。

有一年我到云南大理，坐在洱海的岸上，看白云在蓝天下缓缓移动，白帆在蓝湖上缓缓移动，心中异常宁静。这景色和这感觉千古如斯，毫不独特，却很好。那时就想，刻意求独特，其实也是一种文人的做作。

活到今天，我觉得自己已经基本上（不是完全）看淡了功名富贵，如果再放下那一份“语不惊人死不休”的虚荣心，我想我一定会活得更自在，那么也许就具备了写散文的初步条件。

二

当然，要写好散文，不能光靠精神涵养，文字上的功夫也是缺不了的。

散文最讲究味。一个人写散文，是因为他品尝到了某种人生滋味，想把它说出来。散文无论叙事、抒情、议论，或记游、写景、咏物，目的都是说出这个味来。说不出一个味，就不配叫散文。譬如说，游记写得无味，就只好算导游指南。再也没有比无味的散文和有学问的诗更让我厌烦的了。

平淡而要有味，这就难了。酸甜麻辣，靠的是作料。平淡之为味，是以原味取胜，前提是东西本身要好。林语堂有一妙比：只有鲜鱼才可清蒸。袁中郎云：“凡物酿之得甘，炙之得苦，唯淡也不可造，不可造，是文之真性灵也。”平淡是真性灵的流露，是本色的自然呈现，不能刻意求得。庸僧谈禅，与平淡沾不上边儿。

说到这里，似乎说的都是内容问题，其实，文字功夫的道理已经蕴含在其中了。

如何做到文字平淡有味呢？

第一，家无鲜鱼，就不要宴客。心中无真感受，就不要作文。不要无病呻吟，不要附庸风雅，不要敷衍文债，不要没话找话。尊重文字，不用文字骗人骗己，乃是学好文字功夫的第一步。

第二，有了鲜鱼，就得讲究烹调了，目标只有一个，即保持原味。但怎样才能保持原味，却是说不清的，要说也只能从反面来说，就是千万不要用不必要的作料损坏了原味。作文也是如此。林语堂说行文要“来得轻松自然，发自天籁，宛如天地间本有此一句话，只是被你说出而已”。话说得极漂亮，可惜做起来只有会心者知道，硬学是学不来的。我们能做到的是谨防自然的反面，即不要做作，不要着意雕琢，不要堆积辞藻，不要故弄玄虚，不要故作高深，等等，由此也许可以逐渐接近一种自然的文风了。爱护文字，保持语言在日常生活中的天然健康，不让它被印刷物上的流行疾患侵染和扭曲，乃是文字上的养身功夫。

第三，只有一条鲜鱼，就不要用它熬一大锅汤，冲淡了原味。文字贵在凝练，不但在一篇文章中要尽量少说和不说废话，而且在一个句子里也要尽量少用和不用可有可无的字。文字的平淡得力于自然质朴，有味则得力于凝聚和简练了。因为是原味，所以淡，因为水分少，密度大，所以又是很浓的原味。事实上，所谓文字功夫，基本上就是一种删除废话废字的功夫。陀思妥耶夫斯基在谈到普希金的诗作时说：“这些小诗之所以看起来好像是一气呵成的，正是因为普希金把它们修改得太久了的缘故。”梁实秋也是一个极知道割爱的人，所以他的散文具有一种简练之美。世上有一挥而就的佳作，但一定没有未曾下过锤炼功夫的文豪。灵感是石头中的美，不知要凿去多少废料，才能最终把它捕捉住。

如此看来，散文的艺术似乎主要是否定性的。这倒不奇怪，因为前提是有好的感受，剩下的事情就只是不要把它损坏和冲淡。换一种比方，有了真性灵和真体验，就像是有了良种和肥土，这都是文字之前的功夫，而所谓文字功夫无非就是对长出的花木施以防虫和剪枝的护理罢了。

生活的减法

这次旅行，从北京出发，乘的是法航，可以托运六十公斤行李。谁知到了圣地亚哥，改乘智利国内航班，只准托运二十公斤了。于是，只好把带出的两只箱子精简掉一只，所剩的物品就很少了。到住处后，把这些物品摆开，几乎看不见，好像住在一间空屋子里。可是，这么多天下来了，我并没有感到缺少了什么。回想在北京的家里，比这大得多的屋子总是满满的，每一样东西好像都是必需的，但我现在竟想不起那些必需的东西是什么了。于是我想，许多好像必需的东西其实是可有可无的。

在北京的时候，我天天都很忙碌，手头总有做不完的事。直到这次出发的前夕，我仍然分秒必争地做着我认为十分紧迫的事中的一件。可是，一旦踏上旅途，再紧迫的事也只好搁下了。现在，我已经把所有似乎必须限期完成的事搁下好些天了，但并没有发现造成了什么后果。于是我想，许多好像必须做的事其实是可做可不做的。

许多东西，我们之所以觉得必需，只是因为我们已经拥有它们。当我们清理自己的居室时，我们会觉得每一样东西都有用处，都舍不得扔掉。可是，倘若我们必须搬到一个小屋去住，只允许保留很少的东西，我们就会判断出什么东西是自己真正需要的了。那么，我们即使有一座大房子，又何妨用只有一间小屋的标准来限定必需的物品，从而为美化居室留出更多的自由空间？

许多事情，我们之所以认为必须做，只是因为我们已经把它们列入了日程。如果让我们凭空从其中删除某一些，我们会难做取舍。可是，倘若我们知道自己已经来日不多，只能做成一件事情，我们就会判断出什么事情是自己真正想做的了。那么，我们即使还能活很久，又何妨用来日不多的标准来限定必做的事情，从而为享受生活留出更多的自由时间？

在观赏者眼中，再美的花也只是花而已。唯有当观赏停止、交流和倾听开始之时，花儿才会对你显灵和倾谈。

阅读是精神生活

一

阅读是与历史上的伟大灵魂交谈，借此把人类创造的精神财富“占为己有”。写作是与自己的灵魂交谈，借此把外在的生命经历转变成内在的心灵财富。信仰是与心中的上帝交谈，借此积聚“天上的财富”。这是人生不可缺少的三种交谈，而这三种交谈都是在独处中进行的。

二

阅读是个人的精神生活，一个真正有阅读爱好和习惯的人，必定是自己选择适合于他的精神食粮，不会跟着媒体跑。这和是不是所谓“精英”

毫无关系。你不是作为“精英”，但必须是作为“个人”，而不是作为“大众”，才能走进真正属于你的书籍世界。使我反感的正是现在这种由强势媒体主宰多数人阅读取向的局面，一段时间里人们一窝蜂全去读某一个作家的作品或某一本书，这些仅仅跟着媒体跑的人是不折不扣的“大众”，而不再是“个人”，我在此意义上称之为“大众文化消费”，定性非常准确，一点儿没有冤枉他们。

三

置身于传统之外，没有人能够成为思想者。做一个思想者，意味着以自己的方式参与到人类精神传统中去，成为其中积极的一员。对于每一个个体来说，这个传统一开始是外在于他的，他必须去把它“占为己有”，而阅读经典便是“占为己有”的最基本的途径。

四

人文经典是一座圣殿，它就在我们身边，一切时代的思想者正在那里聚会，我们只要走进去，就能聆听到他们的嘉言隽语。就最深层的精神生活而言，时代的区别并不重要，无论是两千年前的先贤，还是近百年来的今贤，都同样古老，也都同样年轻。

五

文化环境不是物理学意义上的环境，对它的理解不能局限于当下的一时一地。几千年来，人类的精神探索形成了一个伟大的传统，这个传统既包容了又超越了一切时代和民族，对于人类每一个有心提高自己精神素质的成员来说，它都是最广阔也最深刻的文化环境。

那么，我们到哪里去寻找这个传统呢？我的回答是：到经典著作中去，因为经典著作正是这个传统的最重要载体。

六

每一部经典作品都扎根在人类精神生活的至深土壤之中，正因为如此，所以能够在不同时代的个人的心灵中抽出新芽。

七

阅读经典，就是在今天成为一个醒客，就是今天的醒客与历史上那些伟大的醒客对话。这时候你会发现，其实你并不孤独，存在着一个醒客的世界，这个世界超越于历史的变迁和人间的喧哗而长存，把一切时代的思想者联结成一个整体。

八

直接向大师学习，这是我的阅读定位，我自己受益无穷，因此也乐意推荐给别人。中外经典名著是人类的伟大精神财富，最好的东西就在那里，为什么不去享用，却把时间浪费在次好的、较差的东西上？

九

书籍是人类经典文化的主要载体。电视和网络更多地着眼于当下，力求信息传播的新和快，不在乎文化的积淀。因此，一个人如果主要甚至仅仅看电视和上网，他基本上就是一个没有文化的人。他也许知道天下许多奇闻八卦，但这些与他的真实生活毫无关系，与他的精神成长更毫无关系。一个不读书的人是没有根的，他对人类文化传统一无所知，本质上是贫乏和空虚的。我希望今天的青少年不要成为没有文化的一代人。

十

对今天青年人的一句忠告：多读书，少上网。你可以是一个网民，但你首先应该是一个读者。如果你不读书，只上网，你就真成一条“网虫”了。称“网虫”是名副其实的，整天挂在网上，看八卦、聊天、玩游戏，精神营养极度不良，长成了一条“虫”。

“网虫”是什么好名头啊？做“书虫”当然也不好。不过，书籍是人类精神财富的主要宝库，你只要善于利用这个宝库，汲取营养，就一定会发育良好，成为精神上强健的人。

我承认互联网是一个好工具，然而，要把它当工具使用，前提是你精神上足够强健。否则，结果只能是它把你当工具使用，诱使你消费，它赚了钱，你却被毁了。

十一

事实上，无论《论语》《庄子》，还是柏拉图、《圣经》、佛经，核心的东西都是世界观，而每一种世界观都有着特殊而深刻的内涵。快乐只是心灵状态，不是世界观，至多是世界观所达至的某一种心灵状态。凡深刻的世界观，所达至的心灵状态绝不仅是快乐，必定还有博大的悲悯，对于社会现实的关系也绝不仅是超脱，必定还有坚定的批判。舍弃掉世界观，把心灵的快乐当作目的本身来追求，就真会把所解读的任何一种伟大哲学稀释为心灵鸡汤了。

十二

被娱乐化了的经典已经不是经典了。它引导人们去关注的不是经典里最有价值的东西，而是去找故事、找噱头，经典已经被弄得面目全非了。还不如一无所知呢，这样的话，总会有一些人直接去读经典并且真正读懂它。

十三

我的读书旨趣有三个特点。第一，虽然我的专业是哲学，但我的阅读范围不限于哲学，我始终喜欢看“课外书”，而我从文学作品和各类人文书籍中同样学到了哲学。第二，虽然我的阅读范围很宽，但对书籍的选择却很挑剔，以读经典名著为主，其他的书只是随便翻翻，对媒体宣传的畅销书完全不予理睬。第三，虽然读的是经典名著，但我喜欢把它们当作闲书来读，不端做学问的架子，而我确实在读经典名著中得到了最好的消遣。

十四

我衡量一本书对于我的价值的标准是：读了它之后，我自己是否也抑制不住地想写点什么，哪怕我想写的东西表面上与它似乎全然无关。它给予我的是一种氛围，一种心境，使我仿佛置身于一种合宜的气候里，心中潜藏的种子因此发芽破土了。

十五

有的书会唤醒我的血缘本能，使我辨认出我的家族渊源。书籍世界里是存在亲族谱系的，同谱系中的佼佼者既让我引以自豪，也刺激起了我的竞争欲望，使我也想为家族争光。

十六

我在生活、感受、思考，把自己意识到的一些东西记录了下来。更多的东西尚未被我意识到，它们已经存在，仍处在沉睡和混沌之中。读书的时候，因为共鸣，因为抗争，甚至因为走神，沉睡的被唤醒了，混沌的变清晰了。对于我来说，读书的最大乐趣之一是自我发现，知道自己原来还有这么一些好东西。

做一个终身读者

读者是一个美好的身份。

在很大程度上，人类精神文明的成果是以书籍的形式保存的，而读书就是享用这些成果并把它们据为己有的过程。做一个读者，就是加入到人类精神文明的传统中去，做一个文明人。相反，对于不是读者的人来说，凝聚在书籍中的人类精神财富等于不存在，他们不去享用和占有这笔宝贵的财富，一个人唯有在成了读者以后才会知道，这是多么巨大的损失。历史上有许多伟大的人物，在他们众所周知的声誉背后，往往有一个人所不知的身份，便是终身读者，即一辈子爱读书的人。在某种意义上，一个民族的精神素质也取决于人口中高趣味读者的比例。

然而，一个人并不是随便读点什么就可以称作读者的。在我看来，一个真正的读者应该具备以下特征：

第一，养成了读书的癖好。

也就是说，读书成了生活的必需，真正感到不可缺少，几天不读书就寝食不安，自惭形秽。如果你必须强迫自己才能读几页书，你就还不能算是一个真正的读者。当然，这种情形绝非刻意为之，而是自然而然的，是品尝到了阅读的快乐之后的必然结果。事实上，每个人天性中都蕴含着好奇心和求知欲，因而都有可能依靠自己去发现和领略阅读的快乐。遗憾的是，当今功利至上的教育体制正在无情地扼杀人性中这种最宝贵的特质。在这种情形下，我只能向有识见的教师和家长反复呼吁，请你们尽最大可能保护孩子的好奇心。我还要提醒那些聪明的孩子，在达到一定年龄之后，你们要善于向现行教育争自由，学会自我保护和自救。

第二，形成了自己的读书趣味。

世上书籍如汪洋大海，再热衷的书迷也不可能穷尽，只能尝其一瓢，区别在于尝哪一瓢。读书是一件非常私人的事情，喜欢读什么书，不论范围是宽是窄，都应该有自己的选择，体现自己的个性和兴趣。其实，形成个人趣味与养成读书癖好是不可分的，正因为找到了和预感到了书中知己，才会锲而不舍，欲罢不能。没有自己的趣味，仅凭道听途说东瞧瞧，西翻翻，连兴趣也谈不上，遑论癖好。针对当今图书市场的现状，我要特别强调，千万不要追随媒体的宣传只读一些畅销书和时尚书，倘若那样，你绝对成不了真正的读者，永远只是文化市场上的消费大众而已。须知时尚和文明完全是两回事，一个受时尚支配的人仅仅生活在事物的表面，貌似前卫，本质上却是一个野蛮人，唯有扎根于人类精神文明土壤中的人才是真正的文明人。

第三，有较高的读书品位。

一个真正的读者具备基本的判断力和鉴赏力，仿佛拥有一种内在的嗅觉，能够嗅出一本书的优劣，本能地拒斥劣书，倾心好书。这种能力部分地来自阅读的经验，但更多地源自一个人灵魂的品质。当然，灵魂的品质是可以不断提高的，读好书也是提高的途径，二者之间有一种良性循环的关系。重要的是一开始就给自己确立一个标准，每读一本书，一定要在精神上有收获，能够进一步开启你的心智。只要坚持这个标准，灵魂的品质和对书的判断力就自然会同步得到提高。一旦你的灵魂足够丰富和深刻，就会发现，自己已经上升到了一种高度，不再能容忍那些贫乏和浅薄的书了。

能否成为一个真正的读者，青少年时期是关键。经验证明，一个人在这个时期倘若没有养成读好书的习惯，以后再要培养就比较难了，倘若养成了，则必定终身受用。青少年对未来有种种美好的理想，我的祝愿是，在你们的人生蓝图中，千万不要遗漏了这一种理想：就是立志做一个真正的读者，一个终身读者。

没有目的的旅行

没有比长途旅行更令人兴奋的了，也没有比长途旅行更容易使人感到无聊的了。

人生，就是一趟长途旅行。

一趟长途旅行，意味着奇遇，巧合，不寻常的机缘，意外的收获，陌生而新鲜的人和景物。总之，意味着种种打破生活常规的偶然性和可能性。所以，谁不是怀着朦胧的期待和莫名的激动踏上旅程的？

然而，一般规律是，随着旅程的延续，兴奋递减，无聊递增。

我们从记事起就已经身在这趟名为“人生”的列车上了。一开始，我们并不关心它开往何处。孩子们不需要为人生安上一个目的，他们趴在车窗边，小脸蛋紧贴玻璃，窗外掠过的田野、树木、房屋、人畜，无不可观，无不使他们感到新奇。无聊与他们无缘。

不知从何时起，车窗外的景物不再那样令我们陶醉了。这是我们告别童年的一个确切标志，我们长大成人了。我们开始需要一个目的，而且往往也就有了一个也许清晰但多半模糊的目的。我们相信列车将把我们带往一个美妙的地方，那里的景物远比沿途优美。我们在心里悄悄给那地方冠以美好的名称，名之为“幸福”“成功”“善”“真理”等。

不幸的是，一旦我们开始憧憬一个目的，无聊便接踵而至。既然生活在远处，近处的就不是生活。既然目的最重要，过程就等而下之。我们的心飞向未来，只把身体留在现在，视正在经历的一切为必不可免的过程，耐着性子忍受。

列车在继续行进，但我们愈来愈意识到自己身寄逆旅，不禁暗暗计算日程，琢磨如何消磨途中的光阴。好交际者便找人攀谈，胡侃神聊，不厌其烦地议论天气、物价、新闻之类无聊话题。性情孤僻者则躲在一隅，闷头吸烟，自从无烟车厢普及以来，就只是坐着发呆、瞌睡、打呵欠。不学无术之徒掏出随身携带的通俗无聊小报和杂志，读了一遍又一遍。饱学之士翻开事先准备的学术名著，想聚精会神研读，终于读不进去，便屈尊向不学无术之徒借来通俗报刊，图个轻松。先生们没完没了地打扑克。太太们没完没了地打毛衣。凡此种种，雅俗同归，都是在无聊中打发时间，以无聊的方式逃避无聊。

当然，会有少数幸运儿因了自身的性情，或外在的机缘，对旅途本身仍然怀着浓厚的兴趣。一位诗人凭窗凝思，浮想联翩，笔下灵感如涌。一对妙龄男女隔座顾盼，两情款洽，眉间秋波频送。他们都乐在其中，不觉得旅途无聊。愈是心中老悬着一个遥远目的地的旅客，愈不耐旅途的漫长，容易百无聊赖。由此可见，无聊生于目的与过程的分离，乃是一种对过程疏远和隔膜的心境。孩子或者像孩子一样单纯的人，目的意识淡薄，沉浸在过程中，过程和目的浑然不分，他们能够随遇而安，即事起兴，不易感到无聊。商人或者像商人一样精明的人，有非常明确实际的目的，以此指导行动，规划过程，目的与过程丝丝相扣，他们能够聚精会神，分秒必争，也不易感到无聊。怕就怕既失去了孩子的单纯，又不肯学商人的精明，目的意识强烈却并无明确实际的目的，有所追求但所求不是太缥缈就是太模糊。“我只是想要，但不知道究竟想要什么。”这种心境是滋生无聊的温床。心中弥漫着一团空虚，无物可以填充。凡到手的一切都不是想要的，于是难免无聊了。

舍近逐远似乎是我们人类的天性，大约正是目的意识在其中作祟。一座围城，城里的人想出去，城外的人想进来，如果出不去进不来，就感到无聊。这是达不到目的的无聊。一旦城里的人到了城外，城外的人到了城里，又觉得城外和城里不过尔尔。这是目的达到后的无聊。于是，健忘的人（我们多半是健忘的）折腾往回跑，陷入又一轮循环。等到城里城外都厌倦，是进是出都无所谓，更大的无聊就来临了。这是没有了目的的无聊。

超出生存以上的目的，大抵是想象力的产物。想象力需要为自己寻找一个落脚点，目的便是这落脚点。我们乘着想象力飞往远方，疏远了当下的现实。一旦想象中的目的实现，我们又会觉得它远不如想象。最后，我们倦于追求一个目的了，但并不因此就心满意足地降落到地面上来。我们乘着疲惫的想象力，心灰意懒地盘旋在这块我们业已厌倦的大地上空，茫然四顾，无处栖身。

让我们回到那趟名为“人生”的列车上来。假定我们各自怀着一个目的，相信列车终将把我们带到心向往之的某地，为此我们忍受着旅途的无聊，这时列车的广播突然响了，通知我们列车并非开往某地，非但不是开往某地，而且不开往任何地方，它根本就没有一个目的地。试想一下，在此之后，不再有一个目的来支撑我们忍受旅途的无聊，其无聊更将如何？

然而，这正是我们或早或迟会悟到的人生真相。“天地者万物之逆旅”，万物之灵也只是万物的一分子，逃不脱大自然安排的命运。人活一世，不过是到天地间走一趟罢了。人生的终点是死，死总不该是人生的目的。人生原本就是一趟没有目的的旅行。

鉴于人生本无目的，只是过程，有的哲人就教导我们重视过程，不要在乎目的。如果真能像孩子那样沉浸在过程中，当然可免除无聊。可惜的是，我们已非孩子，觉醒了的目的意识不容易回归混沌。莱辛说他重视追求真理的过程胜于重视真理本身，这话怕是出于一种无奈的心情，正因为过于重视真理，同时又过于清醒地看到真理并不存在，才不得已而返求诸过程。看破目的阙如而执着过程，这好比看破红尘的人还俗，与过程早已隔了一道鸿沟，至多只能做到貌合神离而已。

如此看来，无聊是人的宿命。无论我们期待一个目的，还是根本没有目的可期待，我们都难逃此宿命。在没有目的时，我们仍有目的意识。在无可期待时，我们仍茫茫然若有所待。我们有时会沉醉在过程中，但是不可能始终和过程打成一片。我们渴念过程背后的目的，或者省悟过程背后绝无目的时，我们都会对过程产生疏远和隔膜之感。然而，我们又被黏滞在过程中，我们的生命仅是一过程而已。我们心不在焉而又身不由己，这种心境便是无聊。

一个人唯有关注心灵，才会因为心灵被扰乱而不安，才会有寻求心灵的宁静之需要。

记住回家的路

生活在今日的世界上，心灵的宁静不易得。这个世界既充满着机会，也充满着压力。机会诱惑人去尝试，压力逼迫人去奋斗，都使人静不下心来。我不主张年轻人拒绝任何机会，逃避一切压力，以闭关自守的姿态面对世界。年轻的心灵本不该静如止水，波澜不起。世界是属于年轻人的，趁着年轻到广阔的世界上去闯荡一番，原是人生必要的经历。所须防止的只是，把自己完全交给了机会和压力去支配，在世界上风风火火或浑浑噩噩，迷失了回家的路途。

每到一个陌生的城市，我的习惯是随便走走，好奇心驱使我去探寻这里的热闹的街巷和冷僻的角落。在这途中，难免暂时地迷路，但心中一定要有把握，自信能记起回住处的路线，否则便会感觉不踏实。我想，人生也是如此。你不妨在世界上闯荡，去建功立业，去探险猎奇，去觅情求爱，可是，你一定不要忘记了回家的路。这个家，就是你的自我，你自己的心灵世界。

寻求心灵的宁静，前提是首先要有一个心灵。在理论上，人人都有一个心灵，但事实上却不尽然。有一些人，他们永远被外界的力量左右着，永远生活在喧闹的外部世界里，未尝有真正的内心生活。对于这样的人，心灵的宁静就无从谈起。一个人唯有关注心灵，才会因为心灵被扰乱而不安，才会有寻求心灵的宁静之需要。所以，具有过内心生活的禀赋，或者养成这样的习惯，是最重要的。有此禀赋或习惯的人都知道，其实内心生活与外部生活并非互相排斥的，同一个人完全可能在两方面都十分丰富。区别在于，注重内心生活的人善于把外部生活的收获变成心灵的财富，缺乏此种禀赋或习惯的人则往往会迷失在外部生活中，人整个儿是散的。自我是一个中心点，一个人有了坚实的自我，他在这个世界上便有了精神的坐标，无论走多远都能够找到回家的路。换一个比方，我们不妨说，一个有着坚实的自我的人便仿佛有了一个精神的密友，他无论走到哪里都带着这个密友，这个密友将忠实地分享他的一切遭遇，倾听他的一切心语。

如果一个人有自己的心灵追求，又在世界上闯荡了一番，有了相当的人生阅历，那么，他就会逐渐认识到自己在这个世界上的位置。世界无限广阔，诱惑永无止境，然而，属于每一个人的现实可能性终究是有限的。你不妨对一切可能性保持着开放的心态，因为那是人生魅力的源泉，但同时你也要早一些在世界之海上抛下自己的锚，找到最适合自己的领域。一个人不论伟大还是平凡，只要他顺应自己的天性，找到了自己真正喜欢做的事，并且一心把自己喜欢做的事做得尽善尽美，他在这世界上就有了牢不可破的家园。于是，他不但会有足够的勇气去承受外界的压力，而且会有足够的清醒来面对形形色色的机会的诱惑。我们当然没有理由怀疑，这样的一个人必能获得生活的充实和心灵的宁静。

图书在版编目(CIP) 数据

周国平孤独三书 / 周国平著. -- 杭州 : 浙江人民出版社, 2021.9（2022.4重印）
ISBN 978-7-213-10278-3

Ⅰ. ①周… Ⅱ. ①周… Ⅲ. ①散文集—中国—当代
Ⅳ. ①I267

中国版本图书馆CIP数据核字（2021）第171109号

周国平孤独三书
ZHOUGUOPING GUDU SAN SHU
周国平著

出版发行 浙江人民出版社（杭州市体育场路347号 邮编 310006）
责任编辑 钱 丛
责任校对 陈 春
封面设计 蔡炎斌
电脑制版 刘 宽
印 刷 雅迪云印（天津）科技有限公司
开 本 880毫米×1230毫米 1/32
印 张 27
字 数 544千字
版 次 2021年9月第1版
印 次 2022年4月第3次印刷
书 号 ISBN 978-7-213-10278-3
定 价 138.80元（全三册）